CT

Farina Eden

Die Seifenmanufaktur – Die Rezeptur der Träume

Zu diesem Buch

An keinem anderen Ort fühlt sich Hanna so wohl wie in der familieneigenen Seifenmanufaktur. Hier entwickelt sie neue, nach Minze und Vanille duftende Seifen und schmiedet Pläne, um die Produktion zu vergrößern. In der Seifenwerkstatt findet Hanna auch Trost, als ihr Geliebter Louis ins ferne Amerika übersiedelt. Als gemachter Mann will er nach einem Jahr zu ihr zurückkehren. In zahlreichen Briefen beteuert Louis Hanna seine Liebe, doch aufgrund einer Intrige erreichen seine Worte nie ihr Ziel. Durch sein Schweigen zutiefst verletzt, geht Hanna schließlich auf die Avancen des Malers Gustav ein und versucht, Louis zu vergessen. Bis ihre große Liebe eines Tages wieder vor ihr steht …

Farina Eden, 1977 in Berlin geboren, entdeckte bereits als Kind ihre Begeisterung für Bücher und für das Schreiben. Historischer Roman, Liebesroman, Jugendbuch oder Kurzgeschichten – die Autorin schreibt nieder, was sie nicht mehr loslässt.

Farina Eden

DIE SEIFENMANUFAKTUR

Die Rezeptur der Träume

Roman

PIPER

Mehr über unsere Autoren und Bücher:
www.piper.de

Wenn Ihnen dieser Roman gefallen hat, schreiben Sie uns unter Nennung des Titels »Die Seifenmanufaktur – Die Rezeptur der Träume« an *empfehlungen@piper.de*, und wir empfehlen Ihnen gerne vergleichbare Bücher.

Von Farina Eden liegen im Piper Verlag vor:
Zigeunermädchen
Das Findelkind

Die Seifenfabrikantin:
Band 1: Die Seifenmanufaktur – Die Rezeptur der Träume
Band 2: Die Seifenmanufaktur – Der Duft des Neubeginns
Band 3: Die Seifenmanufaktur – Die Essenz des Glücks

Unser Versprechen für mehr Nachhaltigkeit
• Klimaneutrales Produkt
• FSC®-zertifiziertes Papier
• Hergestellt in Europa

FSC www.fsc.org
MIX
Papier aus verantwortungsvollen Quellen
FSC® C083411

Originalausgabe
ISBN 978-3-492-31731-3
August 2021

Redaktion: Sandra Lode
Umschlaggestaltung: Teresa Mutzenbach
Umschlagabbildung: Trevillion Images (Ildiko Neer; Drunaa); Shutterstock.com
Satz: psb, Berlin
Gesetzt aus der Palatino
Druck und Bindung: CPI books GmbH, Leck
Printed in the EU

1

Sonntag, 23. Juli 1865

Hanna

Hanna hasste es, eine große Schwester zu sein. Fast schien es, als hätten ihre Eltern Friedrich nur in die Welt gesetzt, um ihr eine Aufgabe zu geben. Sie war inzwischen siebzehn, hatte das Mädchenlyzeum beendet und konnte ganz und gar nicht nachvollziehen, warum ihre Eltern ihr ausgerechnet zu Beginn der Hundstage, wie die schulfreien Wochen während der größten Sommerhitze genannt wurden, die Aufsicht über ihren oft viel zu verträumten Bruder übertragen hatten.

Ihr Vater hatte auch auf ihr Betteln hin nicht nachgegeben, obwohl sie ihn sonst mit einem einzigen Augenaufschlag um den Finger wickeln konnte. Hanna war an diesem heißen Sonntag mit Henriette und Sophie verabredet. Sie wollten den Hügel hinunterspazieren, um den Nachmittag im Flussbad nahe der Tauberbrücke zu verbringen.

»Aber Vater, warum kann er nicht etwas mit seinen eigenen Freunden unternehmen, statt mir und meinen auf den Geist zu gehen?«

Hanna wusste genau, dass der Seitenhieb ihren Bruder traf. Friedrich war ein ruhiger Bursche. Er wurde zwar nicht gemieden und hatte den einen oder anderen Schulkameraden, mit dem er sich wohl unterhielt, doch von echten Freunden konnte keine Rede sein.

Sie warf dem Dreizehnjährigen einen finsteren Blick zu. Er ließ die Schultern hängen und biss sich auf die Unterlippe.

»Musste das sein?«, zischte Christina Grieb ihrer Tochter zu, doch Hanna war zu aufgebracht, um die verletzenden Worte zurückzunehmen.

»Du nimmst deinen Bruder mit und Schluss!«

Am Tonfall ihres Vaters erkannte Hanna, dass er soeben ein Machtwort gesprochen hatte, an dem nicht mehr zu rütteln war. Sie kniff die Augen zusammen und starrte Anton Grieb wütend an.

»Du wirst Friedrich kaum bemerken, denn er geht ohnehin nicht baden. Er kann am Ufer sitzen, die Beine ins Wasser hängen, und auf dem Rückweg nimmst du ihn wieder mit heim. Das ist wohl kaum zu viel verlangt«, versuchte er, Hanna zu beschwichtigen. Er wollte seiner Tochter die Hand auf die Schulter legen, doch sie wandte sich trotzig ab.

Was wusste ihr Vater schon? Ihre Freundinnen würden sie wegen ihres Bruders aufziehen. Hinzu kam, dass vermutlich auch die Knaben der Lateinschule den ersten heißen Feriennachmittag am Fluss verbringen würden. Wie sah es denn aus, wenn sie dort mit ihrem schmächtigen Bruder erschien, der eher an einen Zehnjährigen erinnerte?

»Aber welchen Sinn hat das denn? Er muss im Männerbereich des Bads bleiben, ich bei den Frauen. Ich kann ja doch nur aus der Entfernung achtgeben! Und wenn er nicht ins Wasser geht, bekommt er am Ende noch einen Hitzeschlag. Da kann er auch gleich im Haus bleiben!«

»Entweder du gehst mit ihm oder gar nicht!«, kürzte Christina Grieb die Diskussion zwischen ihrer Tochter und ihrem Gatten ab.

Das restliche Frühstück verlief schweigsam, und je häufiger Hanna in das verletzte Gesicht ihres Bruders blickte, desto mehr plagte sie das schlechte Gewissen.

»Bevor ihr euch am Nachmittag ins Badegetümmel stürzt, brauche ich noch deine Hilfe. Ich weiß, es ist Sonntag. Aber diese Entscheidung kann nicht warten.« Die Worte ihres Vaters ließen sie den Streit sofort vergessen. Sie strahlte ihn über den Tisch hinweg an, wusste sie doch, was nun folgte: Sie würden Seife sieden, und in Hannas Augen kam kein anderes Handwerk an dieses heran.

»Werde ich auch gebraucht?«, fragte Friedrich, seine Stimme klang noch immer eingeschüchtert.

»Nein, mein Junge. Heute ist das gute Näschen deiner großen Schwester gefragt.«

In der Hoffnung, die Mutter würde ohne Standpauke darüber hinwegsehen, dass Vater und sie auch diesen Sonntag wieder der Frühmesse ferngeblieben waren, half Hanna ihr eilig dabei, das Frühstücksgeschirr abzuräumen. Dann lief sie hinter den breiten Arbeitstresen und öffnete die Tür, die in die Abstellkammer führte. Für einen Moment hielt sie inne und sah sich um.

Die Vorratskammer konnte sich in diesem Sommer sehen lassen. Es war vor allem dieser Raum, der Hanna zeigte, wie gut es ihnen im Vergleich zu vielen anderen Rothenburgern inzwischen ging. Als Kind hatte sie Jahre erlebt, in denen nicht einmal mehr Eier und Korn übrig waren. Heute platzte die Kammer aus allen Nähten. Da hingen geräucherte Salzheringe von der Decke, das Kornfass war noch zu einem Viertel voll und würde mit der neuen Ernte wieder ganz aufgefüllt sein. Prall gefüllte Quarkbeutel hingen oberhalb des Butterfasses, und ihre Mutter hatte in diesem Jahr sogar die kleine Honigtonne gefüllt. Es gab Eier, Kraut, eingelegten Kohl, getrocknete Kräuter, geräucherten Schinken und ein halb volles Schmalzfass.

Hanna konnte es auch diesmal nicht lassen: Sie öffnete die kleine Honigtonne, steckte ihren Zeigefinger in die goldene Flüssigkeit und leckte ihn danach genüsslich ab. Sie wusste, dass Friedrich und ihr Vater es ebenso machten, sobald sie die Kammer betraten, und dass sich das trotz der Schimpftiraden ihrer Mutter erst ändern würde, wenn der Honig leer war.

Eine schmale Verbindungstür am Ende der Vorratskammer führte in den vorderen Bereich des Hauses, der aus der Siederei und dem Verkaufsraum bestand. Links neben der Tür hingen ihre Schürzen. Hanna griff danach und reichte ihrem Vater, der ihr gefolgt war, die seine. Gemeinsam traten sie an die offene Feuerstelle, die sich rechts von der Tür befand und über der ein kegelförmiger Siedekessel aus Kupfer hing.

Hanna hatte schon oft versucht, ihren Vater dazu zu überreden, endlich Eisenkessel anzuschaffen, da diese für größere Seifenmengen besser geeignet waren. Doch Anton Grieb hatte nur abgewunken und erklärt, dass die derzeitige Menge vollkommen ausreichte, um die Familie zu ernähren und ihnen ein halbwegs sorgenfreies Leben zu ermöglichen.

Auf der anderen Seite des Raums stand der Kühlkasten. Er war aus Holz, wurde durch große Schrauben zusammengehalten und war mit Kalkbrei ausgekleidet, damit sich die erstarrte Seife lösen ließ. Auch bei der Kühlung weigerte sich der Vater beharrlich, eine modernere Apparatur in Betracht zu ziehen. Inzwischen gab es längst erste eiserne Formen, die sich weniger stark abnutzten und dafür sorgten, dass die Kühlung schneller vonstattenging.

»Die Grundseife ist fertig«, erklärte ihr Vater und deutete auf einen kleineren, flachen Behälter, der in der Mitte des Raums auf dem großen Arbeitstisch stand.

»Welche Methode?«, fragte Hanna, die wusste, dass es nun darum gehen würde, den Riechstoff so in die halb fertige Masse einzuarbeiten, dass er sich nicht verflüchtigte.

»Umschmelzen. Für den ersten Riechtest wäre Pilieren zu aufwendig.«

Hanna griff nach dem Kasten auf dem Tisch, löste die erkaltete Seifemasse heraus und gab sie in den Kessel, wo sie sich unter Hitze wieder verflüssigte.

»Und wofür brauchen Sie nun mein Näschen, Vater?«, fragte sie, während sie die Masse vorsichtig umrührte.

Statt zu antworten, öffnete Anton ein Schraubglas und hielt es seiner Tochter vors Gesicht.

»Und?«, fragte er.

»Pfefferminzöl.«

»Ganz genau. Was sagst du?« Er nahm ihr den Holzstab ab und rührte betont gelassen im Topf. Hanna wusste genau, dass seine Ruhe nur vorgetäuscht war. Wann immer er etwas Neues ausprobierte, war es ihr Urteil, auf das er wartete, das ihn ermutigen, ihn aber auch von einer allzu gewagten Rezeptur abhalten konnte.

Hanna ließ sich Zeit, griff noch einmal nach dem Glas und roch daran.

»Ich finde den Einfall großartig!«, sagte sie endlich,

und Anton ließ erleichtert die hochgezogenen Schultern sinken.

»Was halten Sie davon, der Seife zerkleinerte Blätter beizumischen? Die grüne Farbe der Minze wäre sicher ein Hingucker für unsere Kundschaft. Überlegen Sie doch nur«, rief sie begeistert, »ein heißer Sommer, dazu eine Toilettenseife, die nicht nur erfrischend riecht, sondern sogar ein Gefühl von Kühle auf der Haut hinterlässt. Wir könnten sie als *die* Sommerseife schlechthin anpreisen! Vielleicht erklären sich ja Apotheker und Barbiere bereit, kostenlose Probestücke an ihre Kunden auszuhändigen. Ich bin mir sicher, dass die neue Seife ein Erfolg werden wird.«

Sie klatschte aufgeregt in die Hände und strahlte.

»Nicht gleich wieder übertreiben, Liebes«, dämpfte er ihre Begeisterung. »Eine grüne Seife könnte Kunden auch abschrecken. Wir belassen es beim Pfefferminzöl.«

Hanna ließ die Schultern hängen und seufzte. Sie kannte ihren Vater. Ihr Urteil war ihm wichtig, doch keine der Neuerungen, die je Einzug in die Siederei gehalten hatten, durfte ihrer Fantasie entsprungen sein. Sie war eben nicht Friedrich. Hätte er in diesem Moment die Beimischung der Minzblätter vorgeschlagen, hätte ihr Vater zumindest darüber nachgedacht.

Schweigend mengte sie das Natronsalz bei, das für eine feste Konsistenz der Seife nötig war. Sie liebte die Innigkeit, die zwischen ihr und dem Vater in Momenten wie diesen herrschte. Die Handgriffe hatten für sie fast schon etwas Beruhigendes. Nicht selten kam es vor, dass sie sich so sehr in ihre Arbeit vertieften, dass die Mutter sie nach Stunden aus der Werkstatt holen musste, weil sie die Zeit vergessen hatten.

Und dann gab es wieder kreative und aufregende

Tage, die dem heutigen ähnelten: nämlich wenn sie eine neue Rezeptur ausprobierten. Diese Stunden hatten etwas Magisches, wenn die Arbeit von Erfolg gekrönt war, oder sie endeten in verzweifeltem Gelächter, wenn die Mixtur sich als Misserfolg herausstellte und gerade gut genug war, um als häusliche Scheuerseife verwendet zu werden. Genau diese Abwechslung war der Grund dafür, warum Hanna sich auch in Zukunft nirgendwo anders sah als in ihrer eigenen Seifensiederei.

Sie füllten die zähe Masse in Kastenformen, deckten diese ab und stellten sie zum Ruhen in die Vorratskammer. Kleinere Mengen, wie die gerade hergestellte Pfefferminzseife, hatten schon am nächsten Tag eine butterähnliche Konsistenz. Dann konnte die Seife in Stücke geschnitten werden und musste anschließend noch einige Zeit zum Trocknen gelagert werden, bevor sie verkauft werden konnte.

»Ich glaube, Ihre neue Sommersorte wird ein großer Erfolg werden. Und sollte die Seife sonst niemand wollen, werde ich sie benutzen.«

Hanna bemerkte die strahlenden Augen ihres Vaters und umarmte ihn unbeholfen. Wie gern hätte sie ihn gefragt, wie er nach einem Tag wie diesem noch immer der Meinung sein konnte, dass sie als Frau nicht in die Siederei gehörte. Es war doch ganz offensichtlich, dass es keinen Ort gab, der richtiger für sie war.

Sie schob den wehmütigen Gedanken beiseite und verbat sich selbst jedwede Bemerkung in dieser Richtung, denn das hätte unweigerlich den besonderen Moment zwischen ihnen zerstört. Hanna löste sich aus der väterlichen Umarmung, nahm die Schürze ab und lief zurück zur Vorratskammer. In der Tür drehte sie sich um.

»Honig?«, fragte sie vergnügt grinsend. Ihr Vater nickte und folgte ihr.

*

Als Hanna die Werkstatt zur Mittagszeit wieder verließ, tänzelte Friedrich aufgeregt um sie herum. Ihre Wut auf ihn und die Tatsache, dass sie ihn zum Flussbad mitnehmen sollte, war inzwischen verflogen. Sie lächelte ihn schief an, warf ihm ein versöhnliches »Du Nervensäge« an den Kopf und lief in Richtung Tür. Da Friedrich sich nicht von der Stelle rührte, wandte sie sich noch einmal um. »Dachtest du, ich packe deine Badetasche? Beweg dich!«

Im Hinausgehen hörte sie, dass sich ihre Mutter über ihr Benehmen beschwerte und ihrem Vater vorhielt, dass er viel zu gutmütig mit den Launen seiner Tochter umging.

»Jetzt lass sie, Christina. Sie hat sich doch längst wieder beruhigt.«

»Trotzdem. Ihre Bemerkung hat Friedrich sehr gekränkt.«

Hanna verdrehte ihre Augen. Natürlich konnte die Mutter auch diesmal keine Ruhe geben. Der Streit von heute Morgen war längst vergessen, doch sie musste noch einmal davon anfangen. Auf der Treppe trat Hanna absichtlich fest mit den Hacken auf, da sie genau wusste, dass das dumpfe Geräusch ihrer stampfenden Füße die Mutter ärgerte. In ihrer Kammer warf sie die Tür hinter sich zu und zog ihre kleine Reisetasche aus dem Schrank. Dann suchte sie in der Wäschekommode nach Badekleid, Badehaube und -strümpfen und packte alles zusammen mit einem großen Handtuch in ihre Tasche.

Dank ihres Vaters konnte sie sich halbwegs über Wasser halten. Nach der Einweihung des Flussbads war er nicht davon abzubringen gewesen, ihr zu zeigen, wie man sich im Wasser fortbewegte – eine Kunst, die er als passionierter Angler auch selbst beherrschte.

Noch war sich Hanna allerdings gar nicht sicher, ob sie sich ins Wasser wagen würde. Sie wollte sich vor den jungen Burschen nicht blamieren. War das Badekleid erst einmal vollständig nass, klebte es an der Haut und gab mehr preis, als sie zu zeigen bereit war.

Gegen Viertel nach zwei verließ sie an diesem Nachmittag mit ihrem Bruder das Haus. Sie liefen die Georgengasse hinunter, bogen in die Schmiedgasse, passierten Marktplatz und Plönlein und nahmen dann die Kobolzeller Steige hinunter ins Taubertal.

Henriette und Sophie erwarteten sie bereits am Eingang des Flussbads. Seit Sophie bei einem schrecklichen Brand vor drei Jahren Eltern und Heim verloren hatte, waren die Mädchen fast immer gemeinsam anzutreffen. Henriettes Vater, Christian Hartmann, hatte nach dem Unglück sofort reagiert und dem fünfzehnjährigen Waisenmädchen selbstlos und dauerhaft ein Heim geboten. Inzwischen lebte Sophie neben Henriette und ihrem älteren Bruder Theo unter dem Dach der Hartmanns, als wäre es nie anders gewesen.

Als Hanna und Friedrich die Mädchen erreichten, bemühte sich Sophie um eine gute Miene, Henriette machte jedoch kein Hehl daraus, dass ihr Hannas Begleitung alles andere als recht war. »Musste das sein?«, fragte sie ungehalten und schob sich ihre roten Locken aus dem Gesicht. Immerhin hatte sie dabei so viel Anstand, ihre Stimme zu senken, damit Friedrich sie nicht hörte.

»Es ging nicht anders. Und was macht es schon? Er bleibt auf seiner Seite und wir auf unserer. Er wird dir schon nicht in die Quere kommen.« Hanna hatte lauter gesprochen als beabsichtigt. Es war eine Sache, wenn sie ihren Bruder wissen ließ, dass er eine Plage war. Sie waren Geschwister. Doch Henriette hatte dazu kein Recht, und auf keinen Fall würde sie zulassen, dass das Gerede ihrer oft unsensiblen Freundin ihren Bruder kränkte.

»Ist ja schon gut.« Henriette hob beschwichtigend die Hände, wuschelte Friedrich versöhnlich durch die Haare und hakte sich bei Hanna unter. »Der Tag wird sicher fabelhaft, und nichts wird uns heute die Laune verderben, richtig?«

2

Sonntag, 23. Juli 1865,
nachmittags

Hanna Die drei Freundinnen suchten sich einen Platz, von dem aus sie eine herrliche Aussicht auf die Doppelbrücke hatten, die die Tauber überspannte.

Nachdem Hanna sich durch einen kleinen Spalt im Holzzaun vergewissert hatte, dass ihr Bruder auf der Männerseite des Bades einen Platz gefunden hatte, zog sie sich gemeinsam mit ihren Freundinnen in einer der drei Umkleidehütten um, legte ihr Handtuch anschließend unter einen Baum und setzte sich.

Henriette riss das Gespräch an sich, und wie so oft in letzter Zeit ging es dabei um Louis Schmieger, den Sohn des Rothenburger Wundarztes. Hanna verstand nur zu gut, warum er ihrer Freundin gefiel. Er war groß und kräftig, kam aus einer wohlhabenden Familie und galt als kluger Kopf, der es, wie ihr Vater einst voller Überzeugung gesagt hatte, sicher einmal weit bringen würde. Auf all diese Attribute gab Hanna herzlich wenig. Ihr gefiel einfach nur, wie er sie ansah, wenn sie sich begegneten.

Gerade jetzt ertrug sie die Lobeshymnen ihrer Freundin nicht mehr. »Ich werde einmal testen, wie kalt das Wasser ist«, sagte sie, erhob sich und lief zum Ufer.

Sophie folgte ihr eilig. »Wer von uns beiden sagt es ihr?«, fragte sie, als Henriette außer Hörweite war.

»Wovon sprichst du?«

»Davon, dass ihr großer Schwarm Louis nur Augen für dich hat und keinen Deut an unserer lieben Henriette interessiert ist.«

»Sei bloß still!« Hanna wandte sich um, doch Henriette war noch damit beschäftigt, ihr Badekleid ein wenig über die Schulter zu ziehen. Vermutlich hoffte sie darauf, dass Louis ihre nackte Schulter bemerkte.

»Ist das die neueste Mutprobe?« Sophie deutete auf die Brücke. Hannas Blick folgte ihrem Finger, und sie schlug die Hand vor den Mund. Die Burschen, allen voran Louis und dessen Freund Theodor, Henriettes älterer Bruder, hatten ein Seil an der Brücke befestigt, an dem sich nun einer nach dem anderen hin- und herschwang, um sich dann mit viel Getöse in den Fluss zu stürzen.

»Sind die denn lebensmüde?«, rief Hanna entsetzt und fasziniert zugleich.

Henriette trat hinter sie, stieß einen spitzen Schrei aus und tat so, als hätte sie den Halt auf einem glitschigen Stein verloren. Die Art und Weise, wie sie sofort aufblickte, um zu prüfen, ob ihr Schrei auch von den richtigen Personen gehört worden war, brachte Hanna und Sophie gleichzeitig zum Schmunzeln. Natürlich erreichte sie ihr Ziel. Die Jungen, die gerade dabei gewesen waren, den nächsten Kandidaten am Seil auszuknobeln, blickten auf und begannen, wild zu gestikulieren.

Am Ende war es Louis, der sich durchsetzte und ans Seil trat. Bevor er Schwung holte, winkte er überschwänglich in Richtung der Mädchen, eine Geste, die Henriette ganz selbstverständlich auf sich bezog.

Hanna hielt die Luft an und hätte fast auch noch ihre flache Hand gegen die Stirn gepresst, da das Sonnenlicht sie blendete. In letzter Sekunde ging ihr auf, dass das wohl genau die Aufmerksamkeit gewesen wäre, um die Louis geradezu bettelte. Die Höhe, die er inzwischen am Seil erreicht hatte, ließ Hanna schwindeln, und noch bevor sie auch nur daran denken konnte, dass er das lieber lassen sollte, ließ er sich mit einem gekonnten Salto ins Wasser fallen.

Als er wieder auftauchte, ging sein Blick sofort zu Hanna, doch im Gegensatz zu Henriette, die begeistert klatschte, wandte sie sich ab. Es war töricht, solch ein gefährliches Verhalten auch noch mit Begeisterung oder Applaus zu honorieren, selbst wenn sie ihn für diesen waghalsigen Sprung natürlich bewunderte. Aber das musste sie ihm ja nicht gerade auf die Nase binden.

»Das war wirklich leichtsinnig.«

Hanna lief zurück zu ihrem Handtuch und setzte sich. Sie würde an diesem Tag nicht weiter ins Wasser gehen als bis zu den Knien. Da die Jungen beschlossen hatten, sich unter der Brücke und nicht in ihrem Badebereich aufzuhalten, hätten sie eine viel zu gute Sicht auf die Mädchen. Stattdessen gab sich Hanna desinteressiert und warf nur ab und zu einen verstohlenen Blick in Richtung Brücke.

Henriette tat selbstverständlich genau das Gegenteil. Laut jauchzend und prustend ob des kalten Wassers watete sie in den Fluss. Dabei achtete sie penibel darauf, dass ihre roten Locken, die sie fast kunstvoll unter ihre Badehaube gesteckt hatte, nicht nass wurden.

Hanna musste irgendwann im Schatten weggedöst sein, denn als Sophie sie anstupste, schreckte sie auf.

»Ist das nicht Friedrich?«

Innerhalb von Sekunden war Hanna hellwach und sah mit zusammengekniffenen Augen zur Brücke. Sophie hatte recht. Ihr Bruder stand in diesem Augenblick zwischen all den Jungen am seitlichen Ufer unter der Brücke und schüttelte immer wieder den Kopf, während die Burschen lachend ihre Köpfe in die Nacken warfen. Hanna brauchte nur einen Moment, um zu begreifen, was da gerade vor sich ging. Ihr Herz fing an zu rasen, sie trat ans Ufer und begann zu rufen und zu winken.

»Nicht! Lasst ihn in Ruhe!«

Sie erschrak über die Lautstärke ihrer eigenen Stimme. Anstelle einer Antwort grinste Louis unbekümmert, drückte ihrem Bruder das Seil in die Hand und schubste ihn an.

Hannas Gedanken überschlugen sich. Anders als sie hatte Friedrich nie schwimmen gelernt. Wann immer ihr Vater ihn zum Angeln mitgenommen hatte, war er hinterher frustriert heimgekehrt und hatte sich darüber ausgelassen, dass der Junge viel zu ängstlich wäre. Weiter als knietief hatte sich Friedrich bisher nicht ins Wasser gewagt. Doch nun hatten die älteren Burschen ihn entweder zu dieser Mutprobe angestiftet, oder sie ließen ihm keine andere Wahl.

Im Gegensatz zu den überheblich feixenden Knaben wusste Hanna ganz genau, wie gefährlich diese Situation für ihren Bruder war. Er war ein Angsthase und geriet schnell in Panik. Er konnte nicht schwimmen und vermutlich unterhalb der Brücke auch nicht stehen, denn er war gute zwei Köpfe kleiner als all die anderen um ihn herum.

Ohne nachzudenken, rannte Hanna ins Wasser. Die Kälte raubte ihr für einen Moment den Atem, und die Kleider wurden sofort tonnenschwer. Doch sie konnte stehen und lief mit den Armen rudernd der Strömung entgegen und auf ihren Bruder zu.

Sie schrie aus Leibeskräften: »Nicht, Friedrich!«

Doch ihr Rufen ging in dem gehässigen und aufheizenden Gejohle der Jungen unter. Sie hatte das Gefühl, jemand hätte die Zeit angehalten. Sie sah, wie Friedrich das Seil losließ und in den Fluss stürzte.

Panik erfasste sie, und sie begann hastig zu schwimmen. Sie starrte auf die Stelle, an der Friedrich untergegangen war. Warum tauchte er nicht wieder auf? Er musste doch nur mit den Armen rudern. Sie bemerkte die plötzliche Stille unter der Brücke, dann sprang auch Louis ins Wasser.

Hanna hielt inne und suchte das Wasser ab. Ein Arm ihres Bruders tauchte auf und für den Bruchteil einer Sekunde auch sein Kopf. Sie wollte schon erleichtert aufatmen, doch bereits im nächsten Moment versank er wieder.

Hanna betete. Sie schwamm um sein Leben und betete. Als sie die Stelle erreicht hatte, wo der Kopf ihres Bruders das letzte Mal erschienen war, tauchte sie und glitt mit weit aufgerissenen Augen durchs Wasser. Sie tauchte auf, holte Luft, tauchte wieder unter und suchte. Das schwere Badekleid behinderte sie, doch sie durfte jetzt nicht aufgeben. Sie drehte sich einmal um sich selbst, dann sah sie ihn. Er hing wie schlafend im Wasser, seine Augen waren geschlossen, und er trieb mit der Strömung. Hanna griff nach seinem Arm und zog ihn an die Wasseroberfläche. Doch er war schwer. Zu schwer, als dass sie ihn und sich selbst in den nassen Kleidern hätte an Land schaffen können.

Sie umklammerte ihn, versuchte, seinen Kopf über Wasser zu halten, und ging dabei selbst unter. Sie verschluckte sich, schlug um sich, wobei er ihr wieder entglitt. In diesem Augenblick wusste sie, dass sie ihren kleinen Bruder nicht würde retten können, ohne selbst unterzugehen. Sie schloss die Augen und wurde ganz ruhig.

Dann spürte sie plötzlich, dass jemand an ihrem Bruder zerrte. Louis hatte sie erreicht, griff nach Friedrich und zog ihn hinter sich her, während Hanna ihre letzten Kräfte zusammennahm. Das Ufer auf der gegenüberliegenden Seite des Flussbads lag näher, also schwamm sie einige Züge und schleppte sich an Land.

Louis legte Friedrich im Gras ab, und Hanna beobachtete, dass er ihn erst vorsichtig, dann kräftiger schüttelte. Auf allen vieren robbte sie zu ihm, packte ihn an den Schultern, riss ihn hoch und schüttelte ihn voller Verzweiflung. »Bitte! Bitte!«, flehte sie zitternd.

Dann endlich spuckte Friedrich das Wasser aus, das er geschluckt hatte, und hustete. Hanna riss ihn an sich und wiegte ihn hin und her, als wäre er ein Säugling. Erst in diesem Moment ging ihr auf, dass ihr nicht das Wasser aus den Haaren über die Wangen lief, sondern dass sie weinte. Immer wieder murmelte sie den Namen ihres Bruders, strich ihm die nassen Haare aus dem Gesicht und küsste ihn auf die Wangen.

»Was hast du dir nur dabei gedacht?«, fragte sie, küsste ihn erneut und nahm sich dann fest vor, ihm keinen einzigen Vorwurf zu machen.

Er war erschöpft. Er schien verwirrt. Aber er lebte.

»Rührt euch nicht vom Fleck. Ich hole den Einspänner meines Vaters und bringe euch nach Hause.«

Hanna erschrak. Sie hatte Louis vollkommen vergessen. Der stürmte nun davon, sodass sie keine Gelegenheit bekam, ihrer Wut freien Lauf zu lassen. Wie hatte er es wagen können? Er und diese dummen Burschen hätten ihr heute um ein Haar ihren Bruder genommen – aus Jux und Tollerei!

»Du kannst mich wieder loslassen«, riss Friedrich sie aus ihren wutvernebelten Gedanken.

»Wie geht es dir?«

»Es geht schon wieder. Etwas zittrig vielleicht.«

»Du bleibst schön hier. Wir warten auf Louis. Dann fahren wir nach Hause, und du wirst niemals wieder in ein Gewässer gehen, solange Vater dich nicht das Schwimmen gelehrt hat.«

»Ich glaube nicht, dass ich jemals wieder auch nur in die Nähe des Flusses gehen will.«

»Das hast du nicht zu entscheiden! Du siehst, wie schnell es geht. Du wolltest es gar nicht, und trotzdem triebst du am Ende leblos im Wasser. Wer sagt, dass du nicht wieder an irgendeiner Böschung abrutschst? Du wirst schwimmen lernen, keine Widerrede!«

Hannas Stimme brach, und wieder kamen ihr die Tränen. Was wäre nur aus ihren Eltern geworden, hätte sie ihnen heute statt von einem schönen Badetag vom Tod ihres Bruders berichten müssen? Trotz der heißen Temperaturen kroch ihr eine Gänsehaut über Arme und Nacken, und sie zog fröstelnd die Schultern hoch.

Friedrich machte sie schließlich auf die wild winkenden Menschen am anderen Ufer aufmerksam. Das ganze Flussbad musste die Szene im Wasser beobachtet haben. Ausnahmslos alle Menschen auf beiden Seiten des hölzernen Trennzauns standen am Wasser und starrten zu ihnen hinüber.

»Wir sollten ihnen ein Zeichen geben«, murmelte sie, winkte zurück und bat Friedrich, es ihr gleichzutun. Als er vorsichtig den Arm hob, brach am anderen Flussufer freudiges Gebrüll aus, und die Menschen klatschten.

Hanna sank in diesem Augenblick in sich zusammen und hatte das Gefühl, jemand hätte ihr einen Stein auf den Schädel geschlagen. Unendliche Müdigkeit kroch in ihre Glieder, und sie bekam rasende Kopfschmerzen. Hier auf dem Rasen, völlig durchnässt und verdreckt, beschloss sie, ihren Bruder von nun an abgöttisch zu lieben. Nie mehr wollte sie sich mit ihm streiten, ihm nie mehr das Gefühl geben, nicht erwünscht zu sein. Sie begriff, dass ihre Welt ohne diesen Jungen nicht mehr dieselbe wäre. »Ich hab dich sehr lieb, Friedrich«, sagte sie leise und schluckte. »Bitte verzeih, dass ich oft ganz scheußlich zu dir war.«

Er nickte und lächelte schief. »Schon gut«, gab er sich gönnerhaft. »Ich musste ja nur fast ersaufen, damit du das endlich erkennst.«

Hanna lachte leise auf. Ihr war noch nie aufgefallen, dass Friedrich Humor hatte.

Im Flussbad am gegenüberliegenden Ufer hatte sich die Menge inzwischen wieder beruhigt und vergnügte sich an Land oder im Wasser. Die Zeit verstrich, und Hanna fragte sich bereits, ob Louis sie nicht einfach vergessen hatte und wie sie ihren erschöpften Bruder wohl heimbringen sollte, wenn der Sohn des Wundarztes nicht auftauchte.

Ein Schnauben und das Getrappel von Hufen riss sie schließlich aus ihren sorgenvollen Gedanken. Sie stand auf und sah zur Brücke hinauf. Louis war tatsächlich gekommen, und er war nicht allein. Neben ihm auf dem

Kutschbock, die Zügel fest in der Hand, saß sein Vater Konstantin Schmieger, der Rothenburger Wundarzt.

»Kannst du aufstehen?«, fragte Hanna ihren Bruder. Der nickte, und sie richtete ihn auf.

»Warten Sie!« Doktor Schmieger sprang vom Kutschbock und lief eiligen Schrittes zu ihnen. »Mein Sohn hat mir erklärt, was passiert ist«, presste er zwischen den Zähnen hervor.

Hanna sah zwischen ihm und Louis hin und her, und es war nicht zu übersehen, dass der Mann eine unbändige Wut auf seinen Sohn hatte. Als hätte er ihre Gedanken erraten, erklärte er: »Das halsbrecherische Verhalten meines Sohnes wird auf jeden Fall ein Nachspiel haben.« Er wandte sich Friedrich zu, und seine Stimme bekam sofort einen warmen und beruhigenden Klang. »Jetzt kümmern wir uns aber erst einmal um dich, junger Mann.«

Der Doktor sah zu Louis und befahl dann knapp: »Meine Tasche, die Decke und die Kleider!«

Louis nickte, kletterte wieder auf den Einspänner und zog eine Tasche unter dem Sitz hervor. Er nahm ein Bündel Kleider heraus und legte es neben seinen Vater.

»Mir ist gar nicht kalt«, sagte Friedrich leise.

Der Doktor ließ sich nicht beirren. »Mag schon sein, dass du das nicht spürst, aber deine Lippen sind noch immer blau, und du zitterst, Junge. Du brauchst Wärme und Ruhe.«

Er zog ihm die nassen Badekleider aus und streifte ihm Hemd und Hose über, die vermutlich seinem Sohn gehörten, da sie ihm viel zu groß waren. Anschließend legte er ihm die Decke um und bugsierte ihn mit Louis' Hilfe auf die Kutsche. Bevor er selbst auf den Kutschbock kletterte, nahm er Hanna beiseite.

»Ihr Bruder braucht Ruhe, Fräulein Grieb. Und er sollte in der ersten Nacht nicht allein bleiben, sondern überwacht werden. Es gibt das sehr seltene Phänomen des zweiten Ertrinkens. Friedrich könnte in Atemnot geraten, sich möglicherweise übergeben und im schlimmsten Fall ... Nun ja, dieser Fall wird nicht eintreten, aber es wäre doch besser, es wäre jemand bei ihm.«

Hanna hörte dem Arzt aufmerksam zu. »Ich werde ihn keine Sekunde aus den Augen lassen, das verspreche ich. Ich bin Ihnen unendlich dankbar, dass Sie sich so rührend um meinen Bruder kümmern.«

»Das ist das Mindeste, was ich tun kann, nach allem, was mein Sohn angerichtet hat.«

Hanna erkannte an seinem Blick, dass Louis seinen Vater gehört hatte. Der junge Mann biss sich auf die Unterlippe und sah beschämt zur Seite. In diesem Augenblick hatte Hanna Mitleid mit ihm.

»Es ist ja alles gut gegangen«, wandte sie ein. »Übrigens auch nur deshalb, weil Louis die Notlage sofort erkannt hat. Er sprang ohne zu zögern ins Wasser und rettete Friedrich. Ich habe alles versucht, aber mit den nassen Kleidern hätte ich es nie geschafft, ohne selbst unterzugehen.«

Sie bildete sich ein, dass sich die Miene des Arztes für den Bruchteil einer Sekunde aufhellte. Dann bog er das Kreuz durch, schüttelte den Kopf, und Hanna wusste, dass er seinem Sohn trotz dieser Nachricht noch nicht verziehen hatte.

»Nun kommen Sie, Fräulein Grieb. Ich bringe Sie und Ihren Bruder nach Hause.«

Die Fahrt vom Flussbad bis in die Georgengasse 5, in der die Seifensiederei der Griebs lag, verlief schweigsam. Noch bis vor einer Stunde war Hanna so außer sich gewesen, dass sie Louis am liebsten angebrüllt hätte. Doch nun war ihre Wut verraucht, und sie war davon überzeugt, dass dem jungen Mann ein Donnerwetter blühte, an das ihre Schimpftirade nicht im Entferntesten herangereicht hätte. Außerdem war ihr bewusst geworden, dass Friedrich ohne Louis nun nicht mehr leben würde. Sicher, der Sohn des Arztes hatte ihren Bruder erst übermütig ins Wasser geschubst. Trotzdem hatte er diesen Fehler mehr als nur einfach wiedergutgemacht. Er hatte Friedrich das Leben gerettet – eine Tatsache, die Hanna ihm sicher nicht vergessen würde.

3

Montag, 24. Juli 1865

Louis Am nächsten Morgen hatte sich Louis noch immer nicht beruhigt, und das lag nicht an der Ansprache, die ihm bevorstand. Die Schelte seines Vaters würde er ertragen wie ein Mann, denn er hatte jedes einzelne Wort davon verdient. Vielmehr lag ihm im Magen, dass Hanna tatsächlich kein Wort mehr mit ihm gesprochen hatte.

Nachdem der Seifensieder und seine Frau begriffen hatten, wie tragisch dieser wunderschöne Sommertag hätte enden können, waren sie völlig aufgelöst gewesen. Die mahnenden Worte hinsichtlich der Pflege des Sohnes hatten sie kaum noch wahrgenommen, doch Hanna hatte seinem Vater versichert, dass sie sich jedes einzelne Wort gemerkt hatte und dafür sorgen würde, dass Friedrich rund um die Uhr betreut wurde.

Ihn hatte sie ignoriert, als wäre er gar nicht anwesend. Sie hatte ihn nicht einmal in dem Moment angesehen, als er ihr bei der Verabschiedung die Hand gereicht und sich nochmals entschuldigt hatte.

Aber was hatte er auch erwartet? Wie hatte er sich nur zu einer solchen Dummheit hinreißen lassen können? Er war der Sohn eines Arztes, er wusste, wie gefährlich

Wasser sein konnte, auch wenn es weder Strömung noch Untiefen gab.

Er schalt sich innerlich selbst, dass er sich etwas vormachte, denn er wusste sehr gut, warum er so gehandelt hatte. Hanna hatte ihn nicht beachtet, und er hatte um jeden Preis ihre Aufmerksamkeit gewollt. Ihren kleinen, viel zu schmächtigen Bruder vor seinen Karren zu spannen bewirkte genau das Gegenteil von dem, was er sich erhofft hatte. Die Tochter des Seifensieders hatte zwar nichts zu ihm gesagt, doch die Wut in ihrem Gesicht war deutlich gewesen. Sein Ziel, ihr endlich näherzukommen und sich möglicherweise sogar mit ihr zu unterhalten, war nun in weite Ferne gerückt. Vermutlich würde sie ihn nie mehr auch nur eines Blickes würdigen.

Louis seufzte. Sein Vater erwartete ihn noch vor dem Frühstück in seiner Schreibstube, und er sollte besser nicht trödeln. Zügig goss er Wasser in die Waschschüssel, griff nach einem Lappen und wusch Oberkörper und Gesicht. Dann zog er frische Kleider an und betrat das Arbeitszimmer des Vaters, das dieser gleichzeitig als Untersuchungsraum für seine Patienten nutzte.

»Da bin ich, werter Herr Vater«, sagte Louis leise und stellte sich vor den großen, hölzernen Tisch. Unter normalen Umständen würde er sich setzen, doch heute wagte er es nicht.

Konstantin Schmieger sah von einer Patientenakte auf und stellte ihm nur eine einzige Frage: »Was in Herrgotts Namen hast du dir dabei gedacht?«

Louis schwieg. Er konnte seinem Vater wohl kaum die Wahrheit darüber sagen, dass sein eigentliches Ziel Hannas Bewunderung gewesen war.

»Ich höre!« Der Vater trommelte ungeduldig mit den

Fingern auf dem Tisch und starrte ihn an. »Du wirst diesen Raum nicht eher verlassen, bis du mir dein Verhalten erklärt hast. Und ich will keine Ausflüchte hören, Sohn. Nichts an deinem gestrigen Betragen erkenne ich wieder! Noch nie zuvor hast du eine solche Dummheit begangen und andere Menschen, die jünger und schwächer sind als du, in so große Gefahr gebracht.«

Louis seufzte. »Ich wünschte, ich könnte es ungeschehen machen, Vater.«

»Nun, das reicht nicht.«

Louis erkannte, dass ihm nur die Wahrheit helfen würde, ob sein Vater nun Verständnis für seine Gefühle hatte oder nicht. »Ich wollte Hanna imponieren«, sagte er deshalb leise und sah zu Boden.

»Indem du ihren Bruder ertränkst?«

Louis' Magen verkrampfte sich, und ihm wurde übel. In dem Moment, in dem Friedrich untergegangen und nicht wieder aufgetaucht war, hatte er, ohne zu überlegen, gehandelt. Auch die Stunden danach hatten ihm noch keine echte Gelegenheit zum Nachdenken gegeben. Die unbarmherzigen, harten Worte seines Vaters trafen ihn nun wie ein Schlag. Doch was hatte er erwartet? Dass er wegen seiner Rettungsaktion gelobt werden würde?

»Ich habe nicht nachgedacht, Vater. Der Fluss ist an der Stelle nicht tief. Ich habe Friedrich erklärt, er müsste sogar seine Beine anziehen, wenn er ins Wasser taucht, damit er sich nicht stößt. Dann müsste er nur noch aufstehen und ans Ufer laufen.«

Konstantin Schmieger schlug mit der flachen Hand auf den Tisch. »Wie konntest du so etwas Dummes tun?«, rief er aufgebracht und erhob sich von seinem Stuhl. »Menschen ertrinken selbst in flachen Pfützen. Sie müssten nur ihren Kopf heben, doch sie tun es nicht! Habe ich dir das nicht erklärt, als ich dich das Schwimmen lehrte?«

»Doch, Vater, das haben Sie.«

»Dann gib mir einen guten Grund! Mein Sohn ist kein böser Mensch, zumindest war er das nie. Ich weigere mich, zu glauben, dass du völlig grundlos den armen Friedrich in eine solche Lage gebracht hast.«

»Welchen Grund ich auch immer hatte, das Ergebnis bleibt das gleiche, und damit werde ich leben müssen.«

»Hör sofort auf, dich selbst zu bemitleiden! Ich werde dich für deine Tat schwer bestrafen, wenn du mir nicht sagst, was dich zu diesem Verhalten bewogen hat. Hast du dich mitreißen lassen? Wolltest du vor den anderen Burschen angeben? Was war es? Rede endlich!«

Louis richtete sich auf, zog die Schultern zurück und sah seinem Vater fest in die Augen. »Es ist wegen Hanna.«

»Was?«, fragte der Vater verständnislos.

»Friedrich kam mit seiner großen Schwester ans Flussbad. Ich wollte ihr imponieren und vollführte wilde Sprünge ins Wasser. Doch Hanna bemerkte mich gar nicht. Sie döste in der Sonne und nahm keine Notiz von mir. Da dachte ich …« Er brach ab, denn er merkte selbst, wie dumm und kindisch er klang.

»Du dachtest, wenn du dich ihres Bruders annimmst, hast du ihre Aufmerksamkeit?«

Louis nickte.

»Nun, das hast du tatsächlich geschafft. Auf die dümmste Art und Weise, die es nur gibt. Hast du ihn gefragt, ob er schwimmen kann?«

Louis schüttelte den Kopf und behielt für sich, dass er durchaus daran gedacht, diesen Gedanken aber wieder verworfen hatte, da er einen Sprung in brusthohes Wasser für vollkommen ungefährlich erachtet hatte.

»Ich war dumm und überheblich. Es gibt keine Entschuldigung für mein Verhalten.«

»Nein. Die gibt es nicht«, stimmte der Arzt zu. »Aber es wird eine Wiedergutmachung geben. Es sind noch zwei Monate, bevor du nach Chicago gehst. Bis dahin wirst du jeden Tag bei den Griebs vorbeigehen und nach Friedrich sehen. Du wirst dich um ihn kümmern, ihn begleiten, wenn er etwas zu erledigen hat, ihm zuhören, wenn er etwas zu erzählen hat, und ihm der Freund sein, den er offenbar nicht hatte, als du und deine Burschen ihn dazu brachten, sich in die Fluten zu stürzen. Du wirst ihm nicht von der Seite weichen, bis er dich zum Teufel jagt. Und wenn er das tut, wirst du am nächsten Tag wieder da sein und erneut versuchen, ihm ein wahrer Freund zu sein. Auf keinen Fall lasse ich zu, dass du dein Glück am anderen Ende der Welt suchst und dabei hier eine solche Schuld auf dich lädst.«

Louis schluckte und musste sich zusammenreißen, um in dieser ernsten Situation nicht plötzlich zu lächeln. Sein Vater wollte ihn bestrafen, das war ihm wohl bewusst. Doch ihm schien in seiner Wut entgangen zu sein, dass ein täglicher Besuch im Hause Grieb alles andere als eine Strafe für ihn sein würde. Im Gegenteil. Er hatte nun einen guten Grund, Hanna jeden Tag zu sehen, denn sie lebte mit ihrem Bruder unter einem Dach. Die Hundstage hatten gerade erst begonnen, und sie würde sicher ebenfalls zu Hause sein. Er konnte die letzten Wochen vor seiner Abreise dazu nutzen, ihr endlich näherzukommen.

Den Gedanken daran, dass er Land und Kontinent in Kürze für lange Zeit, wenn nicht gar für immer, verlassen würde, schob er beiseite. Zu sehr freute er sich darauf, endlich dem Mädchen nahe zu sein, für das er schon seit geraumer Zeit Gefühle hegte und von dem er auf eine Art und Weise träumte, die selbst ihm als Mann die Röte in die Wangen trieb.

Doch im Gegensatz zu ihrer Freundin Henriette, die aus ihrem Interesse an ihm keinen Hehl machte, schien Hanna völlig unempfänglich für seine Blicke. Entweder hatte sie tatsächlich nicht bemerkt, dass er Gefallen an ihr fand, oder es war ihr schlicht und einfach gleichgültig.

Nun, die nächsten Tage und Wochen waren eine Möglichkeit, Hannas Gefühle zu ergründen.

4

Dienstag, 25. Juli 1865

Hanna

Hanna nahm es mit den Anweisungen des Doktors sehr genau. Am Ende waren es ihre Eltern, die sie darauf hinwiesen, dass der Arzt lediglich von einer Nacht gesprochen hatte, in der Friedrich und seine Atmung überwacht werden müssten.

Sie hielt jedoch an ihrer Fürsorge fest, was sich als Segen erwies. Ihr Bruder hatte zwar keine Anzeichen von Atemnot gezeigt, allerdings hatte er nun, zwei Tage nach dem schrecklichen Ereignis, hohes Fieber bekommen.

An diesem Dienstagmorgen schlang Hanna ihr Frühstück, das aus einer Tasse ungesüßtem Malzkaffee und einer Scheibe Sauerteigbrot mit Butter bestand, hastig hinunter und eilte gleich darauf in das Zimmer ihres Bruders.

Sie erschrak, als sie ihn sah. Seine Augen glänzten, die Haare waren nass. Sie fühlte seine Stirn, und obwohl er zu glühen schien, war die Hand, nach der sie griff, eiskalt.

Kurz entschlossen lief sie zur Waschschüssel unter dem Fenster, tränkte ein Handtuch in kaltes Wasser und strich Friedrich damit über die glühende Stirn.

»Und jetzt bekommst du Wadenwickel.« Obwohl sie nicht sagen konnte, ob er sie überhaupt hörte, sprach sie weiter: »Da hat es also doch ein Gutes, dass du schon so oft Fieber hattest und ich unsere Mutter genau beobachtet habe. Die nassen Tücher werden deine Temperatur senken, du wirst schon sehen!«

Sie griff in die Schublade der Waschkommode und zog zwei weitere Handtücher hervor. Sie tauchte auch die in kaltes Wasser und legte sie ihrem Bruder um die Waden.

»Junge Dame, ich übernehme.«

Hanna zuckte zusammen. Sie war so konzentriert bei der Sache gewesen, dass sie niemanden hatte kommen hören. Als sie sich umwandte, sah sie, dass der Doktor nicht allein war. Er hatte seinen Sohn mitgebracht, der im Flur stand und auf Anweisungen seines Vaters zu warten schien. Ihre Mutter trat ebenfalls ins Zimmer.

»Selbstverständlich, Doktor Schmieger.«

Es überraschte Hanna nicht, dass der fürsorgliche Mann auch heute noch einmal nach seinem Patienten schaute. Sie musste zugeben, dass sie erleichtert darüber war, den Arzt zu sehen. Sie lächelte ihrer Mutter kurz zu und wich Louis' Blick angestrengt aus. Auf seine Entschuldigung vor zwei Tagen hatte sie nicht reagiert, und auch heute wusste sie noch nicht, wie sie mit ihm umgehen oder was sie zu ihm sagen sollte.

»Wenn Sie wohl einen Augenblick im Flur warten würden, Fräulein Grieb«, bat Doktor Schmieger. »Ich schreibe Ihnen einige Arzneien und Kräuter auf. Louis wird Sie zur Apotheke begleiten, während ich Ihrer Frau Mutter erkläre, was in den nächsten Tagen im Umgang mit Friedrich zu beachten ist.«

Hanna schluckte. Genau diese Nähe zum Sohn des Arztes wollte sie vermeiden. »Aber es sind doch nur wenige Schritte bis zur Marien-Apotheke, und sicher brauchen Sie die helfende Hand Ihres Sohnes hier viel dringender.«

»Ich bestehe darauf, Fräulein Grieb. Ihre Frau Mutter und ich werden bestens allein zurechtkommen.« Dann wandte er sich an seinen Sohn. »Die Rechnung des Apothekers geht selbstverständlich auf uns, und ich werde dir den Betrag von deinem Reisegeld abziehen.«

Auf den Einwand ihrer Mutter, dass dies nicht nötig wäre, reagierte der Arzt mit »Das ist es sehr wohl, gnädige Frau«, und damit war das Thema für ihn beendet.

Er trat ans Fenster, zog einen Bogen Papier aus seiner Arzttasche und schrieb eine Weile schweigend vor sich hin. Dann reichte er Hanna die Liste und nickte ihr freundlich zu. »Keine Sorge. Friedrich ist ein zäher Bursche, er schafft das schon.«

Wortlos lief Hanna neben Louis die Georgengasse hinunter bis zum Marktplatz. Auf Höhe des *Goldenen Greifen* unterbrach der Sohn des Arztes die unerträgliche Stille zwischen ihnen.

»Ich würde es gern ungeschehen machen.«

Hanna presste ihre Lippen aufeinander. Ihr Puls raste, und sie wusste zunächst nicht, was sie darauf antworten sollte. Louis, der ihr Schweigen offenbar als erneute Ablehnung seiner Entschuldigung deutete, blieb stehen und griff nach ihren Händen. »Ich wünsche mir nichts mehr, als dass du mir verzeihst und mir erlaubst, dir zu beweisen, dass ich kein gefährlicher Draufgänger bin.«

Hanna sah zu ihm auf, konnte seinem Blick aber nicht standhalten. Sie schaute zur Seite, zog ihre Hände aus seinen und lächelte vorsichtig.

»Ich weiß, dass du das nicht wolltest. Allerdings war alles, was du an diesem Tag getan hast, leichtsinnig. Da fällt es schwer, dich nicht als waghalsigen Draufgänger zu sehen.«

»Lass es mich wiedergutmachen.«

»Nicht nötig. Du hast meinem Bruder das Leben gerettet, spätestens diese Tatsache bügelt jeden Leichtsinn aus.«

»Ich könnte ihm das Schwimmen beibringen«, schlug Louis unvermittelt vor. Er riss die Augen auf und legte beide Hände auf ihre Schultern. »Was hältst du davon? Wäre es nicht großartig, wenn er am Ende des Sommers schwimmen könnte und ihr euch nie mehr sorgen müsstet, dass ihm im Wasser etwas zustößt?«

Ein winziges Lächeln huschte über Hannas Gesicht. Louis schien begeistert von seinem Vorschlag, und die Begeisterung übertrug sich auf sie.

»Das war auch mein erster Gedanke«, gab sie zu. »Ich meine, nicht, dass du ihm das beibringen solltest. Aber dass er so schnell wie möglich schwimmen lernen muss. Dummerweise traut er sich nun vermutlich gar nicht mehr ins Wasser, und sein Fieber wird ihn sicher für einige Tage, wenn nicht gar Wochen, ans Bett fesseln.«

Louis verzog bedauernd die Lippen. »Stimmt. Ein denkbar schlechter Zeitpunkt. Aber dank Vaters Medizin und unserer Pflege wird er sich sicher schnell wieder erholen.«

»Unsere Pflege?«, fragte sie, und das Blut schoss ihr in die Wangen. Hatte Louis etwa tatsächlich vor, sich in den nächsten Tagen oder gar Wochen um ihren Bruder zu kümmern?

»Ja. Ich werde an seiner Seite sein, bis er gesund ist. Oder besser noch: bis er schwimmen kann. Du wirst mit meiner Anwesenheit zurechtkommen müssen.«

Er zog die Augenbrauen hoch und nickte fest, als wollte er ihr damit sagen, dass jede Widerrede ihrerseits keinen Zweck hätte.

»Wir sind da.« Hanna deutete auf den Eingang der Marien-Apotheke. Es war ein Glück, dass er sich nun um die Bestellung der Medikamente kümmern musste und so nichts von der Aufregung mitbekam, die sie erfasste.

Schweigend beobachtete sie, wie der junge Mann mit dem Apotheker die Rezepturen des Arztes besprach, und ein leises Lächeln huschte über ihr Gesicht. Zu keiner Sekunde hatte sie zu hoffen gewagt, von Louis auch nur bemerkt zu werden. Die meisten Mädchen, die sie kannte, schwärmten für den Sohn des Doktors, und da ihre Freundin Henriette das auch noch offen und unverhohlen tat, hatte Hanna ihre Gefühle für sich behalten, um keine Zwietracht zwischen ihnen zu säen. Erst Sophie hatte sie darauf aufmerksam gemacht, dass der junge Mann mitnichten Interesse an der vorlauten Henriette hatte.

Und nun würde Louis den ganzen Sommer in ihrem Hause ein und aus gehen! Sie schloss für einen Moment die Augen und mahnte sich innerlich, dieser Tatsache nicht die falsche Bedeutung beizumessen. Louis käme ja nicht um ihretwillen. Trotzdem konnte sie seine Nähe genießen und musste sich Henriette gegenüber nicht rechtfertigen.

»Wie kommen Sie mit Ihren Reisevorbereitungen voran?«, hörte Hanna den Apotheker fragen. Überrascht sah sie zu Louis, der ihr eilig den Rücken zudrehte, sodass sie seine Antwort nicht verstehen konnte. Er bezahlte, und sie traten auf die Straße. Hanna hätte ihn gern gefragt, von welchen Reisevorbereitungen der Apotheker gesprochen hatte, doch Louis redete ohne Pause, sodass sie nicht zu Wort kam.

»Ich werde Vater nach der Kutsche fragen, und dann fahren wir mit deinem Bruder an den Lindleinsee. Dort gibt es keine Strömung, und wir können mit den ersten Schwimmübungen im flachen Wasser beginnen. Außerdem gibt es versteckte, vom Weg aus uneinsehbare Stellen. Wenn uns niemand bemerkt, kann sich auch niemand über die Schwimmversuche deines Bruders lustig machen.«

Hanna lächelte. »Das ist eine gute Idee. Allerdings bin ich mir nicht sicher, ob Vater uns allein gehen lässt. Seine und Mutters Sorgen bezüglich Friedrich sind durch den Vorfall am Flussbad nicht weniger geworden.«

»Nun, dann werde ich sie davon überzeugen müssen, dass es keinen Grund zur Sorge gibt«, erwiderte er zuversichtlich.

Zurück im Haus ihrer Eltern übergab Hanna dem Doktor die Medizin. Louis ließ indes keine Zeit verstreichen und bat Hannas Mutter um ein Gespräch mit ihr und dem Seifensieder. Anschließend kam er zurück ins Krankenzimmer. Er wartete darauf, dass sein Vater das Zimmer verließ, um sich von Hanna zu verabschieden, und strahlte sie an.

»Dein Vater war sehr angetan von meinem Vorschlag, und auch deine Mutter hat keine Einwände. Da dein Bruder noch Zeit zur Genesung braucht, werden zunächst nur wir beide an den See fahren, um einen geeigneten Ort für die Schwimmstunden deines Bruders auszukundschaften. Sobald Friedrich gesund ist, wird dein Vater den Schwimmunterricht selbst durchführen, doch meine Anwesenheit wäre – und ich zitiere ihn nun – *ihm eine große Hilfe.*«

Louis trat einen Schritt auf Hanna zu, griff nach ihren Händen und zog sie vom Krankenbett hoch, auf dem sie neben ihrem schlafenden Bruder gesessen hatte.

Sie spürte das Flattern ihrer Augenlider, sah in das spitzbübisch grinsende Gesicht von Louis und fühlte ihren eigenen Herzschlag.

»Damit habe ich jetzt die offizielle Erlaubnis deiner Eltern, die nächsten Tage mit dir am See zu verbringen.«

Ein weiteres Mal kam Hanna der Gedanke, dass Sophie mit ihrer Behauptung, der Sohn des Arztes hätte nur Augen für sie, tatsächlich richtigliegen könnte.

»Wie wäre der nächste Sonntag? So gegen elf?« Ohne ihre Antwort abzuwarten, sprach Louis weiter: »Und wenn ich dich am Abend zurückbringe, werden wir deinen Eltern einfach weismachen, dass wir leider noch keinen geeigneten Platz für die Schwimmstunden gefunden hätten und deswegen weitersuchen müssten.«

Hanna bemühte sich gar nicht erst darum, ihre Freude vor ihm zu verbergen. Allerdings zog sie ihre Hände aus seinen und trat einen Schritt zurück, denn seine Nähe ließ sie fahrig werden.

»Wir müssen meinen Eltern gar nichts weismachen. Mein Vater weiß vermutlich ganz genau, dass diese Schwimmgeschichte nur die halbe Wahrheit ist.« Sie schluckte und räusperte sich, denn erst in dieser Sekunde ging ihr auf, dass sie Louis damit quasi unterstellte, dass der Schwimmunterricht vorgeschoben war, um sie zu sehen. Statt zu protestieren, grinste er jedoch nur vielsagend, und sie sprach weiter:

»Vater hat trotzdem zugestimmt, was bedeutet, dass es ihm nichts ausmacht, wenn wir Zeit miteinander verbringen.«

»Und was ist mit dir?«, fragte Louis leise, legte seinen Kopf schief und sah sie durchdringend an.

Hanna schluckte und entschied sich für etwas Schalk und eine vage Antwort: »Mir macht es auch nichts aus, danke der Nachfrage.«

»Dann bis Sonntag«, sagte Louis und schloss die Zimmertür hinter sich.

»Nun, ich werde mich nach Kräften bemühen, mein Fieber so lange wie möglich aufrechtzuerhalten, liebe Schwester.«

Hanna fuhr herum und sah in die noch immer glasigen, jedoch zwinkernden Augen ihres Bruders. »Ich erwarte genug Anstand, dass du mir erstens nicht sagst, wie lange du schon wach bist, und zweitens hinunterschluckst, was dir sonst noch auf der Zunge liegt«, gab sie mit strenger Miene zurück. Sie trat noch einmal ans Bett ihres Bruders, schüttelte sein Kissen auf und deckte ihn sorgfältig zu. »Er will dir das Schwimmen beibringen«, sagte sie, als müsste sie erklären, was sich gerade abgespielt hatte.

»Eine positive Randerscheinung seines eigentlichen Ziels, wenn du mich fragst. Aber mir soll es recht sein.«

Hanna strich Friedrich behutsam die Haare aus der Stirn und verließ mit den Worten »schlaf jetzt« das Zimmer.

Nachdem sich die Aufregung gelegt hatte und Hanna ihren Bruder in Sicherheit wusste, fiel ihr ein, dass sie die neue Seifenkreation ihres Vaters völlig vergessen hatte, also lief sie in die Küche und betrat die Abstellkammer.

Ihr erster Gang führte sie wie üblich zum Honigtopf, und nachdem sie genascht hatte, deckte sie die Kastenformen in der Werkstatt auf. Dezenter Pfefferminzduft stieg ihr in die Nase. Hanna öffnete die Fensterlade und trat mit einer der gefüllten Kastenformen ins Licht.

Wie zu erwarten, war die Seife inzwischen fest. Sie konnte nicht umhin zu bedauern, dass sie statt einer sanften grünen die übliche cremeweiße Färbung hatte. Sie war sich sicher, dass ein neuer, frischer Farbton die Kundschaft ebenso begeistert hätte wie sie.

Lächelnd deckte Hanna die Kastenform wieder ab, stellte sie zurück und schloss die hölzerne Fensterlade. In wenigen Tagen wäre die Seife durchgetrocknet, und sie würde sie in Stücke schneiden. Vielleicht wäre es ja an der Zeit, sich neue Schnittformen zu überlegen?

Eine Toilettenseife war schließlich nicht mit einer schlichten Kernseife zu vergleichen. Sie könnte in Form eines Kleeblatts oder einer Blüte geschnitten werden und würde so in einem herrschaftlichen Bad besonders gut zur Geltung kommen.

Hanna dachte daran, noch heute mit ihrem Vater zu sprechen, auch wenn sie sich fast sicher war, dass er ihren Vorschlag als verschwenderischen Schnickschnack ablehnen würde. Sie wusste selbst, dass bei besonderen Schnittformen einiges an Rohmaterial vergeudet wurde, das nicht weiterverwendet werden konnte. Aber vielleicht wäre Anton Grieb ja damit einverstanden, dass sie wenigstens zehn dieser Seifenblüten anfertigte, die sie dann eben ganz besonders gut betuchten Rothenburgern anbieten könnten. Viele von ihnen gab es in diesen Zeiten ohnehin nicht. Ihre Gedanken wanderten zu Sophie und deren schwerem Schicksal, doch sie schüttelte die aufkommende Trübsinnigkeit schnell wieder ab, um sich auf das Hier und Jetzt zu konzentrieren.

Während Hanna die Werkstatt wieder schloss, kam

ihr noch ein anderer Gedanke: Vielleicht wäre es möglich, besondere Gussformen anfertigen zu lassen und die Seifenmasse statt in Kastenformen dort einzugießen? Warum war sie nur bisher nicht auf diesen Gedanken gekommen?

Ihr Vater hatte die Seifenherstellung immer als etwas Praktisches gesehen: Seife musste säubern und durfte im besten Fall noch gut riechen. Um Äußerlichkeiten hatte er sich dabei nie geschert.

Hanna war sich allerdings sicher, dass solche besonderen Formen vor allem bei der weiblichen Kundschaft gut ankommen würden. Ihr Herzschlag beschleunigte sich. Sie wusste in diesem Moment, dass ihr Einfall hervorragend war. Trotzdem war es wichtig, das Ganze taktisch klug anzugehen. Sie würde Friedrich von der Idee erzählen. Wenn ihr Bruder eine Neuerung vorschlug, war ihr Vater in der Regel begeistert und ließ ihn gewähren, immerhin sollte er ja die Geschicke der Seifensiederei irgendwann einmal lenken.

Hanna nickte und murmelte »So werde ich es machen« vor sich hin. Zwar war es ärgerlich, dass ihre Ideen noch immer nicht ernst genommen wurden. Andererseits war es wichtiger, Neues auszuprobieren, um festzustellen, was in ihrem Handwerk alles möglich war. Sie wusste ja, von wem der Einfall wirklich stammte. Und am Ende würde sicher auch der Tag kommen, an dem ihr Vater ihr Talent anerkannte.

5

Sonntag, 30. Juli 1865,
morgens

Hanna

Der vorletzte Julitag des Jahres fiel auf einen Sonntag. Unter normalen Umständen hätte Hanna den Tag mit ihren Freundinnen verbracht. Doch die Umstände waren nicht normal, und die Aufregung, die Hanna seit Tagen begleitete, hatte nichts mit den Mädchen zu tun, die sie von Kindesbeinen an kannte.

Offensichtlich hatte sie die Vorhänge am gestrigen Abend nicht sorgfältig genug zugezogen, denn die aufgehende Sonne hatte sie bereits um kurz nach sechs geweckt. Ihre Gedanken waren wie so oft seit dem Tag des Unfalls zu Louis gewandert, und sie war augenblicklich hellwach gewesen. Es dauerte noch über vier Stunden, bis er sie wie verabredet abholen würde, und Hanna ahnte, dass ihre Ungeduld dazu führen würde, dass die Zeit nicht verging.

Sie lauschte, doch im Haus war alles still. Ihre Eltern waren fleißige Kirchgänger und würden sicher im Laufe der nächsten Stunde ebenfalls aufstehen. Hanna dachte daran, wie oft sich ihre Mutter darüber beschwert hatte, dass sie sich immer wieder herausredete und nur noch an wichtigen Festtagen in der Kirche sehen ließ. Sie hatte ihr Friedrich, der sich dem Kirchgang nicht entzog, als leuchtendes Beispiel vor Augen geführt, was sie nur noch mehr dazu veranlasste, sonntags nicht mehr aufzustehen.

Wie immer hatte ihr Vater Verständnis gezeigt und die Mutter gebeten, doch Nachsicht zu zeigen. »Ich war in diesem Alter nicht anders«, hatte er angemerkt. »Nichts war in jungen Jahren so unwichtig wie der Gang zur Kirche, und ich war gottfroh, mich dank der Arbeit in der Siederei fernhalten zu können. Vertrau auf deine Erziehung, Christina. Es wird die Zeit kommen, in der sie sich wieder der Dinge besinnt, die ihr beigebracht wurden.«

Ihre Mutter hatte zwar klein beigegeben, versuchte jedoch von Woche zu Woche aufs Neue, sie dazu zu bewegen, ihre Eltern und ihren Bruder zu begleiten.

Hanna schob die Gedanken an die frommen Wünsche ihrer Mutter beiseite und schlüpfte in Morgenmantel und Pantoffeln. Die Kammern von ihr und ihrem Bruder lagen unter dem Dach. Aufgrund der Dachschrägen waren sie zwar klein, doch das störte Hanna nicht. Morgens öffnete sie regelmäßig zuerst das Fenster. Das Sonnenlicht brach sich dann im Spiegel, der neben der Tür hing, kroch über das Holz der Wände und des Bodens und tauchte ihr Zimmer in ein warmes, rotbraunes Licht.

Hanna schüttelte ihr Federbett auf, warf es zum Auslüften über das eiserne Bettgestell und lief dann die Holzstiege hinunter. Unter ihrem befand sich das Stockwerk der Eltern. Ihre Mutter hatte vor Jahren darum gebeten, das Zimmer zur Straße hin beziehen zu dürfen. Sie hatte vorgegeben, dass sie den Blick auf das belebte Treiben genoss. Hanna war allerdings davon überzeugt, dass es reine Neugier war, die ihre Mutter zum Zimmertausch mit dem Vater bewogen hatte. Christina Grieb war eben gern informiert. Und dabei ging es nicht nur um Nachbarn, die sie beobachten konnte, sondern auch um ihre eigenen Kinder, die inzwischen ein Alter erreicht hatten, in dem sie längst nicht mehr alle Erlebnisse mit den Eltern teilten.

Auf Zehenspitzen schlich Hanna an den Schlafzimmern ihrer Eltern vorbei und weiter hinunter in die Wohnküche, die genug Platz für die Speisetafel und eine moderne Kochstelle ließ, auf die ihr Vater besonders stolz war.

Kaum hatte sie die Tür geöffnet, stieg ihr auch schon der unverkennbare Geruch des Talgs in die Nase – des Grundstoffs für die Seifenherstellung –, der tagein, tagaus in Küche, Vorratskammer und Werkstatt hing und sich trotz Kochgerüchen und Lüften nicht vertreiben ließ. Obwohl diese Duftnote alles andere als angenehm war, löste sie bei Hanna glückliche Kindheitserinnerungen aus.

Früher wie heute verbrachten ihr Vater, Friedrich und sie Stunde um Stunde in der Werkstatt. Doch im Gegensatz zu ihrem Vater hatte Hanna längst erkannt, dass ihr Bruder kein echtes Interesse an der Seifensiederei hatte. Bei der Arbeit war er abwesend und musste immer wieder auf die nächsten Handgriffe hingewiesen werden. Je älter Friedrich wurde, desto weniger gelang es ihm, seine Abneigung gegen das Familienhandwerk zu verbergen. Nun, zumindest wusste sie als Schwester um seine wahren Gefühle. Ihr gegenüber hatte er sie ehrlich zugegeben, obwohl das dank seines Verhaltens gar nicht mehr nötig gewesen wäre. Gemeinsam hatten sie sich gegen den Vater verschworen: Ihr Bruder würde sich so gut wie möglich zusammenreißen, während Hanna, wann immer sie sich unbeobachtet wähnten, sämtliche Arbeiten übernahm, die Friedrich zuwider waren, ihr hingegen leicht von der Hand gingen.

Sie erkannten schnell, dass sich der Vater in dieser Hinsicht nur zu gern hinters Licht führen ließ. Womöglich ahnte er ja sogar, dass seine Kinder ihn austricksten, doch er fragte nicht weiter nach.

Er war selbst in der Sekunde, als Friedrich ihm Hannas Vorschlag von neuen Gussformen unterbreitete, nicht auf den Gedanken gekommen, dass seine Tochter hinter all dem stecken könnte. Begeistert hatte er zugestimmt und Friedrich damit beauftragt, einen Gießer oder Schmied ausfindig zu machen, der ihnen entsprechende Gussformen anfertigen würde.

Hanna öffnete die Fensterläden. Das Sonnenlicht fiel auf den großen Holztisch, an dem ihr Vater zu arbeiten pflegte. Sie strich über die glatte Fläche und seufzte leise. Sie liebte diesen Ort und die Arbeit, die sie hier verrichteten.

Auf dem Tisch stand eine Metalldose, die Hanna noch nicht kannte. Neugierig öffnete sie den Deckel, und süßlich-milder Duft breitete sich in der Werkstatt aus.

Obwohl sie die Schoten zum ersten Mal sah, ahnte sie, was da in der Dose lag, denn der Vater hatte voller Begeisterung von seiner neuen Idee berichtet. Die langen, schwarzen Stängel hatte er von einer seiner Gewürzreisen, wie er sie nannte, aus Paris oder Antwerpen mitgebracht – so genau erinnerte sich Hanna nicht mehr. Im Innern der Schoten verbarg sich intensiv duftendes Mark, das den Namen Vanille trug. Das Gewürz war teuer, und Seifen mit einem solchen Vanilleduft würden damit für viele ihrer Kunden unbezahlbar werden. Doch Hanna wusste, dass der Vater sein Angebot an Toilettenseifen erweitern wollte. Nach der für den Sommer entwickelten Minzseife würde schon bald eine Vanilleseife exklusive und zahlungskräftige Kunden anlocken.

Hanna hob die Dose noch einmal vor ihr Gesicht und sog den süßen Geruch tief durch die Nase ein. Die Vorstellung, selbst nach dem Benutzen einer Seife so zu riechen, gefiel ihr, und sie hoffte, dass der Vater es schaffte, diese Idee umzusetzen.

In den vergangenen Jahren hatte sie keine Gelegenheit ausgelassen, um ihren Eltern zu erklären, wie sehr sie sich für die Seifensiederei begeisterte. Bedauerlicherweise waren Anton und Christina Grieb von dieser Begeisterung nicht sonderlich angetan. Im Gegenteil. Unermüdlich erklärten sie ihr, dass es nicht ihre, sondern Friedrichs Aufgabe sein würde, den Betrieb fortzuführen. Als Frau bestand ihre Rolle vielmehr darin, in naher Zukunft Ehefrau und anschließend Mutter zu werden. Hanna wusste, dass ihr diesbezüglich ein Kampf bevorstehen würde, denn sie hatte nicht vor, dem Wunsch ihrer Eltern nachzukommen. Sie dachte nicht daran, Haus und Kinder zu hüten und ihre große Leidenschaft für immer aufzugeben.

Stattdessen sah sie sich auf Reisen. Sie wollte neue und exotische Pflanzen entdecken und zu wohlriechenden Seifen verarbeiten, wollte die handwerklichen Prozesse der Herstellung verbessern, um die Stückzahlen dauerhaft zu erhöhen. Sie hatte unzählige Ideen, die sie umzusetzen gedachte. Der Enthusiasmus ihres eigenen Vaters hatte sie einst angesteckt, und sein Versuch, diesen jetzt im Keim zu ersticken, würde niemals von Erfolg gekrönt sein. Und obwohl sie wusste, dass ihre Wünsche für eine Frau unangebracht waren, dachte sie nicht daran, sich mit der Entscheidung ihrer Eltern einfach abzufinden.

Für den Moment schüttelte Hanna die bedrückenden Gedanken ab. An diesem wunderschönen Morgen sollte nichts ihre Vorfreude auf die gemeinsamen Stunden mit

Louis trüben. Ihre gute Laune ging sogar so weit, dass sie beschloss, die Messe zu besuchen, damit die Zeit schneller verging. Da ihre Mutter sicher bei Friedrich am Krankenbett bleiben würde, dürfte der Gottesdienst nicht allzu anstrengend werden, stand sie doch nicht unter Dauerbeobachtung. Außerdem konnte sie ohnehin nicht bis zum Ende bleiben, wenn sie Louis nicht warten lassen wollte. Für den Anfang sollte diese Dosis göttlicher Segen genügen.

Vorsichtshalber packte sie ihre Badekleider in ihre kleine Tasche. Wer wusste schon zu sagen, ob die bei ihrem Ausflug an den kleinen Lindleinsee nicht doch nötig wurden?

Hanna wurde noch vor dem Betreten der St.-Johannis-Kirche von Henriette entdeckt, die mit theatralisch aufgerissenen Augen auf sie zustürmte und sie überschwänglich in den Arm nahm.

»Wir hatten so gehofft, dass du diesmal kommst«, rief sie lauter als nötig. »Die Gemeinde muss doch wissen, wie es dir und deinem Bruder inzwischen geht.«

»Die Gemeinde muss was?« Hanna wusste nicht, ob sie lachen oder entnervt den Kopf schütteln sollte.

»Henriette meint sicher sich und nicht gleich ganz Rothenburg«, erklärte Sophie, die auf Hanna zutrat und ihr und ihrem Vater die Hand reichte. »Es freut mich ungemein, dass alles so glimpflich abgelaufen ist«, sagte sie einige Phon leiser. Sophie ging es wirklich einzig und allein um Friedrichs Wohlergehen, wohingegen man das bei Henriette nicht mit Sicherheit sagen konnte. Alles, was die tat, war von Dramatik und einer durchdringenden Lautstärke begleitet. In jüngeren Jahren war ihre Theatralik immer aufregend gewesen, doch je älter Hanna wurde, umso mehr störte sie das laute Wesen ihrer Freundin. Heute verkniff sie sich jedoch ein genervtes Augenrollen und hakte sich stattdessen links und rechts bei den Freundinnen unter.

»Ganz gesund ist Friedrich noch nicht«, setzte sie die Mädchen in Kenntnis. »Er wäre nicht er, hätte er sich bei der Gelegenheit nicht auch gleich eine schwere Erkältung zugezogen. Doch Doktor Schmieger ist überzeugt, dass auch diese bald überstanden ist.«

Henriette gab einen Seufzer von sich. »Doktor Schmieger«, hauchte sie, und Hanna wusste, dass sie darauf wartete, dass sie oder Sophie fragten, was sie auf dem Herzen hatte. Doch Hanna vermied es, das Thema weiter zu vertiefen, da sie wusste, was ihr am heutigen Tag noch bevorstand.

Die Mädchen betraten die Kirche und nahmen in einer der hinteren Reihen Platz, während Anton Grieb sich zu Bekannten gesellte, die sich ebenfalls nach Friedrich erkundigten.

Während Hanna sich lächelnd umsah und weiteren Freunden der Familie durch ein freundliches Nicken zu verstehen gab, dass der Badeunfall keine tiefen Spuren hinterlassen hatte, seufzte Henriette erneut, und diesmal reagierte Sophie.

»Du willst reden?«, flüsterte sie. »Dann rede. Aber hör mit diesem Geseufze auf.«

»Will ich ja gar nicht«, protestierte Henriette sofort. »Meine Gedanken schweifen selbst dann zu Louis, wenn ich nur seinen Vater sehe. Ich frage mich …« Sie wandte sich suchend um und zog die Augenbrauen zusammen. Dann setzte sie erneut an: »Ich frage mich, wo er bleibt.

Der Arme wird sich bei seiner heldenhaften Rettungsaktion doch nicht ebenfalls erkältet haben?«

Hanna schloss für einen Moment die Augen und schluckte. Dann stupste sie der Freundin gespielt fröhlich ihren Ellbogen in die Seite. »Keine Sorge. Es geht ihm bestens.«

Statt sich über diese Information zu freuen, verfinsterte sich Henriettes Miene. »Woher weißt du das?«

»Sein Vater und er besuchen uns täglich. Ich denke, er hat ihn dazu verdonnert, sich um meinen Bruder zu kümmern, ob er will oder nicht.«

Das Einsetzen der Orgel verhinderte, dass sie weitere Erklärungen abgeben musste, doch natürlich bemerkte sie, dass Henriette sie immer wieder von der Seite ansah. Sicher wartete sie darauf, dass sie das Gespräch flüsternd weiterführen konnten, doch Hanna dachte gar nicht daran, ihr diesen Gefallen zu tun.

Je weiter der Gottesdienst voranschritt, desto zappeliger wurde Hanna. Fünfzehn Minuten vor elf flüsterte sie ihren Freundinnen schließlich zu, dass sie gehen müsste.

»Warum denn jetzt schon?«, fragte Sophie überrascht.

»Ein andermal«, erwiderte Hanna vage. Sie sah zur Kanzel, hob ihren Zeigefinger an die Lippen und tat so, als wolle sie die Predigt nicht weiter stören. Dann verließ sie mit gesenktem Blick die Kirche.

6

Sonntag, 30. Juli 1865,
mittags

Hanna

Mit eiligen Schritten lief Hanna die Obere Schmiedgasse entlang, vorbei am Gasthof *Goldener Greifen,* überquerte den Marktplatz und bog schließlich in die Georgengasse. Erleichtert stellte sie fest, dass Louis' Einspänner nirgends zu sehen war, was bedeutete, dass ihr zumindest einige Minuten blieben, um sich frisch zu machen und die Haare, die sich aus ihrem festgesteckten Flechtzopf gelöst hatten, mit Haarnadeln zu fixieren.

Sie schaffte es gerade noch, einen letzten Blick in den kleinen Handspiegel zu werfen, der auf ihrer Waschkommode lag, bevor das Pochen des Türklopfers durchs Haus hallte.

»Ich gehe schon«, rief sie laut durchs Treppenhaus und öffnete dann so ungestüm die Eingangstür, dass sie fast das Gleichgewicht verlor.

»Hoppla«, rief Louis lachend anstelle einer Begrüßung, und Hanna spürte, dass sie errötete.

»Guten Tag«, sagte sie und bemühte sich um einen ruhigen Tonfall. »Komm doch bitte herein, ich bin gleich so weit.«

Er lief an ihr vorbei und blieb wartend im Flur stehen. Hanna gab sich alle Mühe, ihn nicht auch noch unentwegt anzustarren, nachdem sie schon so stürmisch die Tür aufgerissen hatte. Doch genau das fiel ihr schwer, denn der Sohn des Arztes sah großartig aus. Er trug ein einfaches weißes Leinenhemd mit einem Stehkragen. Doch anders als die älteren Herren, die Hanna als Bekannte oder Freunde ihres Vaters kannte, trug er keine Weste darüber und hatte auch den oberen Knopf des Hemdes nicht geschlossen, was vermutlich mit den hohen Temperaturen des heutigen Tages zusammenhing. Zum Leinenhemd hatte er eine dunkelblaue Hose gewählt und einen einfachen Strohhut aufgesetzt, den er nun abnahm.

»Ich sage meiner Mutter Bescheid«, sagte Hanna hastig, denn sie bemerkte, dass er lächelnd an ihr herabsah und vermutlich drauf und dran war, ihr ein Kompliment zu machen, das sie in Verlegenheit bringen würde. Sie lief hinauf zur Kammer ihres Bruders. Die Mutter hatte sich den Sessel ans Fenster gezogen und stickte, während Friedrich schlief.

»Louis ist da, um mich abzuholen.«

»Ich habe ihn vom Fenster aus gesehen. Ich wünsche euch viel Spaß.«

»Ich danke Ihnen«, sagte Hanna höflich.

Als sie die Tür schließen wollte, sprach die Mutter sie noch einmal an: »Und Hanna!«

»Ja?«

Statt einer Antwort winkte Christina Grieb ab. Sie schien es sich anders überlegt zu haben, doch Hanna ahnte, was sie auf dem Herzen hatte.

»Seien Sie unbesorgt, liebe Mutter. Ich werde nicht zu lange fort sein. Die Fahrt führt uns an den kleinen Lindleinsee, wir sind also ganz in der Nähe.«

Das milde Lächeln ihrer sonst meist strengen Mutter

legte die Vermutung nahe, dass sie, wie auch der Vater, nichts gegen einen Ausflug mit dem Arztsohn einzuwenden hatte. Es machte den Eindruck, als wären ihre Eltern sich darin einig, dass Louis Schmieger ein guter Umgang für sie war, denn dass sie ihre Tochter ohne Bedenken in seine Obhut übergaben, war für Hanna der endgültige Beweis dafür, dass sie ihm nicht nur verziehen hatten, was am Fluss passiert war, sondern ihm auch vertrauten.

Sie griff nach der Badetasche, die sie schon vor dem Kirchgang gepackt hatte. Louis erwies sich als echter Kavalier. Galant half er ihr auf den Kutschbock, bevor er auf der anderen Seite zustieg. Er griff nach den Zügeln, gab dem Pferd jedoch kein Kommando. Stattdessen wandte er sich Hanna zu und wartete darauf, dass sie ihn ansah.

»Alles in Ordnung?«, fragte sie und griff in ihre Röcke, damit Louis das nervöse Beben ihrer Hände nicht bemerkte.

»Fast. Ich kam vorhin nicht dazu, deswegen möchte ich es nun nachholen.« Er machte eine Pause und sah ihr lächelnd ins Gesicht. »Du siehst heute ganz bezaubernd aus.«

Hanna flüsterte ein verlegenes »Danke schön« und strich über ihren Rock. Sie hatte sich schon vor der Kirche für ein schlichtes Tageskleid entschieden, bestehend aus einer cremefarbenen Spitzenbluse, einem dunkelgrünen Samtrock und einem farblich dazu passenden Jäckchen. Ganz bewusst hatte sie auf einen Reif verzichtet, da dieser sie nur in ihrer Bewegungsfreiheit am Wasser einschränken würde.

Louis schnalzte mit der Zunge, und das Pferd setzte sich in Bewegung. Solange sie durch die Stadt fuhren, konnte Hanna sich nicht entspannen, zu groß war ihre Befürchtung, Henriette zu begegnen. Sie wusste natürlich, dass irgendwann der Moment kommen würde, an dem Henriette von diesem Tag erfuhr. Spätestens dann musste sie die Wahrheit sagen. Sie konnte beim besten Willen nicht sagen, ob ihre Freundschaft die Tatsache überstehen würde, dass auch sie Gefallen an dem jungen Mann gefunden hatte.

Hanna entspannte sich erst wieder, als sie das Galgentor passierten und Louis das Gespann stadtauswärts lenkte, vorbei an Feldern, Obstwiesen und kleinen Äckern. Sie atmete einige Male tief ein und aus und ließ die Schultern sinken.

»Mache ich dich nervös?«, fragte Louis grinsend.

Hanna dachte nicht daran, ihm seine Frage ehrlich zu beantworten. »Warum solltest du mich nervös machen?« Sie zog fragend ihre Augenbrauen hoch, als hätte sie nicht die geringste Ahnung, wovon er sprach.

»Ach, nur so ein Gedanke. Du wirktest angespannt, solange wir durch die Stadt fuhren.«

»Und das muss natürlich an dir liegen …«

Anstelle einer Antwort zuckte nun Louis mit den Schultern und grinste dabei so selbstgefällig, dass Hanna beschloss, ihm die Wahrheit zu sagen, um ihm den Kopf zurechtzurücken. Mochte ja sein, dass sie inzwischen viel zu oft an ihn dachte und er ihr Gefühlsleben durcheinandergewirbelt hatte. Doch sie war kein Mädchen, das einem Mann selbstvergessen in die Arme sank. Sie war nicht Henriette.

»Ich hatte nur befürchtet, Henriette zu begegnen. Ich traf sie heute Morgen in der Kirche, und ich bin mir nicht sicher, ob ihr gefallen würde …«

Hanna brach ab, denn in diesem Moment wurde ihr klar, dass sie gerade dabei war, die Gefühle ihrer Freundin auszuplaudern. Selbst wenn Henriette nicht das Bedürfnis zu haben schien, aus ihnen ein Geheimnis zu machen, so war es doch sicher nicht ihr Recht, sich darüber auszulassen.

»Keine Sorge. Selbst einem Blinden könnte ihr Interesse nicht entgehen. Nur leider beruht es nicht auf Gegenseitigkeit. Henriette ist einfach …« Louis schien nach den richtigen Worten zu suchen. »Sie ist eben Henriette«, ergänzte er lachend. »Nett und lustig, aber auch laut und anstrengend und manchmal etwas oberflächlich, wie mir scheint. Ich hoffe, du verzeihst mir diese ehrlichen Worte.«

Hanna nickte, antwortete jedoch nicht. Sie musste sich zusammenreißen, um nicht zu lächeln, denn sie konnte nicht anders: Sie freute sich über das, was Louis gesagt hatte. Henriette war stets davon überzeugt gewesen, dass sie nur mit den Fingern schnippen müsste, wenn ihr nach seiner Gesellschaft wäre, und Sophie und sie selbst waren ganz selbstverständlich davon ausgegangen, dass sie damit recht hatte. Doch nun stellte sich heraus, dass sie alle drei falschgelegen hatten.

»Wir sind da.« Louis deutete nach links, wo hinter einer kleinen Baumgruppe der See zum Vorschein kam. Er sprang vom Kutschbock, eilte um das Gefährt herum und reichte Hanna die Hand, damit sie aussteigen konnte. Dann griff er noch einmal unter den Sitz und zog einen Korb hervor.

»Was hast du da?«, wollte Hanna wissen und griff nach ihrer eigenen Tasche, doch Louis legte nur geheimnisvoll den Zeigefinger auf die Lippen.

»Du wirst dich gedulden müssen.«

Sie liefen eine Weile am Ufer entlang und erreichten schon bald eine Stelle, die wie für eine Rast gemacht schien. Gestrüpp und Schilf, die den See sonst umgaben, lichteten sich hier für eine weitläufige Rasenfläche.

»Von einem solchen Flecken habe ich gesprochen. Von der Landstraße aus fast nicht zu sehen, und das Ufer fällt flach ins Wasser ab. Ideal, um die richtige Tiefe für deinen Bruder zu finden.«

Hanna musste schmunzeln. Noch immer hielt Louis an der Idee fest, ihrem Bruder das Schwimmen beizubringen. Dabei hatte sie ihm längst erklärt, dass ihr Vater das übernehmen würde.

»Ich gebe zu«, sagte er plötzlich, »dass das nur die halbe Wahrheit ist. Natürlich freue ich mich, wenn dein Bruder irgendwann gefahrlos ins Wasser gehen kann. Aber noch viel mehr freue ich mich darüber, Tag für Tag in deiner Nähe zu sein. So schrecklich das auch klingen mag, was ich jetzt sage, aber ich danke Gott für diese Gelegenheit. Ich hätte sonst vermutlich nie den Mut gefunden.«

Hanna sah ihn überrascht an. Wie gern hätte sie etwas erwidert, doch sie war sprachlos. Ihr Herz raste, und als sie in seine hellgrünen Augen sah, konnte sie kaum noch einen klaren Gedanken fassen. Louis Schmieger, der Sohn des Wundarztes und Schwarm aller Rothenburger Mädchen, hatte ihr soeben gestanden, dass er sie mochte.

»Schockiert?«, fragte er und griff nach ihrer Hand.

»Eher überrascht. Ich habe nicht … also, ich hätte nie gedacht …« Sie atmete mit einem hörbaren »Pf« aus und schüttelte schließlich resigniert den Kopf. Dann nahm sie einen neuen Anlauf. »Nun, ich habe nicht damit gerechnet.«

»Das hättest du aber müssen. Wann immer wir uns

begegnet sind, hatte ich nur Augen für dich. Ist dir das denn nie aufgefallen?«

Hanna wagte kaum zu atmen und erst recht nicht zu antworten. Stattdessen sah sie Louis an und hatte plötzlich das Gefühl, sich in seinen Augen zu verlieren. Das laut hörbare Knurren ihres Magens zerstörte jäh die unerwartet romantische Stimmung zwischen ihnen. Erschrocken legte sie eine Hand auf ihren Bauch und presste die andere vor ihren Mund. Doch ihre Zurückhaltung war nicht nötig, denn Louis brach in schallendes Gelächter aus.

»Da bin ich aber froh. Ich dachte mir schon, dass du zur Mittagszeit womöglich hungrig sein würdest. Ich habe etwas Gebäck, Käse, Brot und Wein eingepackt. Vielleicht sollten wir deinen Hunger stillen.« Er zwinkerte ihr verschwörerisch zu und schob dann »zumindest *diese* Art Hunger« hinterher.

Hanna sah ihn irritiert an. Sie ahnte, worauf er anspielte, verdrängte aber den Gedanken an all die Dinge, die er gemeint haben könnte, ganz schnell wieder und überging seine Andeutung. Sie griff nach der Pferdedecke, die er unter den Henkel des Korbs geklemmt hatte, und breitete sie aus.

Den Blick auf den träge in der Sonne schimmernden See gerichtet, nahmen sie nebeneinander auf der Decke Platz und teilten sich das Essen, das Louis mitgebracht hatte. Mit dem Wein hielt sich Hanna zurück, denn sie wusste, dass er ihr nicht sonderlich gut bekam, schon gar nicht in der Mittagshitze.

Nach dem Essen erhob sie sich und lief eine Weile am Ufer auf und ab, um zu überprüfen, ob sie wirklich von keinem Punkt aus die Kutsche und damit die Straße sehen konnte.

Sie erreichte den Rand des Schilfs und wandte sich zu Louis um, der, den Blick auf sie gerichtet, noch immer auf der Decke saß. Er schien ihr etwas zuzurufen und winkte, doch die leichte Sommerbrise trug seine Worte auf diese Entfernung einfach davon. Sie winkte zurück, deutete auf ihre Ohren und zuckte mit den Schultern, um ihm zu verstehen zu geben, dass sie ihn nicht hörte.

Im Schilf vor ihr raschelte es geheimnisvoll, und Hanna starrte angestrengt hinein. Von ihrem Vater wusste sie, dass der See ein wahres Paradies für unzählige Vogelarten war. Vielleicht hatte sie Glück und entdeckte eine Entenfamilie oder sogar junge Schilfrohrsänger.

Hanna raffte ihren Rock hoch und lief einige Schritte ins Schilf hinein. Sie war so damit beschäftigt, nach Jungvögeln Ausschau zu halten, dass sie nicht bemerkte, wie morastig der Boden war.

Den nächsten Schritt, den sie machen wollte, schaffte sie nicht mehr. Ihr Fuß war in den Schlamm eingesunken, und sosehr sie es auch versuchte, sie bekam ihn nicht frei. Ihr Puls schoss in die Höhe. Kopflos zerrte sie an ihrem rechten Bein herum, wobei sie natürlich ihren Rock loslassen musste, dessen Saum nun ebenfalls im Schlamm hing.

»Ich gebe sicher ein großartiges Bild ab«, murmelte sie leise vor sich hin und dachte daran, dass sie mit dem Rücken zu Louis stand, sich immer wieder nach vorn beugte, wobei ihr Hinterteil in die Luft ragte und sicher einen besonderen Anblick bot. Warum nur war sie ins Schilf hineingelaufen? Was, abgesehen von nassen Füßen, hatte sie denn erwartet? Nun steckte sie im Schlamm fest, und wenn es besonders dumm lief, würde sie zwar mit Louis' Hilfe freikommen, ihr Schuh jedoch stecken bleiben.

»Die Worte, die du nicht verstanden hast, waren: Vorsicht, Morast!« Louis schien sich prächtig zu amüsieren, das Glucksen in seiner Stimme war zumindest nicht zu überhören.

»Wieder unterwegs in Sachen Grieb'sches Familienmitglied retten?«, gab sie fast schon eine wenig bissig zurück.

»Ich kann leider nicht näher kommen, sonst stecken wir beide fest.«

»Und was nun?«, fragte sie erschrocken. Daran, dass womöglich auch Louis nicht weiterwusste, hatte sie keinen Gedanken verschwendet. Doch natürlich leuchtete ihr ein, dass es keine gute Idee war, wenn er auch noch in den Morast trat. Steckten sie beide fest, säßen sie wirklich in der Klemme.

»Dann solltest du wohl Hilfe holen«, seufzte Hanna. Sie hatte sich den Tag in den schillerndsten Farben ausgemalt, aus dem Morast gerettet werden zu müssen gehörte allerdings nicht dazu.

»Das können wir später immer noch tun. Ich habe eine Idee.«

Hanna warf einen Blick über die Schulter, merkte aber sofort, dass das kein guter Einfall war, denn sie geriet ins Straucheln, und da sie ihre Füße nicht bewegen konnte, um das Gleichgewicht zu halten, begann sie, wild mit den Armen zu rudern. Sie wusste nicht, ob sie lachen oder vor Wut fluchen sollte. In diesem Moment war ihr nach beidem gleichermaßen zumute.

»Vertraust du mir?«, fragte Louis.

Was war das denn für eine Frage? Sie kannte ihn nicht, wenn man von der letzten Woche absah, in der sie erste kurze Gespräche miteinander geführt hatten.

»Brauchst nicht zu antworten«, sagte er, als er ihr Zögern bemerkte. »Ich werde stehen bleiben, und du lässt dich nach hinten fallen. Ich fange dich auf und ziehe dich raus.«

Hanna schluckte. Er schien das tatsächlich ernst zu meinen. Noch einmal wandte sie ihren Kopf, diesmal etwas behutsamer. Sie versuchte, die Entfernung zwischen sich und Louis abzuschätzen, und erkannte, dass er recht hatte. Wenn sie sich nach hinten fallen ließ, könnte er sie tatsächlich mit den Armen auffangen, ohne selbst weiter in den Morast waten zu müssen. Hannas Herz schlug ihr bis zum Hals. Einen Moment lang überlegte sie, ob er sie überhaupt fangen konnte oder ob der Schwung, den sie im Fallen hatte, sie nicht beide umwerfen würde. Ihr Kopf sagte ihr, dass das keine Rolle spielte, da sie kaum eine andere Wahl hatten, wenn sie nicht wollte, dass sie sich vor möglichen Helfern noch weiter blamierte.

»Ich weiß nicht«, sagte sie kleinlaut. Dann richtete sie sich gerade auf und straffte ihre Schultern. Was sollte schon groß passieren? Im schlimmsten Fall würde sie der Länge nach hinschlagen, und das war auch nicht peinlicher als die Situation, in der sie nun schon steckte. »Also gut. Ich zähle bis drei.«

Sie zählte, schloss die Augen und ließ sich fallen. In der nächsten Sekunde spürte sie seine Arme, die sie an der Taille umfingen, und obwohl er sie hielt, begann sie, mit den Armen zu rudern.

»Nicht«, rief Louis, doch es war zu spät. Was sie vorab befürchtet hatte, passierte: Er verlor das Gleichgewicht und fiel mit ihr im Arm nach hinten. Sein schmerzerfülltes Zischen machte ihr klar, dass er im Gegensatz zu ihr auf festen Boden gefallen war. Sie hingegen saß im Schlamm.

»Die Sache mit dem Vertrauen braucht wohl doch etwas länger. Aber zumindest sind deine Füße wieder frei.«

Hanna sah sich prustend um. Sie musste lachen und war gleichzeitig wütend auf sich selbst. Er hatte sie sicher gefangen. Hätte sie nicht so panisch mit den Armen herumgerudert, hätte er nicht das Gleichgewicht verloren, und alles wäre gut gewesen. Stattdessen waren nun nicht nur Saum und Schuhe verdreckt, sondern auch ihr gesamter Rock. Von den Matschspritzern auf ihrer hellen Bluse ganz zu schweigen. »Das Nachhausekommen dürfte ein ganz wunderbares Vergnügen werden«, sagte sie kopfschüttelnd. »Meine Mutter wird begeistert sein.«

»Warum?«, fragte Louis, als hätte er nicht die geringste Ahnung, was eigentlich ihr Problem war. Erst jetzt fiel ihr auf, dass er seine Arme noch immer fest um ihre Taille geschlungen hatte und sie viel zu dicht bei ihm saß.

Mit gespielter Empörung rückte sie ein Stück von ihm weg. Als sie sich umwandte, gab er ein unterdrücktes Prusten von sich. Er presste seine Hand davor, doch es war zu spät. Er brach in fröhliches Gelächter aus, und als Hanna seine funkelnden Augen sah, konnte sie sich ebenfalls nicht mehr zurückhalten. Sie lachten gemeinsam und brauchten eine ganze Weile, ehe sie sich wieder beruhigt hatten.

Dann krempelte Louis einen Hemdsärmel wieder herunter und zog ihn über die Hand. Vorsichtig wischte er ihr einige Matschspritzer von der Wange. Hanna gab ihre Zurückhaltung auf. Sie sah aus wie ein Schmutzfink, und soweit sie das beurteilen konnte, hatte auch seine Kleidung gelitten. Nun war ohnehin schon alles egal.

»Du bist da ein kleines bisschen dreckig«, neckte er sie.

Sie nickte wortlos, griff mit beiden Händen tief in den Matsch und schmierte Louis die Pampe links und rechts auf die Wangen. »Nein«, sagte sie betont langsam, während sie mit der Fingerspitze einen Kringel auf seine schmutzige Wange malte. »*Du* bist dreckig.«

Für den Bruchteil einer Sekunde dachte sie darüber nach, ob er wohl zu der anständigen Sorte Mann gehörte, die es nie wagen würde, einer Frau das Gesicht zu beschmutzen. Seine Miene, die nach einem gespielt-empörten »Ach so« aussah, beantwortete ihr diese Frage, noch bevor sie seine Schlammladung auf Stirn und Nase bekam.

»Das ist also der Dank für mein lebensgefährliches Rettungsmanöver«, seufzte er theatralisch. Er sah an ihr herab, wie sie da noch immer im Matsch saß, und ergänzte lachend: »Jetzt muss Aschenputtel wohl in Lumpen zum Ball. Aber wenigstens konnte ich den Schuh retten. Wenn man diesen Gebrüdern Grimm Glauben schenken darf, ist so ein Schuh der einzige Weg zur wahren Liebe.«

Hanna verschluckte sich fast bei diesen Worten. Zu Beginn ihres Ausflugs hatte sie noch Zweifel daran gehabt, ob es tatsächlich sein konnte, dass er sie mochte. Nun machte er neckische Andeutungen und sprach mit ihr auf eine Art und Weise, die kaum noch Spielraum für Interpretationen ließ. Andererseits, warnte sie eine innere Stimme, war sein Schäkern wohl kaum der Beweis für tiefe und ernste Gefühle. Er war ein junger Mann, und sie hatte keine Ahnung, ob er nicht schon bald wieder das Interesse an ihr verlor. In diesem Moment wollte sie darüber aber nicht mehr nachdenken.

Sie rappelte sich mühsam auf und hatte das Gefühl, dass ihre Kleider plötzlich Tonnen wogen. Der nasse

Matsch hatte sich in Rock und Unterrock gesogen, und sie konnte kaum einen Fuß vor den anderen setzen.

»Dich in diesem Aufzug nach Hause zu bringen wird in der Tat eine Herausforderung«, sagte Louis, und seine Stimme klang immerhin ein wenig mitfühlend.

»Glücklicherweise habe ich mein Badekleid dabei. Auch wenn es nicht gerade das ist, was ich bei unserem Ausflug tragen wollte – er ist zumindest trocken und wiegt um einiges weniger als dieses Ungetüm hier.«

»Nun, das ist doch eine gute Nachricht. Ich schlage vor, dass ich Picknickkorb und Decke zur Kutsche zurückbringe und mir dabei reichlich Zeit lasse.«

Hanna verstand und nickte.

7

Sonntag, 30. Juli 1865,
mittags

Henriette Nach dem Gottesdienst war Henriettes Laune am Boden, und sie wusste genau, an wem das lag. Hanna!

Zuerst hatte sie sich gefreut, ihre Freundin wohlbehalten in der Kirche zu sehen. Gemeinsam mit Sophie hatte sie darüber nachgedacht, Hanna und ihren Bruder zu besuchen. Sie vertagten diese Idee jedoch, in der Hoffnung, spätestens nach der Kirche am Sonntag mehr über das Befinden der Griebs zu erfahren.

Von dieser Freude war nun nichts mehr übrig. Louis war ab sofort ein gern gesehener Gast im Hause des Seifensieders, und diese Entwicklung passte Henriette überhaupt nicht. Sie war wütend auf die Freundin, obwohl sie wusste, dass sie diesen Verlauf der Dinge sicher nicht beabsichtigt hatte. Schon im Flussbad war ihr aufgefallen, dass Louis sich immer wieder nach ihnen umgesehen hatte. Anfangs war sie davon überzeugt gewesen, dass seine Blicke ebenso ihr galten wie sein angeberisches Gebaren. Doch irgendwann hatten sie Zweifel beschlichen. Und als er schließlich todesmutig ins Wasser sprang, um Friedrich zu retten, wusste sie, dass er die ganze Zeit über nur nach Hanna Ausschau gehalten hatte.

Von den drei Mädchen war sie stets diejenige gewesen, die herausstach. Doch plötzlich war alles anders. Menschen, die sie früher bewundert hatten, verdrehten nun die Augen und wandten sich der kratzbürstigen Hanna oder der unscheinbaren Sophie zu.

Henriette schluckte und versuchte, sich zu beruhigen. Die Attribute, die sie ihren Freundinnen soeben gegeben hatte, waren gemein. Warum konnte sie sich nicht darüber freuen, dass Sophie plötzlich aufgeblüht und Hanna zumindest äußerlich sanfter geworden war? Immerhin hatte sie den Mädchen jahrelang damit in den Ohren gelegen, dass sie für die Männerwelt nie interessant werden würden, wenn sie sich nicht ein Beispiel an ihr nähmen. Sophie hatte sie sogar zu ihrem ureigensten Wohltätigkeitsprojekt auserkoren, denn seit sie zur Waise geworden war und im Hause der Hartmanns lebte, sah Henriette es als ihre Aufgabe an, aus dem verschüchterten Ding eine attraktive junge Frau zu machen. Doch jetzt, wo es so weit war, hätte sie die Zeit am liebsten zurückgedreht.

Am Ende des Gottesdienstes, der sich ausgerechnet heute endlos in die Länge zog, lief sie mit schweren Schritten und aufgesetzter Leidensmiene den Mittelgang entlang in Richtung Kirchenportal. Sie suchte unauffällig den Raum ab und sah erleichtert, dass der Wundarzt in der vorletzten Reihe stand und die herausströmenden Menschen abwartete.

Henriette begann zu schwanken und griff abwechselnd nach einer Banklehne oder einem Arm, um sicherzugehen, dass ihre vermeintliche Unpässlichkeit bemerkt wurde. Als sie auf Höhe des Arztes angekommen war, machten die Menschen links und rechts von ihr, wie zu erwarten, ein solches Aufheben um sie, dass Doktor Schmieger sich einmischte.

»Fühlen Sie sich nicht wohl, Fräulein Hartmann?«

»Ein plötzliches Schwindelgefühl«, gab sie mit dünner Stimme zurück. »Es wird sicher gleich besser.«

»Bitte setzen Sie sich.«

Henriette nickte und kam seiner Bitte mit einem schweren Seufzer nach. Sophie stand besorgt dabei und hielt ihr die Hand.

»Wir warten ab, bis die Menge die Kirche verlassen hat.« Er machte eine kurze Pause und murmelte dann: »Zu dumm, dass Louis und das Fräulein Grieb ausgerechnet heute mit dem Einspänner zum See gefahren sind.«

Obwohl er leise gesprochen hatte, versetzte ihr jedes seiner Worte einen Stich. Spätestens in dieser Sekunde war es nicht mehr nötig, ihr Unwohlsein zu spielen. Ihr war speiübel. Sie hatte Herzrasen vor Wut, und ihre Hände waren plötzlich eiskalt.

»Das ist aber schade«, sagte sie matt, in der Hoffnung, dass ihn ihre Bemerkung dazu brachte weiterzusprechen.

»Keine Sorge, Fräulein Hartmann. Wir finden eine Droschke für Sie, und ich werde Sie höchstpersönlich nach Hause begleiten. Oder sind Ihre Eltern hier? Ich habe sie nirgends gesehen.«

»Nein«, antwortete Henriette. »Sie helfen in der *Traube*.«

Der Doktor nickte verständnisvoll. Jeder im Ort wusste, welcher Familie Henriette angehörte. Emma, ihre Tante mütterlicherseits, hatte den Inhaber der *Rothenburger Traube* geheiratet, und seit einigen Jahren unterstützte Henriettes Vater den Schwager nach Kräften. Durch seine Verlässlichkeit hatte er es geschafft, dass Henriettes

Familie inzwischen einen hervorragenden Ruf in Rothenburg genoss und außerdem auch finanziell bestens abgesichert war. Seit einiger Zeit sprach man über Christian Hartmann, als wäre er so etwas wie der zweite Inhaber der *Traube,* und Henriette genoss neben dem hohen Ansehen auch die gesellschaftlichen Vorteile, die ihr daraus erwachsen waren. Sie galt nun als gute Partie und hatte Zutritt zu allen möglichen Ereignissen – allen voran dem großen Herbstfest, das vom *Hotel Traube* alljährlich Mitte Oktober veranstaltet wurde.

»Möchtest du, dass ich bei dir bleibe?«, unterbrach Sophie ihre Gedanken. Henriette schüttelte den Kopf. Wenn sie eines in diesem Augenblick nicht brauchen konnte, dann war es die Gesellschaft der Freundin.

»Nun kommen Sie, meine Liebe. Sie dürfen sich gern auf mich stützen«, sagte Doktor Schmieger.

Henriette nickte, hakte sich beim Arzt unter und achtete darauf, auch wirklich einiges Körpergewicht in seinen Arm zu legen, damit sie möglichst hilflos wirkte.

Ihre Gedanken schweiften zurück zum Herbstfest, und ihr kam ein großartiger Einfall. Warum war sie darauf nicht gleich gekommen? Weder Hanna noch Sophie hatten sich bisher etwas aus dem dekadenten Ball der Rothenburger Prominenz gemacht. Sie würden ihre Meinung diesbezüglich sicher nicht ändern. Alles, was Henriette tun musste, war, den Arztsohn einzuladen. Stand er ihr erst einmal im großen Bankettsaal des Hotels gegenüber, würde sie ihn schon um den Finger wickeln.

Sie hatten inzwischen den Kirchvorplatz erreicht, und der Arzt rief eine Droschke herbei. Mit besorgter Miene half er ihr beim Einsteigen und fragte, wo der Kutscher sie hinbringen dürfte.

»In die Rödergasse, bitte.«

»Das gefällt mir nicht«, gab der Wundarzt zurück. »Sagten Sie nicht, Ihre Eltern wären nicht da?«

Henriette nickte matt, und ihr Puls beschleunigte sich. Sie gab sich alle Mühe, ihr Lächeln zu unterdrücken, denn sie ahnte, was nun passieren würde.

»Sie kommen erst einmal mit in meine Praxis, Fräulein Hartmann. Es ist Sonntag. Es wird niemand da sein außer uns, meiner lieben Frau Alma und der Haushälterin Katja. Sie können sich auf der Liege im Behandlungszimmer ausruhen. Das Mädchen wird Ihnen eine kräftige Brühe bringen und nach Ihren Eltern schicken lassen, damit die Sie bei mir abholen.«

»Das ist doch nicht nötig, Doktor Schmieger«, gab Henriette sich bescheiden, wohl wissend, dass der Doktor keine Widerrede dulden würde.

»Aber natürlich ist es das. Ich kann Sie in diesem Zustand nicht allein lassen. Sie könnten stürzen und sich den Kopf anschlagen. Es bleibt dabei. Sie kommen mit mir und bleiben, bis Sie wieder bei Kräften sind.«

Henriette nickte und sah schweigend auf die Straße vor sich. Der Kutscher lenkte das Gefährt von der St.-Johannis-Kirche in die Obere Schmiedgasse, weiter bis zum Marktplatz und bog von dort nach links in die Herrngasse, in der der Wundarzt mit seiner Familie lebte.

Sie fuhren am Herrnbrunnen vorüber und weiter bis zum Ende der Straße. Henriette sah schon von Weitem, dass der Einspänner des Doktors nirgends zu sehen war. Louis war also noch nicht von seinem Ausflug mit Hanna zurückgekehrt.

Die Übelkeit, die sie schon in der Kirche überkommen hatte, nahm wieder zu, und Henriette wusste sie einzuordnen: Eifersucht. Das Ausmaß dieser Empfindung überraschte sie. Natürlich war sie verwöhnt, was die Aufmerksamkeit anderer Menschen anging, und sobald diese fehlte, konnte sie schon immer ungemütlich werden. Doch dass sich ihre Wut nun gegen eine ihrer Freundinnen richtete, war neu. Ebenso neu wie die Tatsache, dass ein anderes Mädchen ihr vorgezogen wurde. Henriette dachte nicht daran, diesen Umstand hinzunehmen. Sie musste eben für alle Außenstehenden noch attraktiver, anmutiger und liebenswerter werden!

Die Herrngasse war eine der schönsten Straßen Rothenburgs, in der sich ein stattliches Patrizierhaus an das nächste reihte. Zwar wurden die Häuser kleiner, je weiter man stadtauswärts fuhr, doch das täuschte mitnichten über den Wohlstand der hiesigen Bewohner hinweg.

Henriette und ihre Familie hatten großes Glück, denn die Armut in dieser inzwischen heruntergekommenen Stadt war fast überall sonst beispiellos. Bog man in die falsche Gasse ein, wurde man von bettelnden Kindern umringt, und widerwärtiger Gestank nach Mist und Fäkalien hüllte einen geradezu ein. Von jeher lebte ein Großteil der Tauberstädter mehr schlecht als recht von der Landwirtschaft. Die voranschreitende Industrialisierung, die anderen Städten zu Wohlstand und Reichtum verhalf, erreichte das mittelalterliche Städtchen nicht. Große Fabriken brauchten eben fortschrittliche Transportwege, und daran war in Rothenburg, ohne jede Aussicht auf eine Bahnanbindung, nicht zu denken.

Sie schob die bedrückenden Gedanken von sich und konzentrierte sich auf das Hier und Jetzt. Sie musste einen Weg finden, um mit Louis zu sprechen, nur das zählte.

»Da wären wir.« Der Arzt deutete auf das vorletzte Haus auf der rechten Seite. Von hier aus führte die gepflasterte Straße nur noch an einem weiteren Haus vorbei und dann durch den Torbogen des Burgturms aus der Stadt hinaus.

Henriette wollte aus der Droschke steigen, doch im letzten Moment fiel ihr wieder ein, dass sie besser auf die helfende Hand des Arztes wartete, damit dieser keinen Verdacht schöpfte.

Der gutmütige Mann half ihr ins Haus, informierte seine Frau über den kränkelnden Gast, bat das Hausmädchen um eine Kraftbrühe und begleitete Henriette dann wie vereinbart ins Behandlungszimmer.

Hier übernahm die Ehefrau des Arztes. Sie schob Henriette auf die Liege, half ihr dabei, aus den Schuhen zu schlüpfen, und hob sogar ihre Beine hinauf.

»Armes Kind«, murmelte sie und strich ihr über die Stirn. »Es ist zwar warm, aber ich bringe dir eine Decke für die Füße. Nun ruh dich aus, mein Mann wird sicher bald mit der Droschke zur *Traube* fahren, um deine Eltern zu informieren.«

Henriette rang sich ein gequältes Lächeln ab und schloss, vermeintlich erschöpft, die Augen. Insgeheim schickte sie ein Stoßgebet zum Himmel, dass ihre Eltern noch ein wenig auf sich warten ließen. Ihre ganze Scharade wäre umsonst gewesen, wenn sie Louis nicht wenigstens für einen kurzen Moment zu Gesicht bekam.

8

Sonntag, 30. Juli 1865,
nachmittags

Louis Es hatte Louis einige Überwindung gekostet, sich nicht nach Hanna umzusehen. Er wusste, dass sie sich gerade aus ihren schmutzigen Kleidern schälte. Die Vorstellung, dass sie in diesem Moment in ihren Unterkleidern am See stand, ließ ihn fahrig und unaufmerksam werden, und um ein Haar wäre er über eine Baumwurzel gestolpert.

Reiß dich zusammen, mahnte er sich selbst. Er würde Hanna sicher nicht beeindrucken, wenn er sich wie ein lüsterner Draufgänger benahm und jetzt der Versuchung nachgab, nur um einen kurzen Blick auf ihren leicht bekleideten Körper zu erhaschen. Er packte den Korb wieder unter den Sitz des Einspänners und lächelte zufrieden.

Der Nachmittag war noch viel schöner geworden, als er es sich in seinen kühnsten Träumen ausgemalt hatte. Hanna, die er bisher eher kühl und distanziert erlebt hatte, war alles andere als das. Sie hatte Humor, war frech und ganz und gar nicht scheu im Umgang mit ihm. Als sie in seinen Armen vor ihm im Matsch saß, hätte er am liebsten unter ihr Kinn gegriffen, ihren Kopf zu sich gedreht und sie geküsst.

Doch ihre Schlammattacke hatte ihm einen Strich durch die Rechnung gemacht, und das Gefühl, nicht bekommen zu haben, wonach er sich so sehr sehnte, steigerte sein Verlangen nach ihr nur noch mehr.

In diesem Augenblick bedauerte er, dass er schon bald nicht mehr in ihrer Nähe sein würde. Jahrelang war es sein größter Wunsch gewesen, im fernen Amerika sein eigenes Glück zu finden. Erst war sein Vater entsetzt gewesen, war er doch davon ausgegangen, dass der einzige Sohn irgendwann in seine Fußstapfen treten und Arzt werden würde. Doch dann hatte er eingesehen, dass er Louis nicht von seinem Vorhaben würde abbringen können, und hatte ihn unterstützt. Schon vor über einem Jahr hatte Louis damit begonnen, sich mithilfe von Büchern zumindest einen englischen Grundwortschatz anzueignen. Inzwischen war alles für seine Reise vorbereitet und die Passage für die Überfahrt gebucht. Es gab kein Zurück mehr, und im Grunde seines Herzens wollte er das auch gar nicht. Er wünschte nur, es gäbe einen Weg, Hanna während seiner Zeit in Amerika nicht zu verlieren.

Louis schüttelte den Kopf. Worüber machte er sich da nur Gedanken? Hanna und er waren kein Paar. Sie war ihm weder versprochen noch waren sie verlobt. Sie hatte noch nicht einmal auch nur angedeutet, dass sie ihn mochte. Seine Hoffnung darauf, dass sie womöglich auf ihn warten würde, war absurd. Trotzdem war sie da, und er konnte sie nicht mehr unterdrücken. Vielleicht würden die anderthalb Monate, die er noch hatte, ja doch ausreichen, um ihr Herz zu gewinnen. Und ganz vielleicht würde sie nicht nur Geduld aufbringen, sondern auch das Verständnis für seinen großen Traum. Dann könnte er um ihre Hand anhalten, sobald er als gemachter Mann oder zumindest als jemand, der ein Ziel im Leben hatte, aus Amerika zurückkam.

»Ich bin wieder halbwegs hergerichtet«, hörte er Hannas Stimme hinter sich und sah sich um. In ihrem Badekleid war sie nicht weniger hübsch anzusehen wie zuvor in Rock und Bluse.

»Darf ich?«, fragte er und öffnete die halbhohe Tür der Kutsche.

»Danke, das schaffe ich gerade noch so.« Sie zog keck ihre linke Augenbraue in die Höhe.

Die Rückfahrt verlief schweigend, doch keine einzige Minute zwischen ihnen war unangenehm. Immer wieder wandte Louis den Kopf und sah, dass sie entweder seinen Blick ohne jede Scheu erwiderte oder leise vor sich hin lächelte. Es gab nur ein Wort, das die Stimmung zwischen ihnen in diesem Augenblick passend beschreiben konnte: Harmonie.

Hanna seufzte, als sie in die Georgengasse einbogen. »Nun muss ich in diesem Aufzug meinen Eltern unter die Augen treten. Das kann ja heiter werden.«

Louis sprang vom Kutschbock, lief um das Pferd herum und reichte ihr die Hand. »Möchtest du, dass ich es ihnen erkläre?« Er sah sie unsicher an, denn er konnte nicht einschätzen, ob sie tatsächlich Ärger mit ihren Eltern bekommen würde. Dies war natürlich das Letzte, was er wollte.

»Nein, sei unbesorgt.« Sie sah ihn aus fröhlich blitzenden Augen an. »Viel schlimmer ist, dass ausgerechnet du mich in diesem Aufzug siehst.«

Louis konnte kaum glauben, was er da hörte. Sein Puls schoss in die Höhe, und er nahm all seinen Mut für den nächsten Satz zusammen.

»Du hast noch nie hübscher ausgesehen als in diesem Moment.« Behutsam strich er ihr eine blonde, verklebte Haarsträhne hinters Ohr.

Das Lächeln in ihrem Gesicht wurde breiter und übertrug sich sofort auf ihn. Er sah in ihre strahlenden Augen, und der Wunsch, ihr ebenmäßiges Gesicht einfach in beide Hände zu nehmen und sie an Ort und Stelle zu küssen, wurde übermächtig.

Sie trat einen Schritt zurück und errötete, als hätte sie soeben genau den gleichen Gedanken gehabt. »Danke für den schönen Nachmittag, Louis.«

Er wollte ihr sagen, dass er den Tag genauso genossen hatte wie sie. Doch er schwieg und nickte nur. Nichts, was er jetzt sagte, könnte auch nur annähernd in Worte fassen, wie sehr er diesen seltsam verrückten Ausflug an den See genossen hatte. »Dann sehen wir uns morgen?«, fragte er und griff, ohne nachzudenken, nach ihren Händen.

»Ich freue mich«, sagte sie und verschwand im Haus.

Louis brauchte einen Moment, um sich zu sammeln. Er wackelte mit dem Kopf, als müsste er einen wunderschönen, aber unwirklichen Traum aus seinem Gedächtnis schütteln, um wieder in die Gegenwart zurückzufinden. Dann kletterte er pfeifend auf den Kutschbock und fuhr zum Haus seiner Eltern.

*

Als er eintrat, schallte die Stimme seines Vaters durch den Flur. »Junge?«

»Ja, ich bin zurück.«

»Wir haben einen Gast, besser gesagt eine Patientin.«

Louis lief durch den Flur. Im Türrahmen zur Wohnstube blieb er stehen. »Kenne ich sie?«

»Aber ja. Es ist Henriette. Sie hat nach dem Gottesdienst einen kleinen Schwächeanfall erlitten. Nichts Ernstes, denke ich. Aber nun, da du zurück bist, könntest du so gut sein und ihren Eltern Bescheid geben.«

Louis seufzte. Natürlich würde er seinem Vater diesen Wunsch niemals abschlagen, doch er musste zugeben, dass er es auf unerklärliche Weise beunruhigend fand, dass Henriette ausgerechnet heute krank im Haus seiner Eltern lag.

Er schob die negativen Gedanken beiseite. Es war wohl kaum mehr als ein seltsamer Zufall. Ein Schwächeanfall im Hochsommer war keine Seltenheit, und nun hatte es eben Hannas Freundin getroffen. Sein Vater war Arzt, sie war krank. Nicht mehr und nicht weniger.

»Selbstverständlich bringe ich sie nach Hause und informiere ihre Eltern.«

»Nein, die Hartmanns sind im *Hotel Traube*. Du müsstest sie herholen. Wobei …« Konstantin Schmieger tippte mehrfach mit dem Zeigefinger gegen seine Unterlippe und fuhr dann fort: »Vielleicht ist sie inzwischen wieder bei Kräften. Frag sie doch einfach, ob du sie gleich mitnehmen sollst. Dann fahre am Hotel vorbei und bringe ihre Eltern bei der Gelegenheit ebenfalls nach Hause.«

»In Ordnung.«

Louis war nicht begeistert von der Aussicht darauf, den Rest dieses besonderen Tages mit Henriette zu verbringen. Viel lieber hätte er sich in seine Kammer verzogen und die Stunden mit Hanna Revue passieren lassen. Er lief über den Flur und klopfte leise an die Tür des Behandlungszimmers.

»Ja?«

Henriettes Stimme klang gequält und schwach, und Louis bekam ein schlechtes Gewissen. Sie war wirklich krank, und er sollte damit aufhören, sich selbst so wichtig zu nehmen und zu glauben, dass sich die Welt von Henriette Hartmann nur um ihn drehte.

»Ich bin es, Louis«, sagte er. »Darf ich hereinkommen?«

»Moment!«

Er hörte ein leises Rascheln, dann das Quietschen der Krankenliege, das er nur zu gut kannte.

»Komm herein!«

Er streckte den Kopf durch die Tür. Henriette lag auf der schmalen Liege. Ihre langen roten Locken waren um ihren Kopf ausgebreitet, als wären sie ein Heiligenschein. Sosehr sich Louis auch bemühte, er traute der jungen Frau nicht über den Weg. Sein erster Gedanke war, dass sie sich bis gerade eben vermutlich neugierig im Zimmer des Vaters umgesehen und sich erst nach seinem Klopfen eilig wieder hingelegt hatte. Natürlich nicht, ohne ihre zugegebenermaßen außergewöhnlichen Haare noch um ihren Kopf zu drapieren.

»Wie geht es dir inzwischen?«

»Dank der Pflege deiner Eltern und eurer Haushälterin schon wieder besser. Danke.«

»Wenn es dir recht ist, würde ich dich jetzt nach Hause bringen und bei der Gelegenheit auch deine Eltern holen.«

»Das ist sehr freundlich.« Sie erhob sich langsam und lief zur Tür. Dabei machte sie einen wackligen Eindruck, und ihm blieb nichts anderes übrig, als ihr den Arm anzubieten.

»Wie war dein Tag?«, fragte Henriette, nachdem sie auf dem Kutschbock Platz genommen hatte. Ihre Stimme hatte einen seltsam lauernden Unterton, doch das konnte natürlich auch Einbildung sein.

»Danke, gut«, sagte er betont gelassen. »Hanna und ich haben einen Platz am See gesucht, an dem Friedrich bedenkenlos schwimmen lernen kann.«

»Und?«

»Wir sind fündig geworden. Am Ende des Sommers wird er ganz sicher gefahrlos ins Wasser gehen können.«

»Apropos Ende des Sommers …«, sagte Henriette und machte eine Pause. Aus dem Augenwinkel sah Louis, dass sie ihn erwartungsvoll ansah, doch er reagierte nicht und starrte weiter stur geradeaus.

»Auch in diesem Jahr findet der alljährliche Herbstball im *Hotel Traube* statt. Meine Eltern würden sich sehr freuen, dich als Gast zu begrüßen. Und ich natürlich auch.« Sie legte ihre Hand vertraulich auf seine.

»Vorsicht!« Er zog seine Hand zurück. Mit dem Kopf deutete er auf das Pferd und tat so, als würde ihre Hand die Führung des Tiers erschweren.

»Tust du uns den Gefallen?«, bettelte sie.

Louis zögerte keine Sekunde mit seiner Antwort. »Das wird leider nicht gehen.« Als würde er die Tatsache bedauern, zuckte er mit den Schultern und erklärte: »Ich reise nach Amerika.«

»Was soll das heißen?«, rief Henriette. Sie gab sich keine Mühe, ihre Enttäuschung zu verbergen.

»Ich werde für mindestens zwölf Monate in Chicago leben. Vielleicht schaffe ich es ja, zum Herbstball im nächsten Jahr zurück zu sein.« Vor dem Hotel brachte er das Pferd zum Stehen. Dann endlich sah er Henriette offen ins Gesicht, doch ihre Miene hatte sich verändert. Mit zusammengekniffenen Lippen und schief gelegtem Kopf sah sie ihn an. Er hatte keine Ahnung, was dieser Blick zu bedeuten hatte, doch er verursachte Unbehagen bei ihm, und Louis bedauerte plötzlich, dass er ihr von seiner Reise erzählt hatte, noch bevor Hanna etwas davon wusste.

9

Montag, 31. Juli 1865

Hanna

Am Morgen nach dem Ausflug zum See erwachte Hanna mit einem wohligen Kribbeln im Magen. Sie zog die Vorhänge ihrer Kammer auf, öffnete das Fenster und kroch zurück unter die Bettdecke. Sie wollte sich noch einige Minuten gönnen, bevor sie zum Frühstück hinunterging und vermutlich sofort von ihrer Mutter mit Fragen gelöchert wurde.

Am gestrigen Nachmittag war es ihr noch gelungen, ihrer Familie aus dem Weg zu gehen, indem sie kurz und bündig erklärte, dass ihre eigene Tollpatschigkeit der Grund für den ungewöhnlichen Aufzug war, in dem sie nach Hause kam.

Ohne auf weitere Fragen ihrer Eltern einzugehen, war sie in die Küche gelaufen, in der auch der neuartige Sparherd ihres Vaters stand, und hatte sich warmes Wasser abgefüllt.

»Vergiss nicht, hinterher wieder aufzufüllen!«

Hanna hatte lächelnd den Kopf geschüttelt. Ihrem Vater schien gleichgültig zu sein, wie schmutzig seine Tochter von ihrem Ausflug zurückgekommen war. Das Wichtigste für Anton Grieb war auch in einem solchen Moment noch, dass Hanna den Wasserkasten auffüllte, damit rund um die Uhr warmes Wasser zur Verfügung stand.

Natürlich mochte sie den modernen Sparherd, für den ihr Vater monatelang Geld auf die Seite gelegt hatte. Als eine der ersten Familien in der Straße hatten die Griebs damit nicht mehr nur einfach eine herkömmliche offene Kochstelle. Ihre *Küchenhexe,* wie Vater das Gerät fast schon liebevoll nannte, verfügte über Herdplatten, deren Ringe man einzeln herausnehmen konnte, je nach Größe des Kochgeschirrs. Unter den Herdplatten befanden sich neben dem Backofen noch ein Wärmeschrank und ein Kasten, der mit Wasser gefüllt werden konnte. Der Sparherd wurde mit Holz befeuert, und die Wärme, die sich im Innern ausbreitete, hielt das Wasser im Kasten warm. Es war fast schon Luxus, ohne jede Vorbereitung über warmes Wasser verfügen zu können.

Trotzdem fragte sich Hanna in diesem Moment mit einem Schmunzeln auf den Lippen, wie in aller Welt es sein konnte, dass ihr Vater sich mehr um den Füllstand des Wärmebehälters sorgte als um sie.

Sie hatte sich gestern nur noch gewaschen, ihre Haare und ihr Kleid ausgespült und war früh zu Bett gegangen. Nun fühlte sie sich wunderbar glücklich und ausgeruht genug, um die möglicherweise spöttischen Bemerkungen ihrer Eltern zu ertragen.

Hanna kleidete sich an, flocht ihre Haare hastig und steckte sie fest. Beim Blick in den Spiegel bestätigte sich einmal mehr, wie ungeschickt sie in diesen Dingen war. Einzelne Strähnen hingen seitlich heraus, was ihrem Aussehen zwar etwas romantisch Verspieltes gab, aber sicher nichts mit all den sorgfältigst drapierten Haaren der Damen gemein hatte, die in Rothenburg zur besseren Gesellschaft gehörten.

Aber sie war eben auch keine Dame. Sie war der inzwischen fast erwachsene Spross einer Handwerksfamilie, angesehen zwar, aber ganz sicher nicht Teil dieser vermeintlich besseren Gesellschaft. Ihr Vater hatte sich einen Namen gemacht. Seine Seifen waren nun, da immer weniger Familien selbst siedeten, so gefragt, dass es ihm gelang, die Familie zu versorgen. Doch zu all den rauschenden Spendenbällen, Festen, Wohltätigkeitsbasaren oder was gutbürgerliche Familien und Adel sonst noch zur Belustigung veranstalteten, war ihr der Zugang bisher immer verwehrt geblieben. Das würde sich vermutlich auch nicht ändern, wenn sie jemanden wie den Sohn des Arztes ehelichen würde.

Hanna blieb mitten in ihrem Zimmer stehen. Ein seltsamer Gedanke. Sie war gerade siebzehn Jahre alt und hatte noch mehr als genug Zeit, bevor sie sich um ihre Zukunft oder so etwas Endgültiges wie eine Hochzeit sorgen musste.

Sie verließ ihr Zimmer und lief nach unten. Sie war die Letzte, die an diesem Morgen die Küche betrat. Selbst ihr Bruder Friedrich saß bereits am Tisch. Er sah blass aus, doch offenbar war sein Fieber inzwischen zurückgegangen.

»Guten Morgen.«

»Tee oder Malzkaffee?«, fragte ihre Mutter.

»Kaffee bitte.«

Hanna hatte keinen großen Hunger, weswegen sie nach einer Scheibe Brot griff, die sie in kleine Stückchen riss und trocken aß.

»Heute nur eine Henkersmahlzeit?«, zog ihr Vater sie auf.

Hanna sparte sich eine Antwort und zuckte grinsend mit den Schultern. Sie konnte ihren Eltern wohl kaum schon am Frühstückstisch erklären, dass die Schmetterlinge in ihrem Bauch jeden Hunger vertrieben. Alles, woran sie in diesem Moment denken konnte, hatte in irgendeiner Weise mit Louis zu tun: Ob er genauso an sie dachte? Freute er sich auf das nächste Treffen? Und wann würden sie sich überhaupt wiedersehen? Er hatte ihr zwar gesagt, dass er sie von nun an jeden Tag besuchen würde, doch sie hatten vollkommen vergessen, eine genaue Absprache zu treffen.

»Ich brauche heute deine Hilfe«, unterbrach Anton Grieb die Gedanken seiner Tochter.

Hanna gab sich alle Mühe, ihr Entsetzen zu verbergen. Sosehr sie die Arbeit in der Werkstatt liebte, doch heute hatte sie dafür keine Zeit. Womöglich würde sie dann den Besuch von Louis verpassen. Allerdings konnte sie das ihrem Vater wohl kaum sagen.

»Worum geht es denn?«, fragte sie deshalb.

»Um einen neuen Duft. Er ist ein wenig schwerer als die Pfefferminze und womöglich passend für den kommenden Herbst und Winter.«

Hanna wand sich auf ihrem Stuhl. Einen Moment lang war sie hin- und hergerissen, doch nach dem gestrigen Ausflug durfte sie Louis' Besuch auf keinen Fall verpassen.

»Was ist mit Friedrich? Er könnte das doch übernehmen«, schlug sie vor und setzte ein möglichst harmloses Lächeln auf.

Anton zog seine Augenbrauen hoch und sah seine Tochter streng an. »Nicht in diesem Fall. Natürlich wird Friedrich mir wieder zur Hand gehen, aber nicht heute. Er ist den ersten Tag fieberfrei und wird sich noch schonen.

Außerdem geht es um ein neues Produkt, das ausdrücklich die weibliche Kundschaft ansprechen soll.«

»Und was ist mit Mutter?«, wagte sie einen zweiten Versuch.

»Anton, ich glaube, unsere Tochter versucht gerade, dir beizubringen, dass sie andere Pläne hat.«

Hanna senkte den Kopf. Natürlich hatte ihre Mutter sofort durchschaut, worum es hier tatsächlich ging.

»Und was für Pläne sind das genau?«, fragte der Vater.

Hannas Herz raste. Sie legte das letzte Stück Brot zurück auf den Teller und trank einige Schlucke Kaffee, um Zeit zu schinden.

»Deine Pläne haben nicht zufällig etwas mit dem Sohn des Doktors zu tun?«, fragte ausgerechnet Friedrich und grinste sie scheinheilig an.

Als Dankeschön trat Hanna unter dem Tisch gegen das Schienbein ihres Bruders, der immer noch grinsend aufheulte.

»Wir waren gestern nicht so erfolgreich, wie wir gehofft hatten«, versuchte Hanna ein erneutes Treffen zu erklären.

Anton schüttelte mit verschlossener Miene den Kopf, und Hanna befürchtete, er würde in der nächsten Sekunde zu einer endlosen Standpauke über ihre Aufgaben und Pflichten ausholen. Sie bemerkte, dass ihre Eltern sich ansahen. Die Mutter nickte plötzlich, als wollte sie ihren Gatten ermuntern.

»Hanna, deine Mutter und ich wollen dir diese täglichen Märchenstunden ersparen. Du darfst gern Zeit mit dem Sohn des Arztes verbringen, ohne uns eine hanebüchene Geschichte dazu erzählen zu müssen. Natürlich freuen wir uns, wenn er beim Schwimmunterricht deines

Bruders helfen will, aber bis dahin darfst du dich auch gern einfach so mit ihm treffen.«

Hanna schluckte und wusste beim besten Willen nicht, was sie dazu sagen sollte. Sie hatte ja geahnt, dass ihre Eltern wussten, worum es wirklich ging. Sie hatte nur nicht damit gerechnet, dass sie so offen mit ihr darüber sprechen würden.

»Die Wahl, die du offenbar getroffen hast, hätte besser nicht sein können, und deswegen haben wir keine Einwände, solange du den nötigen Anstand wahrst«, unterstützte Christina die Ansprache ihres Mannes.

»Ich habe überhaupt keine Wahl getroffen«, widersprach Hanna hastig. Sie wand sich auf ihrem Stuhl und wäre am liebsten im Erdboden versunken. Um ihre Scham perfekt zu machen, fehlte eigentlich nur noch, dass ihre Mutter im Beisein des Vaters und des Bruders darüber sprach, wie sich ein Mädchen in ihrem Alter zu verhalten und was sie tunlichst zu lassen hatte. Der Morgen, der so schön begonnen hatte, verwandelte sich in einen Albtraum.

»Ich helfe Ihnen natürlich gern, Vater«, wechselte sie das Thema, ohne auf die Bemerkung ihrer Mutter einzugehen. »Wann möchten Sie beginnen?«

Anton tauschte einen Blick mit seiner Frau und schob seine flache Hand in einer kurzen Bewegung von links nach rechts, um ihr zu verstehen zu geben, dass sie das Thema ruhen lassen sollte. Offenbar hatte er bemerkt, wie unangenehm seiner Tochter das Gespräch war.

»Gleich nach dem Frühstück. Dann bleibt dir noch genug freie Zeit am Nachmittag. Wie klingt das?«

Hanna nickte und erhob sich. Ohne ein weiteres Wort begann sie damit, das Frühstücksgeschirr abzuräumen.

Dann füllte sie Wasser aus dem Warmhalter in eine Schüssel und tauchte die Teller hinein.

»Lass nur, ich mache das«, sagte ihre Mutter und schob sie beiseite. »Hol du die Schürzen, damit ihr beginnen könnt.« An Friedrich gewandt fügte sie hinzu: »Und du legst dich wieder hin.«

Hanna trocknete sich die Hände ab und brachte ihrer Mutter das restliche Geschirr.

»Mutter«, begann Friedrich zu maulen. »Mir geht es viel besser. Ich habe keine Lust, den ganzen Tag in meinem Zimmer herumzuliegen.«

»Also gut. Es ist wunderbares Wetter, du darfst in den Garten. Aber du wirst es dir auf der Gartenbank bequem machen müssen. Du darfst lesen, dich ausruhen und die Sonne genießen. Mehr gibt es nicht. Das ist mein letztes Wort!«

Hanna bemerkte den Blick, den Friedrich und ihr Vater wechselten. Ihr Bruder wackelte mit dem Kopf hin und her und bewegte lautlos die Lippen, als äffte er die Worte der Mutter nach. Ihr Vater riss derweil theatralisch die Augen auf, legte den Finger auf die Lippen und lachte. Wie so häufig passierte all das hinter dem Rücken der Mutter, die jedoch aus irgendeinem unerfindlichen Grund trotzdem wusste, was sich da gerade abspielte.

»Spar dir besser deine frechen Grimassen, Friedrich. Sonst überlege ich mir das mit dem Garten noch mal anders.«

In Momenten wie diesen liebte Hanna ihre Familie. Alles war irgendwie eingespielt, und jeder wusste um die Stärken und Schwächen des anderen. Christina Grieb hatte die Rolle der strengen Mutter übernommen, schaffte es aber trotzdem, dass sowohl Hanna als auch Friedrich sich von Herzen geliebt fühlten. Ihr Vater hingegen war derjenige, der sich von seinen Kindern schamlos um den Finger wickeln ließ. Jeder in diesen vier Wänden wusste das, und so manches Mal musste die Mutter einschreiten, um ihrem Gatten den Kopf zurechtzurücken, wenn er sich wieder einmal zu irgendetwas hatte überreden lassen.

Christina Grieb reichte Hanna und ihrem Vater noch die Schürzen und verließ dann mit Friedrich die Küche, während Hanna und Anton in die Werkstatt gingen. Diesmal war sie es, die den großen Kupfertopf hervorholte und übers Feuer hängte. Routiniert goss sie die vorbereitete Lauge in den Topf, dann gab sie den Rindertalg dazu.

»Vielleicht sollten wir irgendwann auf hochwertige Öle umsteigen«, überlegte Hanna laut.

»Eins nach dem anderen, Liebes. Rindertalg ist günstiger, und wir wollen unsere Kunden doch nicht mit teuren Preisen verschrecken.«

Das Sieden der Seife brauchte Zeit und Geduld. Hannas Vater schien diese Zeit dazu nutzen zu wollen, seine Tochter doch noch über den gestrigen Ausflug auszufragen.

»Du könntest mir verraten, warum du gestern in deinem Badekleid nach Hause gekommen bist und was mit deinem hübschen grünen Rock passiert ist.«

»Der war schmutzig«, antwortete Hanna einsilbig.

»Das habe ich verstanden. Und warum war er das?«

»Ich habe nach Schilfrohrsängern Ausschau gehalten.«

»Natürlich hast du das«, lachte ihr Vater und verstummte erst wieder, als er bemerkte, dass Hanna das tatsächlich ernst zu meinen schien.

»Wirklich. Es raschelte im Schilf, und ich war neugierig. Dabei habe ich nicht auf den Morast geachtet und bin stecken geblieben.«

Anton Grieb sah seine Tochter an und lachte aus vollem Halse. Dann schüttelte er den Kopf und wechselte das Thema.

»Lass mich mal«, bat er Hanna. Er nahm ihr den Rührstab ab, zog ihn aus der Seifenmasse und hielt ihn über den Topf.

»Perfekt«, sagte er und nickte zufrieden, als er sah, dass der Seifenleim in einem zusammenhängenden Strahl vom Rührspaten ablief.

Hanna hielt ihrem Vater einen sauberen Teller hin, und er ließ etwas Seifenleim darauf laufen. Wie erhofft, erstarrte die Masse zu einer weißen Gallerte, das sichere Zeichen dafür, dass der Seifenleim hervorragend gelungen war.

Nun würde das Aussalzen folgen, eine Prozedur, die mindestens genauso geduldig und sorgfältig durchzuführen war wie das Herstellen der Meisterlauge oder das Sieden der Grundseife.

»Gut. Nun Vanillemark und Natronsalz.«

Schweigend rührten sie die Substanzen zusammen, gossen die Masse anschließend in Formen und stellten auch diese neue Seifenprobe zum Ruhen in die Abstellkammer.

10

Montag, 31. Juli 1865,
nachmittags

Hanna Am frühen Nachmittag glich Hannas Gemütszustand dem eines liebeskranken Jünglings. Sie tigerte ruhelos durchs Haus, wechselte mehrmals ihr Kleid, gesellte sich zu ihrem gelangweilten Bruder in den Garten und ließ sich sogar auf ein Gespräch mit ihrer neugierigen Mutter ein, nur um die Zeit totzuschlagen.

»Wir könnten einen Spaziergang machen«, schlug Christina Grieb ihrer Tochter vor, verwarf den Gedanken jedoch selbst sofort wieder. »Ach nein. Das geht ja nicht. Dann verpasst du Louis womöglich noch.«

Anschließend ließ sie sich in einem langen Monolog darüber aus, was für ein toller Bursche der Arztsohn doch wäre und dass sie sich schon mehrfach gedacht hätte, dass er doch ganz hervorragend zu ihrer Hanna passen würde.

»Du kannst anpacken. Stell dir nur vor, er wird ebenfalls Arzt. Du könntest in der Praxis helfen, hättest eine Aufgabe und wärst gleichzeitig immer in der Nähe deines Mannes.«

»Mutter! Können wir über etwas anderes sprechen?« Hanna war sich nicht sicher, ob sie sich über die Begeisterung ihrer Mutter freuen sollte. Normalerweise liebte sie es, genau das Gegenteil von dem zu tun, was ihrer Frau

Mutter so vorschwebte – was in diesem Fall allerdings schwierig war.

Sie beschloss, sich noch einmal kurz in ihr Zimmer zurückzuziehen. Sollte Louis dann noch nicht aufgetaucht sein, wollte sie Sophie besuchen, um sich abzulenken. Er sollte nicht denken, dass sich ihr Leben einzig und allein um ihn drehte!

Noch bevor sie den ersten Treppenabsatz erreicht hatte, vernahm sie den Türklopfer, machte auf der Stelle kehrt und eilte die Stufen hinunter. In der kleinen Eingangshalle blieb sie einen Moment stehen, atmete durch und ordnete ihre Haare. Dann öffnete sie betont langsam die Tür.

Zu Hannas Enttäuschung stand nicht Louis vor ihr, sondern ihre Freundinnen. Die Mädchen strahlten um die Wette und kicherten. Sie trugen ihre Badetaschen bei sich, weswegen Hanna sofort ahnte, um was es ging.

»Wir kommen, um dich abzuholen. Du hast lange genug auf den dauerkranken Friedrich achtgegeben«, sagte Henriette.

Sophie schüttelte verärgert den Kopf. »Sehr taktvoll, wie immer, Henriette. Wir wollen ins Flussbad und dachten, ein bisschen Abwechslung würde dir sicher guttun.«

Ohne auch nur eine Sekunde darüber nachzudenken, lehnte Hanna ab. »Ein andermal gern. Aber ausgerechnet heute habe ich Vater versprochen, in der Siederei zu helfen«, log sie.

»Du spinnst doch. Du willst doch bei der Hitze nicht an diesen dämlichen Kochtöpfen stehen!«

Hanna sah die Freundin mit hochgezogenen Augenbrauen an. »Doch. Das will ich, denn diese dämlichen Kochtöpfe sind zufällig unser Lebensunterhalt.«

»Ach Gottchen, sind wir heute empfindlich.« Henriette verdrehte die Augen, hakte sich bei Sophie unter und zog sie von der Tür weg. »Dann schmorst du eben in der Hitze.«

Sophie zuckte kurz mit den Achseln und zwinkerte Hanna zu. »Ein andermal.«

Noch während Hanna die Tür schloss, bereute sie, ihren Freundinnen abgesagt zu haben, immerhin sah es nicht danach aus, als würde Louis noch aufkreuzen. Hastig sprang sie die Treppe hinauf, suchte ihre Badesachen zusammen und stopfte sie achtlos in die Tasche. Wenn sie sich beeilte, würde sie die Freundinnen einholen, bevor sie das Stadttor passierten.

Sie riss die Tür auf und rannte Louis fast um.

»Hoppla! Wieder so stürmisch unterwegs. Ich habe beim letzten Besuch nicht gefragt, darum hole ich das jetzt nach: Begrüßt du alle deine Gäste so überschwänglich oder habe nur ich dieses Vergnügen?«

»Ähm.« Mehr brachte Hanna nicht heraus.

»Ich komme ungelegen, oder?« Er deutete auf die Tasche in ihrer Hand.

»Henriette und Sophie wollten mich zum Baden abholen.«

»Ich weiß.«

»Woher?«

»Wir sind uns gerade über den Weg gelaufen, und Henriette hat extra laut darüber gesprochen, dass sie sich auf die Erfrischung im Fluss freut.«

Hanna seufzte. Das sah Henriette ähnlich. Vermutlich rechnete sie nun damit, dass Louis innerhalb der nächsten halben Stunde ebenfalls dort auftauchte.

»Friedrich sitzt im Garten«, wechselte sie das Thema und trat beiseite, um Louis hereinzulassen.

»Geht es ihm besser? Das ist ja wunderbar! Aber …« Er zögerte und trat dann einen Schritt auf sie zu. »Ich wollte nicht zu deinem Bruder.«

»Ach nein?«

»Ich würde dich gern ausführen. Der Innenhof des *Goldenen Greifen* ist wunderschön zu dieser Jahreszeit, und die Kuchen und Torten werden täglich frisch gebacken. Was sagst du?«

»Klingt fantastisch. Ich habe heute noch nicht viel gegessen.«

Louis grinste wissend, kommentierte diese Aussage jedoch nicht weiter. Seite an Seite liefen sie durch die Stadt, die wie ausgestorben schien. Die Hitze trieb diejenigen, die keine Erfrischung im Flussbad fanden, in die kühlen Häuser, und die Straßen würden sich erst in den frühen Abendstunden wieder füllen. Hanna dachte daran, wie sie erst vor wenigen Tagen mit ihm zur Apotheke gelaufen war. In diesem Moment fiel ihr die seltsame Bemerkung des Apothekers wieder ein, der ihn nach irgendwelchen Reisevorbereitungen gefragt hatte, und sie beschloss, Louis bei nächster Gelegenheit darauf anzusprechen.

Sie liefen die Georgengasse in Richtung Westen und bogen an deren Ende in die Obere Schmiedgasse. In wenigen Minuten hatten sie den *Goldenen Greifen* erreicht, und Hanna war heilfroh, als sie den großen Baum sah, der im Innenhof Schatten spendete. Sie entschied sich für ein saftiges Stück Apfelkuchen und eine gekühlte Zitronenlimonade. Louis' Wahl fiel auf ein Stück Streuselkuchen, und auch er trank Limonade dazu. Eine Weile waren sie mit dem Essen beschäftigt, doch dann hielt Hanna die Ungewissheit nicht mehr aus.

»Darf ich dich etwas fragen?«

Louis nickte mit vollem Mund.

»Der Apotheker hat dich vor einigen Tagen nach dem Stand irgendwelcher Reisevorbereitungen gefragt.« Sie zögerte und sah ihn an. »Ging es bei diesen Reiseplänen um dich?«

Louis kaute, und sie wurde das Gefühl nicht los, dass er sich dabei besonders viel Zeit ließ. Er gab einen Seufzer von sich und nickte.

»Ich dachte daran, für einige Zeit nach Chicago zu gehen.«

Hanna legte ihre Kuchengabel auf dem Teller ab. Das scheppernde Geräusch ließ sie zusammenzucken, und ihr ging erst in dieser Sekunde auf, dass sie gerade dabei war, ihre Enttäuschung ganz offen zur Schau zu stellen. Sie blickte zur Seite, schloss kurz die Augen und straffte die Schultern.

»Das wird sicher eine großartige Erfahrung«, sagte sie hölzern und zwang sich zu einem Lächeln.

»Das dachte ich bis vor Kurzem auch. Aber jetzt liegen die Dinge anders.«

Hanna horchte auf. Eine gewisse Traurigkeit schwang in seinen Worten mit, und als er plötzlich seine Hand auf ihre legte, wusste sie, dass sie sich nicht getäuscht hatte.

»Du warst noch ein weit entfernter Teil heimlicher Träume, als ich diese Reise plante.« Behutsam streichelte er über ihren Handrücken. Sie erschauderte unter seiner Berührung. Als die Wirtin aus der Tür trat, zog sie eilig ihre Hand wieder aus seiner.

»Darf ich noch etwas bringen?«

»Danke, nein«, sagte Hanna, und auch Louis lehnte ab.

»Wie lange wirst du fort sein?«

»Das weiß ich noch nicht so genau.« Er wich ihrem

Blick aus, und sie war sich nicht sicher, ob er die Frage nicht beantworten konnte oder es nicht wollte. »Es ist ja noch eine Weile hin. Weiß ich Genaueres, wirst du es als Erste erfahren.« Er strahlte sie an, und sie konnte nicht anders, als ebenfalls zu lächeln.

In diesem Augenblick beschloss sie, den Sommer an seiner Seite in vollen Zügen zu genießen. Was machte es schon, dass die Zeit, die sie hatten, fürs Erste absehbar war? Er würde sicher nicht länger als ein paar Wochen fort sein. Bis vor Kurzem hatte er in ihrer Welt noch gar nicht existiert. Da dürfte es kein Problem sein, zwei oder drei Wochen auf seine Rückkehr zu warten.

11

Montag, 31. Juli 1865,
nachmittags

Louis

Louis plagte das schlechte Gewissen. Er hatte es nicht übers Herz gebracht, Hanna die Wahrheit zu sagen, zu groß war seine Befürchtung, dass sie sich von ihm abwenden würde, wenn sie erst erfuhr, dass er für mindestens ein Jahr fort sein würde. Stattdessen hatte er sie mit vagen Aussagen abgespeist und hoffte nun mehr denn je, dass er noch genug Zeit haben würde, ihr ans Herz zu wachsen.

Über ein Jahr hatte er die Tochter des Seifensieders aus der Ferne beobachtet. Sie war burschikoser als andere Mädchen, hochgewachsen und fast schon knabenhaft schlank. Ihre blonden Haare trug sie in der Regel zusammengebunden, wobei es nicht danach aussah, als würde sie sich große Gedanken um den Sitz ihrer Frisur machen. Ihr Äußeres wirkte unperfekt und verspielt, und genau deswegen war sie ihm zwischen all den adrett gekleideten und sorgfältig frisierten Mädchen aufgefallen.

Nun saß sie ihm im *Goldenen Greifen* gegenüber und beobachtete ihn dabei, wie er Kuchen und Limonade bezahlte. Wie so häufig sah er sie länger an als nötig. Ihr Gesicht war schmal. Sie hatte hohe Wangenknochen und große braune Augen. Wann immer er ihr in den letzten

Monaten begegnet war, hatte sein Magen rebelliert. Jetzt so nahe bei ihr zu sitzen, in ihre warmen Augen zu blicken und darauf zu hoffen, dass sie ihn womöglich genauso mögen könnte wie er sie, machte ihn nervös und glücklich zugleich.

»Alles in Ordnung?«

»Aber natürlich.« Louis hörte seinen eigenen Herzschlag, als wäre er ein Trommelwirbel auf dem Schlachtfeld, und fühlte sich ertappt. »Entschuldige bitte. Ich war in Gedanken. Es war nicht meine Absicht, dich in Verlegenheit zu bringen«, schob er hinterher, um sein schweigendes Starren zu erklären.

»Hast du nicht.« Hannas Augen funkelten plötzlich. »Wobei mir deine Gedanken ja schon einen Pfennig wert wären.«

Louis lachte auf und ging auf ihr Geplänkel ein. »Mehr nicht? Nur einen Pfennig? In diesem Fall muss ich dich wohl im Ungewissen lassen.«

Er stand auf und lief um den Tisch herum, um ihr den Stuhl beim Aufstehen wegzurücken und ihr die Hand zu reichen. Er wusste nicht, ob sie auf Höflichkeiten dieser Art Wert legte. Doch da es ein Weg war, um ihr wieder näherzukommen, nutzte er diese Gelegenheit. Er hielt ihre Hand, bis sie den Ausgang des *Goldenen Greifen* erreichten. Dann entzog sie sich ihm wieder.

Er war enttäuscht, doch als er Hanna ansah, bemerkte er das leise Lächeln, das ihre Lippen umspielte. Unauffällig sah er sich um. Die Straße war nicht mehr ganz so leer wie noch vor einer Stunde, doch er wagte trotzdem einen weiteren Versuch. Er murmelte ein »Du erlaubst?« und griff ein weiteres Mal nach ihrer Hand. Diesmal durfte er sie halten, bis sie das Haus des Seifensieders erreicht hatten.

Louis begleitete sie bis zum oberen Treppenabsatz und blieb unschlüssig vor ihr stehen. Sie sahen sich schweigend an, und seine Knie wurden weich. In diesem Moment nahm er all seinen Mut zusammen – was hatte er auch zu verlieren?

»Danke für diesen Nachmittag, Hanna«, sagte er, trat noch einen Schritt auf sie zu und nahm ihr Gesicht zwischen seine Hände. »Bitte verzeih mir, aber ich kann nicht anders.«

Für den Bruchteil einer Sekunde wartete er darauf, dass sie zurückwich, doch das tat sie nicht. Stattdessen schloss sie ihre Augen, als wüsste sie genau, was er vorhatte.

Behutsam legte er seine Lippen auf ihre. Es war nicht viel mehr als ein sanfter Hauch. Eine Sommerbrise, die, obwohl sie verwehte, ein wohliges Kribbeln und eine verräterische Gänsehaut auf Nacken und Schultern hinterließ.

Er küsste sie noch einmal und ließ seine Hände erst über ihr Gesicht, dann über ihren Hals und ihre Schlüsselbeine gleiten. Hanna ergriff sie, und er spürte, wie ihre Daumen vorsichtig über seinen Handrücken streichelten. Als sie sich von ihm löste, glänzten ihre Augen, und ihre Wangen waren gerötet.

Louis brauchte einen Moment, um das Wummern seines Herzens und das Ziehen in seinen Lenden unter Kontrolle zu bringen. Er wollte ihr sagen, dass dieser Kuss so viel besser war als alles, was er sich bisher ausgemalt hatte, und dass er am liebsten rund um die Uhr mit ihr zusammenbleiben würde. Doch er brachte kein Wort heraus.

»Dieser Nachmittag und alles, was dazugehörte, waren mir ein Vergnügen«, sagte sie und lächelte verführerisch. Dann gab sie ihm einen winzigen Abschiedskuss auf die Wange und verschwand im Haus.

12

Montag, 31. Juli 1865,
nachmittags

Henriette

Es dauerte eine Weile, ehe Henriette begriff, dass Louis nicht mehr kommen würde. Als Sophie vorschlug, sich ein wenig abzukühlen, lehnte sie unwirsch ab. Stattdessen lief sie zum Holzzaun und versuchte, einen Blick auf die Männerseite des Bades zu erhaschen. Sie hatte kein Glück. Die Latten waren zu dicht beieinander, und sie würde sich sicher nicht die Blöße geben, näher heranzutreten und durch eines der wenigen Löcher zu spähen, wie es Hanna am Tag des Unfalls getan hatte. Sie hatte schließlich keinen kleinen Bruder, auf den sie achtgeben sollte und der ein solch indiskretes Verhalten rechtfertigte.

Stattdessen lief sie ans Ufer und suchte die Köpfe im Wasser ab. Doch weder dort noch unter der Tauberbrücke, unter der sich auch heute die Jungen am Seil tummelten, konnte sie ihn entdecken.

Henriette musste sich zusammenreißen, um nicht wütend am Flussufer auf und ab zu laufen. Sie erinnerte sich an Hannas Worte, daran, dass Louis offenbar regelmäßig nach ihrem Bruder sah. Wenn er hier nicht auftauchte, obwohl seine Freunde längst da waren, konnte das nur bedeuten, dass er sich noch immer im Haus des Seifensieders befand.

Wenn sie Glück hatte, ging es ihm wirklich nur um Friedrich. Doch sie ahnte längst, dass sie sich etwas vormachte. Wenn sie nicht wollte, dass ausgerechnet Hanna ihrem Louis den Kopf verdrehte, musste sie sich schleunigst etwas einfallen lassen. In diesem Augenblick kam ihr ein Gedanke. Ihr Herz begann zu rasen, und ihre Wut verwandelte sich in Tatendrang.

Ungeduldig wartete sie darauf, dass Sophie aus dem Wasser kam. Gerade noch rechtzeitig setzte sie eine Leidensmiene auf. »Bitte entschuldige. Aber mein Kreislauf will die Hitze heute einfach nicht vertragen.«

»Du willst schon gehen?«, fragte Sophie, während sie sich abtrocknete.

»Bleib du hier, es wäre schade um den schönen Nachmittag. Du kannst dich doch zu den Zwillingen gesellen.«

Sophie lächelte. »Gute Idee. Und du bist sicher, dass ich dich nicht nach Hause begleiten soll?«

»Ja, keine Sorge. Mir ist nur ein wenig flau im Magen.«

Henriette sah, dass Sophie die Augenbrauen zusammenzog, und schalt sich innerlich. Eben hatte sie noch gesagt, dass ihr der Kreislauf zu schaffen machte. Doch die Freundin schien nichts bemerkt zu haben und wandte sich nun Luise und Greta zu, als könnte sie es gar nicht erwarten, den Rest des Tages mit den Mädchen des Uhrmachers zu verbringen.

Henriette schluckte ihre aufkommende Eifersucht hinunter. An diesem Nachmittag gab es wichtigere Belange, um die sie sich kümmern musste.

Der Rückweg erschien ihr endlos, war er doch bergauf um einiges anstrengender. Die Sommerhitze trug dazu bei, dass sie völlig verschwitzt und abgekämpft war, ehe sie in die Georgengasse einbog.

Als ihr Blick auf die Seifensiederei fiel, verkrampfte sich ihr Magen. Eilig drückte sie sich in den Schatten eines Hauseingangs. Weder Louis noch Hanna hatten sie gesehen, doch der Grund dafür war so unfassbar, dass sie plötzlich das Gefühl hatte, keine Luft mehr zu bekommen. Sie sah ihre schlimmsten Befürchtungen weit übertroffen, denn dort stand der Mann, von dem sie seit langer Zeit schwärmte, und küsste ihre Freundin.

Vielleicht war es ja sogar umgekehrt, und Hanna hatte ihn geküsst. Ganz sicher war es so gewesen! Der Sohn des Arztes war zu anständig, als dass er sich am helllichten Tage einem Mädchen auf diese Art nähern würde.

Henriette beschloss in dieser Sekunde, dass die Freundin von nun an für sie gestorben war. Natürlich nicht offiziell. Sie würde weiterhin gute Miene zu Hannas intrigantem Spiel machen und so tun, als wäre alles bestens. Doch niemals würde sie ihr verzeihen, dass sie sich Louis so an den Hals geworfen und ihr damit den Mann genommen hatte, den sie schon vor langer Zeit für sich auserwählt hatte.

Die Szene, die sich da gerade vor ihren Augen abspielte, war die letzte Bestätigung, die Henriette noch fehlte. Auf dem Weg zurück vom Flussbad waren ihr Zweifel gekommen, ob sie ihre Idee tatsächlich in die Tat umsetzen sollte. Doch diese Frage stellte sich nun nicht mehr.

Mit vor Wut rasendem Herzen wartete Henriette darauf, dass Louis sich endlich von Hanna löste. Es versetzte ihr einen Stich, als sie sah, dass sie ihm nach einem schier endlosen Kuss auch noch ein neckisches Lächeln schenkte und ihn ein weiteres Mal auf die Wange küsste, als wäre dies eine Selbstverständlichkeit.

Wie konnte Hanna ihr so etwas nur antun? Sie selbst hatte monatelang über niemand anderen gesprochen als Louis. Die Freundin wusste, wie sehr sie darauf gehofft hatte, dass der Arztsohn sie endlich bemerken würde. Nun war sie ihr in den Rücken gefallen, ohne ein Wort darüber zu verlieren. Für einen kurzen Augenblick meldete sich Henriettes Gewissen. Vielleicht waren ja Hannas Gefühle für Louis schon immer ähnlich den ihren gewesen, und sie hatte nur nie darüber gesprochen?

Schnell schob sie diesen Gedanken wieder beiseite. Hanna hatte ihr Verständnis nicht verdient! Es spielte keine Rolle, ob und wie lange sie ihn schon mochte. Sie war unehrlich und hatte mit keinem Wort erwähnt, dass sich da etwas zwischen ihnen anbahnte. Wäre sie eine gute Freundin gewesen, hätte sie sie eingeweiht oder zumindest vorgewarnt. Stattdessen hatte Hanna egoistisch genossen, was eigentlich ihr zugestanden hätte! Es war nicht mehr notwendig, dass sie ihren Plan hinterfragte. Nun war es an der Zeit zu handeln, und zwar ohne jede Rücksicht.

Henriette wartete noch einige Minuten, um sicherzugehen, dass Louis nicht noch einmal zurückkehrte. Dann lief sie zum Haus des Seifensieders und klopfte.

Hanna selbst öffnete die Tür, und Henriette hatte den Eindruck, dass sie enttäuscht ihr Gesicht verzog. Vermutlich hatte sie auf Louis gehofft – als hätte sie heute nicht schon genug von ihm gehabt!

»Na so eine Überraschung! Was machst du denn hier?«, fragte Hanna, die sich in diesem Moment wieder im Griff zu haben schien.

»Ich bin hier, um dir etwas zu sagen.« Henriette senkte den Blick und gab sich beschämt. »Ich trage das nun schon seit gestern mit mir herum und war unsicher, was ich tun sollte.«

»Komm herein«, unterbrach Hanna sie, und ihre Augen strahlten eine solch fröhliche Gelassenheit aus, dass Henriette ihr am liebsten an die Gurgel gesprungen wäre. Das glückliche Grinsen würde ihr gleich vergehen, so viel stand fest!

Henriette folgte Hanna in die geräumige Küche. Angewidert rümpfte sie die Nase. Obwohl heute ein eigenartig süßlicher Geruch in der Luft lag, überdeckte das mitnichten den Fettgestank, der, solange sie denken konnte, im Haus des Seifensieders hing.

»Möchtest du etwas trinken?«, fragte Hanna. »Im Sommer überbrüht Mutter gern Zitronenmelisse und süßt das Getränk dann mit einem Löffel Honig. Gekühlt ist das eine herrliche Erfrischung.«

Henriette rang sich ein verkrampftes Lächeln ab und trank einige Schlucke. Sie musste zugeben, dass es tatsächlich sehr gut schmeckte, doch das würde sie sicher nicht laut aussprechen.

»Also, was wolltest du mir sagen?«

»Ich weiß nicht genau, wie ich es am besten ausdrücken soll, also sage ich es freiheraus. Ich wollte dich warnen.«

Überrascht zog Hanna ihre Augenbrauen hoch.

»Es geht um Louis.« Sie beobachtete, wie das Lächeln aus Hannas Gesicht verschwand, und musste sich zusammenreißen, um ihre eigene Freude zu verbergen.

»Was ist mit ihm?«

»Ich nehme nicht an, dass er dir von gestern erzählt hat?«, fragte sie geheimnistuerisch.

Hanna schüttelte den Kopf und schien darauf zu warten, dass sie weitersprach.

»Mir ging es nicht gut nach der Kirche, und Doktor Schmieger hat darauf bestanden, mich mit in die Praxis zu nehmen. Als Louis dann von eurem Ausflug zurückkam …« Sie machte eine bedeutsame Pause und bemerkte, dass Hanna nervös ihre Hände knetete.

»Ich will dich nur beschützen, das musst du mir glauben.«

»Was war mit Louis?«, bohrte Hanna.

»Er hat sich rührend um mich gekümmert. Ein wenig zu rührend, wenn du verstehst, was ich meine.«

»Nein, ich verstehe es nicht!«

Hannas Stimme klang kalt und verletzt. Henriette hatte erreicht, was sie erreichen wollte, noch bevor sie der gutgläubigen Freundin die ganze Lüge aufgetischt hatte.

»Er war sehr zuvorkommend, bestand darauf, mich nach Hause zu fahren, obwohl ich ihm sagte, dass das nicht nötig sei. Vor unserer Haustür half er mir aus der Kutsche und …« Henriette senkte ihren Blick und flüsterte, als würde ihre Lüge so zur Wahrheit werden. »Er wollte mich küssen, doch ich habe ihn zurückgewiesen.«

»Warum?«, fragte Hanna nur.

»Weil ich weiß, dass er nach Amerika auswandern wird. Ich möchte nicht diejenige sein, die er noch eben schnell ins Unglück stürzt, bevor er sich auf Nimmerwiedersehen aus dem Staub macht.«

Die Stille, die nun im Raum hing, war für Hanna sicher unerträglich. Henriette genoss sie, denn sie wusste in diesem Augenblick, dass sie gewonnen hatte. Hanna würde ihn sicher nie wieder küssen. Sie war aber auch zu anständig, um ihn danach zu fragen, ob er sich auch Henriette genähert hatte. Vermutlich würde sie ihn, wenn überhaupt, auf seine Reise ansprechen und dann erfahren, dass er tatsächlich das Land auf unbestimmte Zeit verlassen würde. Was immer da gerade zwischen ihr und ihm aufgeblüht war, hatte Henriette in dieser Sekunde zerstört.

»Es tut mir leid. Aber du bist meine Freundin, und da er dich nun unter dem Vorwand, nach deinem Bruder sehen zu wollen, ständig besucht, dachte ich, ich warne dich besser.«

»Verstehe«, sagte Hanna leise und starrte in ihr Teeglas.

Henriette erhob sich. »Danke für die Erfrischung. Und nimm es dir nicht so zu Herzen. Er ist ein Frauenschwarm und ein Draufgänger, das wissen wir ja nun spätestens seit dem Badeunfall deines Bruders. Schon bald wird er aus der Stadt verschwunden sein und dann vermutlich den Mädchen in Amerika den Kopf verdrehen.«

»Und du weißt gewiss, dass er nicht wiederkommen wird?«

»Nun, Doktor Schmieger hat meinem Vater erzählt, dass Louis in Amerika sein Glück machen will. Das ist wohl nichts, was nur wenige Tage oder Wochen in Anspruch nehmen wird.«

Hanna nickte und ließ die Schultern hängen. Henriette rang sich dazu durch, sie zum Abschied tröstend in die Arme zu nehmen.

»Hab ich's doch gewusst. Du hast dich ein wenig in ihn verguckt, richtig?«, murmelte sie. »Nur gut, dass du jetzt die Wahrheit kennst, bevor alles nur noch schlimmer wird.«

Hanna antwortete nicht, doch das war auch nicht mehr nötig, denn ihre Körperhaltung sprach Bände.

Henriette verabschiedete sich und verließ frohen Mutes das Haus des Seifensieders. Nun musste sie es nur noch irgendwie schaffen, dass sich umgekehrt auch Louis Hanna aus dem Kopf schlug. Vielleicht konnte sie ihre Eltern dazu überreden, die Familie des Arztes in die *Traube* einzuladen, sozusagen als Dankeschön dafür, dass der Arzt sich so aufopfernd um sie gekümmert hatte, nachdem ihr nicht wohl gewesen war. Sie malte sich aus, wie sie mit Louis im Mondlicht auf der Terrasse der *Traube* stand und ihm erklärte, dass Hanna kein Verständnis für seine Amerikaträume hatte, sie aber schon.

Sie straffte die Schultern und lief beschwingt durch die Straßen nach Hause. Die wenigen Wochen, die ihr noch blieben, bevor Louis endgültig ging, würde sie zu nutzen wissen, so viel stand fest.

13

Montag, 31. Juli 1865,
abends

Sophie Eine sanfte Abendbrise wehte das Geläut der Glocken ins Tal hinab. Sophie zählte die Schläge der Kirchturmuhr. Es war inzwischen fünf und an der Zeit, sich auf den Heimweg zu machen.

Sie packte ihre Badesachen zusammen und verabschiedete sich von Luise und Greta. Der Nachmittag mit den Zwillingen war ab dem Moment vergnüglich geworden, als sich Henriette von ihnen verabschiedet hatte.

Sie ahnte, dass die schlechte Laune der Freundin etwas mit Louis und Hanna zu tun haben musste, denn selbst sie hatte inzwischen mitbekommen, dass der Arztsohn weit mehr Zeit im Hause des Seifensieders verbrachte, als Henriette recht sein dürfte. Das wiederum bedeutete, dass sie den Abend mit einer in Selbstmitleid zerfließenden Henriette verbringen musste.

Sophie seufzte. Sie wusste, dass sie der Familie Hartmann zu großem Dank verpflichtet war. Doch es fiel ihr inzwischen immer schwerer, das selbstgefällige Gejammer der Freundin zu ertragen. In Henriettes Welt ging es einzig und allein um Henriette. Vielleicht noch ein klein wenig um Louis, doch Sophie war sich nicht sicher, ob sie ihn nicht nur deshalb so begehrte, weil sie spürte, dass er keinerlei Interesse an ihr hatte, und diese Tatsache nicht ertrug.

Sie schulterte die Badetasche, die durch das nasse Handtuch schwer geworden war, und schnaufte. Der Aufstieg aus dem Tal in die Stadt am Ende eines ausgelassenen Badetags war wie immer eine Herausforderung für die inzwischen müden Glieder.

Früher war sie diesen Weg nie zu Fuß gegangen. Ihr Vater Augustus Hübscher hatte stets darauf bestanden, sie entweder selbst zu fahren oder jemanden zu schicken, der sie begleitete. Wehmütig dachte sie daran zurück, wie gut es ihr noch vor wenigen Jahren gegangen war. Ihr Vater war ein angesehener Leihhausverwalter gewesen. Er hatte immer ein Herz und ein offenes Ohr für diejenigen gehabt, die weniger begünstigt leben mussten. Im Jahre 1859 hatte er dem hiesigen Strumpfwirker die Textilfabrik abgekauft, nachdem der pleitegegangen war, und hatte damit begonnen, Mützen herstellen zu lassen. Daneben investierte Hübscher auch in eine Streichgarnfabrik und in ein dampfbetriebenes Sägewerk.

All dies, hatte der Vater ihr erklärt, diente vorrangig dazu, den Ärmsten der Armen eine Anstellung und damit ein Auskommen zu verschaffen. Doch die Rothenburger waren eigen. Ging es um das Wohl anderer, herrschten schnell Neid und Missgunst. Am Ende weigerten sie sich, Hübschers Produkte zu kaufen, und der Vater wurde insolvent.

Was Sophie anfangs nicht glauben wollte, war inzwischen Gewissheit: Augustus Hübscher hatte nach dieser Niederlage keinen Ausweg mehr gesehen. Er hatte das Feuer im Haus selbst gelegt, um sich und seiner Familie die Schmach der Armut zu ersparen.

Dabei hatte er allerdings den Lebenswillen seiner Tochter unterschätzt. Ihre Kammer hatte unter dem Dach gelegen, und als sie mit ihren gerade mal fünfzehn Jahren erkannte, dass ihr das Feuer den Weg abgeschnitten hatte, war sie aus ihrem schmalen Fenster herausgeklettert und hatte einen riskanten Sprung auf das Dach des Nachbarhauses gewagt. Sie war abgerutscht und hatte sich beim Sturz einen Arm gebrochen. Doch sie war als Einzige von ihrer Familie am Leben geblieben.

Sophie stellte die Badetasche ab, schniefte und wischte sich verstohlen eine Träne aus dem Augenwinkel. Sie musste aufhören, über ihre traurige Vergangenheit nachzudenken, konnte sie doch nichts davon ungeschehen machen. Es hätte sie weit schlimmer treffen können, denn es wäre ebenso gut möglich gewesen, im Waisenhaus oder auf der Straße zu enden. Stattdessen hatten Henriettes Eltern Christian und Elisabeth Hartmann sie aufgenommen und versorgt, als wäre es eine Selbstverständlichkeit.

Sie war jetzt keine fünfzehn mehr, sondern fast neunzehn. Und Henriettes wiederkehrende Bemerkungen waren mehr als deutlich gewesen. Sophie wusste heute, welche wahren Motive die Hartmanns dazu bewogen hatten, wohltätig zu handeln: Es war die finanzielle Zuwendung, die sie von der Armenkasse für sie als Pflegekind erhielten, und das Ansehen, das sie sich so in der Gemeinde erarbeiten konnten. Zu Beginn war Sophie zu eingeschüchtert und zu dankbar gewesen, um die Kränkung hinter Henriettes Worten zu erkennen. Doch heute war sie überzeugt, dass es nicht Gutmütigkeit, sondern purer Eigennutz war, der die Hartmanns dazu bewogen hatte, sie aufzunehmen. Jedenfalls ließen Henriettes Spitzen kaum eine andere Schlussfolgerung zu.

Trotz allem waren die Mädchen Freundinnen geworden, und Henriettes Bruder Theo, nun, über den jungen Mann dachte Sophie besser nicht weiter nach. Er war arrogant und verschlossen, und sie wusste beim besten Willen nicht, was sie von ihm halten sollte. Je älter sie wurde, desto klarer erkannte sie, dass sich der Bruder ihrer Freundin weit häufiger in ihre Gedanken schlich, als gut für sie war.

Sophie war völlig außer Atem, als sie die Rödergasse erreichte. Sie war verschwitzt und die Kühle des Flusses durch den Aufstieg aus dem Tal in weite Ferne gerückt. Bevor sie den Türklopfer betätigte, schob sie sich eine verklebte Haarsträhne hinters Ohr.

Einen kurzen Moment lang hoffte sie auf ein bisschen Glück. Vielleicht würde ja Isabella die Tür öffnen. Doch nicht das Hausmädchen stand vor ihr, sondern Theodor.

»Wie siehst du denn schon wieder aus? Ich bin mir nicht sicher, ob ich dich in deinem Aufzug ins Haus lassen sollte.« Er strich sich mit einer übertriebenen Geste übers Kinn, als würde er ernsthaft darüber nachdenken, sie vor der Tür stehen zu lassen. Dann erbarmte er sich und trat beiseite.

»Danke«, sagte Sophie knapp und schob sich an ihm vorbei ins Haus. Dabei gab sie sich große Mühe, seinen Blick zu ignorieren, der irgendwo zwischen Amüsement, Arroganz und Fassungslosigkeit ob ihrer Aufmachung lag.

14

Sonntag, 10. September 1865

Hanna Der August war inzwischen vorüber, und Hanna hatte es irgendwie geschafft, sowohl Louis als auch den drängenden Fragen ihrer Familie aus dem Weg zu gehen. Der Schmerz darüber, dass der Sohn des Arztes unehrlich zu ihr gewesen war und zudem auch noch versucht hatte, Henriette zu küssen, saß tief. Wochenlang hatte sie sich im Haus verkrochen und darüber nachgegrübelt, wie ein Mensch zu solcher Falschheit fähig sein konnte.

An manchen Tagen hatte sie sich selbst die Schuld dafür gegeben. Womöglich hatte sie Louis nach dem Badeunfall zu lange hingehalten? Oder der seltsame Vorfall im Matsch am Lindleinsee war für ihn doch nicht halb so lustig gewesen wie für sie? Mochte ja sein, dass er viele nette Dinge zu ihr gesagt hatte, doch was hieß das schon? Junge Männer versprachen das Blaue vom Himmel, um naiven Mädchen den Kopf zu verdrehen, das hatte sie mehrfach von ihrer Mutter zu hören bekommen, wenn sie ihr zu erklären versuchte, was schicklich für eine junge Frau war und was nicht.

Dass ausgerechnet ihre Eltern den Sohn des Arztes ins Herz geschlossen hatten, konnte nur bedeuten, dass er ein ganz vortrefflicher Schauspieler sein musste. Immerhin hatte er es geschafft, auch sie zu täuschen.

Hanna erhob sich und lief vor dem großen Arbeitstisch in der Werkstatt auf und ab. An diesem Nachmittag war sie allein und dafür überaus dankbar. Ihr Vater hatte nur kurz hereingeschaut, um zu sehen, wie sie mit der Herstellung der Grundseife vorangekommen war. Anschließend wollte er zusammen mit Friedrich die Bücher durchsehen – eine Arbeit, die ihr Bruder noch mehr hasste als das Sieden von Seife.

Hanna rührte gedankenverloren im Kessel, nahm die Hitze zurück und setzte sich einen Augenblick an den Tisch. Dort bemerkte sie, dass ihr Vater seine Zeitung liegen gelassen hatte.

Anton Grieb weigerte sich zwar nach wie vor, jede Neuerung in der Seifenherstellung auszuprobieren, trotzdem legte er Wert darauf, sich zu informieren und die Konkurrenz im Blick zu behalten. Die *Zeitung für die Gelehrtenwelt* kam monatlich mit der Post und war einer der Gründe, warum sich auch Hanna inzwischen bestens auskannte. Der Artikel, der heute ihr Interesse weckte, berichtete zum einen von Procter & Gamble, einer der bedeutendsten Seifenfabriken Amerikas, zum anderen vom sogenannten Solvay-Verfahren zur Herstellung künstlicher Soda.

Die Prozedur war inzwischen fast sechs Jahre alt und hatte das vorherige Herstellungsverfahren nach Leblanc abgelöst, wie sie dem Artikel entnehmen konnte. Obwohl künstliche Soda also längst ein alter Hut war, sprach Anton Grieb noch immer von »unnötigem Firlefanz«, wenn Hanna ihn daran erinnerte, dass sie doch mit der Zeit gehen und sich dieser neuen Verfahrensweise gegenüber nicht verschließen sollten. Stattdessen zog er es vor, den hölzernen Leiterwagen durch die Straßen Rothenburgs zu ziehen und den Leuten ihre Asche abzunehmen, die er statt Soda verwendete. Er wollte es Hanna gar als gute Tat verkaufen, verdienten so doch auch die Ärmsten der Armen ein paar Pfennige.

An diesem Nachmittag kam Hanna allerdings nicht über die Hälfte des Artikels hinaus, denn ihre Gedanken wanderten immer wieder zu Louis und dem Kuss. Wie war es möglich, dass die zauberhaften Momente zwischen ihnen nur gespielt waren? Was hatte ihn nur dazu bewogen, sein Glück nach Henriettes Ablehnung bei ihr zu versuchen? War sie es nicht wert, eines Mannes erste Wahl zu sein? Nun, vermutlich verhielt es sich genau so, wie Henriette behauptet hatte: Er würde schon bald Land und Kontinent verlassen und war offensichtlich darauf aus, sich vorher noch ein wenig zu amüsieren. Ob sie wollte oder nicht: Sie musste Henriette für diese Warnung dankbar sein!

Sie trat an den Siedekessel und warf einen letzten prüfenden Blick auf die köchelnde Masse, die ihr Vater bereits in den frühen Morgenstunden angesetzt hatte. Sie nahm den Rührspaten aus dem Kessel und drehte das Feuer aus.

Gerade als sie durch Abstellkammer und Küche in die Stube hinaufgehen wollte, hörte sie den Türklopfer. Mit leisen Schritten trat sie ans Fenster, von dem aus Stimmen an der Tür zu hören waren, und lauschte.

Trotz der heißen Temperaturen in der Werkstatt waren ihre Finger plötzlich eiskalt, denn es war Louis, der darum bat, sie sprechen zu dürfen. Er hatte offenbar noch immer nicht aufgegeben. Seit ihrer letzten Begegnung vor fast vier Wochen kehrte er regelmäßig in die Siederei zurück. Immer wieder fragte er nach Hanna und verbrachte dann

Stunde um Stunde mit Friedrich. Inzwischen hatte er sogar sein Versprechen eingelöst und ihm das Schwimmen beigebracht. Mit strahlenden Augen und stolzgeschwellter Brust hatte Friedrich vor wenigen Tagen am Frühstückstisch verkündet, dass er, dank Louis, endlich in der Lage wäre, ganze zwanzig Schwimmzüge zu machen, ohne den Grund des Lindleinsees zu berühren.

Sie hätte sich über diese Tatsache freuen sollen, doch es versetzte ihr einen schmerzhaften Stich, zu wissen, dass sie bei dieser wichtigen Sache nicht an der Seite ihres Bruders gewesen war. Außerdem hätte jeder einzelne Tag am See Zeit für sie und Louis bedeutet, und sosehr sie sich auch das Gegenteil einzureden versuchte: Zeit mit ihm war das, wonach sie sich wirklich sehnte.

Seufzend zog sie die Tür zu, die von der Werkstatt in die Abstellkammer führte, und verschwand stattdessen leise durch die Hintertür auf der gegenüberliegenden Seite. Sie hatte nicht vor, Louis über den Weg zu laufen, deswegen beschloss sie in dieser Sekunde, die Arbeit, die eigentlich für Montag vorgesehen war, schon heute zu erledigen.

Sie griff nach der Geldbörse, die stets auf dem Regal bereitlag, lief über den Hof und zerrte den Leiterwagen aus dem Unterstand. Dann verließ sie eilig die Georgengasse, bevor Louis oder ihr Vater auch nur merken konnten, dass sie sich nicht mehr im Haus aufhielt.

An diesem Spätsommernachmittag durch die Gassen zu gehen lenkte sie zwar von ihrem Kummer ab, doch es zeigte ihr auch überdeutlich, wie traurig es um ihre Heimatstadt bestellt war. Sobald sie sich von der prächtigen Herrngasse in eine der Nebenstraßen begab, änderte sich das Stadtbild drastisch.

Von jeher war die Landwirtschaft der Haupterwerbszweig der Rothenburger. Doch es gab längst nicht genug Arbeit, um alle Mäuler zu stopfen. Und so hatten Tagelöhner und Handwerker ihre armseligen Behausungen in Viehscheunen umgewandelt, indem sie das ebenerdige Stockwerk mit Stroh auffüllten und Ziegen, Hühner, ja sogar Schweine, Pferde oder Kühe darin hielten. Die Unmengen an Mist, die dabei entstanden, wurden ebenso achtlos auf die Straße geschafft wie Schlächtereiabfälle, Kehricht oder die Fäkalien aus dem Nachteimer. Jauchegruben und riesige Misthaufen inmitten der Stadt führten dazu, dass der Gestank an heißen Sommertagen unerträglich wurde.

Natürlich kannte Hanna diese Gegebenheiten und war darauf vorbereitet. Sie zog ein Halstuch aus der Tasche und band es sich vor Mund und Nase. Doch am liebsten hätte sie das Atmen ganz eingestellt.

Kindern, die in diesen feuchten und heruntergekommenen Behausungen lebten, sah man an, was das unwürdige Leben mit ihnen machte. Viele litten an Rachitis, der Vitaminmangel erweichte ihre Knochen. Hanna konnte die mahnenden Worte des Wundarztes noch immer hören, der ihr und ihrem Bruder einst ausführlich erklärt hatte, dass die krummen Beinchen der jüngsten Bewohner fast schon so etwas wie ein Wahrzeichen dieser verarmten Stadt geworden waren.

Außerdem hatte Doktor Schmieger sie bereits vor Jahren vor bestimmten Trinkbrunnen in der Stadt gewarnt. Damals war Friedrich schwer an der Ruhr erkrankt, und der Arzt hatte als Ursache dafür verunreinigtes Wasser vermutet, das ihr Bruder bei einem seiner Streifzüge durch die Stadt arglos getrunken hatte.

Hannas Anwesenheit sprach sich zügig herum, und

schon bald standen die Bewohner mit ihren gefüllten Ascheeimern vor ihren Türen. Hanna bezahlte nach Eimergröße, lud die Asche in ihre eigenen Behälter um und zog weiter.

Aus dem Augenwinkel nahm sie einige Häuser weiter eine Gestalt wahr, die nicht in diese Gegend zu gehören schien. Sie blinzelte, hob die Hand schützend über die Augen und erkannte Sophie, die sich mit einem schmächtigen Jungen unterhielt. Sie lachte und fuhr ihm fast schon liebevoll durch die Haare. Dann zog sie etwas aus ihrer Tasche und drückte es dem Burschen in die Hand. Als sie sich zum Gehen umwandte, entdeckte sie Hanna, winkte und kam zu ihr herüber.

»Dich hätte ich hier nicht erwartet.«

Sophie sah betreten zur Seite und presste ihre Lippen aufeinander. »Es wäre vielleicht auch besser, wenn du unsere Begegnung für dich behieltest.«

»Warum denn das? Du darfst doch unterwegs sein, wo und mit wem du möchtest.«

Sophie seufzte. Dann lächelte sie Hanna schief an. »Ich denke nicht, dass die Hartmanns es gutheißen würden, wenn sie wüssten, dass ich das wenige Handgeld, das sie mir ab und an zustecken, einem Waisenjungen schenke. Henriette und Theodor wären außer sich und würden möglicherweise sogar darauf bestehen, dass ich jeden Pfennig davon zurückhole.«

Hanna sah ihre Freundin aufmerksam von der Seite an. Es passte zu ihr, dass sie teilte, obwohl sie selbst nicht viel besaß. Sie hatte Kleider am Leib, ein Dach über dem Kopf und genug zu essen, abgesehen davon war sie völlig mittellos.

»Warum ausgerechnet dieser Junge?«

Sophie blieb stehen und schluckte. »Mein Vater wollte ihn ins Haus holen. Jacob war höchstens fünf, als er meinen Eltern vor Jahren vor den Karren rannte und fast unter die Räder gekommen wäre. Vater war erst zornig und schimpfte, ob er keine Augen im Kopf hätte und ob ihm seine Eltern nicht beigebracht hätten, vorsichtig zu sein, wenn ein Fuhrwerk auf der Straße wäre. Jacob war einfach davongerannt. Als mein Vater umherstehende Passanten nach dem Jungen fragte, erfuhr er, dass er mutterseelenallein war. Einen Vater gab es nicht, die Mutter war an der Cholera verstorben.«

Hanna presste ihre Hand vor den Mund. »In dem Alter schon ganz allein auf der Welt?«, sagte sie mehr zu sich selbst als zu Sophie, die nun mit verräterisch glitzernden Augen nickte.

»Kaum vorstellbar, oder? Es hätte mich genauso treffen können. Vater wollte Jacob als Pflegekind zu uns ins Haus holen, doch dann …«

Sie brach ab, und Hanna verstand. Die Hübschers waren in jener Zeit an ihren eigenen Sorgen zerbrochen, für den Waisenjungen gab es keine Hilfe mehr.

»Dann ist er jetzt etwa zehn?«, fragte sie ungläubig, und Sophie nickte.

Hanna wandte sich noch einmal um und beobachtete Jacob, der jetzt an einer Hauswand lehnte, gegen die er einen Fuß gestellt hatte.

»Er sieht nicht älter aus als sieben«, murmelte sie.

»Ich werde ihm helfen«, sagte Sophie mit fester Stimme. »Noch weiß ich nicht genau, wie. Aber ich werde einen Weg finden. Irgendwann hole ich ihn zu mir oder sorge zumindest dafür, dass er einmal in seinem Leben ein festes Dach über dem Kopf hat.«

Hanna dachte über die Worte ihrer Freundin nach. Fast hätte sie ihr erklärt, dass das wohl kaum möglich sein dürfte, war sie selbst doch auf die Großzügigkeit derjenigen angewiesen, die ihr ein Heim gaben. Doch die Entschlossenheit im Gesicht der Freundin brachte sie zum Schweigen. Sophie war immer zurückhaltend gewesen und hatte nur wenig über die Dinge gesprochen, die sie bewegten. Dass sie nun so offen sagte, was sie zu tun gedachte, zeigte einmal mehr den inneren Wandel, den sie vollzog. Inzwischen vermochte sie sich selbst Henriette gegenüber durchzusetzen. Immer häufiger ging sie ihren eigenen Interessen nach und war nicht mehr nur das Anhängsel des Fräulein Hartmann.

»Ich muss einfach etwas Sinnvolles tun, Hanna. Ginge es nach Henriette, sollte ich still und bescheiden darauf warten, dass ein wohlhabender Mann mich auserwählt. Aber so bin ich nicht. Was ich erlitten habe, hat mich verändert. Wenn meine Eltern noch lebten, wäre es womöglich nie so weit gekommen. Aber nun ist alles anders. Mein Leben ist nicht mehr sorglos, und die tiefe Armut dieser Menschen hier zerreißt mir das Herz. Es muss einen Weg geben, wenigstens den Kindern aus dem Elend herauszuhelfen.«

Hanna sah Sophie aufmerksam an und lächelte dann. »Und mir scheint, du hast schon eine sehr genaue Vorstellung davon, wie du das anstellen könntest.«

»Das habe ich in der Tat. Bisher sind es nichts weiter als Hirngespinste. Aber schon bald werde ich wissen, ob das, was ich mir ausgemalt habe, Realität werden könnte.«

»Mehr möchtest du mir nicht verraten?«, fragte Hanna, obwohl sie die Antwort längst kannte.

»Noch nicht.«

Gerührt griff Hanna nach der Hand der Freundin und drückte sie. »Ich verstehe dich nur zu gut. Ginge es nach meinem Vater, bliebe auch mir nur die Heirat. Aber auch ich werde meinen größten Wunsch nicht aufgeben. Für andere Frauen …«

»Du meinst Henriette?«, unterbrach Sophie.

»Für andere Frauen«, wiederholte sie grinsend, »mag das Leben in einer Seifensiederei nicht erstrebenswert sein. Aber für mich gibt es nichts Aufregenderes.«

»Abgesehen von Louis?«

Sophies Einwand und der damit verbundene Themenwechsel kam aus dem Nichts, und fast hätte Hanna sich verschluckt.

»Wie kommst du denn jetzt auf ihn?«

»Du hast lange nicht mehr mit ihm gesprochen.«

»Es ergab sich eben nicht«, wich Hanna aus. Sie bemerkte die hochgezogene Augenbraue der Freundin und beschloss in dieser Sekunde, ihr die Wahrheit zu sagen. »Er hat mich hintergangen. Nun, vielleicht nicht gerade hintergangen, aber er war nicht ehrlich zu mir.« Sie erklärte in kurzen Worten, wie er sie hinsichtlich seiner Reisepläne belogen und vor einem romantischen ersten Kuss mit ihr nichts Besseres zu tun gehabt hatte, als Henriette den Hof zu machen.

Als sie geendet hatte, erwartete sie Zuspruch, doch Sophie schwieg und schüttelte schließlich nachdenklich den Kopf. »Tut mir leid, aber ich glaube, du hast einen Fehler gemacht.«

»Wie meinst du das?«

»Du weißt all das von Henriette, richtig? Ich kenne sie inzwischen sehr gut. Sie würde nichts unversucht lassen, um ihr Ziel zu erreichen. Schlimm, so etwas über jemanden sagen zu müssen, der lange Zeit so etwas wie eine beste Freundin zu sein schien. Aber ich denke, dass sie lügt.«

Hanna riss Augen und Mund auf und starrte an Sophie vorbei. Auf der Straße begannen die Kinder in diesem Moment damit, Verstecken zu spielen. Sie lachten, verkrochen sich in Hauseingängen und hinter Misthaufen, während ein großes, schlaksiges Mädchen zu zählen begann.

Hannas Gedanken drehten sich im Kreis, und sie brauchte einen Moment, um das Gehörte zu verdauen. Dann fasste sie sich wieder. »Aber sie war es, die mir von seinen Reiseplänen berichtet hat, als er mich zumindest im Hinblick auf die Länge seiner Reise noch im Ungewissen ließ.«

»Mag sein, dass dieser Teil ihrer Geschichte nicht gelogen war. Aber sie hat ihm die Chance genommen, es dir zu erklären. Damit hat sie dein Vertrauen in Louis zerstört.«

»Er hätte es mir sagen müssen, als ich danach gefragt habe!«

»Ich weiß nicht, Hanna. Ihr wart euch gerade erst nähergekommen. Vielleicht hat er es einfach nicht gewagt, diesen besonderen Moment gleich wieder zu zerstören. Er hätte es dir beizeiten erklärt, da bin ich ganz sicher.«

»Du glaubst also nicht …« Sie brach ab, doch Sophie verstand auch so, worauf sie hinauswollte.

»… dass er Henriette küssen wollte?« Die Freundin lachte auf und schüttelte dann energisch den Kopf. »Diesen Kuss hätte er längst haben können, wenn er gewollt hätte! Ganz Rothenburg weiß, dass sie ein Auge auf ihn geworfen hat. Warum sollte er all die Wochen davor zögern, wenn er doch angeblich nur auf sein Vergnügen aus war? Nein. Ich bin mir sicher, dass Henriette nicht die Wahrheit sagt. Sie wollte euch entzweien, und das hat sie leider auch geschafft.«

Hanna ließ die Schultern hängen und schwieg. Je länger sie über Sophies Worte nachdachte, desto klarer wurde ihr, dass sie recht hatte. Warum nur hatte sie sich so hinters Licht führen lassen? Sie hatte doch längst durchschaut, dass die Freundin zwei Gesichter hatte. Sie konnte freundlich und liebenswürdig sein, während sie in Wirklichkeit ganz anders dachte und handelte. Mehr als einmal hatte Hanna es selbst erlebt, beispielsweise wenn es um ihren Bruder oder um das Familienhandwerk ging.

»Ich bin eine Närrin«, seufzte sie. »Ich hätte nicht auf sie hören dürfen.«

Sophie griff nach ihrer Hand und drückte sie. »Mach dir nichts draus. Ich habe Jahre gebraucht, um diese unehrliche Seite an Henriette zu durchschauen. Wer will das schon an jemandem sehen, den er doch eigentlich gernhat?«

Hanna neigte den Kopf zur Seite. »Wann ist meine Sophie nur so weise geworden?«

»Oh, das war sie schon immer«, gab die jetzt glucksend zurück. »Aber eine weise Frau versteckt ihre Gabe besser. Das verschafft ihr so manchen Vorteil.«

»Danke. Es ist zwar zu spät, aber du hast mir die Augen geöffnet.«

»Wieso zu spät? Er ist doch noch nicht fort.« Sie lächelte ihr aufmunternd zu. »Ich sollte zurück, bevor Henriette auf die Idee kommt, mich zu suchen.«

Die Mädchen verabschiedeten sich voneinander. Hanna sah ihrer Freundin nachdenklich hinterher und war plötzlich von Stolz erfüllt. Sophie war ein besonderer Mensch, und es wärmte ihr Herz, sie zur Freundin zu haben. Sie setzte ihre Wegstrecke durch die schmalen Gassen fort, war jedoch mit ihren Gedanken nicht mehr bei der Sache. Im Jakobsgässchen beschloss sie, umzukehren. Zwar waren ihre Ascheeimer noch längst nicht alle gefüllt, doch sie würde den Rest der Runde auf morgen verschieben. In der Hoffnung, Louis möglicherweise noch bei sich zu Hause anzutreffen, eilte sie mit klopfendem Herzen zurück zum Haus ihrer Eltern. Doch der Einspänner des Wundarztes, mit dem Louis gekommen war, war fort.

15

Sonntag, 10. September 1865

Hanna Hastig schaffte sie die Ascheeimer in die Werkstatt und schob den Leiterwagen zurück unter den Bretterverschlag. Dann lief sie in die Küche, wo sie auf Friedrich traf.

»Ist Louis schon fort?«, fragte sie ohne Umschweife.

»Wo warst du denn? Wir haben dich überall gesucht.«

»Ich habe Asche geholt.«

»Heute?«

Es war albern, ihrem Bruder etwas vorzumachen, deswegen setzte sie sich zu ihm an den Tisch.

»Ich höre?«, fragte er, und Hanna grübelte darüber nach, wann ihr jüngerer Bruder so verständnisvoll geworden war. Er schien genau zu spüren, dass sie etwas auf dem Herzen hatte.

»Ich habe Louis gehört, als er kam, und bin durch die Hintertür verschwunden«, gab sie zu.

»Und jetzt hättest du ihn doch gern in deiner Nähe?«, fragte Friedrich kopfschüttelnd. »Dich versteh noch einer.«

»Eigentlich wollte ich ihm nie mehr über den Weg laufen. Aber jetzt glaube ich, dass ich einen Fehler gemacht habe, indem ich Henriette vertraut habe, statt ihn anzuhören.«

Ihr Bruder sah sie fest an und verzog seine Lippen zu einem mitleidigen Grinsen. »Zwar weiß ich nicht genau, worum es geht, aber ich bin mir sicher, dass es ein Fehler war, Henriette zu vertrauen. Ich werde nie verstehen, warum du mit ihr befreundet bist, aber was geht es mich an! Wenn es dir bei einer Entscheidung hilft: Mein Freund Louis ist sehr niedergeschlagen. Was dich betrifft, versteht er die Welt nicht mehr. Er sagte mir, dass er heute Abend ein letztes Mal zum Dämmerschoppen des Casinovereins gehen wird, um auf andere Gedanken zu kommen. Sie treffen sich im *Goldenen Greifen*. Vielleicht schaust du dort einfach vorbei?«

Friedrich erhob sich, ohne eine Antwort abzuwarten, und verschwand in Richtung Garten. Hanna dachte über seine Worte nach. Ausgerechnet ein Treffen des Casinovereins! Sie würde all ihren Mut zusammennehmen müssen, um dort aufzukreuzen.

Der Casinoverein war nicht nur der älteste seiner Art hier in Rothenburg, er war auch, wenn man sich die Mitglieder genauer besah, der nobelste in der Stadt. Da waren Gelehrte, angesehene Lateinschullehrer und Ärzte. Einfache Handwerker hatten hingegen keinen Zutritt. Der Verein kam allabendlich zusammen. An Sonntagnachmittagen waren auch Ehefrauen und heranwachsende Söhne und Töchter willkommen, und jeder in Rothenburg wusste, dass bei diesen Zusammenkünften nicht selten auch Hochzeiten abgesprochen wurden.

Hanna gehörte nicht in diese Kreise, und der Gedanke, dort auch auf Henriette zu stoßen, brachte ihre Entschlossenheit ins Wanken. Natürlich wollte sie sich so schnell wie möglich mit Louis aussprechen und aus der Welt schaffen, was zwischen ihnen stand. Doch würde sie dazu überhaupt den Mut aufbringen, wenn ausgerechnet die Person anwesend war, deren Lügen sie auf den Leim gegangen war?

Ihre Gedanken wanderten zu Sophie. Sie hatte ihr mit einem Lächeln zu verstehen gegeben, dass es noch nicht zu spät war, um die Dinge zwischen Louis und ihr zu klären. Ihr blieb keine Wahl: Sie musste die Aussprache suchen, bevor Henriette ihre hinterhältigen Ränkespiele noch weiter vorantreiben konnte.

Sie ging hinauf in ihre Kammer. Ihr Kleid war staubig vom Ascheholen am Nachmittag. Sie würde sich waschen, neu einkleiden und dann den *Goldenen Greifen* aufsuchen, ganz gleich, wer zugegen sein würde.

Frisch gewaschen stand sie wenig später in Korsetthemd und Unterrock vor ihrem Kleiderschrank und überlegte, für welches Kleid sie sich entscheiden sollte. An einem Tag wie heute putzten sich Söhne und Töchter der Casinomitglieder sicher heraus, ging es doch darum, Eindruck zu hinterlassen. Doch ihr Ziel war es nicht, sich auf diesem inoffiziellen Heiratsmarkt zur Schau zu stellen. Sie wollte Louis gefallen, und ihr Auftritt sollte ansonsten nach Möglichkeit wenig Aufmerksamkeit erregen. Sie seufzte. Wie gern hätte sie jetzt Sophie um Rat gefragt! Ein Klopfen unterbrach ihre Gedanken.

»Darf ich hereinkommen?«, hörte sie ihre Mutter.

»Ja.«

Christina Grieb trat ein und zog ihre Augenbrauen hoch. »Was ist denn hier los?« Sie deutete auf den Kleiderstapel, der auf dem Bett lag.

»Ich kann mich nicht entscheiden.«

»Wenn du mir sagst, was du vorhast, kann ich dir sicher helfen.«

Hanna seufzte. Es wäre ihr lieber gewesen, wenn niemand etwas von ihren Plänen mitbekommen hätte. Doch sie kannte ihre Mutter. Sie würde nicht aufhören zu fragen, bis sie im Bilde war.

»Ich habe mich entschlossen, mit Louis zu sprechen, und Friedrich sagte mir, dass er heute Abend im *Goldenen Greifen* sein würde.«

»Dann hast du dich also endlich erbarmt und wirst dem armen Jungen zuhören?« Christina Grieb griff nach einem dreiteiligen Kleid aus hellblauer Moiré-Seide, das aus Rock, Oberteil und Gürtel bestand. Es war hochgeschlossen und vorn zu knöpfen, hatte einen runden Halsausschnitt, der mit einer schmalen Borte abgesetzt war, und lange Ärmel. Der Rock war am Gesäß leicht ausgestellt.

»Dieses hier zaubert eine hübsche Silhouette, und die Farbe bringt deine dunklen Augen und blonden Haare zur Geltung.«

Hanna ließ zu, dass ihre Mutter ihr beim Ankleiden und Frisieren half. Christina flocht ihre Haare und steckte sie anschließend sorgfältig am Hinterkopf zusammen. Dann lächelte sie ihre Tochter im Spiegel an.

»Was immer zwischen euch steht, bring es wieder in Ordnung, bevor es zu spät ist.« Sie drückte ihr einen schnellen Kuss auf die Wange und verließ das Zimmer, ohne zu verraten, warum sie überhaupt gekommen war.

Hanna erreichte den *Goldenen Greifen* gegen acht Uhr. Unruhig lief sie vor dem Eingang hin und her und versuchte, ihren Puls unter Kontrolle zu bringen. Immer wieder kamen Casinomitglieder an ihr vorbei, grüßten freundlich und verschwanden im Haus. Sie atmete noch einige Male ein und aus, dann endlich nahm sie all ihren Mut zusammen und trat ebenfalls ein. Ihr Herz raste, als sie die Tür zum großen Saal öffnete, und ihr Puls beschleunigte sich noch weiter, als sie erkannte, dass alle Augen in diesem Raum auf sie gerichtet waren.

Sie sah ihre schlimmste Befürchtung bestätigt: Nicht nur die herkömmlichen Vereinsmitglieder waren zugegen, sondern auch deren Töchter und Söhne. Sie suchte den Raum nach Louis ab, doch bevor sie ihn entdeckte, bemerkte sie Henriette, die gerade von ihrem Stuhl aufsprang und ganz offensichtlich Mühe hatte, ihr Entsetzen zu verbergen.

Hanna wandte den Blick ab, entdeckte Louis auf der anderen Seite des Raums und lief mit eiligen Schritten auf ihn zu. Doch bevor sie ihn erreichte, stellte sich Henriette ihr in den Weg.

»Was treibst du denn hier?«

Hanna antwortete nicht. Stattdessen schob sie Henriette beiseite und ging weiter. Der Sohn des Wundarztes starrte sie mit großen Augen an, schien sich dann aber an seine Manieren zu erinnern und erhob sich.

»Guten Abend, möchtest du dich setzen?«, fragte er und schob ihr seinen Stuhl zurecht.

»Nein. Ich würde gern unter vier Augen mit dir sprechen.« Sie sah ihn an, und als er nicht sofort reagierte, schob sie »Bitte, es ist wirklich dringend« hinterher.

Louis rang sich ein winziges Lächeln ab, bot ihr den Arm an und führte sie vor aller Augen aus dem Saal. Vor dem Gasthaus ließ sie ihre angespannten Schultern fallen. Ohne über ihre Worte nachzudenken, platzten sie aus ihr heraus: »Danke, dass du mich da drin nicht hast stehen lassen.« Sie behielt für sich, dass das einer der unangenehmsten Momente ihres Lebens gewesen sein dürfte. Noch bevor sie irgendetwas erklären konnte, wurde die Tür aufgerissen, und Henriette trat ebenfalls auf die Straße.

»Meine Liebe, was machst du denn hier? Du gehörst doch gar nicht zum Verein.« Sie lächelte zuckersüß, doch der spitze Unterton war nicht zu überhören.

»Nein, tue ich nicht. Und jetzt möchte ich mit Louis unter vier Augen sprechen, wenn du nichts dagegen hast.«

Henriette wollte etwas erwidern, doch Louis kam ihr zuvor. »Es ist ein wundervoller Abend. Der Einspänner steht hinter dem Haus, wenn ich bitten darf?« Er verbeugte sich galant und bot ihr erneut den Arm. »Auf Wiedersehen, Henriette!«

Fast schien es, als hätte Hanna dieser Auftritt all ihre Kraft gekostet. Die Worte, die sie sich seit dem Nachmittag zurechtgelegt hatte, waren aus ihrem Gedächtnis verschwunden, und sie wusste beim besten Willen nicht, wie sie beginnen sollte. Louis half ihr auf den Kutschbock und setzte sich neben sie.

»Ich habe dich vermisst«, sagte er.

Hanna sah ihn von der Seite an und erkannte Enttäuschung in seinem Gesicht. Wie sehr ihn ihre Ablehnung und ihr Schweigen verletzt haben mussten!

Er lenkte das Gefährt stadtauswärts und fragte dann ganz direkt: »Was habe ich falsch gemacht, Hanna?«

»Nichts. Aber das ist mir erst heute klar geworden.« Sie holte tief Luft, dann sprudelten die Worte nur so aus ihr heraus. »Ich schäme mich so, Louis. Ich habe auf Henriette gehört, obwohl ich es hätte besser wissen müssen. Sie sagte, du würdest für sehr lange Zeit fortgehen, möglicherweise für immer. Das war der erste Schock. Dann erklärte sie mir, du hättest am Abend vor unserem Ausflug versucht, sie zu küssen. Sie würde mir diese Dinge nur sagen, um mich zu schützen, schließlich wäre sie meine Freundin und wollte nicht, dass ich mein Herz an jemanden verliere, der es nicht ehrlich mit mir meint und jedem Rock hinterherjagt.«

»Verstehe.« Louis kniff die Lippen fest zusammen.

Hanna kannte die Strecke, die er eingeschlagen hatte. Er lenkte das Pferd an den Lindleinsee, und die Erinnerungen an diesen wunderschönen Nachmittag schnürten ihr die Kehle zu.

»Es tut mir so unendlich leid«, flüsterte sie. »Ich hätte ihr niemals vertrauen dürfen. Sie hätte es fast geschafft, dass du fortgegangen wärst, ohne dass wir uns noch einmal gesprochen hätten.«

»Ich sollte gekränkt sein wegen deines Misstrauens. Aber mein Verstand sagt mir, dass es nur logisch ist, dass du ihr geglaubt hast. Ihr seid viele Jahre befreundet. Wir hingegen kennen uns nur wenige Wochen, und ich habe mich ja zu Beginn auch nicht gerade von meiner vertrauenswürdigsten Seite gezeigt.«

Hanna horchte auf. Er glaubte offenbar, dass sie ihm sein Verhalten am Flussbad immer noch nachtrug. Vorsichtig legte sie ihre Hand auf seine, die in diesem Moment die Zügel hielt. »Dass ich mich von dir zurückgezogen habe, hatte nichts mit dem Vorfall am Fluss zu tun. Ich schäme mich. Ich habe dir unterstellt, dass du vor unserem …«

Sie brach ab, zog ihre Hand zurück und sah zur Seite. In diesem Moment schaffte sie es einfach nicht, über ihren ersten Kuss zu sprechen, denn sie hatte ihn verraten, ihm unterstellt, sich charakterlos jedem Mädchen an den Hals zu werfen. Er hätte allen Grund, böse auf sie zu sein.

»Unserem Kuss?«, fragte er, und Hanna sah ein winziges Lächeln über sein Gesicht huschen. »Glaub mir, nichts liegt mir ferner, als jedes Mädchen zu küssen, das mir über den Weg läuft. Das einzige Mädchen, das seit Wochen und Monaten durch meinen Kopf spukt, bist du. Nicht Henriette.«

»Dann bist du nicht verärgert?«

»Vermutlich sollte ich es sein. Aber ich bin viel zu erleichtert, dass du endlich wieder mit mir sprichst.« Er sah sie an, dann schnellte seine Augenbraue in die Höhe. »Also hättest du dein Herz an mich verlieren können?«, fragte er, und Hanna brauchte einen Augenblick, ehe sie begriff, dass er an Henriettes Worte gedacht hatte.

»Hätte können trifft es nicht so ganz, fürchte ich.« Sie flüsterte diese Worte, doch sein strahlendes Lächeln zeigte deutlich, dass er sie nicht nur gehört, sondern auch genau verstanden hatte, was sie damit sagen wollte.

Eine Weile fuhren sie schweigend. Sie erreichten den See, und Louis hielt den Einspänner an genau der Stelle, an der sie vor Wochen bereits gestanden hatten. Er half Hanna vom Kutschbock, holte die Pferdedecke unter dem Sitz hervor und breitete sie am Ufer aus.

Sie setzte sich neben ihn auf die Decke. Wie gern hätte sie nach seiner Hand gegriffen, doch sie wagte es nicht.

»Wann reist du ab?«, fragte sie stattdessen.

»Mein Schiff verlässt Bremerhaven am 24. September. Will ich die Schiffspassage nicht verpassen, muss ich hier zwei Tage vorher aufbrechen.«

Hanna rechnete nach. Ihnen blieben noch etwa zwei Wochen.

»Wie lange wirst du fort sein?«, fragte sie und sah ihn direkt an. Als sie ihm diese Frage das letzte Mal gestellt hatte, war er ihr ausgewichen, diesmal würde er ehrlich sein, das wusste sie.

»Es tut mir so leid. Ich hätte dir gleich die Wahrheit sagen müssen«, begann er. Dann erhob er sich plötzlich und kniete sich vor Hanna ins Gras. »Ich wünschte, es wäre anders, aber nach dem Stand meiner Planung heute werde ich mindestens zwölf Monate fort sein.«

Hanna schluckte mehrmals, doch es gelang ihr nicht, ihre Traurigkeit zu verbergen. Sie spürte die Tränen in sich aufsteigen und blickte zur Seite.

Louis legte behutsam seine Hand unter ihr Kinn und drehte ihr Gesicht wieder zu sich. »Du musst mir nicht ausweichen. Ich bin ebenso traurig wie du. In dieser Sekunde kann ich mir nicht vorstellen, auch nur einen Tag ohne dich zu sein.«

Liebevoll wischte er ihr die Tränen aus dem Gesicht, dann küsste er sie auf die Wange, als wollte er so verhindern, dass weitere Tränen folgten.

»Ich weiß nicht, was die Zeit bringt, Hanna. Aber wenn du warten könntest? Ich werde dir von jeder Station meiner Reise schreiben, das verspreche ich. Den ersten Brief gleich aus Bremerhaven, den nächsten dann aus New York. Sicher, die Post aus Amerika wird wohl ihre sechs Wochen brauchen, bis sie dich erreicht. Aber bin ich erst in Chicago, schreibe ich dir jede Woche. Dann wirst du auch jede Woche Nachricht von mir erhalten. Und wenn ich zurück bin …«

Jetzt war er es, der nicht mehr weiterzusprechen wagte. Hanna ahnte, dass er darauf wartete, dass sie ihm ein Signal gab, irgendetwas, was ihm Hoffnung machte. Sie griff nach seinen Händen, drehte sie herum und küsste die Innenseite seiner Handflächen. Sie spürte das Beben, das seinen Körper ergriff, und wurde mutiger. Sie nahm sein Gesicht in beide Hände und zog ihn zu sich, sodass ihre Nasenspitzen sich fast berührten.

»Ich werde warten«, sagte sie fest.

Und dann endlich spürte sie seine Lippen auf ihren. Warm und weich verschlossen sie ihren Mund und jagten ihr winzige Schauer über Rücken und Arme. All der Kummer, die Sehnsucht und die Verzweiflung der letzten Wochen lagen in diesem Kuss.

Sanft drückte Louis sie zurück auf die Decke, ohne dabei von ihr zu lassen. Sie versanken ineinander, und Hanna vergaß Zeit und Ort um sich herum. Es gab nur noch ihn und sie und diesen milden Abend, der langsam zur Nacht wurde.

16

Montag, 11. September 1865

Henriette Henriettes Morgen begann wie immer. Ihre Eltern waren längst in der *Traube,* und sie nahm gemeinsam mit Theo und Sophie das Frühstück ein. Nach dem gestrigen Abend war sie allerdings noch immer aufgebracht und hatte das Bedürfnis, ihre Wut an jemandem auszulassen. Das Donnerwetter würde die Falsche treffen, doch das war ihr gleichgültig. Sie redete sich ein, dass das Rührei fad schmeckte und der Kaffee lauwarm war, und wusste, an wem sie sich abreagieren konnte.

»Isabella!«, rief sie, und ihr schriller Ton ließ Theo und Sophie zusammenfahren. Die Tür des Speisezimmers wurde geöffnet, und das Dienstmädchen, ein junges Ding, das etwa in Theos Alter sein durfte, kam mit eiligen Schritten herein.

»Sie wünschen, gnädiges Fräulein?« Sie senkte demütig den Blick – eine Unterwürfigkeit, die Henriettes Wut noch weiter schürte.

»Sieh mich gefälligst an, wenn ich mit dir rede«, fauchte sie. »Willst du mich heute Morgen vergiften?« Sie fuhr mit der Hand unter den Tellerrand und gab dem voll beladenen Geschirr einen kräftigen Schubs. Die gestockte

Eimasse rutschte vom Teller, und das Scheppern ließ das Mädchen zusammenzucken.

»Ich bitte um Verzeihung«, sagte Isabella ruhig, doch Henriette glaubte, Zorn in den Augen des Mädchens auflodern zu sehen.

»Ich verzeihe nicht. Keinem Schwein würde man so einen Fraß vorwerfen! Fades Essen, kalter Kaffee. Muss man hier alles selber machen, damit es so ist, wie ich es wünsche?«

Henriette sah beifallheischend zu ihrem Bruder, doch der starrte sie nur mit weit aufgerissenen Augen an. Sophie war die Erste am Tisch, die ihre Sprache wiederfand.

»Ja, vielleicht solltest du das wirklich tun«, säuselte sie überfreundlich. »Dann ist es im schlimmsten Fall nur dein Spiegelbild, das du in solch einem Ton anfahren musst.«

Henriette öffnete den Mund und schloss ihn wieder. Einen Moment lang hatte sie das Gefühl, der Raum würde sich um sie drehen, so wütend wurde sie. Hatte Sophie sie gerade vor ihrem Bruder und dem Küchenmädchen bloßgestellt?

Sie hob die Hand und gebot Isabella mit einer wedelnden Bewegung, dass sie verschwinden sollte. Dann rückte sie geräuschvoll ihren Stuhl zurück, erhob sich und lief zum Fenster. Nachdem sie durchgeatmet hatte, wandte sie sich um und starrte Sophie aus zusammengekniffenen Augen an.

»Wie kannst du es wagen, so mit mir zu reden?«

Noch bevor Sophie etwas erwidern konnte, ergriff Theo das Wort. »Wie kannst *du* es wagen?« Er erhob sich ebenfalls. Henriette erkannte an der senkrechten Falte auf seiner Stirn, dass er in Rage war.

»Seit wann reden wir so mit unseren Angestellten? Hast du den Verstand verloren? Deine Laune hat doch wohl eher mit Louis und der Ablehnung für dich zu tun als mit Isabellas Kochkünsten!«

Henriette schluckte. Natürlich hatte ihr Bruder recht, doch sie dachte nicht daran, jetzt klein beizugeben. Sie hatte das Gefühl, als glitten ihr all die Dinge, die jahrelang selbstverständlich gewesen waren, aus den Händen. Hanna war zu ihrer ärgsten Konkurrentin geworden, und nun stellte sich auch noch Sophie gegen sie, dabei war sie ihr doch wohl zu lebenslangem Dank verpflichtet, nach allem, was ihre Familie für die Waise getan hatte. Wütend funkelte sie Sophie an, doch es sah nicht danach aus, als würde sie sich einschüchtern lassen. Sie lächelte sogar und sagte völlig unbekümmert: »Ich sag es mal mit deinen Worten, Henriette: Ach Gottchen, was sind wir heute Morgen empfindlich!« Sie lachte, als hätte sie einen netten kleinen Scherz gemacht, und widmete sich wieder ihrem Frühstück.

»Jetzt setz dich schon hin und gib Ruhe«, bat Theo, der nun einen etwas versöhnlicheren Ton anschlug. Henriette wäre gern aus dem Speisesaal gerauscht. Allerdings musste sie vorher noch in Erfahrung bringen, wie der gestrige Abend ausgegangen war. Nachdem Louis und Hanna sie hatten stehen lassen, war sie wutentbrannt nach Hause gestürmt, anstatt darauf zu warten, wann und in welchem Zustand die beiden wieder zurückkamen.

Sie entschied sich dafür, das Friedensangebot ihres Bruders diesmal anzunehmen, zumindest bis sie wusste, was sie wissen wollte. Sie setzte sich, griff nach ihrer Tasse und schlürfte den lauwarmen Kaffee. Dann wandte sie sich direkt an ihren Bruder.

»Hattest du einen schönen Abend?«

»Er war ganz unterhaltsam«, antwortete Theo einsilbig.

Henriette starrte in ihre Tasse und mahnte sich zur Ruhe. Vermutlich wusste er ganz genau, worauf sie hinauswollte, doch es machte ihm Spaß, sie zappeln zu lassen. Nun, schon in wenigen Minuten würde sie ihm sein Verhalten heimzahlen.

»Kam Louis noch mal zurück?«, fragte sie ganz direkt.

»Ich habe den *Goldenen Greifen* um kurz vor Mitternacht verlassen und war einer der Letzten. Ich habe ihn nicht mehr gesehen.«

Theo grinste sie über seinen Tassenrand hinweg an und zog kurz seine Augenbrauen hoch, eine Geste, die sie nur zu gut kannte. Wann immer er sie zur Weißglut treiben wollte und sein Ziel erreicht hatte, war dieser Gesichtsausdruck das heimliche Zeichen seines vermeintlichen Sieges.

»Und du bist so lange geblieben?«, fragte sie langsam. Sie grinste ebenfalls, während sie zum Gegenschlag ausholte. »Und das, obwohl deine heimliche Angebetete doch gar nicht da war.« Genüsslich beobachtete sie, wie Theos Miene sich verfinsterte.

»Lass es gut sein, Schwesterherz.«

»Wieso denn? Mag ja sein, dass ich gerade kein Glück in Sachen Liebe habe. Aber das bedeutet doch nicht, dass es dir genauso gehen muss. Sophie sollte ruhig wissen …«

Theo schlug mit der flachen Hand auf den Tisch und erhob sich gleichzeitig. Mit aufgestützten Händen starrte er auf Henriette herab, die nun ihrerseits die Augenbrauen hob und grinste.

»Leg dich nicht mit mir an«, flüsterte sie so leise, dass

nur er es verstehen konnte. Als er wort- und grußlos den Raum verließ, wusste sie, dass sie gewonnen hatte.

Doch sie musste zugeben, dass ihr dieser Sieg keine Genugtuung war. Ihre Gemeinheit hatte Theodor getroffen, den Menschen, den sie aus tiefstem Herzen liebte. In all den Jahren, die sie miteinander aufgewachsen waren, konnte sie immer auf ihn zählen, und so manches Mal hatte er Ärger auf sich genommen, der eigentlich ihr hätte gelten müssen, nur um sie zu beschützen.

Dass sie an diesem Morgen ausgerechnet ihm gegenüber so ausfallend geworden war, tat ihr nun leid. Sie musste sich zügeln, wenn sie nicht wollte, dass sich die Beziehung zu ihm genauso verschlechterte wie die zu ihren Freundinnen.

Sophies Räuspern riss sie aus ihren Gedanken.

»War das wirklich nötig?«

Sie legte ihre Hand beschwichtigend auf Henriettes. »Er hat dir doch nur zu verstehen geben wollen, dass Isabella nichts falsch gemacht hat.«

»Er hat ja recht. Und du auch«, gab sich Henriette jetzt einsichtig. »Ich bin einfach nur so wütend. Aber natürlich hätte ich diesen Zorn nicht an Isabella oder Theo auslassen dürfen.« Sie erwähnte Sophie absichtlich nicht, denn sie war der Meinung, dass es ihr durchaus zustand, die Freundin wegen ihrer Worte zu maßregeln. Sie senkte theatralisch die Augenlider. »Du warst nicht dabei, hast nicht gesehen, wie Hanna in den *Goldenen Greifen* stolziert ist und Louis vor meinen Augen aus der Gaststube gezerrt hat.«

»Er ist doch sicher freiwillig mitgegangen.«

Henriette gab ein schnippisches »Ts« von sich. »Er ist viel zu sehr Ehrenmann, als dass er eine Frau in einer solchen Situation und vor aller Augen bloßstellen würde. Natürlich ist er mitgegangen. Ich wollte Hanna aufhalten, aber sie hat mich beiseitegeschubst.«

Henriette wusste, dass diese Beschreibung nicht ganz den Tatsachen entsprach, immerhin hatte sie sich Hanna in den Weg gestellt. Doch sie brauchte Trost, und da es so schien, als wäre Sophie im Augenblick ihre einzige Vertraute, blieb ihr nichts anderes übrig, als die Wahrheit so zu verdrehen, dass sie weiterhin zu ihr stand.

»Es liegt mir fern, dich zu kränken«, begann Sophie und strich gedankenverloren über Henriettes Handrücken. »Aber ich glaube, du verrennst dich da in etwas. Ich hatte schon immer das Gefühl, dass der Sohn des Arztes nur Augen für Hanna hat. Ich weiß, dass er dir gefällt. Doch er hat nie etwas getan oder gesagt, um dich glauben zu lassen, dass er deine Gefühle erwidert. Und Hanna hat nur deshalb nie darüber gesprochen, weil sie dich nicht verletzen wollte. Niemand kann auf Dauer gegen seine Gefühle ankommen. Vielleicht gelingt es dir ja, deiner Freundin ihr Glück zu gönnen, was meinst du?«

Henriette starrte auf Sophies Hände und schluckte. Sie konnte nicht glauben, was sie da gerade zu hören bekommen hatte. Sie sollte sich am Glück ihrer Freundin freuen? War das zu fassen? Wie konnte Hanna eine Freundin sein, wenn sie ihr so etwas antat? Und wie konnte Sophie hier mit ihr am Tisch sitzen und Besorgnis mimen, wenn es ihr doch in Wirklichkeit nur um das Wohlergehen von Hanna ging?

Henriette spürte das Pulsieren ihrer Schläfen. Langsam atmete sie ein und aus, doch anstatt sich zu beruhigen, wurde ihre Wut nur größer. Sie brauchte einen Augenblick, um sich ihre Worte zurechtzulegen. Bevor sie sprach, griff sie zur Serviette, nahm einen letzten Schluck Kaffee und tupfte ihren Mund ab. Dann kniff sie die Augen zu engen Schlitzen zusammen und fixierte Sophie.

»Du lebst unter dem Dach meiner Eltern.« Ihre Stimme war gefährlich leise geworden. »Ein Wort von mir, und diese Tatsache ist Geschichte. Überleg dir also gut, auf welcher Seite du stehst!«

Sie erwartete, dass Sophie einknicken und um Verzeihung bitten würde. Doch nichts dergleichen geschah. Stattdessen stand sie auf und ging hinaus. Im Türrahmen wandte sie sich noch einmal um und sagte betont ruhig: »Das habe ich längst.«

Henriette verstand sehr gut, was sie damit sagen wollte. Die wütende Handbewegung, mit der sie ihre Tasse vom Tisch fegte, sah die vermeintliche Freundin nicht mehr.

17

Montag, 11. September 1865

Sophie

Als Sophie kurz darauf das Haus der Hartmanns verließ, war sie noch immer aufgewühlt. Mit jedem Tag, der verging, zeigte sich deutlicher, dass ihre Zeit unter diesem Dach vorüber war. Dass sie sich heute eindeutig gegen Henriette gestellt hatte, würde sicher nicht ohne Nachspiel bleiben, und darauf wollte sie vorbereitet sein.

Ihr Entschluss stand fest, noch bevor sie sich ihr Cape übergeworfen hatte: So bald als möglich würde sie das Siechhaus zu St. Leonhard aufsuchen und um eine Anstellung bitten.

Einst zur Versorgung aussätziger Leprakranker erbaut, beherbergte es heute vor allem Schwachsinnige und Arme. Das kleine Dörfchen St. Leonhard lag nur etwa eine Viertelstunde außerhalb der Rothenburger Stadtmauern. Neben einer eigenen Pfarrei gab es nur noch eine Handvoll Häuser. Der kleine Jacob war immer wieder von dort ausgebüxt und kehrte stets dann nach St. Leonhard zurück, wenn Hunger und Kälte ihm keine Wahl mehr ließen und die Güte des Pfarrers ihn vor dem sicheren Tod bewahrte.

Aus ihren Gesprächen mit ihm wusste Sophie, dass

der Geistliche verzweifelt nach Hilfe für das Siechhaus suchte, und das ließ sie hoffen, dass er sie nicht nur in der Heilkunst unterweisen, sondern ihr möglicherweise auch Unterschlupf in einer Kammer der Pfarrei gewähren würde.

Sie machte sich auf den Weg zum Markt und erledigte zunächst die ihr aufgetragenen Einkäufe. Christian und Elisabeth Hartmann würden wie üblich erst spät aus der *Traube* zurückkehren, und da Henriette nicht viel von Hausarbeit hielt, war es an ihr, Isabella zur Hand zu gehen und ihr zumindest diesen Weg abzunehmen. Die Arbeit machte ihr nichts aus, gab sie ihr doch die Möglichkeit, unauffällig auch etwas zu essen für Jacob zu besorgen.

Dicht an dicht hatten die Händler ihre Marktbuden vor dem imposanten Rathaus aufgebaut. Es herrschte geschäftiges Treiben. Marktschreier priesen ihre Waren an, Kinder sprangen umher, und wenn die Händler nicht achtgaben, wurde hier und da im Vorbeirennen das eine oder andere Stück Obst oder Brot stibitzt. Bader behandelten auf offener Straße kleinere Wunden oder zogen Zähne, Barbiere stutzten Bärte und schnitten Haare, und Schausteller spielten für wenige Kreuzer auf. Man hätte sich fast von diesem fröhlichen Treiben täuschen lassen können, doch Sophie wusste nur zu gut, dass dem Elend dieser Stadt nicht durch ausgelassene Fröhlichkeit beizukommen war.

Eilig lief sie die Marktstände ab und machte sich dann mit der voll beladenen Kiepe auf dem Rücken auf die Suche nach Jacob. Sie fand ihn bettelnd an der Ecke Burggasse und Untere Schmiedgasse. Hätte sie nicht gewusst, dass er im Innern seines Herzens ein liebenswürdiges Kerlchen war, sie hätte an diesem Tag Angst vor ihm haben müssen. Seine Hose war schmutzig, als hätte er sich in einem der städtischen Misthaufen gesuhlt. Vom linken Auge bis hinunter an sein Kinn zog sich eine riesige Schramme, die, bevor sie eine Kruste bilden konnte, Hemd und Kragen vollgeblutet hatte. Schmutz, Blut und die finstere Miene, die er zog, verliehen ihm etwas Furchteinflößendes.

»Jacob!«

Der Junge horchte auf und sah in die Richtung, aus der Sophie gerufen hatte. Als er sie erkannte, strahlte er übers ganze Gesicht und war augenblicklich wieder der kleine Junge, den sie so in ihr Herz geschlossen hatte.

Sie zog ein großes Stofftaschentuch hervor, füllte es mit einem Kanten Brot, Karotten und Äpfeln, knotete die Enden zusammen und drückte dem Jungen das Bündel in die Hand.

»Hast mich selbst heute nicht vergessen«, grinste Jacob.

»Natürlich nicht. Hätte ich dich vergessen, würdest du dein Essen stehlen. Irgendwann endest du deswegen noch im Gefängnis.«

»Ach«, gab er unbekümmert zurück, »an Markttagen ist es doch wirklich nicht schwer, etwas Essbares zu finden.«

Sophie drückte den Kopf des Jungen an sich, wobei seine Mütze herunterrutschte. Sie strich ihm die viel zu langen Haare hinter die Ohren und zog ihm die Schiebermütze wieder in die Stirn.

»Ich habe schon bald etwas ganz Besonderes vor. Dazu werde ich nach St. Leonhard müssen und deinem Pfarrer einen Besuch abstatten. Wünschst du mir Glück?«

»Niemandem außer dir!« Die Antwort kam aus tiefstem Herzen, und als Jacob dabei auch noch seine schmutzigen Fäuste gegen die Brust presste, schluckte sie vor Rührung.

»Verschwinde, du verdreckter Rotzlümmel!«, donnerte plötzlich eine Stimme hinter Sophie. Noch ehe sie etwas erwidern und den tobenden Mann anfahren konnte, war Jacob in der Menge verschwunden. Mit rasendem Puls sah sie dem Jungen einen Augenblick hinterher. Wenn er etwas wirklich gut konnte, dann war es, sich unsichtbar zu machen.

»Was fällt Ihnen ein?«, rief Sophie aufgebracht und wandte sich um. Sie wollte den Störenfried zurechtweisen, doch als sie aufblickte, blieben ihre die Worte im Hals stecken. Vor ihr stand Theodor.

»Hat der Bengel dich bestohlen?«, fragte er, und fast schien es, als wäre Henriettes Bruder besorgt um sie.

»Wie kommst du auf diesen Gedanken? Weil er schmutzig und arm ist, muss er auch ein Dieb sein?«

Ihre Stimme wurde mit jeder Silbe lauter, und Theos Miene versteinerte.

»Ist er das etwa nicht?«

»Jacob und ich kennen uns schon sehr lange. Er ist ein guter Junge, und du hast ihn zu Tode erschreckt. Schämst du dich nicht, den armen Kerl so bösartig zu beschimpfen?«

Sie funkelte Theo wütend an. Der presste jetzt seine Lippen fest aufeinander und schüttelte den Kopf. Sie wollte sich zum Gehen wenden, doch er hielt sie am Arm zurück.

»Was hast du ihm gegeben?«

Sophie biss sich auf die Unterlippe. Er hatte also bemerkt, dass der Junge etwas in der Hand gehalten hatte, als er davonlief. Bestand Theo nun auf einer Antwort, würde sie sicher Ärger bekommen, hatte sie doch wieder einmal Geld abgezweigt, um Jacob zu versorgen.

»Nichts«, murmelte sie leise.

»Sophie! Ich verlange eine Antwort! Wenn dieser Knabe dich bestohlen hat, werde ich das zur Anzeige bringen. Stell dir nur vor, dieser Bursche wird größer und kräftiger! Dir hätte sonst etwas passieren können.«

Sie blickte zu ihm auf und legte den Kopf schief. Ihr Puls, der sich gerade erst beruhigt hatte, beschleunigte sich wieder. Theodor Hartmann war besorgt um sie! Die Erkenntnis traf sie völlig unerwartet und führte dazu, dass ein Lächeln über ihr Gesicht huschte. Doch ausgerechnet dieses Lächeln schien ihm überhaupt nicht zu passen.

»Du machst dich über mich lustig?«

»Nein. Bitte entschuldige.« Beruhigend legte sie ihre Hand auf seinen Oberarm. »Es ist nur: Ich kenne Jacob, seit er ein Knirps von fünf Jahren ist. Er hat niemanden auf der Welt, und ich habe ihn ins Herz geschlossen. Ich sehe immer wieder nach ihm, und wenn ich etwas Essbares entbehren kann, dann tue ich das auch.«

Sophie sah Theo fest in die Augen. Nun würde sich zeigen, ob das Mitgefühl, das sie für die Waisenkinder und im Besonderen für Jacob empfand, auch ihn gütig werden ließ.

»Das geht nicht!«, antwortete er hart. »Die Regeln des Armenpflegschaftsrats schreiben vor, dass sämtliche Almosen, die verteilt werden, in Art und Umfang zu melden sind. Du kannst dich nicht einfach darüber hinwegsetzen.«

»Willst du mich daran hindern?«, fragte sie trotzig.

»Du weißt es nicht, doch ich bin inzwischen Teil dieses

Rats. Ich werde dich wohl melden müssen.« Theo schüttelte zornig den Kopf, und seine rotblonden Locken flogen ihm um die Stirn. »Wie kannst du unsere finanziellen Mittel so mir nichts, dir nichts für diesen Bengel aufwenden?«

»Aber das tue ich doch gar nicht!«, rief Sophie. »Wenn ich etwas für Jacob ausgebe, dann von dem Geld, das deine Eltern mir zur freien Verfügung überlassen. Ich habe eine warme Kammer und genug zum Essen. Ich brauche nicht mehr und gebe gern etwas ab.«

»Na, wenn das so ist«, schnaubte Theo, »kann ich meinen Eltern wohl mitteilen, dass du ihre finanziellen Zuwendungen nicht mehr benötigst.«

Sophie wollte etwas erwidern, doch ihre Kehle war wie zugeschnürt. Sie spürte Tränen der Wut in sich aufsteigen und wusste, dass es ihr längst nicht mehr nur um die Armut des Jungen ging. Ihr ging in diesem Moment auf, dass Theos Herz kein Mitgefühl kannte, dabei hätte sie sich genau das sehnlichst gewünscht.

Sie konnte es leugnen, so viel sie wollte. In ihrem Innern wusste sie sehr wohl, wie viel ihr Henriettes Bruder bedeutete. Doch die Seite, die er ihr in diesem Augenblick offenbarte, ertrug sie nicht.

»Tu, was du willst«, sagte sie matt. »Ich werde nicht aufhören, mein Herz für die Armen zu öffnen, nur weil du oder deine Eltern es nicht gutheißen. Und ich kann dich beruhigen: Ihr werdet mich schon bald nicht mehr in eurer Nähe ertragen müssen!« Bevor er ihre Tränen bemerken konnte, wandte sie sich um und eilte davon.

»Sophie, wie meinst du das? Bitte, bleib doch stehen!«

In seinen Worten schwang Verzweiflung mit, doch sie zwang sich dazu, weiterzulaufen. Sie musste aufhören, sich etwas vorzumachen. Theodor Hartmann hatte kein

Herz für arme Waisenkinder. Wie sollte er da ein Herz für sie haben? Sie wollte ihn nicht mehr ansehen, am liebsten würde sie ihm nie wieder über den Weg laufen. War sie erst in St. Leonhard, würde sie alles daransetzen, ihn zu vergessen.

18

Freitag, 22. September 1865

Louis Der September neigte sich dem Ende zu. Louis blieben noch zwei Tage bis zu seiner Abreise, und abgesehen von einem letzten Gang zur Marien-Apotheke, bei dem er sich mit allerlei Mitteln gegen Reisekrankheiten eindecken wollte, war sein Gepäck vollständig.

Ungeduldig trommelte er mit den Fingerspitzen auf dem Verkaufstresen. Er hätte den gemächlichen Präzeptor am liebsten zur Eile angetrieben. Da der gute Mann jedoch kaum wissen konnte, dass er mit Hanna verabredet war, mahnte er sich zu mehr Gelassenheit.

»Louis Schmieger, so laufen wir uns also noch ein letztes Mal über den Weg.«

Er erkannte die Stimme und die darin liegende unechte Freundlichkeit sofort.

»Henriette«, sagte er, ohne sich nach ihr umzusehen.

»Letzte Reisevorbereitungen?« Sie stellte sich neben ihn, als wäre nie etwas vorgefallen. Sie wusste, dass es nicht seine Art war, sie auf ihr Verhalten anzusprechen.

»Meine Reiseapotheke war noch nicht vollständig«, sagte er einsilbig und wandte sich demonstrativ ab. Ihr schien das jedoch nichts auszumachen, seine Ablehnung spornte sie offenbar nur noch weiter an.

»Da hast du es also doch noch geschafft, meiner lieben Hanna den Kopf zu verdrehen, bevor du sang- und klanglos aus ihrem Leben verschwindest.«

Der Satz kam so überraschend, dass er sich nun doch nach ihr umwandte. Ein sanftes Lächeln lag auf ihrem Gesicht, und er spürte, dass ihm ein kalter Schauer über den Rücken lief. Es war ihm ein Rätsel, wie ein so hübsches Mädchen dermaßen durchtrieben sein konnte.

»Lass es gut sein. Deine Ränkespiele waren nicht von Erfolg gekrönt. Du wirst keinen Keil zwischen Hanna und mich treiben.«

»Nein«, gab Henriette zuckersüß zurück. »Das schaffst du ganz allein.« Sie warf einen Blick auf den Apotheker, der ausgerechnet jetzt in seiner Offizin verschwand, um eine Kräutermixtur gegen Übelkeit zu holen.

Henriette griff nach Louis' Oberarm, zog ihn näher zu sich und zwang ihn so, sie anzusehen.

»Glaubst du allen Ernstes, du könntest auf die Freuden der Lust verzichten?« Henriette trat dicht an ihn heran und kam seinem Gesicht gefährlich nahe. »Die Mädchen dort sind nicht weniger hübsch als ich. Sie werden dich sicher schnell auf andere Gedanken bringen. Und ich, das verspreche ich dir, werde hier alles daransetzen, damit Hanna dich vergisst. Niemand ist unersetzbar. Auch du nicht, Louis Schmieger. Sie wird sich zu trösten wissen, darauf gebe ich dir mein Wort.«

Louis atmete schwer, denn Henriettes offen zur Schau gestellte Boshaftigkeit machte ihn rasend. Doch statt auf sie loszugehen, schlug er einen anderen Weg ein. Er umfasste ihre Taille, zog sie ganz nah zu sich heran und sah ihr fest in die Augen. Zufrieden bemerkte er, dass seine Reaktion sie aus der Fassung brachte. Er bewegte seine Lippen auf sie zu und spürte, dass ihr Körper bebte.

Hoffte sie nach all ihren Boshaftigkeiten tatsächlich immer noch darauf, dass er sich für sie entschied und sie hier und jetzt küsste? Er führte seine Lippen ganz dicht an ihr Ohr und flüsterte ihr seine ganze Verachtung zu.

»Du lügst. Gerade für dich bin ich unersetzbar. Aus irgendeinem unerfindlichen Grund hast du ausgerechnet an mir einen Narren gefressen. Aber niemals, solange ich lebe, werde ich auf deine Avancen hereinfallen. Und wärst du die letzte Frau auf Erden, ich würde lieber als einsamer, aber glücklicher Einsiedler sterben, als ein intrigantes Weibsbild wie dich in mein Leben zu lassen. Hanna wird warten, und ich werde ihr so viel schreiben, dass sie nicht dazu kommen wird, auch nur eine Sekunde ihrer wertvollen Zeit mit dir zu verbringen. Und wenn ich zurückkehre, werden wir fortführen, was wir nun unterbrechen müssen. Und jetzt halte dich von mir und von Hanna fern. Du hast verloren, Henriette.«

Abrupt ließ er sie los und bemerkte mit Genugtuung, dass sie schwankte. Ihr Blick wich seinem aus, und Louis hatte das Gefühl, dass seine Worte sie getroffen hatten. Doch schon kurz darauf hatte sie sich wieder unter Kontrolle. Sie strich sich ihre Locken aus dem Gesicht und setzte ein strahlendes Lächeln auf.

»Nun«, sagte sie leise, und ihr Lächeln erstarb für einen winzigen Moment, »das werden wir ja noch sehen!« Sie wandte sich ab und widmete sich dem Arzneiregal, als suchte sie etwas ganz Bestimmtes.

Louis bezahlte seine Medizin und verließ mit klopfendem Herzen die Apotheke. Wie gern hätte er sich eingeredet, dass ihn diese Begegnung kaltließ, doch das war eine Lüge. Die Schwester seines besten Freundes hatte es am Ende doch geschafft, dass er sich unterlegen fühlte.

Schon übermorgen würde er fort sein, und dieses Weibsbild würde ihre Versuche, Hanna und ihn zu entzweien, sicher nicht aufgeben. Die Vorstellung, dass sie all die Monate über in Hannas Nähe sein würde, um sie zu beeinflussen, machte ihn nervös.

Er ging einige Schritte, um Henriette nicht noch einmal über den Weg zu laufen. Dann blieb er stehen und streckte sein Gesicht in die noch immer wärmende Septembersonne. Sein Zorn verrauchte langsam. Er hatte ohnehin keine Wahl, als darauf zu vertrauen, dass alles gut würde. Hanna war eine selbstbewusste junge Frau. Warum sollte sie zulassen, dass Henriette sich ihnen in den Weg stellte?

Er dachte an den bevorstehenden Nachmittag, und seine Laune besserte sich wieder. Er würde nach Hause eilen, die Arznei in seinem Reisegepäck verstauen, sich dann umkleiden und Hanna abholen. Das, was er sich für ihren letzten gemeinsamen Nachmittag und Abend ausgedacht hatte, würde hoffentlich ihr Herz zum Glühen und ihre Augen zum Strahlen bringen.

*

Eine gute Stunde später saß Hanna neben ihm auf dem Einspänner. Mit sanfter Stimme und allerlei Schmeicheleien versuchte sie, ihm seine Pläne zu entlocken, doch er schwieg und lächelte still vor sich hin.

»Also nicht zum Lindleinsee«, kommentierte sie die Route, die er eingeschlagen hatte. Sie fuhren auf der Kobolzeller Steige stadtauswärts, eine Strecke, die Louis stets nervös machte. Da die Steige sehr steil war, mussten

Fuhrwerke an einem Seil befestigt und langsam ins Tal hinabgelassen werden, da sie sonst unkontrollierbar an Fahrt aufnehmen würden. Sie passierten die Stadtmauern und fuhren entlang der Wiesen und Felder hinunter ins Taubertal, wo Hanna sich langsam wieder entspannte.

»Wohl nicht«, sagte er und zwinkerte ihr zu.

»Vielleicht hilft es ja, wenn ich dich besteche?«, fragte sie keck, legte ihre Hand auf seinen Oberschenkel und strich zärtlich darüber.

Louis schluckte und schloss für einen Moment die Augen. Schon diese kleine Berührung erregte ihn. Am liebsten hätte er angehalten, sie in seine Arme gerissen und geküsst. Doch das würde warten müssen.

»Wie könnte solch ein Bestechungsversuch wohl aussehen?«, fragte er stattdessen, und die Tiefe seiner eigenen Stimme überraschte ihn.

Hanna antwortete nicht. Sie stand während der Fahrt auf, hielt sich an seiner Schulter fest und schwang ein Bein über seine Oberschenkel. Betont langsam setzte sie sich auf seinen Schoß. Louis' Puls schoss in die Höhe, und er brachte kein Wort heraus. Er spürte ihr Gewicht und hatte plötzlich das Gefühl, keine Luft mehr zu bekommen. Sie schien zu merken, was in ihm vorging. Eng presste sie sich an ihn, dann küsste sie ihn sanft in der Halsbeuge.

Louis zog die Zügel an und brachte das Pferd zum Stehen. Sosehr er sich auch um Zurückhaltung bemühte, er konnte nicht anders. Er umschlang ihr Hinterteil und zog sie mit einem Ruck an sich. Sie seufzte tief und schob ihr Becken gegen seine Lenden. Er wusste, dass sie seine Erregung spürte und dass sie ebenso empfand wie er. Sie starrte auf seine Lippen und schien nur darauf zu warten, dass er sie küsste.

»Wir sollten weiterfahren«, raunte er ihr zu, doch sie schüttelte den Kopf.

»Ich will dich küssen. Genau jetzt.«

Sein Widerstand war gebrochen. Ihr Lippen fanden sich, und er spürte ihre Zunge, die sich gierig in seinen Mund schob. Der Kuss wurde tiefer. Hanna ließ langsam ihr Becken auf seinem Schoß kreisen.

Seine Lippen wanderten über ihre Wangen und ihren Hals. Sie ließ ihren Kopf nach hinten fallen und stöhnte leise. Dann richtete sie sich plötzlich auf, brachte Abstand zwischen sich und ihn und grinste.

»Verrätst du mir jetzt, wohin es geht?«

Louis atmete hörbar aus und brauchte einen Augenblick, um zu begreifen, dass sie ihn neckte.

»Du küsst mich auf diese Art, nur um mir das Ziel dieser Ausfahrt zu entlocken?« Er fuhr sich durch die Haare, dann zog er sie wieder zu sich und gab ihr einen hauchzarten Kuss auf die Wange.

»Und wenn du mich hier auf der Kutsche verführst«, fuhr er fort, »ich sage kein Wort. Aber ich möchte dich auch nicht aufhalten. Wenn du es weiter versuchen willst …« Er brach ab, zog zweimal kurz seine Augenbrauen hoch und grinste.

Hanna verzog schmollend ihren vom Küssen dunkelroten Mund und setzte sich wieder neben ihn. Dann lachte sie auf. »Ha! Ich weiß es!«

Louis zuckte mit den Schultern und schnalzte mit der Zunge. Das Pferd setzte sich in Bewegung, und Hanna plapperte munter drauflos: »Irgendwo hier draußen besitzt dein Vater doch eine Jagdhütte.«

»Du weißt davon?«

»Theo hat es Henriette erzählt, sie hat es mir erzählt.«

»Sie gehörte meinem Onkel«, erklärte Louis. »Kurz nach meiner Geburt war er auf Wildschweinjagd. Doch er hatte kein Glück, das rasende Tier verletzte ihn mit seinen Hauern tödlich, deswegen gehört die Hütte nun meinem Vater. Er nutzt sie in den Sommermonaten, wenn ihm das Elend der Kranken zu viel wird und er Ruhe braucht. Dann ist er hier zum Fischen oder Jagen.«

Louis lenkte das Pferd nach links, und nach weiteren zehn Minuten wurde der Waldweg breiter. Rechter Hand verlief der Fluss, und hinter einer weiteren Biegung tauchte die Jagdhütte auf. Sie war unscheinbar, und von außen wirkte sie heruntergekommen. Doch Louis wusste, mit wie viel Liebe der Vater seinen Zufluchtsort pflegte.

Das Innere der Hütte war rustikal, aber gemütlich. Es gab eine vom Hauptraum abgeteilte Schlafstatt, eine gemütliche Stube mit Kamin, vor dem zwei breite Ohrensessel standen, und eine Anrichte, auf der der Vater gefangene Fische ausnahm und erlegtes Wild zerteilte. Die zur Zubereitung nötige Feuerstelle befand sich hinter der Hütte im Freien, doch die würden sie heute nicht brauchen. Louis hatte mit Katjas Hilfe vorgesorgt, denn die Haushälterin des Wundarztes war in seine Pläne eingeweiht. Sie hatte einige Stücke würzig zubereitetes Wildbret, frisches Brot, gesalzene Butter, Käse und Wein eingepackt und ihm außerdem ein Gespräch aufgezwungen, das ihm die Schamesröte ins Gesicht getrieben hatte.

Katja war nie zimperlich damit gewesen, ihm die Leviten zu lesen, wenn er sich als kleiner Bub nicht zu benehmen gewusst hatte. Doch heute Vormittag hatte ihre Sorge nicht ihm, sondern Hanna und ihrem guten Ruf gegolten. In der längsten halben Stunde, die er je hinter sich bringen musste, hatte sie ihm unmissverständlich erklärt, was er tun durfte und was er gefälligst zu unterlassen hatte, um dem Ruf des Seifensiedermädels, wie Katja sie nannte, nicht zu schaden.

Vermutlich musste Louis der guten Frau dankbar sein, denn so aufgeklärt und wissend sich der Vater auch gab – ein solches Gespräch hatte er nie mit ihm geführt.

Er griff nach dem Korb und stellte ihn vor der Jagdhütte ab. Dann schloss er die Tür auf und bat Hanna mit einer einladenden Handbewegung herein. Er hätte sich gern ruhig und gelassen gegeben, doch ein Blick auf seine zitternde Hand verriet ihm, wie es wirklich in ihm aussah. Noch nie, so weit er sich zurückerinnern konnte, war er gleichzeitig so voller Angst und Vorfreude gewesen.

19

Freitag, 22. September 1865

Hanna

Mit weichen Knien betrat Hanna die Jagdhütte. Sie ahnte, dass Louis, der hinter ihr eintrat, sie keine Sekunde aus den Augen ließ, und dieses Wissen machte sie nervös. Der verwegene Mut, der sie auf der Fahrt überkommen hatte, war verschwunden, übrig geblieben war nichts als Aufregung.

Sie blieb in der Mitte des Raums stehen, drehte sich um und schwieg.

»Gefällt es dir?«

Hanna nahm sich Zeit. Sie lief zum Fenster, warf einen Blick hinaus und erkannte, dass es weit und breit nichts zu sehen gab außer Bäume und die Tauber. Dann befasste sie sich mit dem Innern der Hütte.

»Es sah von außen viel kleiner aus und viel …« Sie zögerte, denn ihr ging gerade auf, dass das, was sie sagen wollte, nicht gerade nett war.

»… heruntergekommener?«, fragte er lachend. »Vater findet es nicht verkehrt, wenn der äußere Eindruck nicht allzu viel hermacht. Es soll nicht der Anschein geweckt werden, hier drinnen gäbe es etwas zu holen. Hunger?«, wechselte er abrupt das Thema.

Sie schüttelte den Kopf. In ihrem Magen rumorte

es, und sie war davon überzeugt, dass sie keinen Bissen hinunterkriegen würde, solange sie hier mit ihm allein war, doch das behielt sie für sich. Eine Weile standen sie schweigend voreinander. Louis fuhr sich verlegen durch seine dunkelbraunen Haare. Dann streckte er die Hand nach ihr aus.

»Na komm, ich zeige dir, was es draußen noch zu sehen gibt.«

Hanna ergriff seine Hand. Sie fühlte seinen Daumen, der vorsichtig über ihren Handrücken streichelte, und lächelte. Hand in Hand liefen sie um die Hütte, und sie genoss still seine Nähe. Sie wäre ohnehin nicht zu Wort gekommen, erklärte er ihr doch gerade in allen Einzelheiten, wo es Holzscheite für die Feuerstelle gab und welches Werkzeug der Vater zu welchem Zweck angeschafft hatte.

»Wasser holen wir aus dem Fluss«, sagte er und deutete auf zwei große Töpfe, die an einem Tragejoch an der Rückwand der Hütte hingen.

Hanna nickte und zog fröstelnd die Schultern hoch. Sie waren in der warmen Herbstsonne losgefahren, doch hier unten am Fluss, im Schatten der Bäume, spürte sie die Kälte.

»Du frierst. Lass uns hineingehen. Ich mache Feuer, und dann essen wir.«

Während er sich um die Feuerstelle kümmerte, packte Hanna den Korb aus, den er hineingetragen hatte. Es dauerte, ehe alle Speisen auf der Anrichte standen, und als sie die Unmengen an Essen sah, begann sie zu lachen.

»Verstehe. Du willst mir also sagen, dass du nicht nach Chicago gehst und wir hier überwintern werden. Genug zu essen hätten wir jedenfalls.«

»Das haben wir unserer Katja zu verdanken. Sie war sehr besorgt um dein Wohlergehen und …« Er riss plötzlich die Augen auf und biss sich auf die Lippe.

»Und was?«, fragte sie, brach nun doch ein Stück Brot ab und schob es sich in den Mund.

»Du willst es wirklich wissen?«

Sie nickte kauend.

»Um deine Keuschheit«, platzte er heraus.

Hanna wollte nach Luft schnappen, dabei verschluckte sie sich an dem Brot und begann zu husten. Gleichzeitig musste sie lachen, und ihr liefen Tränen über die Wangen. Zusammengenommen dürfte sie gerade ein jämmerliches Bild abgeben.

Louis legte den eisernen Schürhaken beiseite, eilte zu ihr und klopfte ihr auf den Rücken.

»So in etwa habe ich mich heute Mittag gefühlt, als Katja auf mich einredete«, erklärte er und fiel in ihr Lachen ein.

Nachdem ihr Husten abgeklungen war, reichte Louis ihr die dickbäuchige Weinflasche, und Hanna trank in kleinen Schlucken.

»Jetzt wird's interessant«, sagte sie, setzte die Flasche ein weiteres Mal an und reichte sie dann Louis. »Und was genau empfiehlt dir eure Haushälterin?«

Er griff nach ihrer Hand, zog sie zu sich und gab ihr einen hauchzarten Kuss auf die Wange.

»Nicht reden«, raunte er ihr zu.

»Sie empfiehlt, nicht zu reden?«, neckte sie ihn. »Ich glaube ja, dass das weit ungefährlicher wäre, als mich von dir küssen zu lassen. Aber gut, dann reden wir eben nicht.«

Sie griff in seinen Hemdkragen, zog ihn zu sich und

legte ihren Mund auf seinen. Diesmal war es seine Zunge, die ihre Lippen sanft öffnete. Hanna atmete tief ein und schlang ihre Hände um seine Hüften. Ohne das Spiel ihrer Lippen zu unterbrechen, schob Louis die aufgereihten Speisen zur Seite. Dann hob er sie hoch, als wäre sie federleicht, und setzte sie auf der Anrichte wieder ab. Vorsichtig schob er sich zwischen Hannas Schenkel, und als sie spürte, wie erregt er war, seufzte sie leise.

Dank Henriettes großspurigen Erzählungen wusste sie in der Theorie, was es bedeutete, mit einem Mann intim zu werden. Doch nie hätte sie für möglich gehalten, dass Küsse und Berührungen solch ein Verlangen in ihr auslösen könnten.

Einen Moment lang gab sie sich seinen Liebkosungen hin. Seine Fingerspitzen glitten sanft über ihre Arme. Sie spürte sie kaum, und doch hinterließen sie eine Gänsehaut, die ihr bis in den Nacken kroch.

»Du riechst so gut«, murmelte er zwischen zwei Küssen. Dann löste er sich von ihr und wechselte abrupt das Thema. »Also ich bin hungrig.« Er zog ein schlichtes Holztablett unter der Anrichte hervor und belud es mit Speisen.

Hanna brauchte einen Augenblick, um wieder zu Atem zu kommen. Sie beobachtete ihn und dachte daran, dass seine Zurückhaltung ihr Glück war, bewahrte es sie doch davor, ihren Gefühlen freien Lauf zu lassen und dabei womöglich zu weit zu gehen.

»Ich habe etwas über Amerika gelesen«, sagte sie, um das Gespräch auf unverfänglichere Themen zu lenken.

»Und das wäre?« Louis stellte das Tablett mit den Speisen auf das Tierfell vor dem Kamin und setzte sich im Schneidersitz auf den Boden. Hanna nahm auf ihren Knien Platz, eine für sie ungewöhnliche Position, doch da es keinen Tisch gab und sie in einem der Ohrensessel nicht an das Tablett kommen würden, blieb ihr keine andere Wahl. Sie suchte sich eine bequeme Position und beantwortete seine Frage.

»Es ging um eine, wenn nicht gar *die* erfolgreichste Seifenfabrikation im fernen Amerika, Procter & Gamble. In dem Artikel hieß es, die Fabrik existiere bereits seit 1837. Sie sind der wichtigste Seifen- und Kerzenhersteller des Landes und, dank eines Großauftrags des Militärs, eine der ersten Fabriken, die in die Massenproduktion gegangen sind.«

Sie bemerkte, dass ihre Wangen zu glühen begannen. Sie hatte den Artikel in der *Zeitung für die Gelehrtenwelt* erst nur überflogen, weil ihre Gedanken zu sehr bei Louis weilten. Später jedoch hatte sie ihn beendet, und was sie dort las, hatte sie zutiefst beeindruckt. Es zeigte ihr, wie die Produktion von Seife noch vonstattengehen könnte, wenn man sich Neuerungen gegenüber nicht verschloss.

»Deine Begeisterung ist ansteckend«, unterbrach Louis ihre Gedanken. »Erklär mir, was dich so an der Seifensiederei fasziniert.«

Beherzt griff Hanna nach dem Brot, bestrich es mit gesalzener Butter und biss hinein. Louis wartete geduldig, bis sie fertig gekaut hatte.

»Wo soll ich nur anfangen?«, überlegte sie. »In unserer kleinen Siederei ist alles, was du ausprobierst, am Ende dein Erfolg oder dein Scheitern. Ist die Textur die richtige? Passt der ausgewählte Duft zu den Wünschen deiner Kunden? Und schaffst du es, die Seife so preisgünstig anzubieten, dass sie sich auch verkaufen lässt?« Sie griff nach der Weinflasche und trank einige Schlucke, bevor sie weitersprach. Am Rande bemerkte sie, dass das Getränk ihre Zunge löste.

»Aber so eine echte Fabrik – ich sage dir, das ist etwas vollkommen anderes. Alles läuft mit großen Maschinen. Nimm nur den Vorgang des Pilierens. Die Grundseife härtet nach dem Sieden aus. Doch damit ist die Arbeit ja nicht getan, denn die Zusatzstoffe, etwa Duftstoffe oder Farben, müssen zugefügt werden. Dazu wird die ausgehärtete Masse gewalzt, zerstampft und zerstoßen. Diese Prozedur ist unendlich kräftezehrend und zeitraubend. Bei Procter & Gamble übernehmen Maschinen diesen Arbeitsschritt, denn die gibt es bereits seit Anfang dieses Jahrzehnts. Und das Kühlen und Trocknen der Masse erfolgt in übermannsgroßen Kühlkästen und nicht in winzigen Kästen, die die Größe einer Kuchenform haben.« Sie holte tief Luft und atmete hörbar wieder aus. Ihre Wangen waren inzwischen sicher hochrot. Unsicher stützte sie ihren Kopf in die Handfläche und grinste. »Ich rede zu viel.«

Louis strahlte sie an und griff über das Tablett hinweg nach ihrer Hand. »Ginge es nach dir, wäre dein Vater längst kein einfacher Seifensieder mehr, sondern Großfabrikant.«

Hanna nickte, ließ dann jedoch ihre Schultern fallen und sah zur Seite. »Leider geht es nicht nach mir. Vater bremst mich immer wieder, schließlich soll Friedrich irgendwann die Geschäfte übernehmen. Dabei hat der überhaupt kein Interesse daran. Vater will auch nichts davon hören, in Maschinen zu investieren oder Herstellungsprozesse zu ändern, schon gar nicht, wenn ein solcher Vorschlag von mir kommt.«

Sie seufzte und erhob sich umständlich. Ihr linkes Bein war eingeschlafen, und sie klopfte ungeduldig darauf herum.

»Ich wünschte, es gäbe auch für mich etwas, das mich

so begeistert.« Louis' Blick schweifte nachdenklich zum Fenster und in die Ferne. »Meine Eltern wollten immer, dass ich Arzt werde, doch das ist nichts für mich. Meine Ziellosigkeit war einer der Gründe, warum ich nach Amerika gehen wollte. Ein Cousin meines Vaters lebt in Chicago. Unter der Bedingung, dass er ein Auge auf mich hat, erhielt ich die Erlaubnis zu dieser Reise. Ich hoffte darauf, dort etwas zu finden, das mir den Weg in meine Zukunft ebnet.«

Hanna horchte auf. Seine Stimme klang traurig, und er sprach in der Vergangenheit, was sie zu ihrer nächsten Frage veranlasste. »Und jetzt glaubst du nicht mehr daran?«

Er erhob sich nun ebenfalls, lief zu ihr und umarmte sie. »Ich habe hier etwas gefunden, das mir Augen und Herz geöffnet hat. Dich! Jetzt wird es mir sehr schwerfallen, ans andere Ende der Welt zu reisen, wenn du doch hier bist.«

Hanna gab ihm einen zärtlichen Kuss auf die Nasenspitze. »Aber das hatten wir doch geklärt. Ich werde auf dich warten, in der Seifensiederei anpacken, und ehe wir uns versehen, ist das Jahr um.«

»Henriette wird in deiner Nähe sein«, sagte Louis, und seine Miene verfinsterte sich plötzlich. In wenigen Worten berichtete er, was sich am Vormittag in der Apotheke ereignet hatte.

Hanna schüttelte angewidert den Kopf, doch wirklich überrascht über das, was er erzählte, war sie nicht.

»Sie wird sicher nichts unversucht lassen. Aber du kannst unbesorgt sein. Ich werde mich nicht von ihr beeinflussen oder gar manipulieren lassen. Im Moment ertrage ich ihre Nähe ohnehin kaum, das wird sich mit dem, was ich nun weiß, so schnell auch nicht ändern. Ich halte mich von ihr fern, vertrau mir.«

»Das tue ich.«

Der Blick, den er ihr zuwarf, verriet, dass er mit seinen Gedanken inzwischen ganz woanders war. Immer wieder hing sein Blick an ihren Lippen. Sie erkannte die Gier in seinen Augen, und ihr Puls beschleunigte sich, obwohl er sie noch nicht einmal berührt hatte. Allein das Wissen um sein Verlangen erregte sie. Behutsam schob sie Louis auf einen der Ohrensessel. Dann raffte sie ihren Rock nach oben und setzte sich, das Gesicht ihm zugewandt, auf seinen Schoß.

»Wenn du mich jetzt küsst, höre ich für lange Zeit auf zu reden, versprochen«, flüsterte sie in sein Ohr. Er nahm ihr Gesicht zwischen die Hände und verschloss ihre Lippen zärtlich mit den seinen.

20

Samstag, 14. Oktober 1865

Hanna Der Herbstball im *Hotel Traube* fiel in diesem Jahr auf den 14. Oktober. Nachdem die letzten Tage, passend zu Hannas trübseliger Stimmung, grau und trist gewesen waren, zeigte sich der heutige Samstag von seiner schönsten Seite. Der Himmel war tiefblau, keine einzige Wolke war zu sehen.

Seit Tagen grübelte sie darüber nach, ob sie überhaupt zu diesem Ball wollte. Louis war seit über zwei Wochen fort, und ihre Sehnsucht nach ihm schmerzte mit jedem Tag, an dem sie nichts von ihm hörte, mehr. Inzwischen sollte er auf dem Schiff sein. Müsste sie sein erster Brief, den er aus Bremerhaven schicken wollte, nicht längst erreicht haben?

In einem schlichten Tageskleid lief sie hinunter in die Küche, um Teewasser aufzusetzen. Ihre Mutter musste den gleichen Gedanken gehabt haben, denn sie saß vor ihrer dampfenden Tasse und blätterte im *Bazar*, einer illustrierten Damenzeitung, die sich mit neuen Schnittmustertrends, Bastelanleitungen, Geschenkvorschlägen und Rezepten an die moderne Frau des 19. Jahrhunderts wendete.

So, wie ihr Vater auf die Lektüre seiner Gelehrtenzeitung bestand, hielt sich auch ihre Mutter auf dem Laufenden, wenn auch das Themengebiet ein gänzlich anderes war.

»Tee?«, fragte Christina Grieb ihre Tochter.

»Hm«, stimmte sie zu. »Was Neues?«, fragte sie weniger aus Interesse als vielmehr, um das Gespräch auf ein unverfängliches Thema zu lenken.

»Für mich schon, für dich eher nicht, Liebes«, sagte ihre Mutter, während sie Teeblätter in ein Sieb gab und diese mit heißem Wasser übergoss. Sie stellte Hanna den dampfenden Becher vor die Nase und sah sie mit hochgezogener Augenbraue an. »Das ist hoffentlich nicht deine Kleiderwahl für heute Abend.«

»Ich fühle mich nicht besonders«, wich Hanna aus.

»Natürlich tust du das nicht. Wie solltest du auch? Louis ist weit weg, und du hast offenbar noch immer nichts von ihm gehört. Ein Grund mehr, auf den Herbstball zu gehen. Du musst auf andere Gedanken kommen.«

»Und wenn ich das gar nicht will?«, fragte sie trotzig.

»Was du willst, tut nichts zur Sache. Du gehst, denn dein langes Gesicht ist kaum mehr zu ertragen! Es wird Zeit, dass du endlich wieder lachst. Wenn ich deine vagen Schilderungen richtig in Erinnerung habe, wird er dir schreiben. Und wenn Louis Schmieger dir ein solches Versprechen gibt, hält er es auch. Die Postkutsche wird deine Briefe nicht schneller bringen, wenn du Trübsal bläst. Also trink deinen Tee, und dann ziehst du dich um. Dein Vater und ich sind in diesem Jahr ebenfalls eingeladen. Was für eine Überraschung! Um Punkt sechs brechen wir auf. Sieh zu, dass du rechtzeitig fertig bist!«

Hanna blies in ihren heißen Tee und kam zu der Einsicht, dass ihre Mutter diesmal recht haben dürfte. Es war töricht, sich ein Jahr lang im Haus zu verkriechen. Davon würde die Zeit bis zu Louis' Rückkehr nur noch langsamer vergehen als ohnehin schon.

»Ich könnte Hilfe mit meinen Haaren brauchen«, sagte sie, und ein freudiges Lächeln huschte über das Gesicht ihrer Mutter.

»So ein Zufall«, erwiderte diese, und die Art und Weise, wie sie ihre Worte in die Länge zog, zeigte deutlich, dass das, was jetzt folgen würde, sicher kein Zufall war. »Ich habe deine Freundin Sophie heute Morgen getroffen. Sie war auf dem Weg nach St. Leonhard, wie sie mir mitteilte. Weiß der Teufel, was sie dort verloren hatte. Jedenfalls habe ich sie gebeten, gegen vier hier zu sein, um dir beim Ankleiden und Frisieren zu helfen.«

Hanna schüttelte lachend den Kopf. Jede Minute, die sie an diesem Tag mit Grübeln verbracht hatte, war offenbar eine verschwendete gewesen. Ihre Mutter hatte längst alle Fäden gesponnen, um ihr Ziel zu erreichen: Sie würde zum ersten Mal in ihrem Leben auf den berühmten Herbstball gehen, den das *Hotel Traube* alljährlich veranstaltete. Sicher würde es ihr nicht so viel Vergnügen bereiten, fehlte doch Louis. Auf der anderen Seite hatte sie schon eine ganze Weile keine Zeit mehr mit Sophie verbracht. Ihr letztes Treffen beim Ascheholen war eher zufällig gewesen, und Hanna brannte darauf, Neuigkeiten zu erfahren und ihr im Gegenzug von ihrem letzten Zusammensein mit Louis zu berichten.

Pünktlichkeit war eine von Sophies Tugenden. Noch bevor der vierte Glockenschlag verklungen war, stand sie in der Tür zu Hannas Kammer.

»Das wurde aber auch Zeit!«, rief Sophie anstelle einer

Begrüßung, stürzte sich auf sie und nahm sie fest in den Arm. »Wie geht es dir?«

Hanna seufzte, besann sich dann jedoch eines Besseren. Sie würde nicht zulassen, dass die Sehnsucht ihr diesen Abend verdarb. Stattdessen würde sie sich zusammen mit ihrer Freundin amüsieren.

»Gut. Ich vermisse Louis ganz fürchterlich, aber daran will ich zumindest heute Abend einmal nicht denken müssen.«

»Das trifft sich gut.« Sophie ließ sich aufs Bett fallen. »Du denkst nicht an Louis, ich denke nicht an Theo.«

Hannas Augenbrauen schossen in die Höhe. »Theo?«

»Ganz genau. Sein undurchsichtiges Verhalten lässt mich noch verrückt werden. Dir kann ich es erzählen, du leidest im Moment ja auf ganz ähnliche Weise.«

Sie machte eine Pause, ließ ihren Oberkörper aufs Bett fallen und starrte an die Decke. Hanna legte sich neben sie.

»Ich bin ganz Ohr!«

»Ich denke immerzu an ihn und kann es nicht abstellen.«

»Willst du es denn abstellen?«

Sophie seufzte theatralisch. »Besser wäre es vermutlich.«

»Wieso denn?«

»Immerhin bin ich mit ihm aufgewachsen, als wäre er mein Bruder.«

»Du übertreibst, Sophie. Als du im Hause der Hartmanns unterkamst, warst du fünfzehn. Ihr seid mitnichten wie Geschwister aufgewachsen.«

»Aber er mag mich nicht«, wandte Sophie ein. »Er tadelt mich bei allem, was ich tue. Bei unserem letzten

Gespräch gingen wir im Streit auseinander. Seitdem haben wir kein Wort mehr miteinander gewechselt.«

Hanna verzog ihre Lippen und gab ein gurgelndes »Urg« von sich. »Stelle ich mir schrecklich vor, immerhin lauft ihr euch tagtäglich über den Weg.«

»Oh, wir nicken uns freundlich zu, wenn wir uns sehen. Er neigt den Kopf etwa so.« Sie setzte sich auf, machte ein ernstes Gesicht und legte den Kopf schief. »Sophie«, sagte sie dabei mit verstellter Stimme.

Hanna lachte. »Klingt ganz nach ihm. Wenn er nicht weiterweiß, wird er besonders höflich und fast schon lächerlich distanziert.«

»Nun, Distanz wird er schon bald mehr als genug haben.«

Und dann endlich erzählte die Freundin von ihren Plänen, die inzwischen weit fortgeschritten waren.

»Pfarrer Bezold hat zugestimmt. Zum Ende des Jahres werde ich das Haus der Hartmanns verlassen, und zwar für immer. Die Stimmung dort ist schon lange unterkühlt. Ich habe mir unverzeihlicherweise angewöhnt, Henriette zu widersprechen, wenn ich anderer Meinung bin – was neuerdings oft der Fall ist. Dann droht sie mir jedes Mal, dass ein Wort von ihr reichen würde, damit ihre Eltern mich vor die Tür setzen. Dazu dieses ungesunde Verhältnis zu Theo.« Sophie seufzte, drehte sich auf den Bauch und stützte ihren Kopf auf. »Es ist einfach an der Zeit, dass ich auf eigenen Beinen stehe.«

Hanna verstand sehr gut, dass die Freundin Henriettes Nähe inzwischen kaum noch ertrug. Eine Frage blieb aber.

»Warum muss es ausgerechnet St. Leonhard sein? Da gibt es doch nichts außer heruntergekommenen Häusern, Krankheit und Armut.«

»Eben«, antwortete Sophie. »Pfarrer Bezold wird mich darin unterweisen, Kranke zu pflegen. Ich kann endlich etwas Sinnvolles tun. Außerdem gibt es eine geräumige Kammer unter dem Dach. Noch hat er dort allerlei Gerümpel untergebracht, wie er sich ausdrückte. Aber bis Mitte Dezember will er das entsorgt und mir eine gemütliche Stube eingerichtet haben. Ich kann also nicht nur ab sofort dort arbeiten, sondern werde zum Ende des Jahres auch in meinen eigenen vier Wänden leben.«

Hanna pfiff leise durch die Zähne. Das waren also die Veränderungen, von denen sie erst nichts erzählen wollte. Schneller, als sie es je erwartet hätte, war ausgerechnet die zurückhaltende Sophie erwachsen geworden und nun dabei, sich ihr eigenes Leben aufzubauen.

»Ich beneide dich.« Hanna griff nach der Hand ihrer Freundin und drückte sie. »Du tust einfach das, was dich glücklich machen oder doch wenigstens zufriedenstellen wird. Dir kann keiner vorschreiben, was du mit deinem Leben anzufangen hast.«

Sophie drehte sich wieder auf den Rücken und starrte gedankenverloren an die Decke. »Weißt du, es mag ja sein, dass dein Vater noch immer nicht sieht, was für eine hervorragende Seifensiederin du abgeben würdest. Aber das kommt bestimmt noch. Ich hätte jedenfalls liebend gern so eine fürsorgliche Familie wie deine.«

Hanna biss sich auf die Unterlippe. Natürlich hatte sie recht. Es war töricht, sie darum zu beneiden, dass sie ihre Entscheidungen selbst treffen konnte. Sie hatte schlicht und ergreifend niemanden auf der Welt, der das für sie übernehmen würde, und dieser Umstand war ganz sicher nicht erstrebenswert.

»Was halten die Hartmanns von deinen Plänen?«

»Sie wissen noch gar nichts davon. Ich rede mir ein, ich würde auf den richtigen Zeitpunkt warten, aber um ehrlich zu sein: Ich war bisher einfach zu feige.«

»Aber du weißt schon, dass du nicht wortlos verschwinden kannst?«, fragte Hanna und schlug einen mahnenden Ton an.

»Ja doch«, presste Sophie hervor. »Aber jetzt genug davon. Kümmern wir uns um unsere Garderobe. Ich frage mich ja, womit wir unsere diesjährige Einladung verdient haben.«

»Schon seltsam, dass Emma und Ludwig Traub ausgerechnet in diesem Herbst an uns denken. Henriettes Tante hat selbst meine Eltern eingeladen.«

»Sind die Traubs denn nicht eure Kunden?«

»Sie kaufen immer wieder Seife für ihr Hotel, das schon. Aber das haben sie in den Jahren davor ja auch getan, nicht wahr?«

»Dann bleibt es also ein Rätsel.« Sophie gab ihrer Stimme einen beschwörenden Klang.

Hanna hingegen behielt für sich, was sie wirklich dachte. Sie grübelte schon länger darüber nach, wie diese Einladung wohl zustande gekommen sein könnte. Für sie gab es nur eine einzige Antwort: Henriette musste dahinterstecken, und das konnte zweierlei bedeuten: Entweder sie wollte sich mit ihnen aussöhnen, weil auch ihr das schwierige Verhältnis der Mädchen untereinander inzwischen zu schaffen machte. Oder aber – und diese Möglichkeit hielt Hanna für weit wahrscheinlicher – Henriette setzte wirklich alles daran, dass sie sich Louis aus dem Kopf schlug. Was konnte dabei wohl besser helfen als ein rauschendes Fest, bei dem ihr womöglich andere junge Männer begegneten? Louis hatte sie bei ihrem letzten

Treffen davor gewarnt, dass Henriette nichts unversucht lassen würde.

»Warum ziehst du so ein grimmiges Gesicht?«, unterbrach Sophie ihre Gedanken.

Sie zuckte zusammen und fühlte sich ertappt. »Nichts weiter«, wich sie aus. Dann trat sie an den Kleiderschrank und bat die Freundin um Rat.

»Wie wäre das Cremefarbene mit der zartrosa Seide?« Sophie hielt es vor den eigenen Körper und bewegte sich sanft hin und her, sodass der Rock mitschwang.

Hanna klatschte begeistert in die Hände. »Nicht ich werde das tragen, sondern du!«

»Das geht doch nicht!« Sophie legte das Ballkleid eilig aufs Bett, als hätte sie etwas Verbotenes getan, indem sie es angefasst hatte.

Hanna dachte jedoch nicht daran, ihre Meinung zu ändern.

»Sieh doch mal hin!«, befahl sie ungeduldig, hielt ihr das Kleid erneut vor den Körper und drehte sie dann zum Spiegel. »Der helle Cremeton bringt deine karamellfarbene Haut zum Strahlen, und die zartrosa Spitze betont deine dunkelbraunen Augen. Ich hingegen bin viel zu blass für diese Farben!«

Sie lächelte ihrer Freundin aufmunternd zu, und Sophies Widerstand löste sich langsam auf. »Also gut«, sagte sie. »Theo wird Augen machen! Noch nie hat er mich in solch edlem Stoff gesehen. Dann wäre das entschieden. Und für dich also mehr Farbe.« Sophie wandte sich wieder Hannas Schrank zu. »Dann das hier!«

Zielsicher griff sie nach dem besten Stück, das der Kleiderschrank zu bieten hatte: ein dunkelblaues Ballkleid, dessen Halsausschnitt so weit war, dass die Schultern frei lagen, und der mit silbergewirkter Spitze abgesetzt war, die sich auch an Rocksaum und Gürtel wiederfand.

»Ich weiß nicht«, sagte Hanna grübelnd. Bisher hatte sie das Kleid nur ein einziges Mal getragen, und das war bei einer Hochzeit gewesen. August Pückhauer, reicher Uhrmacher und Vater der Zwillinge Greta und Luise, hatte nach dem plötzlichen Tod seiner ersten Frau ein weiteres Mal geheiratet. Nach diesem Fest hatte sich für Hanna nie wieder die Gelegenheit ergeben, ein solch außergewöhnliches Kleid zu tragen.

»Aber ich weiß. Dieses oder keines!«

Hanna gab nach, und die nächste Stunde brachten die Mädchen damit zu, sich anzukleiden und zu frisieren. Am Ende schafften sie es nicht nur, pünktlich fertig zu sein, sondern entlockten Hannas Eltern und ihrem Bruder Friedrich auch ein andächtiges Staunen.

»Zu schade, dass Louis dich nicht sieht, Liebes«, flüsterte Christina ihrer Tochter zu.

Ihr Vater nahm ihre Hand und drückte sie ergriffen. »Entzückend, ganz entzückend«, murmelte er und half erst Sophie, dann Frau und Tochter in die Droschke.

Hanna hatte keine Vorstellung davon, was sie erwarten würde, denn bisher hatte sie nur den Schankraum des Hotels kennengelernt. Als sie nun den großen Saal betrat, verschlug es ihr die Sprache.

»Amüsiert euch gut, Mädchen«, hörte sie ihre Mutter sagen, während der Vater erklärte, dass sie den Gastgebern für die Einladung danken müssten.

Hanna sah sich in Ruhe um. Tische und Stühle, die sonst vermutlich diesen Raum füllten, waren fortgeräumt, um genug Platz zum Tanzen zu schaffen. An einem Ende des Saals spielte eine Kapelle auf, an der gegenüberliegenden Seite scharten sich adrett gekleidete Herren um wunderschön anzusehende Damen. Es wurde geredet und gekichert, und zurückhaltende Dienstboten reichten Champagnergläser.

Drei riesige Kristallkerzenleuchter hingen von der Decke herab, und die tanzenden Lichter tauchten den Saal in ein unwirkliches, warmes Schimmern. Die Flammen spiegelten sich in jeder einzelnen Fensterscheibe, jedem Champagnerglas und sämtlichen Schmuckstücken, die an Hälsen oder Ohren getragen wurden.

»Sieh nur!«, rief Sophie andächtig.

Hanna folgte dem Blick der Freundin und schnappte hörbar nach Luft. Hinter weit geöffneten Flügeltüren verbarg sich eine große Terrasse, die über dem Ort zu thronen schien. Mit eiligen Schritten lief sie durch den Saal und stand schon wenig später an der Brüstung des übergroßen Balkons.

Es war bereits dunkel, und der sichelförmige Mond stand silbern am Himmel. Die Laternen der Stadt waren entzündet worden, und auch die Lichter im Innern der Häuser zeichneten sich gegen die Dunkelheit ab und gaben dem Ausblick von der Terrasse etwas Magisches.

»Sophie, Hanna, da seid ihr ja endlich!«

Henriettes Stimme schallte über die gedämpften Gespräche und die Musik hinweg. Sie klang überaus freundlich, fast so, als hätte sie tatsächlich auf niemand anderen als ihre Freundinnen gewartet.

»Na dann, Augen zu und durch«, murmelte Sophie, lächelte zaghaft und ließ Henriettes stürmische Umarmung über sich ergehen.

»Und du?«, fragte Henriette Hanna, ohne eine Antwort zu erwarten. »Wie geht es dir? Ich bin so glücklich, dass du da bist. Jetzt, wo Louis fort ist, sind die Tage sicher nicht leicht für dich. Genau deswegen habe ich meine Tante und meinen Onkel davon überzeugt, dich einzuladen. Und wo du und ich sind, darf unsere Sophie natürlich nicht fehlen.« Gönnerhaft bot sie ihr ihren Arm, während sie sich mit dem anderen bei Hanna unterhakte.

»Habt ihr schon etwas getrunken? Wir sollten damit beginnen, denn das macht das Herumstehen und Hübschaussehen um so vieles leichter.« Henriette lachte laut und kehlig, warf ihren Kopf in den Nacken und erreichte genau das, was sie wollte: Die Männer im Saal wandten sich nach ihr um und beobachteten sie voller Bewunderung. Henriette trug ein dunkelgrünes Kleid, dessen Rock am Gesäß weit ausgestellt war, was ihre Taille besonders zierlich wirken ließen. Kragen und Saum waren mit farblich passender Spitze abgesetzt, und sie hatte sich eine goldene Kordel als Gürtel um die Taille geschlungen.

Trotz ihrer glamourösen Erscheinung war Hanna das Verhalten ihrer Freundin unangenehm, denn während einigen Männern ihre unreinen Gedanken regelrecht anzusehen waren, verfinsterten sich auch die Gesichter der Frauen, denen Henriettes Auftritt ebenfalls nicht entgangen war.

»Ich hole mir etwas zu trinken«, erklärte sie eilig, denn sie wollte verhindern, dass der eifersüchtige Groll der anwesenden Damen sich auch auf sie übertrug.

»Ich komme mit«, sagte Sophie, doch Henriette hielt sie zurück.

»Nichts da! Du kannst mich doch hier nicht allein stehen lassen.«

Hanna sah Sophie an und zuckte entschuldigend mit

den Schultern. Dann lief sie zu einer Seitentür, an der ein Dienstbote mit einem vollen Tablett stand, griff nach einem Glas und nippte daran. Der Schaumwein schmeckte fruchtig und perlte auf ihrer Zunge. Sie mochte den Geschmack und würde vermutlich aufpassen müssen, um nicht zu viel davon zu trinken. Dann griff sie nach einem weiteren Glas, sah zu ihren Freundinnen und seufzte.

»Eine Hand zu wenig?«, hörte sie eine kratzige Stimme hinter sich. Sie wandte sich um und sah in das Gesicht eines Mannes, den sie noch nie zuvor gesehen hatte.

»Ich fürchte ja«, lachte Hanna und deutete mit dem Kopf in Richtung Henriette und Sophie.

»Ich bin Ihnen gern behilflich, wenn Sie mir dafür einen Tanz versprechen«, sagte der Mann kühn, lächelte dabei aber so arglos, dass Hanna beschloss, ihm diese Erpressung nicht übel zu nehmen.

»Nun, warum nicht?«, gab sie zurück.

»Mein Name ist Gustav Cloppenburg, meines Zeichens Landschaftsmaler aus dem wunderschönen Karlsruhe.« Der Mann, den Hanna auf Mitte zwanzig schätzte, verbeugte sich höflich und wartete darauf, dass auch sie sich vorstellte.

»Ich bin Hanna Grieb, Tochter des hiesigen Seifensieders. Sehr erfreut.«

An der Seite von Gustav Cloppenburg lief sie zurück zu Sophie und Henriette. Der Maler übergab die Gläser und zog sich mit einem freundlichen Lächeln zurück.

»Was war das denn? Da lässt man dich zwei Minuten allein, und schon hast du einen Verehrer?« Henriette lachte und hob anzüglich ihre Augenbrauen. »Und dann auch noch einen so gut aussehenden.«

Ihr zu erklären, dass der Maler nichts weiter getan

hatte, als ihr beim Tragen der Gläser zu helfen, wäre reine Zeitverschwendung. Ganz sicher würde sie nicht bei jeder Gelegenheit ihre Loyalität gegenüber Louis herausstellen. Sie beschloss, dass sie Bemerkungen dieser Art ignorieren würde, so gut es eben ging. Hanna hob ihr Glas an die Lippen und wandte sich ab.

21

Samstag, 14. Oktober 1865

Henriette

Schon der Beginn des Abends stellte Henriette zufrieden. Ihr Plan hatte eigentlich beinhaltet, auf dem Fest nach einem geeigneten Kandidaten für Hanna Ausschau zu halten und dann dafür zu sorgen, dass er ihr nicht mehr von der Seite wich.

Der Künstler Gustav Cloppenburg hatte ihr Eingreifen allerdings überflüssig gemacht. Natürlich missfiel ihr die Tatsache, dass die Konkurrentin nicht einmal zehn Minuten allein geblieben war, ehe sich ein erster Verehrer zu ihr gesellte, der auch noch überaus attraktiv war. Der junge Maler war eine imposante Erscheinung. Allein seine Größe sorgte bereits dafür, dass er auffiel. Anders als die anderen jungen Männer im Saal, die ihre Haare mit Öl und Pomade in Form gebracht hatten, wirkten die Haare des Künstlers ungekämmt. Wild und lockig fielen sie ihm immer wieder in die Stirn. Er trug auch keinen Bart, wodurch sein markantes Kinn und die geschwungenen Lippen besonders gut zur Geltung kamen.

Alles in allem war Gustav Cloppenburg ein Mann, der auch Henriette gefallen könnte, und es versetzte ihr einen Stich, dass er nicht sie, sondern Hanna angesprochen hatte. Doch sie durfte sich jetzt nicht von ihrer Eifersucht ablenken lassen und musste an ihr eigentliches Ziel denken – und das hieß Louis Schmieger und nicht Gustav Cloppenburg!

Mit ihrem verführerischsten Lächeln ließ sie den Blick durch den Saal schweifen. In einiger Entfernung stand ihr Bruder Theo, der sich mit Carl Ludwig unterhielt. Der Sohn des Rothenburger Postbediensteten redete wie so häufig mit Händen und Füßen, was aus der Entfernung reichlich lächerlich aussah. Ausgerechnet in dieser Sekunde trafen sich ihre Blicke, und an der Art und Weise, wie Carl sich erst mit der Zungenspitze über die Lippen fuhr und dann lächelte, erkannte Henriette, dass er sich etwas darauf einbildete, dass sie ihn gerade angestarrt hatte. Da sie Carls Wohlwollen ab sofort brauchen würde, nutzte sie die Gelegenheit sogleich und gesellte sich zu ihm und ihrem Bruder.

»Schöne Frau«, begrüßte Carl sie überschwänglich, griff nach ihrer Hand und küsste ihren Handrücken.

»Unterhaltet ihr euch gut?«, fragte sie an ihren Bruder gewandt.

»Danke der Nachfrage«, gab Carl voreilig zurück. »Welch wundersame Eingebung, dass du ausgerechnet jetzt zu uns stößt. Soeben wollte ich zu dir kommen und um den nächsten Tanz bitten.«

Theo zog den rechten Mundwinkel nach oben, und Henriette wusste nicht genau zu sagen, ob er sich amüsierte oder ob sein Gesicht nicht eher Erstaunen darüber ausdrückte, dass sie sich mit jemandem abgab, der ganz eindeutig unter ihrer Würde war. Natürlich konnte Theo nicht wissen, dass sie mit ihrer Freundlichkeit ein ganz bestimmtes Ziel verfolgte und dass sie mitnichten ernsthaft an Carl interessiert war.

»Ich tanze liebend gern mit dir.« Sie wandte sich noch einmal an Theo. »Du entschuldigst uns?«

Die Kapelle gab eine Mazurka zum Besten, und Henriette ließ zu, dass Carl sie eng an sich zog. Seine körperliche Nähe war ihr alles andere als unangenehm, spürte sie doch bei jeder seiner Bewegungen und jedem einzelnen Blick, wie sehr er sie bewunderte und begehrte. Da sie in den nächsten Wochen und Monaten auf ihn angewiesen war, würde sie sich auf seine Avancen einlassen und ihm das Gefühl geben, als wäre auch sie von ihm angetan. Behutsam suchte sie seinen Blick, nur um dann, scheinbar eingeschüchtert, wieder zur Seite zu sehen.

»Du brauchst mir nichts vorzumachen«, flüsterte Carl ihr ins Ohr. »Diese Zurückhaltung nehme ich dir nicht ab, meine Liebe.« Wie zum Beweis zog er sie noch enger an sich. Ihr Herzschlag beschleunigte sich, und Erregung erfasste sie. Dieser Carl war ungehobelt und aufdringlich. Trotzdem musste sie sich eingestehen, dass ihr dieses Spiel mit dem Feuer gefiel. Nun, womöglich lag es auch an den unzähligen Gläsern Champagner, die sie bereits getrunken hatte. Doch mit jeder Drehung, die sie auf dem Tanzboden vollführten, und mit jeder verruchten Andeutung, die er ihr ins Ohr hauchte, gefiel ihr der Sohn des Postbeamten ein wenig besser.

»Nach diesem Tanz sollte ich dich in den Garten geleiten. Du brauchst doch sicher eine Verschnaufpause.«

Unter anderen Umständen hätte sie sich diesen dominanten Umgangston verboten, doch jetzt nickte sie stattdessen und leckte sich gedankenverloren über die Lippen. Carl schnappte hörbar nach Luft, und Henriette beschloss in diesem Moment, dass sie zulassen würde, dass er sie küsste, denn auf diese Weise würde sie ihn sicher in kürzester Zeit für ihre Sache gewinnen.

Als das Musikstück endete, bat sie ihn darum, ihr ein Glas Schaumwein zu holen. Eilig erfüllte er ihr diesen Wunsch, dann spazierten sie schweigend in den Garten hinaus. Die Hecken und Bäume hatten noch nicht all ihre Blätter abgeworfen, und Fackeln, die entlang der Kieswege entzündet worden waren, tauchten den verwinkelten Hotelgarten in ein gespenstisches Licht. Wäre Carl nicht an ihrer Seite, hätte sie sich vermutlich nicht hier hinausgewagt. Sie liefen ein Stück, dann blieb Henriette stehen. Carl sah sie fragend an, doch anstelle einer Antwort leerte sie ihr Champagnerglas und legte es ins Gras.

»Nun?«, fragte sie.

»Nun was?« Offenbar konnte er nicht so recht damit umgehen, jetzt mit ihr allein zu sein.

Sie überlegte einen Moment, ob sie ihm antworten oder ihn einfach an sich ziehen sollte. Sie entschied sich dafür, sich zurückzuhalten und ihm das Gefühl zu geben, die Zügel in der Hand zu halten, also schlang sie ihre Arme um ihren Körper und zog fröstelnd die Schultern hoch.

»Du frierst«, stellte Carl fest und zog eilig seine Weste aus. Statt sie ihr jedoch selbst umzulegen, hielt er sie ihr am ausgestreckten Arm hin und wahrte dabei respektablen Abstand. Henriette seufzte. Offenbar war er mutig, wenn es darum ging, Dinge anzusprechen, die aufgrund der Anwesenheit anderer ohnehin nicht passieren würden, jedoch weniger mutig, wenn es um Taten ging. Wollte sie ihr Anliegen noch heute vorbringen, würde sie ihm auf die Sprünge helfen müssen.

»Möchtest du mir denn nicht hineinhelfen?«

Jetzt endlich schien ihm aufzugehen, welche Gelegenheit sich ihm bot. Behutsam legte er ihr die Weste über die Schultern, wobei sie sorgsam darauf achtete, ihm möglichst nahe zu kommen. Sein Atem ging schneller, und sie genoss die Macht, die sie in diesem Augenblick über den jungen Mann hatte. Erwartungsvoll sah sie zu ihm auf, doch auch diese eindeutige Geste schien Carl nicht zu verstehen. Oder wollte er gar anständig bleiben? Der Gedanke daran, dass sie möglicherweise nicht an ihr Ziel kommen würde, ließ sie ungehalten werden.

»Willst du mich denn gar nicht?«, platzte sie heraus und konnte nicht verhindern, dass ihre Stimme ungeduldig klang.

»Mehr als alles auf der Welt. Doch niemals würde ich mich einer so zauberhaften Frau, wie du es bist, ohne Erlaubnis nähern.«

Henriette lächelte. Sie hatte Carl Ludwig ganz eindeutig falsch eingeschätzt, er war mitnichten ein rücksichtsloser Draufgänger.

»Was?«, fragte er, beugte sich leicht hinunter und legte den Kopf schief, als würde er sie ergründen wollen.

Dann tat sie, was sie vermutlich gleich hätte tun sollen. Sie stellte sich auf die Zehenspitzen, legte ihre Arme um seinen Hals und küsste ihn.

Endlich reagierte Carl, wie sie es sich erhofft hatte. Er legte seine Arme um ihre Taille und zog sie an sich. Als ihre Zungen sich fanden, stöhnte er leise auf, und sein Atem ging schneller.

»Was machst du nur mit mir?«, säuselte sie zwischen zwei Küssen. Dann legte sie ihren Kopf gegen seine Schulter, atmete hörbar und gab sich wieder zurückhaltend.

»Ich mit dir? Du bist es doch, die mir den Verstand

raubt. Wie soll ich nach diesem Kuss je wieder einen klaren Gedanken fassen?«

Henriette musste sich zusammenreißen, um nicht zu kichern. Sie hatte ihn genau da, wo sie ihn haben wollte. Mit ein wenig Fingerspitzengefühl würde er ihr von nun an jeden Wunsch erfüllen. Die Tatsache, dass der Sohn des Postbeamten es dabei auch noch schaffte, ihr Verlangen zu wecken, war wie die Kirsche auf einem Sahnehäubchen: nicht dringend erforderlich, aber doch überaus erfreulich.

»Was habe ich doch für ein Glück«, sagte sie. Dann seufzte sie theatralisch und verzog traurig ihre Lippen.

»Ist alles in Ordnung?«

»Für mich ist das Leben gerade so wunderbar.« Sie gab ihm einen winzigen Kuss auf die Wange. »Ich wünschte nur, meine liebe Hanna müsste nicht solchen Kummer ertragen.«

»Wovon sprichst du?«

»Lass uns ein wenig spazieren gehen. Dann erzähle ich dir, was mich sorgt.«

Hand in Hand liefen sie über den knirschenden Fußweg. Henriette schwieg minutenlang, um den Eindruck zu erwecken, als müsste sie ihre Worte sorgfältig überdenken.

»Das, was ich dir jetzt sage, muss zwischen uns bleiben. Versprich es mir!«

Carl blieb stehen und drückte ihre Hände. »Du kannst mir vertrauen.«

»Es geht um Louis.« Und dann erzählte Henriette die Geschichte, die sie sich in den vergangenen Tagen so sorgsam zurechtgelegt hatte. Sie sprach davon, dass der Sohn des Wundarztes sich auch ihr genähert und damit geprahlt hatte, wie sehr sich Hanna in ihn verliebt hätte.

»Zufällig habe ich auch ein Gespräch zwischen ihm

und meinem Bruder Theo mit angehört. Du weißt ja, dass sie seit langer Zeit miteinander befreundet sind. Louis hat erklärt, dass er sich im fernen Amerika die gutbürgerlichen Hörner abstoßen will. Er könne und wolle nicht ein Jahr lang auf sein Vergnügen verzichten.« Sie machte eine Pause und sah Carl traurig an.

Seine Miene verfinsterte sich. »So einer ist er also«, sagte er abfällig. »Das hätte ich gar nicht von ihm gedacht.«

»Ich auch nicht, Carl, ich auch nicht! Was mich aber so besonders quält, ist die Tatsache, dass er trotz allem nicht von Hanna lassen will. Er hat meinem Bruder erklärt, dass er sie bei Laune halten will, indem er ihr Briefe voller Sehnsucht schreibt. Kannst du dir das vorstellen? Während er sich vergnügt und womöglich unzählige anständige Mädchen in Schwierigkeiten bringt, will er meiner Freundin Hanna in schwülstigen Briefen weiter vormachen, dass er Gefühle für sie hat! Nie hätte ich solch eine Niedertracht von ihm erwartet. Soll ich nun tatenlos zusehen, wie dieser Schuft meine beste Freundin ins Unglück stürzt?«

»Das wird nicht passieren.« Carls Stimme klang fest und entschlossen, und Henriettes Puls beschleunigte sich. In den nächsten Sekunden würde sich herausstellen, ob ihr Plan aufging.

»Wie kannst du dir da nur so sicher sein?«, fragte sie mit zitternder Stimme. »In meinen sorgenvollen Träumen sah ich Louis und Hanna heiraten, und nach dem Jawort trat eine Frau mit Kind im Arm auf das Brautpaar zu und erklärte, dass Louis der Vater ihres Balgs wäre. Der Gedanke an solch eine Schande raubt mir den Schlaf. Doch wenn ich Hanna davon erzähle – würde sie es glauben?«

»Wohl kaum«, knurrte Carl. »Vernunft wird nicht in ein verliebtes Herz dringen. Wenn du sie beschützen willst, musst du das ohne ihr Wissen tun.«

»Aber wie?« Henriette wandte sich in vorgeblichem Schmerz von Carl ab. In Wahrheit musste sie ihr Gesicht der Dunkelheit zudrehen, um zu verhindern, dass er ihre Miene als das deutete, was sie war: Siegesgewissheit.

»Nun, ich bin der Sohn des Postbediensteten, wie du weißt. Ich werde jeden Brief, den dieser Lump an deine gutgläubige Hanna sendet, abfangen und zurückhalten.«

»Das würdest du für mich tun?«, hauchte sie.

»Das und noch so viel mehr. Aber ich tue es nicht nur für dich, Henriette. Ich tue es auch für die arme Hanna. Sie hat solch einen niederträchtigen Mann nicht verdient.«

Henriette konnte nicht anders. Sie riss Carl an sich und presste ihre Lippen auf seine. Gierig schob sich ihre Zunge in seinen Mund, und ihre Hände wanderten über seinen gespannten Oberkörper. Sie hatte erreicht, was sie wollte. Nun war sie siegestrunken und wollte das Gefühl haben, begehrt zu werden. Carl Ludwigs Hände wanderten zu ihren Brüsten. Sie hatte ihn genau da, wo sie ihn haben wollte.

22

Samstag, 14. Oktober 1865

Sophie Es wunderte Sophie mitnichten, dass Henriette sie einfach stehen ließ, um sich mit einem Mann zu vergnügen. Zwar überraschte sie die Wahl, die sie getroffen hatte, immerhin war Carl der Sohn eines einfachen Postbeamten, doch dass ihr das eigene Vergnügen wichtiger war als Sophie, war nichts Neues.

Das halb volle Champagnerglas in der Hand, stellte sie sich an den Rand der Tanzfläche. Sie genoss den Trubel, der um sie herum herrschte. Andererseits war es ihr unangenehm, mitten in diesem Saal voller Menschen allein zu sein. Doch Hanna würde ja sicher nicht ewig mit dem Maler tanzen.

»Wurdest du stehen gelassen?«

Sie zuckte zusammen, denn sie hatte nicht bemerkt, dass Theo neben sie getreten war.

»Und du? Bist du gekommen, um mich zu demütigen?«

Theo riss seine Augen weit auf und schüttelte entsetzt den Kopf. »Warum fragst du mich so etwas?«

»Das erkläre ich dir gern«, sagte sie kühl. »Schlimm genug, hier allein im Saal zu stehen. Du brauchst mir diesen Umstand also nicht auch noch unter die Nase zu reiben!«

»Aber … ich wollte … also das war wirklich nicht meine Absicht. Ich habe mich doch zu dir gesellt, damit du nicht allein bist.«

»Ich brauche dein Mitleid nicht!«

Theo sah zur Seite und stürzte das Glas, das er in Händen hielt, in einem Zug hinunter. Dann sah er Sophie finster an.

»Mag ja sein, dass ich mich oft ungeschickt ausdrücke. Aber das wäre nur halb so dramatisch, wenn du mir nicht immer unterstellen würdest, dass ich dir etwas Schlechtes will. Ich wollte dich nicht demütigen, sondern um diesen Tanz bitten. Aber ich sehe schon: Das war eine dumme Idee.«

Ohne auf eine Reaktion zu warten, wandte er sich ab und stürmte wutentbrannt hinaus auf die Terrasse. Sophie starrte ihm verdutzt hinterher und fragte sich, ob sie je verstehen würde, was in diesem Mann vorging. Wie konnte er erwarten, dass sie seine Bemerkung, sie wäre stehen gelassen worden, nicht kränkte? Er hätte sie ebenso gut fragen können, ob sie heute den Wind statt eines Kamms gewählt hätte, um ihre Frisur zu kreieren. In kleinen Schlucken nippte sie an ihrem Champagner. Dann verzog sie angewidert das Gesicht und stellte das Getränk beiseite. Sie würde nie begreifen, warum Menschen vergorene Getränke mochten. Wie lieblich oder süß der Geschmack auch sein mochte: Der Alkohol stach doch immer heraus und verdarb ihr jeden Genuss.

Sophie sah sich suchend im Saal um. Hanna tanzte noch immer mit Gustav Cloppenburg, und von Henriette war weit und breit nichts zu sehen. In diesem Moment beschloss sie, das Missverständnis mit Theo aus der Welt zu schaffen und sich dann auf den Heimweg zu machen.

Ein Ball war einfach nichts für sie, das hatte sie nun begriffen.

Mit klopfendem Herzen lief sie hinaus auf die Terrasse. Theo stand an der Balustrade und starrte abwesend hinunter ins Tal.

»Darf ich dir Gesellschaft leisten?«, fragte sie höflich.

Anstelle einer Antwort zuckte er nur mit den Schultern, als wäre ihm völlig gleichgültig, ob sie nun hier oder irgendwo anders war.

»Ich möchte mich bei dir entschuldigen. Ich habe dich offenbar missverstanden, und falls dich meine Worte gekränkt haben sollten, tut es mir leid.«

»Muss es nicht«, gab Theo gepresst zurück. »Ich bin eben ein Trampel, wenn es um meine Wortwahl geht. Wann immer ich mit dir spreche, scheine ich dich zu verletzen. Dabei ist es das Letzte, was ich will.«

Sophie presste ihre Lippen aufeinander, um ihr Lächeln zu unterdrücken. Ihr Herz schlug schneller, und ihre Wut verflog. »Vielleicht bin ich ja auch zu empfindlich.« Für den nächsten Satz nahm sie all ihren Mut zusammen und hoffte, dass er ihn besänftigen würde. »Das liegt sicher daran, dass mir gerade deine Meinung sehr am Herzen liegt.«

Theo schluckte schwer, was Sophie daran erkannte, dass sein Adamsapfel langsam nach oben rutschte. Dann wandte er sich ihr zu und lächelte plötzlich.

»Ist das so?«

Sie drückte ihre Handflächen gegeneinander. Das warme Funkeln seiner Augen war selbst in diesem unwirklichen Licht zu erkennen. Ihre Knie wurden weich, und sie wartete darauf, dass er irgendetwas sagte, doch statt auf ihr Kompliment zu reagieren, bat er sie um einen Tanz.

Erst war sie enttäuscht, hätte sie sich doch gewünscht, dass er ihr in diesem Augenblick seine Gefühle offenbart hätte. Doch andererseits musste sie sich eingestehen, dass genau das nicht zu Theodor passte. Er war weder ein Schmeichler noch ein Charmeur, und dass er nicht sonderlich gut mit Worten umgehen konnte, hatte sie inzwischen mehrfach festgestellt. Vielleicht bestand ja die Herausforderung darin, ihn so zu nehmen, wie er war.

»Ich würde sehr gern tanzen«, sagte sie.

Sophie genoss die Nähe und das einvernehmliche Schweigen, das zwischen ihnen herrschte. Jedes Mal, wenn er seine Hand anders platzierte oder ihr einen kurzen Blick schenkte, tobten Abertausende Schmetterlinge durch ihren Magen, und mehr als einmal kam sie aus dem Takt, was dazu führte, dass sie herzhaft lachten.

Er bedankte sich sogar bei ihr. »Ich weiß wirklich zu schätzen, dass du dich besonders tollpatschig anstellst, um mich als den perfekten Tänzer dastehen zu lassen. Eigentlich bin sonst ich derjenige, der den Damen auf den Füßen herumsteht.«

Sophie lachte laut auf und konnte sich die nächste Bemerkung nicht verkneifen. »Theodor Hartmann, das ist genau das, was ich meine. Du möchtest etwas Nettes sagen und lässt dabei kein einziges Fettnäpfchen aus. Du trittst nicht nur hinein, sondern stürzt dich sogar kopfüber ins Verderben.«

»Wie meinst du das?« Er sah dabei so verständnislos drein, dass sie erneut lachen musste.

»Nun, ganz einfach: Ein Kavalier würde die falschen Schritte, die eine Dame beim Tanzen macht, nie ansprechen. Du hingegen sagst mir auf den Kopf zu, dass ich ein Tollpatsch bin.«

»Ich wollte doch nur …« Theo brach ab und schüttelte lächelnd den Kopf. »Vielleicht solltest du mir in den nächsten Wochen ein wenig Benimm beibringen. Wir vereinbaren ein Zeichen, beispielsweise könntest du immer dann, wenn ich etwas Dummes oder Unflätiges sage, deine Nasenspitze antippen. Was meinst du? Mit deiner Hilfe wäre ich in kürzester Zeit bereit für den Umgang mit der Damenwelt.«

Sophies Lächeln erstarb, denn Theo hatte sie daran erinnert, dass sie schon bald ein Leben ohne ihn führen würde.

»Jetzt habe ich wieder etwas Falsches gesagt.«

»Das nicht. Doch du sprachst von den nächsten Wochen.« Sie brach ab, denn sie ahnte, dass ihre nächsten Worte den zauberhaften Moment der Nähe zwischen ihnen zerstören könnten.

Theo drängte sie nicht dazu, weiterzusprechen, doch als die Kapelle aufhörte zu spielen, fragte er sie, ob sie nicht auf die Terrasse gehen sollten. Dort griff er das Gespräch wieder auf und bat Sophie darum, ihm zu sagen, was sie auf dem Herzen hatte.

»Ich werde schon bald nicht mehr da sein.«

Theo hielt sie an den Oberarmen und zwang sie, ihm ins Gesicht zu sehen. Er sagte kein Wort, sondern wartete darauf, dass sie ihn aufklärte.

»Einerseits bedaure ich das sehr«, seufzte sie. »Auf der anderen Seite weiß ich, dass es sein muss. Deine Eltern, ihr alle, habt mich aufgenommen, als ich mein Heim und meine Familie verlor. Dafür schulde ich euch ewige Dankbarkeit. Aber inzwischen bin ich achtzehn. Ich kann nicht für immer unter eurem Dach leben. Außerdem wird meine Beziehung zu deiner Schwester immer schwieriger.«

Obwohl es unangenehm war, diese Dinge anzusprechen, sah sie ihm fest in die Augen. »Du weißt es selbst: Sie duldet keinen Widerspruch. Ganz häufig kann ich ihre Meinung aber nicht teilen, im Gegenteil. Inzwischen lebe ich in eurem Haus unter Henriettes Damoklesschwert, und jeder Widerspruch meinerseits kann dazu führen, dass sie mich von deinen Eltern hinauswerfen lässt. Dem bin ich nun zuvorgekommen.« Sophie holte tief Luft. Jetzt, da die Worte ausgesprochen waren, fühlte sie Erleichterung.

»Sie hat dich glauben lassen, unsere Eltern würden ihren Launen folgen und dich vor die Tür setzen?« Theo schüttelte den Kopf und lachte gleichzeitig ungläubig auf. »Nun, du solltest wissen, dass sie eher sie zurechtweisen als dich hinauswerfen würden.« Theo rieb sich grübelnd übers Kinn. »Ich werde mir Henriette vorknöpfen.«

Sophie erschrak. »Nein, das möchte ich nicht. Es würde auch nichts an meiner Entscheidung ändern. Du hast mich vor Kurzem mit dem Waisenjungen gesehen, und du weißt, wie sehr mir das Wohl der Ärmsten am Herzen liegt. Henriette hin oder her: Ich werde am Jahresende nach St. Leonhard ziehen und Pfarrer Bezold im Siechhaus zur Hand gehen. Wohnen werde ich in meiner eigenen Kammer unter dem Dach der Pfarrei. Ich erhalte sogar einen kleinen Obolus für meine Arbeit, und wer weiß: Vielleicht habe ich mir irgendwann genug Wissen angeeignet, um in einem Hospital arbeiten zu können?«

Sophie sah zu Theodor auf und lächelte vorsichtig. Noch vor dem heutigen Abend hätte sie erwartet, dass er sich über sie lustig machen oder sie gar für ihre ehrgeizigen Ziele tadeln würde. Doch erstaunlicherweise hatten sie in den letzten zwei Stunden Verständnis füreinander entwickelt, und Sophie war aufgegangen, dass Theo vieles ganz anders meinte, als es den Anschein hatte. Vielleicht, so hoffte sie, würde er sie ja nun sogar in ihrem Vorhaben unterstützen oder wenigstens bestärken?

»Willst du denn nichts dazu sagen?«

»Nein, will ich nicht!«, kam es kalt zurück. Theo drehte sich abrupt um und stürmte ohne ein weiteres Wort davon.

Entsetzt sah Sophie ihm nach. Sie hoffte darauf, dass er zur Besinnung kommen und kehrtmachen würde. Das Gegenteil trat ein. Im Stechschritt verließ er den Ballsaal, und kurz darauf sah sie vom Balkon aus, wie er in den dunklen Straßen verschwand.

Sie schluckte und wischte sich unauffällig die Tränen aus den Augenwinkeln. Sie hatte geglaubt, sie wären sich nähergekommen. Sie hatte sich geirrt.

23

Herbst 1865

Louis

Bremerhaven
am 24. September 1865

Meine liebste Hanna,
zwei Tage bin ich erst von dir getrennt, und doch fühlt es sich an wie eine Ewigkeit. Die Erinnerungen an unsere gemeinsame Zeit in Vaters Jagdhütte zaubern ein Lächeln in mein Gesicht und geben mir Mut und Hoffnung. Mut, weil ich alles daransetzen werde, um etwas aufzubauen, das vielleicht unsere Zukunft sein könnte. Ich weiß ja, es klingt nach Träumerei, doch es ist viel mehr als das. Es ist der feste Glaube daran, dass du und ich ein wundervolles gemeinsames Leben vor uns haben!
Und Hoffnung darauf, dass du mich in den zwölf langen Monaten nicht vergessen wirst. Ich jedenfalls stehe zu meinem Wort und schreibe dir wie versprochen bereits aus Bremerhaven. Was sage ich – ich schreibe dir nicht nur, ich trage dich in meinem Herzen. Was immer ich entdecke, sehe, höre oder fühle, möchte ich mit dir teilen. In meinem Kopf führe ich Gespräche mit dir, und du antwortest, als würdest du mir gegenübersitzen.

Wie gern würde ich alles, was ich erlebe, mit dir teilen! Hast du beispielsweise gewusst, dass Bremerhaven inzwischen der größte Auswandererhafen Europas ist? In der Stadt tummeln sich also neben mir noch jede Menge Romantiker und Idealisten, Spinner und Träumer. Sie alle kehren der Heimat den Rücken, im festen Glauben, am anderen Ende der Welt ein besseres Leben zu finden.
Doch nicht ich, Hanna! Ich weiß es besser. Denn noch nicht einmal richtig fort, kann ich es kaum erwarten, wieder bei dir zu sein. Ich würde dir gern versprechen, dass ich als gemachter Mann zurückkehre, doch das ist natürlich Unsinn. Aber was ich dir versprechen kann, ist, DASS ich zurückkehre. Und wenn wir uns wiedersehen, werde ich ein klareres Bild meiner und unserer Zukunft vor Augen haben. Das hoffe ich nicht nur, dessen bin ich mir sicher!
Liebste Hanna, wenn ich morgens erwache, sind deine warmen braunen Augen und deine schelmisch lächelnden Lippen das Erste, was ich vor mir sehe. Doch wenn ich einschlafe, verzeih meine ehrlichen Worte, sind meine Gedanken gänzlich andere. Ich sehe dich wieder vor mir, wie du frech und kühn auf meinen Schoß rutschst, sehe dich vor mir auf der Anrichte in Vaters Jagdhütte sitzen, die Augen genüsslich geschlossen, während deine Hände zärtlich über meinen Rücken streicheln. Dann durchflutet mich wieder diese unerklärliche Leidenschaft, die nur du in mir auslöst. Die Erinnerung an unsere Zweisamkeit und das Wissen um die Endlichkeit meiner Reise lässt mich ertragen, von dir getrennt zu sein.
Dieser Brief wird dich schon bald erreichen, doch danach

werden wir uns gedulden müssen, bis ich in New York an Land gehe. Von dort aus will ich dir die nächsten Zeilen schicken, und dann dauert es nicht mehr lange, bis auch du meine endgültige Adresse kennst und antworten kannst. Ich kann es kaum erwarten, eine erste Nachricht von dir zu erhalten. Bis dahin.
In Liebe der Deine.
Louis

24

Montag, 30. Oktober 1865

Hanna Auch am letzten Montag dieses goldenen Oktobers erwachte Hanna mit schwermütigen Gedanken. Der Herbst hatte sich in den vergangenen Wochen von seiner schönsten Seite gezeigt. Das Taubertal erstrahlte in Gelb, Orange und Rot, fast so, als hätte der Himmel kübelweise Herbstfarben über dem Land verschüttet.

Hanna selbst hatte für die Schönheit ihrer Heimat keinen Blick gehabt. Gustav Cloppenburg hatte sie darauf aufmerksam gemacht, denn er hatte sich angewöhnt, mindestens zweimal in der Woche in der Siederei vorbeizukommen. Stets gab er vor, sich für die neuen Seifenkreationen zu interessieren, doch jedes Mitglied der Familie Grieb wusste inzwischen, dass der Maler in Wahrheit Hannas Nähe suchte.

In den Tagen nach dem Ball hatte sie zunächst dankend abgelehnt. Es erschien ihr wie Verrat an Louis, mit einem fremden Mann durch die Straßen Rothenburgs zu spazieren oder gar Ausflüge in die nähere Umgebung zu unternehmen. Doch mittlerweile war sie wütend, und so hatte sie Gustavs Drängen irgendwann nachgegeben und begonnen, ihm auf seinen Wunsch hin die malerischsten Winkel Rothenburgs zu zeigen.

Louis war seit sechs Wochen fort, und noch immer hatte sie nichts von ihm gehört. Ihre Mutter und Friedrich versuchten, sie mit allerlei Szenarien zu trösten. Der Brief war sicher nur verloren gegangen, und da er den nächsten erst aus New York würde abschicken können, müsste sie sich eben gedulden. Möglicherweise war er auch nach seiner Anreise verspätet in Bremerhaven eingetroffen, sodass es ihm vor dem Ablegen des Schiffs schlicht nicht mehr möglich gewesen war, ihr zu schreiben.

Wie gern hätte Hanna den Worten Glauben geschenkt, doch sie konnte nicht. Mit jedem Tag, der verging, wuchsen ihre Zweifel. Noch bemühte sie sich, dem Sohn des Wundarztes zumindest keine böse Absicht zu unterstellen. Sicher war es sein fester Wille gewesen, ihr zu schreiben, doch dann hatte ihn die Realität eingeholt. Das war weder seine noch ihre Schuld. Sie waren nur zu naiv gewesen. Trunken vom Zauber des Augenblicks hatten sie sich Dinge versprochen, die nicht zu halten waren.

Einmal unterwegs, waren all diejenigen, die Louis in der Heimat zurückließ, womöglich nicht mehr halb so aufregend wie all die Menschen, die er nun traf.

Sie quälte sich aus dem Bett und öffnete ihr schmales Dachfenster. Auch an diesem Morgen war der Himmel tiefblau, nur hier und da zeichneten sich weiße, bauschige Wolken dagegen ab. Sie sehnte sich fast schon nach nebligen, verregneten Herbsttagen, würden sie doch viel besser zu ihrer jetzigen Gemütslage passen.

Hanna streifte ihr dunkelgraues Tageskleid über, band ihre Haare achtlos zusammen und wickelte sich ein Tuch um den Kopf, um die widerspenstig herausfallenden Strähnen im Zaum zu halten.

Wenn sie irgendwann wieder die Alte werden wollte,

würde sie arbeiten müssen, denn das allein brachte sie auf andere Gedanken und führte früher oder später hoffentlich dazu, dass sie Louis zumindest kurzfristig aus Kopf und Herz verbannen konnte.

In der Küche wartete außer ihrem Gedeck niemand auf sie. Ihre Mutter erledigte sicher längst ihre üblichen Wege in der Stadt, während ihr Vater und Friedrich in der Siederei zugange waren. Sie hatten sie schlafen lassen, wieder einmal. Sicher wusste die Mutter, dass sie auch in dieser Nacht durchs Haus gegeistert war, weil ihre Sehnsucht nach Louis sie nicht hatte zur Ruhe kommen lassen.

Diesmal waren ihre Gedanken allerdings nicht von Ärger gezeichnet gewesen, sondern von echter Angst. Was, wenn ihm etwas zugestoßen war und er ihr deshalb nicht schreiben konnte? Womöglich war er gar nicht in Bremerhaven angekommen, sondern auf dem Weg dorthin verunglückt? Mit diesen fürchterlichen Bildern im Kopf war an Schlaf lange nicht zu denken gewesen.

Hanna griff zum inzwischen erkalteten Kräutertee, der mit Honig gesüßt war. Normalerweise verbat sich die Mutter jede Verschwendung des teuren Goldes, und Tee zu süßen gehörte sicher nicht zu den lebensnotwendigen Trinkgewohnheiten. Doch da Hanna kaum noch einen Bissen herunterbrachte und ihr das inzwischen auch anzusehen war, nutzte Christina Grieb jede noch so winzige Möglichkeit, ihrem Sorgenkind, wie sie sie neuerdings nannte, Zucker zuzuführen.

Hanna trank einige Schlucke und zwang sich dann dazu, wenigstens eine Scheibe Brot mit Butter zu bestreichen und diese aufzuessen. Sicher würde ihre Mutter genau überprüfen, was sie zu sich genommen hatte, und sie wollte nicht, dass sie sich noch mehr sorgte als ohnehin schon.

Während sie aß, fiel ihr Blick auf die Zeitung. Die neue Ausgabe der *Gelehrtenwelt* lag aufgeschlagen auf dem Tisch, und sie begann zu lesen. Sie war fast am Ende des Artikels angekommen, als ihr Bruder aus der Siederei in die Küche trat. »Was hältst du davon?«, fragte er ohne Morgengruß.

»Guten Morgen. Hast du den Artikel für mich aufgeschlagen?«

Friedrich nickte. »Nicht, dass es mich groß interessiert, aber ich hatte befürchtet, dass dir in deiner derzeitigen Verfassung womöglich nicht nach Lesen zumute wäre.«

»Deine Fürsorge rührt mich, mein lieber Bruder. Aber ich habe nicht vor, mein Lebensziel wegen eines treulosen Mannes aus den Augen zu verlieren.«

»Du weißt nicht sicher, ob er wirklich treulos ist«, gab Friedrich zu bedenken.

»Schon richtig. Aber es hilft mir. Mit Wut im Bauch lässt sich der Tag um einiges besser ertragen als mit Trauer.«

»Und was sagst du nun?« Friedrich deutete auf die Zeitschrift.

»Ich bin begeistert. Allerdings wissen wir beide, dass das nicht helfen wird. Vater wird ablehnen und das Thema schneller beenden, als wir das Wort Kühlapparatur überhaupt aussprechen können. Es sei denn …« Hanna erhob sich und tippte sich immer wieder mit dem Zeigefinger gegen die Lippe.

»Ja?«, drängte Friedrich, und sein Grinsen verriet ihr, dass er längst ahnte, welchen Plan sie gerade schmiedete.

»Machen wir es wie immer?«

Eine weitere Absprache war nicht nötig. Die Geschwister liefen durch die Abstellkammer in die Siederei, und jeder von ihnen wusste, was nun zu tun war.

Doch zunächst lenkten sie das Gespräch mit dem Vater auf unverfängliche Themen. Hanna erzählte, dass sie heute Morgen endlich wieder mit Appetit aufgewacht wäre und sie sich auf den Tag in der Werkstatt freute. Schließlich, sagte sie, könnte ihr Leben nicht nur aus Trübsal bestehen, und wenn ihr etwas gegen den Kummer half, dann war das die Arbeit im väterlichen Betrieb. Sie wechselte einen kurzen Blick mit Friedrich und nickte unauffällig.

»Vater, ich habe heute Morgen einen Blick in die Zeitung geworfen«, hob er an.

»Hast du?«, fragte der Vater geistesabwesend zurück. Er war gerade dabei, die getrocknete Seife der vorletzten Woche von Hand zu pilieren. Mit einem Hobel bearbeitete er die fest gewordene Masse. Er zerspante und zerdrückte sie mit aller Kraft, um sie anschließend mit dem vorbereiteten Vanillemark zu vermengen. Die Seife, die er Ende des Sommers neu ins Sortiment aufgenommen hatte, war zwar ausgesprochen teuer, doch einige wenige erlesene Kundinnen waren ganz erpicht auf ebendiese Textur, wussten sie doch, dass nur eine Handvoll Rothenburger Frauen sich diesen Luxusartikel leisten konnten.

»Bitte unterbrechen Sie einen Moment, Vater.«

Anton Grieb sah seinen Sohn überrascht an. »Ich höre!«

Wie selbstverständlich übernahm Hanna die Arbeit, die ihr Vater gerade verrichtet hatte. Mit klopfendem Herzen wartete sie darauf, dass Friedrich endlich aussprach, was sie und er sich überlegt hatten.

»In dieser Ausgabe wurde C. E. Rost & Co. vorgestellt, eine Maschinenbaufirma aus Dresden.«

»Habe ich gelesen. Und weiter?«

Hanna sah ihren Vater aufmerksam an. Sie bemerkte sofort, dass seine Haltung sich geändert hatte. Mit zurückgezogenen Schultern ruhte sein Blick konzentriert auf Friedrich.

»Wie lange brauchen unsere Seifen derzeit gleich noch mal, um sauber durchzutrocknen?«

»Je nach Sorte und Volumen ein bis zwei Wochen. Das weißt du genau, also was soll diese Frage?«

»Nun, das erkläre ich Ihnen gern. Die eisernen Kühlkästen von C. E. Rost & Co. schaffen das in wenigen Tagen, wenn nicht gar Stunden.«

»Und weiter?«

Hanna sah ihren Vater unverwandt an und glaubte, ein winziges Lächeln über sein Gesicht huschen zu sehen.

»Ich denke«, fuhr ihr Bruder fort, »wir drei sollten nach Dresden reisen und uns Apparatur und Funktionsweise vor Ort ansehen und erklären lassen. Wenn sie hält, was der Artikel verspricht, wird es Zeit, unseren kleinen Familienbetrieb etwas aufzurüsten.«

Die Stille, die auf seine Worte folgte, war kaum zu ertragen. Ihr Blick ging unruhig zwischen Vater und Bruder hin und her. Dann endlich erhob sich der Vater und schlug seinem Sohn anerkennend auf die Schulter.

»Großartiger Einfall, Junge. Ich wusste, dass irgendwann der Tag kommen würde, an dem auch du Interesse an unserem Betrieb entwickelst. Allein dass du die Zeilen gelesen hast, freut mich bereits außerordentlich. Dass du dem allerdings auch Taten folgen lassen willst, setzt dem Ganzen die Krone auf.«

Hanna atmete erleichtert aus, ließ die Schultern sinken und zwinkerte Friedrich glücklich zu. Ihr Bruder hatte den Vater tatsächlich davon überzeugt, sich eine dieser neumodischen Maschinen zumindest anzusehen.

»Ich spreche sofort mit Christina und erkläre ihr, dass du und ich am Ende der Woche aufbrechen werden. Die erste Geschäftsreise mit meinem Sohn. Wunderbar, wunderbar, wunderbar«, rief er und verließ eilig den Raum.

Enttäuscht ließ sich Hanna auf den Schemel fallen. Hatte ihr Vater gerade wirklich gesagt, dass er nur mit Friedrich reisen wollte? Sie schlug mit der Faust auf die Arbeitsplatte. »Ist das zu fassen?«, rief sie empört. »Du hast doch ganz deutlich von uns dreien gesprochen. Warum also schließt Vater mich aus?«

Friedrich schüttelte resigniert den Kopf. »Manchmal glaube ich, er will uns missverstehen.« Dann begannen seine Augen plötzlich zu leuchten, und er legte seine Hand auf ihre Faust.

»Ich hab's!«, rief er begeistert. »Ich werde Vater beim Abendessen darauf ansprechen, dass ich mich um dich sorge. Du isst kaum noch, sprichst noch weniger und lächelst quasi gar nicht mehr. Eine Reise würde dir sicher hervorragend bekommen. Wir stellen es so hin, als wäre der geschäftliche Teil für ihn und mich reserviert, während du dir in Dresden einfach nur die Zeit vertreibst, um auf andere Gedanken zu kommen. Wie klingt das?«

Hanna erhob sich und riss ihren Bruder an sich. »Ein großartiger Gedanke!«, rief sie und gab ihm einen Kuss auf die Wange. »Wenn das klappt, können wir uns vor Ort immer noch überlegen, wie wir es schaffen, dass auch ich bei den geschäftlichen Verhandlungen dabei sein kann.«

Natürlich war ihr bewusst, dass die Wahrscheinlichkeit dafür mehr als gering war. Doch die Aufregung, die sie plötzlich ergriff, ließ die Zweifel fürs Erste verblassen.

Nach einem langen Tag in der Siederei setzten Hanna und Friedrich ihren Plan beim gemeinsamen Abendessen in die Tat um. Obwohl sie tatsächlich hungrig war, stocherte sie so lange lustlos und mit finsterer Miene in ihrem Essen herum, bis Friedrich der Kragen zu platzen schien. Scheppernd ließ er seinen Suppenlöffel auf den Tisch fallen und sah sie lange an. Dann wandte er sich an die Eltern.

»Ich bin der Meinung, Hanna sollte nach Dresden mitkommen. Wenn sie so weitermacht, ist sie bald nur noch ein Schatten ihrer selbst.« Mit zusammengezogenen Augenbrauen wandte er sich direkt an sie. »Wirst du irgendwann auch mal wieder vernünftig essen?«

»Ich habe derzeit wenig Hunger.«

»Derzeit geht nun schon zwei Wochen lang. Es ist genug. Wenn du so weitermachst, bist du bald nicht mehr da! Werter Vater, in Dresden kommt sie sicher auf andere Gedanken. Während wir nötige Geschäftskontakte knüpfen, könnte Hanna durch die Straßen schlendern, sich umsehen oder sich in ein Kaffeehaus setzen. Hier in Rothenburg verbindet sie jede Straße und jeden Winkel mit Louis Schmieger. Und wenn wir nicht auf sie achtgeben, werden wir unsere Hanna noch verlieren!«

Sie hatte eigentlich vor, in ihrer Rolle zu bleiben, doch jetzt starrte sie ihren Bruder mit offenem Mund an. Seine Worte, seine Mimik und seine Gestik waren so überzeugend gewesen, dass selbst sie vergessen hatte, dass diese Scharade abgesprochen gewesen war. Gerührt griff sie nach der Hand ihres Bruders und konnte nicht verhindern, dass ihr Tränen in die Augen traten. Was immer sie auch zuvor mit ihm abgesprochen hatte, war nun nicht mehr von Bedeutung, denn sie wusste in diesem Augenblick, dass Friedrich jedes seiner Worte bitterernst gemeint hatte.

»Ein ausgezeichneter Einwand, Friedrich«, unterbrach Christina Grieb die betretene Stille. »Ich hätte selbst darauf kommen müssen. Allerdings möchte ich nicht, dass Hanna während eurer geschäftlichen Termine allein durch eine fremde Stadt wandelt.«

Die Mutter nickte mehrmals schweigend, dann war ihr Entschluss gefasst, und sie fuhr fort: »Hanna, gleich morgen früh wirst du Sophie aufsuchen und sie fragen, ob sie dich nicht begleiten möchte. Das arme Mädchen war aufgrund der dramatischen Ereignisse noch nie außerhalb Rothenburgs. Sicher ist sie gern bereit, euch zu begleiten. Und mich würde es sehr beruhigen, wenn ich wüsste, dass eine liebe Freundin dir Gesellschaft leistet, solange Anton und Friedrich geschäftlich zu tun haben. Wäre doch gelacht, wenn eine solche Reise deine trüben Gedanken nicht vertreiben würde!«

Hanna musste sich zusammenreißen, um nicht vor Freude vom Stuhl aufzuspringen. Sie selbst wäre nie auf den Gedanken gekommen, Sophie mitzunehmen. Doch das Bild, wie sie und die Freundin Arm in Arm am Elbufer entlangschlenderten, zauberte endlich ein echtes Lächeln in ihr Gesicht.

»Ist das Ihr Ernst, Mutter?«

»Selbstverständlich!«, sagte Christina, und als sie bemerkte, dass ihr Gatte Einwände erheben wollte, fuhr sie ihm ungeniert über den gerade geöffneten Mund. »Du kannst nicht verhindern, dass deine Tochter erwachsen wird, Anton«, sagte sie bestimmt. »Zu zweit wird ihnen nichts passieren, und Friedrich und du werdet ja nicht ununterbrochen geschäftlich zu tun haben. Es geht um wenige Stunden, in denen die beiden allein wären. Das schaffen sie.«

»Aber brauchst du Hanna nicht hier?«, wagte Anton doch einen letzten Einspruch.

»Wofür? Um mir ihre Trauermiene anzusehen? Damit steckt sie mich am Ende nur an. Nein, der Ortswechsel wird ihr und euch guttun. Ich halte hier derweil die Stellung und freue mich darauf, meine hoffentlich gut gelaunte Familie schon bald wieder in Empfang zu nehmen.«

Hanna dachte daran, dass die Freundin in St. Leonhard ein neues Leben beginnen wollte. Glücklicherweise war das allerdings noch zwei Monate hin. Sie hoffte, dass Pfarrer Bezold Sophies Hilfe nicht jetzt schon benötigte, sodass es ihr möglich wäre, sie zu begleiten.

Sie sah zu ihrem Bruder, der in diesem Augenblick ganz leicht den Kopf neigte und die Augen niederschlug, als würde er sich nach einer gelungenen Theatervorstellung verbeugen. Ein warmes Glücksgefühl durchflutete sie, und wieder wurden ihre Augen feucht. Was immer sie zwischendurch auch an ihrem Bruder auszusetzen fand, in Momenten wie diesen wusste sie, dass nichts ihre Liebe zu diesem Jungen je zerstören würde.

Hanna nickte leicht zurück, und als ihre Eltern nicht hinsahen, legte sie ihre Finger auf die Lippen und warf ihm eine Kusshand zu. Friedrich reagierte, wie Jungen von fast vierzehn Jahren das wohl üblicherweise taten, wenn gefühlsduselige Schwestern Liebesbekundungen von sich gaben. Er verzog angewidert das Gesicht und gab ein leises »Bäh« von sich.

»Nun, bis zu eurer Abreise gibt es viel zu tun«, verkündete die Mutter jetzt voller Tatendrang. »Während Hanna morgen Sophie aufsucht, solltest du, Friedrich, in Erfahrung bringen, welche Route und welches Transportmittel geeignet wären.«

25

Montag, 30. Oktober 1865,
abends

Hanna Der Tag endete mit einem Abendspaziergang, zu dem Gustav Hanna abholte. Diesmal waren keine Überredungskünste nötig, denn eine Art nervöses Reisefieber hatte von ihr Besitz ergriffen und sorgte dafür, dass sie guter Dinge war.

Zum ersten Mal war sie es, die das Gespräch lenkte, und nicht Gustav. Sie erzählte ihm davon, dass ihr Bruder und sie den Vater hinters Licht geführt und so erreicht hatten, dass sie zusammen nach Dresden reisen würden. Dann begann sie, dem Maler die Vorteile künstlicher Soda und eiserner Kühlkästen zu erläutern.

Sie beendete ihren Monolog erst, als sie das Kummereck erreicht hatten. Von dort aus spazierten sie in Richtung Klingentor und von dort weiter zum Rödertor. Immer wieder geriet Gustav Cloppenburg ins Schwärmen.

»Ich werde die Tage, die du in Dresden verweilst, zu nutzen wissen. Diese mittelalterliche Stadt ist eine einzige Inspirationsquelle für jemanden wie mich.« Er sah sie von der Seite an und seufzte. »Vermissen werde ich dich natürlich trotzdem. Und ich frage mich, wer mir während deiner Abwesenheit die malerischsten Winkel dieses Ortes zeigen soll.«

»Nun, du kennst dich inzwischen gut genug aus, um dich auch allein zurechtzufinden.«

»Es fällt mir trotzdem schwer, dich gehen zu lassen. Vor allem nach einem Tag wie diesem.«

»Wie meinst du das?«

Gustav strahlte übers ganze Gesicht, ehe er antwortete. »Nun, ich erinnere mich nicht daran, dass du je so viel gesprochen hättest wie heute. Herzerfrischend, wenn ich das so sagen darf. Bisher war es immer an mir, möglichst viel zu reden, um zumindest ab und zu ein winziges Lächeln auf dein Gesicht zu zaubern. Heute hatte ich zum ersten Mal das Gefühl, dass du die Trauer, die dich sonst umfängt, endlich abgestreift haben könntest.«

Hanna sah den jungen Mann schweigend an und nickte dann vorsichtig. Sie hatte nie einen Gedanken daran verschwendet, wie er sich wohl fühlte. In regelmäßigen Abständen bat er sie darum, Zeit mit ihm zu verbringen, und ganz gleich, wie missmutig sie gelaunt war, er kam immer wieder. Es musste ungeheuer ermüdend sein, in ihrer Gegenwart jedes Gespräch aufrechtzuerhalten und dabei noch nicht einmal zu wissen, was genau überhaupt der Grund für ihre Schwermut war.

»Es tut mir sehr leid.« Hanna blieb stehen und sah den jungen Maler an. »Ich habe nie darüber nachgedacht, wie du dich mit einem Miesepeter wie mir an der Seite wohl fühlen könntest.«

»O nein, so war das nicht gemeint. So, wie du es sagst, klingt es ja, als wärst du mir eine Last. Doch glaube mir, so ist es nicht. Ich genieße deine Nähe, und ich muss zugeben, dass deine geheimnisvolle Traurigkeit auch einen gewissen Charme hat. Sie macht dich zu einem Rätsel für mich und treibt mich dazu, dieses Rätsel entschlüsseln zu wollen.«

Hanna schüttelte den Kopf. Wenn die Tage mit Gustav ihr eines gezeigt hatten, dann, dass er ein guter Mensch war. Wäre Louis nicht vorher in ihr Leben getreten, hätte es durchaus sein können, dass sie ihr Herz an den Maler verloren hätte. Er war gut aussehend, galant und witzig. Außerdem schien er von allem, was sie tat und sagte, angetan zu sein, und die Gefühle, die er für sie hegte, standen ihm ins Gesicht geschrieben.

In diesem Augenblick beschloss sie, Gustav die Wahrheit zu sagen. Er hatte es nicht verdient, gegen einen Geist zu kämpfen, von dessen Existenz er nicht einmal wusste. Womöglich wäre er längst weitergezogen, wenn sie ihm gesagt hätte, dass ihr Herz einem anderen gehörte. Er könnte ein gänzlich anderes Leben führen, in einer anderen Stadt, an der Seite einer Frau, die seine Gesellschaft mehr zu schätzen wusste als sie.

»Du hast nie gefragt oder mich gar zu einer Auskunft gedrängt. Ich sollte dir wohl erklären, was mich quält.« Einen Moment lang starrte sie auf die Pflastersteine vor sich und grübelte über die richtigen Worte nach.

»Du musst mir nichts erklären.«

»Ich möchte aber.« Dann sagte sie ihm auf den Kopf zu, was es mit ihrer Zurückhaltung auf sich hatte. »Es gibt einen anderen.«

Gustavs Augenbrauen schnellten in die Höhe. »Einen anderen? Seit ich dich auf dem Herbstball in der *Traube* kennengelernt habe, habe ich nie einen anderen gesehen. Ich hätte mich doch zurückgezogen.«

Hanna nickte. »Das glaube ich dir. Du hast mir nie einen Grund gegeben, an deinem Anstand zu zweifeln. Der Mann, um den es geht, ist Louis, der Sohn unseres Wundarztes. Ende September ist er nach Amerika aufgebrochen, und er wird erst nach Ablauf eines Jahres wiederkehren.«

Gustav brauchte einen Moment, um das Gehörte zu verarbeiten. Dann fragte er: »Und dieser Louis fühlt ebenso?«

Hanna seufzte. »Nun, das dachte ich. Inzwischen bin ich mir jedoch nicht mehr sicher.« Sie erzählte von der Vereinbarung, die sie getroffen hatten, und auch davon, dass sie seit seiner Abreise noch keinen einzigen Brief von ihm erhalten hatte.

»Dann verstehe ich deinen Kummer«, unterbrach Gustav sie. »Nichts ist schlimmer als die Ungewissheit. Ein Ende wäre traurig, aber du könntest es verarbeiten. So flatterst du im Wind wie ein Blatt im Herbst. Du fällst zu Boden, bis ein neues Lüftchen, Hoffnung genannt, dich wieder mit sich reißt – nur um am Ende doch wieder am Boden zu liegen.«

Hanna schluckte schwer. Die Worte des Malers hatten fast schon etwas Poetisches, und es traf sie mitten ins Herz, dass er so gut zu verstehen schien, was in ihr vorging.

»Dieses Bild fasst mein momentanes Gefühlsleben sehr gut zusammen«, gab sie zu.

»Nun, ich danke dir für dein Vertrauen, liebe Hanna. Doch du wirst mir verzeihen müssen. Nun, da ich weiß, dass dieser Louis sich entweder deiner zu sicher ist oder dass er dich nicht zu schätzen weiß, werde ich erst recht nicht von dir lassen. Du hast mein Herz im Sturm erobert, auch wenn du das nicht bemerkt haben dürftest. Ich habe nicht vor, diesen Ort so schnell wieder zu verlassen, und daran sind nicht nur die zauberhaften Motive schuld. Du bist der Grund! Ich möchte dir nicht zu nahe treten …« Er grinste plötzlich und fügte dann hinzu: »Es sei denn, du möchtest das eines Tages. Ich bin ein geduldiger und verständnisvoller Mann. Nichts ist mir so vertraut wie der Kummer der Seele selbst. Ich kann warten.«

»Worauf?«

»Darauf, dass sich Tage wie der heutige häufen, Tage, an denen du wieder fröhlich bist. Deine Sehnsucht nach diesem Louis wird verblassen, und irgendwann wirst du dein Herz öffnen. Und dann werde ich da sein.« Er griff nach ihrer Hand und drückte seine Lippen behutsam auf ihren Handrücken. Danach ließ er sie sofort wieder los und lief mit einem winzigen Lächeln neben ihr her.

Hanna lächelte ebenfalls. Seine Bewunderung tat ihr gut, und zudem war er ein interessanter Gesprächspartner. Mit seinen sechsundzwanzig Jahren hatte er bereits viel von der Welt gesehen. Immer wieder hatte er von Studienaufenthalten an fernen Orten erzählt. Jetzt, da ihr Geheimnis gelüftet war, wurde es Zeit für einen Themenwechsel.

»Erzähl mir von der Toskana!«, bat sie, denn das war der Ort, an dem Gustav, eigenen Angaben zufolge, bisher am kreativsten gewesen war.

Je länger sie den Worten des Malers lauschte, desto sorgloser fühlte sie sich. Sie konnte die weiten, sanften Hügel, auf denen sich Zypressen, Pinien, Olivenhaine oder Weinberge abwechselten, fast schon vor sich sehen, und ihr lief das Wasser im Munde zusammen, wenn Gustav von Panzanella, einem Brotsalat mit frischen Kräutern, Tomaten und Olivenöl, oder seinem Lieblingsmandelgebäck, Biscotti di Prato, schwärmte. Gustavs farbenfrohe Erzählungen sorgten einen Moment lang dafür, dass sie wieder neugierig in die Zukunft blickte und sich auf die bevorstehende Reise freute. Natürlich war Dresden nicht die Toskana. Doch ihre Reise mit Vater, Bruder und Freundin würde sie ihren Kummer zumindest eine Zeit lang vergessen lassen.

26

Montag, 6. November 1865

Hanna Die Reise nach Dresden war kräftezehrender gewesen als erwartet. Sie hatten sich dagegen entschieden, die gesamte Strecke mit der Kutsche zurückzulegen, denn die Poststraßen waren längst nicht überall ausgebaut. Oft mussten Wald- und Wiesenwege befahren werden, was an nebligen und verregneten Herbsttagen nicht nur beschwerlich, sondern auch gefährlich werden konnte, hörte man doch immer wieder von Droschken, die im Schlamm versackten oder gar mit gebrochener Deichsel mitten im Nirgendwo liegen blieben.

Nach reiflicher Überlegung hatte ihr Vater darum entschieden, nur einen Teil der Reise mit der Kutsche zurückzulegen. So waren sie von Rothenburg nach Hof gereist und dort von der Postkutsche in die Eisenbahn umgestiegen, die sie erst nach Leipzig und nach einem weiteren Umstieg nach Dresden brachte.

Nach dieser mehrtägigen Anreise quartierten sie sich in einem Hotel ein. Dabei hatte nicht der Ruf der Herberge ihre Wahl beeinflusst, sondern eher der Name: *Rothenburger Hof.*

Nachdem ein Kutscher am Bahnhof ihnen einige Hotelnamen aufgezählt hatte, stand der Entschluss des Vaters schnell fest. Mit den Worten »Wenn das kein gutes Omen ist, was dann?« hatte er eine Entscheidung gefällt.

Der *Rothenburger Hof* lag in der Nähe des Königlichen Hoftheaters und der Frauenkirche, und auch das Elbufer war nicht weit. Anton Grieb bezahlte zwei Zimmer im Voraus, eines bezogen Hanna und Sophie, das zweite war für Friedrich und ihn bestimmt.

Die Reise mit dem Zug hatte im Vergleich zur Kutsche einige Annehmlichkeiten zu bieten, vor allem hinsichtlich Wärme und Bequemlichkeit. Trotzdem sah es ganz danach aus, als hätten sie Friedrich mit der langen Fahrt und dem vielen Umsteigen zu viel zugemutet.

Hanna war die Erste, die seinen Zustand bemerkte. Als sie nach einer kurzen Morgenwäsche gut gelaunt durch die Verbindungstür in das Gemach der Männer stürmte, war der Vater nicht mehr da, und ihr Bruder schlief noch.

»Ist Vater aus dem Bett gefallen?«

Friedrich reagierte lediglich mit einem leisen Stöhnen. Hanna trat an sein Bett und zog ihm übermütig die Decke weg.

»Raus mit dir, du Schlafmütze. Sonst lässt Vater uns nichts von diesem hervorragenden Frühstück übrig.«

Als er auch darauf nicht reagierte, wurde sie stutzig, trat ans Kopfende des Betts und fühlte die Stirn ihres Bruders. Sie wusste sofort, dass er im Fieber lag.

»Sophie!«, rief sie laut.

Die Freundin kam herbeigeeilt. »Was schreist du denn so?«

»Du musst meinen Vater aus dem Frühstücksraum holen. Am besten bittet ihr am Empfang gleich darum, nach einem Arzt schicken zu lassen. Friedrich ist krank geworden.« Wie zum Beweis wurde der Junge von einem

Hustenanfall geschüttelt, und Sophie verließ eilig den Raum.

Aus Mangel an genügend Tüchern tränkte Hanna die Strümpfe ihres Bruders in dem zimmerwarmen Wasser. Sie legte ihm zwei trockene Handtücher um die Waden und zog ihm dann die nassen Strümpfe über. Mit einer Decke umwickelte sie die Waden ein weiteres Mal. Anschließend setzte sie sich ans Kopfende des Betts und strich ihm die Haare aus dem Gesicht. »Dass wir uns aber auch immer um dich sorgen müssen.«

Friedrich war wieder eingeschlafen. Er atmete durch den offenen Mund, was dazu führte, dass er wiederholt leise röchelte.

Kurz darauf kam der Vater herbeigeeilt. Die steile Falte auf seiner Stirn verriet seinen Kummer. »Sie haben einen Boten geschickt«, sagte er atemlos. »Es sollte nicht länger als eine halbe Stunde dauern, bis ein Arzt eintrifft.«

Hanna legte ihm beruhigend die Hand auf den Arm. »Seien Sie unbesorgt, Vater. Die lange Reise hat ihn geschwächt, aber es ist sicher nur eine Erkältung. Friedrich hat schon viel Schlimmeres überstanden.«

Anton Grieb nickte und ließ sich schwer auf einen Sessel fallen, der neben dem Fenster stand. »Du hast ja recht, Liebes. Aber der Zeitpunkt ist denkbar ungünstig. Ich wollte heute mit ihm in die Rosenstraße fahren, um einen Termin beim Maschinenbauer zu vereinbaren.«

»Dem steht doch nichts im Wege, Vater. Wir warten die Untersuchung des Doktors ab. Anschließend machen Sie sich auf den Weg zur Terminabsprache, und ich bleibe mit Sophie bei Friedrich. Mit der richtigen Medizin ist er sicher schnell wieder auf den Beinen.«

Der Arzt, der Friedrich kurz darauf untersuchte, konnte Entwarnung geben. Der Junge hatte sich auf der Reise eine Erkältung eingefangen, und der Husten war selbstverständlich überaus lästig. Es wäre jedoch nicht davon auszugehen, dass es zu schwerwiegenden Komplikationen käme.

»Ich schreibe Ihnen einen Saft für die Nacht auf. Der sollte den Hustenreiz lindern. Dazu eine Salbe, die Sie bitte auf die Brust auftragen und mit einem sauberen Tuch abdecken. Darüber ist die Nachtwäsche zu tragen. Achten Sie auf ausreichend Frischluft im Zimmer, und ich verordne eine strikte Bettruhe von drei Tagen. Dann sehe ich mir den Patienten noch einmal an und entscheide über die weitere Behandlung.«

Die Mädchen vertrieben sich den Vormittag am Krankenbett mit einem Damespiel, das Sophie wohlweislich für kalte Herbstabende auf dem Hotelzimmer eingepackt hatte. Hanna war erleichtert, als der Vater nach seiner Rückkehr vorschlug, die Krankenwache zu übernehmen, damit die Mädchen einen Spaziergang unternehmen könnten. »Und wenn ihr zurück seid, haben wir einiges zu besprechen.«

»Könnten wir das nicht einfach jetzt besprechen?«, fragte Hanna neugierig.

»Könnten wir. Aber ich will erst abwarten, ob Friedrichs Fieber nicht doch schneller sinkt als erwartet. Seid ihr heute Abend zurück, wissen wir mehr und können den Verlauf der restlichen Woche überdenken. Und jetzt hinaus mit euch.«

Direkt vor dem Hotel stiegen Hanna und Sophie in eine Droschke, ohne zu wissen, wohin sie überhaupt wollten. Einig waren sich die Mädchen nur darüber, dass sie nicht länger in der zugigen Kutsche verweilen wollten als unbedingt nötig.

»Eine Stadtrundfahrt ist bei diesen kalten Temperaturen ausgeschlossen«, sagte Hanna und wandte sich dann an den Kutscher. »Vielleicht können Sie uns ein hübsches Kaffeehaus oder eine Gastwirtschaft empfehlen?«

Der Kutscher zog seine Kappe vom Kopf, presste sie gegen seine Brust und deutete eine Verbeugung an. Dann antwortete er in breitestem Sächsisch: »Die Speisen der *Kutscherschenke* sind vortrefflich, doch gehen dort eher Dienstboten, Knechte und Kutscher ein und aus. Damen Ihres Standes möchte ich zu einem Besuch in der *Kurfürstenschenke* raten.«

Die Mädchen warfen sich einen überraschten Blick zu, behielten aber für sich, welchem Stand sie in Wirklichkeit angehörten.

»Also gut, dann in die *Kurfürstenschenke*«, rief Sophie.

In der Kutsche stieß sie Hanna fröhlich ihren Ellbogen in die Seite. »Die Tochter eines Seifensieders und eine angehende Krankenpflegerin sind also zu fein für die *Kutscherschenke*«, lachte sie.

»Das muss an den Kleidern liegen«, gab Hanna zurück.

Kurz darauf saßen die Mädchen bei einem Becher heißer Trinkschokolade beisammen und plauderten. Die Aufregung des Morgens verflog nur langsam, und immer wieder kamen sie auf Friedrichs Gesundheitszustand zu sprechen. Und so gern sich Hanna auch etwas anderes einzureden versuchte, sie musste zugeben, dass die Sorge um den jüngeren Bruder mit jeder Unpässlichkeit, die ihn heimsuchte, zunahm.

»Für seine Gesundheit würde ich liebend gern auf ein Leben als Seifensiederin verzichten«, seufzte sie.

Sophie legte ihr behutsam die Hand auf den Arm. »Ich fürchte, es wird genau andersherum sein. Am Ende wird der wiederkehrende kränkliche Zustand deines Bruders dazu führen, dass dein Vater dich als Nachfolgerin in Betracht ziehen muss.«

Hanna schüttelte energisch den Kopf. Nichts wünschte sie sich mehr als ein Leben in ihrer eigenen Seifensiederei. Doch wenn dies nur möglich war, weil Friedrichs Kräfte nicht ausreichten, würde sie liebend gern darauf verzichten.

»Er ist noch sehr jung. Sicher wird er mit zunehmendem Alter stärker. Vielleicht könnt ihr ja den väterlichen Betrieb als Geschwister weiterführen.«

Hanna nickte abwesend. Für den Moment wollte sie jeden Gedanken an Friedrich verdrängen, denn es schmerzte zu sehr. Sie nippte an der heißen Schokolade, gab ein genießerisches »Hm« von sich und schloss die Augen. Der herb-süße Geschmack, der sich auf ihrer Zunge ausbreitete, brachte sie zum Schwärmen. »Welch ein Genuss!«

»Das ist meine allererste Trinkschokolade überhaupt«, sagte Sophie, die ebenso angetan war wie Hanna. »Hätte ich gewusst, wie köstlich heiße Schokolade schmeckt, hätte ich sie schon vor Jahren gegen Tee und Malzkaffee eingetauscht.«

In diesem Moment erklang ein tiefes Lachen vom Nebentisch. Sophie beugte ihren Oberkörper leicht zur Seite, um an Hanna vorbeizuschauen, die soeben das Rücken eines Stuhls hinter sich vernahm.

»Verzeihen Sie, die Damen!« Ein hochgewachsener

Mann mit gezwirbeltem Schnauzbart und sorgfältig gescheiteltem schwarzem Haar trat an ihren Tisch. Hanna schätzte ihn auf Ende zwanzig, möglicherweise auch Anfang dreißig.

»Ich konnte nicht umhin, Ihrer Verzückung ob der Trinkschokolade zu lauschen. Darf ich Ihnen sagen, dass mich Ihr Urteil überaus glücklich macht?«

Hanna bemerkte sofort, dass der Herr zwar sie beide ansprach, seine Aufmerksamkeit aber allein Sophie galt. Sie lächelte vergnügt vor sich hin, und da die Freundin errötend auf die Tischplatte blickte, übernahm sie es, das Gespräch in Gang zu halten.

»Und warum genau macht Sie das glücklich?«

»Mein Name ist Karl Richard Jordan«, gab der Mann zurück. Hanna wusste nicht recht, was sie mit dieser Antwort anfangen sollte, doch glücklicherweise hatte in diesem Moment auch Sophie ihre Sprache wiedergefunden.

»Sehr erfreut. Das ist meine Freundin Hanna Grieb, und mein Name ist Sophie Hübscher. Ich fürchte, wir verstehen immer noch nicht recht.«

Karl Jordan hob erstaunt seine Augenbrauen und lächelte dann, als würde ihm gerade ein Licht aufgehen. »Das, was Sie da so genüsslich schlürfen, ist eine echte Dresdner Spezialität aus der Schokoladenfabrik Jordan & Timaeus.«

»War Ihr Nachname nicht Jordan?«, platzte Sophie heraus.

Der Mann nickte leicht und lächelte. »So ist es. Zusammen mit seinem Geschäftspartner gründete mein Vater Gottfried die Schokoladenmanufaktur. Sie sind nicht aus der Gegend, nehme ich an?«

»Nein«, gab Sophie zurück und blickte dann zu Hanna.

»Wir kommen aus Rothenburg ob der Tauber. Mein Vater hat geschäftlich hier zu tun, und so nutzen wir die Zeit, um Ihre wunderschöne Heimat ein wenig kennenzulernen.«

Der vornehme Herr griff lächelnd in seinen Brustbeutel und zog zwei kleine Täfelchen heraus. »Darf ich Ihnen die Freude eines weiteren Genusses machen? Die Rezeptur für diese Vollmilchschokolade hat mein Vater höchstpersönlich entwickelt, sie besteht aus Kakao, Zucker und Eselsmilch. Es gibt sie bereits seit sechsundzwanzig Jahren. Vielleicht möchten die Damen ja auch eine unserer Verkaufsstellen aufsuchen?«

Wieder fiel Hanna auf, dass Karl nur Augen für Sophie hatte. In diesem Moment dachte sie nicht daran, das Wort zu ergreifen, wäre es doch an Sophie, auf das Angebot des Mannes einzugehen – oder eben nicht.

Sie griff nach der Schokoladentafel auf dem Tisch und besah sich die Verpackung, die in Beige gehalten war und ein Mädchen in einem roten Kleid zeigte, das Kakaobohnen in ihrer Kittelschürze auffing.

»Wir kennen uns hier leider nicht aus«, gab Sophie zu bedenken.

Hanna ahnte, dass die Freundin mit sich rang, schlug ihr Herz doch noch immer für Theodor. Die Tatsache, dass die beiden seit dem Herbstball kein einziges Wort miteinander gewechselt hatten, dürfte jetzt allerdings der Grund sein, warum Sophie es in Betracht zog, der Einladung des Fabrikantensohnes zu folgen.

»Wenn Sie mir mitteilen, wo Sie abgestiegen sind, schicke ich Ihnen eine Kutsche, die Sie abholt. Sagen wir morgen um zwei Uhr? Ich werde Sie persönlich in unserem Verkaufsraum am Kaiser-Wilhelm-Platz erwarten, und es wäre mir eine außerordentliche Freude, Sie in unsere köstliche Vielfalt einzuführen.«

Da Sophie zögerte, antwortete Hanna für sie. »Wir wohnen im *Rothenburger Hof.*«

Karl Jordan verneigte sich erneut und verabschiedete sich dann mit einem verklärten Lächeln, das er Sophie schenkte.

»Ich glaube nicht, dass diese Einladung auch mir galt«, gluckste Hanna, nachdem er verschwunden war.

»Tut mir leid. Sein Verhalten war dir gegenüber wirklich ausgesprochen unhöflich.«

»Ach was!«, rief Hanna und klatschte übermütig in die Hände. »Du musst der Einladung dieses Herrn in jedem Fall folgen. Ein Verehrer wie er wird dir die Tage hier im wahrsten Sinne des Wortes versüßen.« Sie zog anzüglich ihre Augenbrauen in die Höhe und hauchte ihrer Freundin »O meine liebreizende Sophie« zu. Dann brachen beide zeitgleich in Gelächter aus.

Als sie sich wieder beruhigt hatten, deutete Sophie auf eines der Schokoladentäfelchen und sah Hanna fragend an. Ihr winziges Nicken reichte. Sophie riss die Verpackung gierig auf und brach die Schokolade in zwei Hälften.

Hanna biss in die Tafel, als wäre sie eine Scheibe frisches Brot. Sie kaute und spürte die grob gemahlenen Kakaobohnen auf der Zunge.

»Macht durstig«, kommentierte sie lachend.

Voller Genuss aßen die Mädchen gemeinsam die erste Tafel Schokolade ihres Lebens. Körnig in der Konsistenz und dabei bitter und süß zugleich schmolz die braune Masse langsam im Mund und ließ Hanna und Sophie mit einem zufriedenen Lächeln zurück.

27

Dienstag, 7. November 1865

Hanna Die Hoffnung, die Hannas Vater in die schnelle Genesung seines Sohnes gesetzt hatte, erfüllte sich nicht. Am Abend hatte Friedrich noch immer im Fieber gelegen, und als sich sein Zustand auch am nächsten Morgen noch nicht wesentlich gebessert hatte, nutzte Hanna am Frühstückstisch die Gunst der Stunde und lenkte das Gespräch auf die geschäftlichen Termine des Vaters.

»Wir sind gestern nicht mehr dazu gekommen«, begann sie. »Aber Sie wollten etwas mit mir besprechen. Erinnern Sie sich?«

Anton nickte und köpfte dann sein Frühstücksei mit einem gekonnten Messerschlag. »Jetzt, da dein Bruder krank ist, möchte ich, dass du mich zu C. E. Rost begleitest.«

»Aber gern, Vater.«

Hanna warf Sophie, die ebenfalls am Tisch saß, einen triumphierenden Blick zu. Dann widmete sie sich ausgiebig ihrer Frühstückssemmel und vermied es, mehr als nötig zu sagen, zu groß war ihre Sorge, dass der Vater ihr ihre Freude anmerken würde.

»Gut. Wir werden um elf Uhr erwartet.« Der Vater sah

auf die große Standuhr, die neben der Tür des Speisesaals stand.

»Genug Zeit, um fertig zu essen und dafür zu sorgen, dass auch Friedrich etwas zu sich nimmt. Ich werde pünktlich um zehn abfahrbereit sein.«

Anton kratzte den Rest Ei aus der Schale, kippte noch einen Schluck Kaffee hinterher und entschuldigte sich mit den Worten, er hätte noch einige Vorbereitungen zu treffen.

»Mein Glück, dass du mit deinem Vater unterwegs sein wirst«, murmelte Sophie mit vollem Mund. »So muss ich wenigstens nicht darüber nachgrübeln, ob ich die Einladung von diesem Karl Jordan nicht doch annehmen sollte. Ich habe mich während eurer Abwesenheit um Friedrich zu kümmern.«

Missbilligend zog Hanna ihre Augenbrauen zusammen. »Das kommt überhaupt nicht infrage. Erstens glaube ich nicht, dass die Besichtigung so lange dauern wird. Und zweitens: Selbst wenn wir bis zwei Uhr nicht zurück sind, kann Friedrich doch wohl kurze Zeit allein bleiben. Bitte einen Pagen darum, alle halbe Stunde nach ihm zu sehen, wenn du das Hotel verlässt. Mein Bruder wird schlafen, dabei muss er nicht rund um die Uhr bewacht werden, es handelt sich doch wirklich nur um eine Stunde – wenn überhaupt.«

Sophie presste ihre Lippen aufeinander und schwieg.

»Wenn du darauf bestehst, könnte ich später nachkommen«, bot Hanna an, weil sie vermutete, dass es der Freundin möglicherweise auch darum ging, dass sie diesen Karl Jordan überhaupt nicht kannte und ein Treffen mit ihm allein auch leichtsinnig sein könnte.

»Das würdest du tun?« Ihre Miene hellte sich auf.

»Nicht, dass ich besorgt wäre, immerhin treffen wir uns ja in einem Verkaufsraum, in dem auch andere Kundschaft zugegen sein dürfte. Aber man weiß ja nie. Am Ende ist er ein unsympathischer Kauz, und ich brauche dich als rettende Fluchtmöglichkeit.«

»Oder er ist der Mann deiner Träume, und heute findest du es heraus.«

Hanna und ihr Vater waren überpünktlich. Nachdem sich in der Rosenstraße zunächst zwei- und dreistöckige Wohnhäuser aneinandergereiht hatten, wurde die Straße gegen Ende hin breiter, und die Wohnhäuser verschwanden.

Der Kutscher drosselte das Tempo, und trotz des kalten Windes konnte Hanna ihre Neugier nicht zügeln. Sie streckte ihren Kopf aus dem Fenster der Droschkentür und brauchte einen Moment, um ihr Erstaunen in Worte zu fassen.

»Vater!«, rief sie und zog ihren Kopf wieder in den Wagen. »Haben Sie so etwas schon einmal mit eigenen Augen gesehen?«

Anton sah hinaus. »Groß«, sagte er schlicht.

»Groß? Das ist überwältigend!«, widersprach sie lachend. Ihr Vater war noch nie ein Mann vieler Worte gewesen. »Das ist das größte Fabrikgelände, das ich je gesehen habe.«

»Das einzige, wenn ich es recht bedenke«, gab er zurück.

Hanna nickte. Natürlich hatte der Vater recht. In ihrer Heimatstadt gab es wohl den einen oder anderen florierenden Handwerksbetrieb. Aber eine echte Fabrik hatte sich bisher noch nicht angesiedelt. Allein der Anblick der weitläufigen Anlage, der unterschiedlich großen Gebäude und der riesigen, rauchenden Schornsteine, die dort herausragten, trieben Hannas Puls in die Höhe. Sie atmete die rußige Luft ein und seufzte fasziniert.

Das war sie also, die Industrialisierung, von der alle Welt sprach, die bisher aber um Rothenburg einen weiten Bogen gemacht hatte. Einen Moment lang schloss sie die Augen. Nur ein einziges der eher mittelgroßen Gebäude würde schon ausreichen, um aus dem Handwerksbetrieb des Vaters eine echte Fabrik zu machen. Sie stellte sich vor, wie wunderbar sich ein solch rotes Backsteingebäude in ihrer Heimatstadt machen würde. Hanna sah wieder aus dem Fenster.

»Sehen Sie nur!«, rief sie. »Hier führen sogar Schienen um das Gelände. Sie haben einen eigenen Güterbahnhof für ihre Maschinen. Stellen Sie sich nur vor: So etwas für unsere Seife! Wäre das nicht wunderbar?« Hanna spürte die Hitze, die ihr in die Wangen stieg, und in ihrer Aufregung presste sie ihre Fäuste fest gegen die Brust.

»Du und deine ewigen Träumereien.«

Die Stimme ihres Vaters klang griesgrämig. Sie wusste, dass sie ihre Begeisterung fortan besser zügelte, denn für Anton Grieb war es bereits ein sehr großer Schritt gewesen, überhaupt einer Besichtigung der Kühlkästen zugestimmt zu haben. Ihm jetzt mit Visionen einer Seifenfabrik, inklusive eigenem Gleisanschluss, zu kommen, wo doch Rothenburg selbst noch nicht einmal an ein Schienennetz angeschlossen war, würde ihm sicher nicht gefallen und im schlimmsten Fall sogar dazu führen, dass er sofort einen Rückzieher machte.

»Ich bin nur aufgeregt. Ich hätte nicht gedacht, so etwas je zu Gesicht zu bekommen.« Sie lächelte und behielt all die Gedanken, die jetzt in ihrem Kopf kreisten, für sich. Sie wusste allerdings, dass sie deswegen nicht einfach wieder verschwinden würden. Sie würde sich jedes Detail, das sie heute zu sehen bekam, einprägen. Vielleicht machte sie sich im Anschluss an die heutige Besichtigung sogar Notizen. Es war sicher nicht verkehrt, ihre Eindrücke für einen späteren Zeitpunkt festzuhalten und so dafür zu sorgen, dass sie nichts davon vergaß.

Die Begehung, von der sich Hanna so viel versprochen hatte, fiel weit kürzer aus als gedacht. Ein Vorarbeiter, der sich als Tim Knauer vorstellte, führte sie lediglich in ein einziges Gebäude. Dort standen diverse Eisenkästen in verschiedenen Größen. Herr Knauer wirkte hektisch, woraus Hanna schloss, dass er weder Zeit noch Lust hatte, ihnen das gesamte Gelände zu zeigen.

»Ich wurde kurzfristig gebeten, Sie herumzuführen, habe also keine Ahnung, was genau Sie wissen möchten«, erklärte er, als wollte er ihre Vermutung bestätigen.

»Nun, wir wissen, dass Sie verschiedenste Maschinen für die Seifenfabrikation herstellen«, begann Anton.

Der Mann nickte. »Wir sind eine Eisen- und Metallgießerei und fertigen neben Maschinen für die Seifenherstellung auch solche für Kerzengießereien sowie Destillations- oder Rührapparate an. Wofür genau interessieren Sie sich?«

Hanna wollte gerade den Mund öffnen, um mit einer Antwort herauszuplatzen, doch ihr Vater hob mahnend die Augenbrauen und schüttelte den Kopf.

»Wir sind eine kleine Seifensiederei und interessieren uns lediglich für Ihre Kühlapparaturen.«

»Sicher?«, fragte der junge Mann überrascht. »Vielleicht möchten Sie sich ja auch unsere Schneide- und Mischmaschinen ansehen? Oder vielleicht unsere Apparatur zum Pilieren Ihrer Seife? All diese Geräte erleichtern die Arbeit ungemein. Die Produktion würde nicht nur einfacher, sondern auch um ein Vielfaches schneller vonstattengehen. Davon abgesehen ...«

»Danke, aber das ist nicht nötig«, unterbrach Anton den plötzlichen Redeschwall des Vorarbeiters. »Für dererlei Maschinen ist meine Siederei zu klein. Nur die Kühlkästen, bitte.«

»Ganz, wie Sie wünschen«, antwortete der Mann. Mit langen Schritten lief er voraus und deutete dabei vage ans hintere Ende der Fabrikhalle. Vor einem mannshohen Metallkasten blieb er schließlich stehen. »Dies ist unser Standardmodell aus Eisen, das wir Ihnen in Größen von fünfundzwanzig Kilo bis hin zu fünfhundert Kilo Fassungsvermögen anfertigen können. Auf Wunsch versehen wir den Kühlkasten auch gern mit Rädern, sodass Sie ihn jederzeit problemlos umstellen können.«

Herr Knauer erklärte ihnen die Einzelheiten der Maschine, und zum ersten Mal, seit sie das Gebäude betreten hatten, hatte Hanna das Gefühl, dass ihr Vater seine Skepsis ablegte und sich wahrhaftig für die Funktionsweise der Maschine interessierte. Am Ende der Ausführungen glänzten nicht nur die Augen des Vorarbeiters, sondern auch die ihres Vaters.

Umso entsetzter war sie, als Anton das Wort ergriff: »Nun, ich wäre Ihnen sehr dankbar, wenn Sie uns Angebote für drei verschiedene Größen zukommen ließen. Ich denke an fünfzig, hundert und zweihundertfünfzig Kilo. Neben dem Preis brauche ich natürlich auch die

Maße, um zu sehen, wo ich ein solches Monstrum unterbringen könnte.«

»Dann werden Sie also eine unserer Maschinen erwerben?«

»Wir werden sehen«, bremste Anton die Freude des Mannes. »Eine solche Investition will gut überlegt sein.«

Der Vorarbeiter konnte die Überraschung über diese Absage kaum verbergen, doch er blieb höflich. »Wie recht Sie haben, Herr Grieb. Ich werde veranlassen, dass die gewünschten Angebote nebst weiterer Informationen Sie bis Ende des Monats auf postalischem Wege erreichen. Ihre Anschrift haben wir.«

Schon kurz darauf waren sie wieder auf dem Weg zurück ins Hotel, und Hanna konnte ihre Enttäuschung kaum verbergen.

»Warum ziehst du so ein Gesicht?«, fragte ihr Vater.

»Ich verstehe Sie nicht«, platzte sie heraus. »Ich dachte, Ihr Entschluss zum Kauf stünde längst fest. Wir hätten heute schon unterschreiben können. Das Gießen der Maschinenteile und der Zusammenbau werden viel Zeit in Anspruch nehmen. Das und Ihr Zögern werden uns ein weiteres Jahr kosten!« Sie hatte nicht bemerkt, wie laut ihre Stimme geworden war, doch die Zornesfalte auf der Stirn ihres Vaters verriet ihr, dass sie zu weit gegangen war.

»Noch führe ich die Geschäfte!«, presste er hervor. »Dass du heute dabei sein durftest, heißt nicht, dass sich an dieser Tatsache irgendetwas geändert hätte.«

Hanna schluckte und wandte sich ab, um ihre Wut unter Kontrolle zu bringen. Nachdem sich ihr Puls beruhigt hatte, drehte sie sich wieder zu ihrem Vater um.

»Bitte entschuldigen Sie. Das muss die Aufregung sein.

Die Vorstellung, dass Sie wirklich irgendwann eine solch moderne Apparatur Ihr Eigen nennen könnten, hat mich einfach nur so mit Stolz erfüllt.« Sie legte ihre Hand auf seinen Arm, doch diesmal hatte er sie durchschaut.

»Du brauchst mir keinen Honig in den Bart schmieren. Dein Drang nach Fortschritt ist mir nicht neu. Auch nicht, dass du alles daransetzt, um mich dahingehend zu beeinflussen. Ich wiederhole es gern: Die Entscheidungen treffe ich!«

Enttäuscht zog Hanna ihre Hand zurück und starrte aus dem Fenster. Nieselregen hatte eingesetzt, und die Straßen, in denen der rote Klinker auf dem Hinweg noch in der Sonne geleuchtet hatte, waren nun grau und wirkten schmutzig und heruntergekommen. Ihre Euphorie war verflogen.

28

Dienstag, 7. November 1865

Sophie Sophie wollte gerade in die Kutsche einsteigen, die Herr Jordan ihr geschickt hatte, als eine weitere Droschke hinter ihrer zum Stehen kam.

»Sophie, warte!«

Hanna und Anton Grieb stiegen aus. Sophie hob die Hand zum Gruß, doch keiner der beiden reagierte darauf.

»Wie geht es Friedrich?«, erkundigte sich Anton.

»Er ist wach und hat ein wenig Suppe zu sich genommen.«

»Schön. Ich werde sofort nach ihm sehen«, sagte er eher zu sich selbst als zu Sophie. Erst dann schien ihm aufzugehen, dass sie gerade dabei gewesen war, das Hotel zu verlassen. »Du hast noch etwas vor?«

»Mir wurde die einheimische Schokolade von Jordan & Timaeus empfohlen. Ich wollte deren Verkaufsraum aufsuchen und mich ein wenig umsehen.«

»Hervorragende Idee«, rief Hanna. »Ich begleite dich.« Sie wandte sich an ihren Vater. »Ist das in Ordnung?«

»Selbstverständlich, geht nur«, sagte Anton und ließ sie ohne ein weiteres Wort stehen.

»Möchtest du erzählen, was passiert ist?«, fragte Sophie, nachdem die Mädchen in der Kutsche saßen.

»Du solltest eher fragen, was nicht passiert ist!«, rief Hanna empört. »Unsere Reise war umsonst.«

»Dann wird dein Vater doch keine Kühlapparatur kaufen?«

»Oh, er hat sich alles ausführlich zeigen lassen, nur um dem armen Mann dann zu sagen, dass er Bedenkzeit braucht und erst einmal um Angebote bittet.«

Sophie zog grübelnd die Brauen zusammen. »Nun, das klingt in meinen Ohren aber nicht nach einer Absage.«

»Aber nach vertaner Zeit! Überleg doch nur: Vor Ende des Monats wird das Angebot uns nicht erreichen. Dann erst kennt Vater den Preis, über den er sicher weitere Wochen brüten muss. Sollte er sich zum Kauf durchringen, muss die Maschine erst produziert und geliefert werden. Vater vergeudet so mindestens ein halbes Jahr, wenn nicht gar mehr.«

Sophie lachte und schüttelte verständnislos den Kopf. »Hanna Grieb, du bist der ungeduldigste Mensch, den ich kenne. Ich habe keine wirkliche Ahnung davon, denke aber, dass eine solche Maschine teuer sein dürfte. Natürlich muss dein Vater eine Investition dieser Größenordnung überdenken.«

Hanna gab ein entnervtes Grunzen von sich. »Jetzt klingst du schon wie er!«

Bevor Sophie auf den Vorwurf ihrer Freundin reagieren konnte, kam die Droschke zum Stehen. Hanna bezahlte den Kutscher und warf einen Blick ins Ladenfenster.

»Schon die Auslage sieht köstlich aus. Lass dich gut beraten.«

»Kommst du nicht mit hinein?«, fragte Sophie überrascht.

»Später. Ich brauche erst einmal ein wenig frische Luft.

Das zögerliche Verhalten meines Vaters hat mir gehörig die Laune verdorben. Nach einem kurzen Spaziergang geht es mir sicher besser.«

»Hanna, du wirst dich genauso erkälten wie dein Bruder! Es nieselt ununterbrochen, und der Wind, der durch die Gassen pfeift, ist eisig.«

»Ich bin sehr viel robuster als Friedrich. Sei unbesorgt. Im Übrigen wäre ich im Moment keine gute Gesellschaft. Gib mir eine halbe Stunde, dann stoße ich zu dir und verspreche, bis dahin wieder bestens gelaunt zu sein.«

Mit einem schiefen Lächeln ließ Hanna sie stehen. Sophie sah ihr einen Augenblick kopfschüttelnd nach, bevor sie sich dem Laden zuwandte. An der Tür hing ein Schild mit der Aufschrift »Chocolade- und Cichorienfabrik Jordan & Timaeus«, und Sophie ging auf, dass hier offenbar nicht nur süße Leckereien verkauft wurden, sondern auch Zichorienkaffee. Nach der Auslage zu urteilen, kamen auch noch Nudelprodukte dazu, die hübsch verpackt ebenfalls im Schaufenster zu sehen waren.

»Fräulein Sophie, es ist eine Freude, Sie zu sehen«, hörte sie die Stimme von Karl Jordan. »Bevor ich mich ganz Ihnen widme, erlauben Sie mir die Frage, was Ihre Freundin vorhat.«

»Sie braucht etwas frische Luft, befürchte ich. In einer halben Stunde wird sie wieder zu uns stoßen.«

»Verstehe, nun, dann wird Anna sie begleiten.« Karl lief eilig hinter den Verkaufstresen und öffnete eine Tür, die in ein Hinterzimmer führte. »Fräulein Winkler? Kommen Sie bitte sofort zu mir. Und wenn Sie einen Regenschirm mitbringen könnten?«

Kurz darauf stand ein junges Mädchen mit krausen roten Locken und vorwitzigen Sommersprossen im Laden.

»Bitte eilen Sie der jungen Dame hinterher. Vor der Tür nach links, sie heißt Hanna Grieb und trägt ein dunkelblaues Cape über einem weinroten Kleid. Bitte geleiten Sie sie sicher und möglichst trocken durch die Straßen und, sobald sie es wünscht, wieder hierher zurück.«

»Selbstverständlich, Herr Jordan.« Eilig warf Anna sich ein Regencape über, spannte den Schirm auf und lief hinaus.

Sophie musste zugeben, dass Karls Fürsorge sie rührte. Gleichzeitig ahnte sie, dass Hanna diese Bevormundung sicher nicht gutheißen würde.

»Das wäre doch nicht nötig gewesen«, sagte sie lächelnd.

»Aber natürlich ist es das. Sie haben mir gestern erklärt, dass Sie sich in unserem schönen Dresden nicht auskennen. Es ist nass und neblig, und nicht alle Gassen sind ungefährlich. Ich möchte mir hinterher nicht vorwerfen müssen, dass mein Wunsch, Sie wiederzusehen, Ihre Freundin in Gefahr gebracht hat.«

»Nun, dann danke ich Ihnen herzlich, Herr Jordan.«

Der Mann nickte leicht, bat Sophie um ihren Mantel und hängte ihn auf einen Ständer neben der Eingangstür.

»Ich bin überglücklich, dass Sie meiner Einladung gefolgt sind, obgleich ich doch ein Fremder für Sie bin, Fräulein Hübscher.«

»Ich gebe zu, dass ich zunächst nicht sicher war.«

Karl nickte verständnisvoll. »Eine fremde Stadt, ein gänzlich fremder Mann – eine solche Entscheidung sollte eine junge Frau nicht leichtfertig treffen.«

Sophie wusste darauf nichts zu sagen. Einerseits war sie angetan von seiner Fürsorglichkeit. Andererseits fühlte sie sich plötzlich wie ein Kind, das von seinem Vater belehrt wurde. Sie war schlicht und ergreifend nicht gewohnt, ein solches Thema mit einem Mann zu besprechen.

»Haben Sie denn einen Wunsch, was Sie als Allererstes probieren möchten, Fräulein Hübscher?«

Sie zuckte mit den Schultern und sah sich um. Der Anblick von Schokoladentafeln, Pralinen und mit Kakaoglasur überzogenem Gebäck machte es ihr unmöglich, sich zu entscheiden.

»Es sieht alles köstlich aus«, seufzte sie. »Vielleicht eine Praline?«

Karl nickte und bat Sophie, sich zu setzen. Erst jetzt bemerkte sie, dass das Ladenlokal offenbar Verkaufsraum und Kaffeehaus in einem war. Im hinteren Bereich standen fünf runde Tische mit jeweils zwei Stühlen. Sie nahm Platz und beobachtete Karl dabei, wie er mit einer Zange allerlei Köstlichkeiten auf ein schmales Silbertablett legte.

»Ich empfehle Ihnen ein Glas Milch oder einen schwachen Kräutertee, um zwischendurch den Geschmack der verschiedenen Schokoladen- und Kekssorten zu neutralisieren.«

»Tee bitte.«

Fasziniert beobachtete sie, dass er bestens vorbereitet war. Am rechten Rand des Verkaufstresens stand ein großer, silberner Samowar, aus dem er nun bereits heißes Wasser in eine mit Blumen verzierte Tasse laufen ließ. Kurz darauf saß er ihr gegenüber und sah lächelnd dabei zu, wie sie sich durch die Leckereien probierte und immer wieder genüssliche Laute von sich gab.

»Es ist eine solche Freude, Ihnen zuzusehen.«

Sophie lachte, um ihre Verlegenheit zu überspielen.

»Ich befürchte nur, dass ich schon bald keinen weiteren Bissen mehr vertrage.«

»Glauben Sie mir, ich weiß, was Sie meinen, Fräulein Hübscher. Ich kann die Male kaum noch zählen, die ich mir den Magen verdorben habe, weil meine Gier zu groß war.«

Er erhob sich, füllte ihre Teetasse am Samowar auf und setzte sich wieder zu ihr.

»Sie wissen inzwischen so einiges über mich. Möchten Sie vielleicht auch das eine oder andere von sich preisgeben?«

Sophie griff nach der Teetasse und blies behutsam hinein, bevor sie einige Schlucke trank. Mit klopfendem Herzen warf sie Karl Jordan einen kurzen Blick zu. Noch nie zuvor war sie mit so viel Verehrung und Höflichkeit behandelt worden. In Rothenburg war sie als elternloses Pflegekind bekannt. Für den Sohn des hiesigen Schokoladenfabrikanten war sie allerdings ein gänzlich unbeschriebenes Blatt. Sie könnte dem Mann alles erzählen, er würde es kaum überprüfen können. Doch natürlich war das nicht ihre Art. Sie hatte lange genug gebraucht, um mit sich und ihrer Vergangenheit ins Reine zu kommen. Sie schämte sich nicht mehr dessen, wer oder was sie war, und wusste, wie sie ihr Leben gestalten wollte.

Sie hatte sogar ausgehalten, dass Theodor sich von ihr abgewendet hatte – der Mann, für den ihr Herz schlug, seit sie bei den Hartmanns eingezogen war. Sicher würde sie es nun auch aushalten, dass ein gänzlich Fremder möglicherweise die Nase rümpfte, wenn er ihre Geschichte erfuhr.

»Zu gern würde ich Ihnen einige amüsante Anekdoten aus meinem Leben auftischen. Ich fürchte allerdings, die Realität gibt das nicht her.« Sie trank einen weiteren

Schluck Tee und sah eine Weile schweigend aus dem Fenster. Der Nebel war dichter geworden, und das triste Grau vor der Tür entsprach ihrer plötzlich melancholischen Stimmung.

»Ich bin fast neunzehn Jahre jung und eine Waise, Herr Jordan. Mein Vater war einst ein angesehener Leihhausverwalter und Textilfabrikant. Er ging jedoch pleite und verlor alles. Als ich fünfzehn war, gab es ein Feuer, bei dem meine Eltern ums Leben kamen. Glücklicherweise boten mir Bekannte meines Vaters ein Dach über dem Kopf und nahmen mich auf.«

Sie sah ihn schweigend an und gab ihm so Gelegenheit, das Gehörte zu verarbeiten. Sie rechnete damit, dass er sie nun schnellstmöglich abwimmeln würde, gehörte sie doch ganz offensichtlich nicht zu seinem Stand.

Doch nichts dergleichen passierte. Stattdessen griff Karl Jordan über dem Tisch nach ihrer Hand, drückte sie kurz und fest und zog sogleich seine Hand diskret wieder zurück. »Mein Beileid zu Ihrem Verlust, Fräulein Hübscher. Und wenn ich mir diese Bemerkung erlauben darf: Ich bewundere Sie für Ihre Stärke.«

»Meine Stärke?«, fragte sie überrascht.

»Jawohl. Es zeugt von ebendieser, eine solche Last zu tragen und dabei so aufgeschlossen und neugierig durchs Leben zu gehen, wie Sie es augenscheinlich tun. Nie hätte ich ein solches Schicksal vermutet.«

Sophie dachte über die Worte des Mannes nach. Sie hatte sich selbst nie als stark gesehen, und diese Einschätzung wunderte sie und schmeichelte ihr zugleich.

»Ihre Pflegefamilie hat Sie sicher sehr ins Herz geschlossen«, sagte Karl Jordan lächelnd. »Wie könnten sie auch nicht?«

Sophie wusste, dass er auf diese Frage keine Antwort erwartete. Seufzend dachte sie daran, dass sich die Sympathie der Hartmanns schon bald ins Gegenteil verkehren könnte.

»Habe ich etwas Falsches gesagt?«, fragte Karl, der ihre geänderte Stimmung sofort gespürt haben musste.

»Nicht doch«, gab Sophie lächelnd zurück. »Ich dachte nur soeben daran, dass diese Reise das Ende meines bisherigen Lebens markiert.«

Karl Jordan riss entsetzt seine Augen auf, und sie merkte, dass ihre Worte falsch angekommen sein mussten.

»Ich bitte um Verzeihung, das klang melodramatischer als beabsichtigt. Es ist nur so, dass ich nach unserer Rückkehr ein neues Kapitel aufschlagen werde und diese Tatsache mit meinen Pflegeeltern noch nicht besprochen habe.«

Karl ließ erleichtert die angespannten Schultern fallen und atmete auf. Sophie sah ihn lange an, und er schien geduldig genug, sie nicht zu einer Antwort zu drängen. Der Sohn des Schokoladenfabrikanten war von gänzlich anderer Erscheinung als Theo. Während Henriettes Bruder mit seinen rötlichen Haaren, den dezenten Sommersprossen und seiner stattlichen Größe etwas Ursprüngliches und Wildes verkörperte, war Karl Jordans Anblick von vornehmer Eleganz geprägt. Sein Haar war perfekt gescheitelt und mit Pomade in Form gebracht, der Schnauzbart gezwirbelt, und die teuren Kleider saßen wie angegossen. Trotzdem strahlte er Zurückhaltung aus. Sie war davon überzeugt, dass er nie etwas Unüberlegtes oder gar Verletzendes sagen würde. Dafür, so erweckte es zumindest den Anschein, war er viel zu gut erzogen worden. In diesem Augenblick beschloss sie, dass sie es darauf ankommen lassen und ihm die Wahrheit sagen würde. Sie hatte nichts zu verlieren, denn sie würde ihn nach ihrer Reise nie mehr wiedersehen. Was kümmerte es sie also, wenn er ihre Pläne ablehnte?

»Vor den Toren unserer Stadt liegt St. Leonhard«, begann sie und erklärte ihm dann in allen Einzelheiten, was sie an diesem Ort vorhatte und wie sie sich ihre Zukunft als Krankenpflegerin im Siechhaus, später womöglich in einem Krankenhaus, vorstellte.

Sie hatte noch gut in Erinnerung, wie Theodor auf diese Neuigkeit reagiert hatte: Wortlos war er davongestürmt und hatte sie mitten auf dem Balkon der *Traube* stehen lassen. Auch in den Tagen und Wochen danach hatte er kein einziges Wort mit ihr gewechselt. Deutlicher hätte er ihr seine Ablehnung nicht zeigen können. Sie hätte wissen müssen, dass ein Mann seines Standes nichts sonderlich viel davon hielt, Arme und Kranke zu verpflegen. Den meisten gut situierten Bürgern waren diese Menschen eher ein Dorn im Auge, und je weniger sie von ihnen sahen, umso besser.

Sophie rührte in ihrer Tasse und wartete darauf, dass Karl eine ähnliche Reaktion an den Tag legte. Doch ihr Gegenüber sagte gar nichts. Sophie bemerkte, dass ihre Hand zittrig wurde. Schließlich hielt sie es nicht mehr aus und sah ihm direkt in die Augen. Zu ihrer Überraschung strahlte er übers ganze Gesicht.

»Ich ahnte es«, sagte er und seufzte fast ergeben. »Sie sind nicht nur wunderschön und aufgeweckt. Sie haben auch ein gutes Herz. Die Frauen, die ich bisher kennengelernt habe, genossen es, sich auf den Verdiensten ihrer Familien auszuruhen. Teestunden mit Klatsch und Stickerei waren und sind in diesen Kreisen an der Tagesordnung.

Kaum eine der Damen käme wohl auf den Gedanken, Kranke in einem Siechhaus zu versorgen. Nun, vielleicht habe ich bisher auch nur die falschen Frauen kennengelernt«, schob er sofort hinterher.

Selbst in einem Moment wie diesem war er noch darauf bedacht, kein böses Wort über andere Menschen zu verlieren, auch wenn er offensichtlich nicht viel von ihnen hielt.

»Fräulein Hübscher«, begann er nach einer kurzen Pause. »Ich weiß, Sie werden schon bald wieder nach Rothenburg zurückkehren. Aber …« Er zögerte, faltete seine Hände, und ehe er sie in den Schoß legte, bemerkte Sophie, dass er nervös seine Finger knetete. »Vielleicht darf ich Ihnen schreiben? Sie womöglich auch einmal besuchen? Es wäre zu schade, wenn unsere Begegnung im Sande verlaufen und zu nichts weiter als einer schönen Erinnerung werden würde.«

Karl setzte sich plötzlich kerzengerade auf, griff nach ihren Händen und drückte sie behutsam. »Bitte, erlauben Sie mir, Ihnen zu schreiben.«

Sophie musste nicht eine Sekunde über ihre Antwort nachdenken. Karls höfliche Verehrung, die Tatsache, dass alles, was sie ihm von sich erzählt hatte, sein Wohlgefallen fand, und das Wissen, dass die Entfernung zwischen ihnen ihr Zeit und Raum lassen würden, um ihn näher kennenzulernen, ließen sie seiner Bitte nachkommen.

»Unter einer Bedingung.« Sie zwinkerte ihm keck zu. »Nennen Sie mich Sophie. Fräulein Hübscher klingt, als sprächen Sie mit einer älteren Tante.«

Karls Augenbrauen schnellten nach oben, und er schob seinen Kopf verdutzt zurück. Dann lachte er plötzlich schallend. »Ich muss mich erst noch daran gewöhnen, dass Sie mit Ihren fast neunzehn Jahren wohl nicht allzu viel Wert auf das höfliche Sie legen.«

»Oh, selbstverständlich lege ich Wert darauf. Doch wenn ich dir schon erlaube, mir zu schreiben, dann könnte das der Beginn einer besonderen Freundschaft werden. Und in diesem Fall bevorzuge ich es, dich bei deinem Rufnamen zu nennen und auch von dir Sophie genannt zu werden.«

Einen Moment lang herrschte völlige Stille zwischen ihnen. Gleichzeitig veränderte sich Karls Mimik. Anstelle des höflich-distanzierten Lächelns machte sich eine innige Wärme auf seinem Gesicht breit. Er strahlte sie an, und um seine Augen bildeten sich winzige Lachfältchen. Es war nicht zu übersehen, dass Sophies Bitte ihn zugleich überraschte und erfreute.

»Ein ausgezeichneter Gedanke, liebe Sophie.«

Er griff nach ihrer Hand, zog sie an seine Lippen und drückte ihr einen sanften Kuss auf den Handrücken. Sophie spürte, dass sich ihr Herzschlag beschleunigte.

Ihr Empfinden für diesen Mann war nicht vergleichbar mit den verwirrenden Gefühlen, die sie für Theo hegte. Das Auf und Ab zwischen ihnen war eher ungesunder Natur und brachte ihr auf Dauer mehr Kummer als Freude. Karl Jordan hingegen war ein erwachsener Mann. Er wusste sehr genau, was er wollte, und in diesem Augenblick war das niemand anderes als sie.

»Wenn du mir Papier und Stift reichen würdest?«, bat sie. Während Karl hinter dem Verkaufstresen eine Schublade durchsuchte, erklärte sie: »Ich werde nur noch bis zum Ende des Jahres bei Familie Hartmann in der Rödergasse anzutreffen sein. Lass dir also nicht zu lange Zeit, sonst wird dein Brief mich nicht mehr erreichen. In meinem Antwortschreiben werde ich dir dann meine neue Adresse nennen. Ich würde sie dir gleich sagen, muss aber ehrlich gestehen, dass ich mir bezüglich Straße und Hausnummer der Pfarrei nicht ganz sicher bin.«

Karl nickte und reichte ihr die Schreibutensilien. Noch ehe sie fertig war, wurde die Ladentür geöffnet, und Hanna und Fräulein Winkler traten ein.

»Ein scheußliches Wetter haben wir heute«, schimpfte Hanna, doch ihr Lächeln verriet, dass ihr der Spaziergang tatsächlich gut bekommen war. Sie schüttelte sich und nahm Karls Angebot, ihr eine heiße Tasse Tee und etwas Gebäck zu reichen, dankend an.

Hanna setzte sich zu Sophie an den Tisch und warf einen Blick auf das Papier, das vor ihr lag. Ihre Augenbrauen schnellten in die Höhe, doch sie kommentierte das Gesehene nicht weiter.

Während Anna sich wieder ins Hinterzimmer zurückzog, um, wie sie entschuldigend erklärte, vorbestellte Pralinen zu verpacken, unterhielten sich Sophie, Karl und Hanna noch eine ganze Weile miteinander.

Das winzige Lächeln auf Hannas Gesicht verriet Sophie, dass sie sicher einiges würde erklären müssen, wenn sie erst wieder allein waren. Andererseits erkannte sie auch, dass die Freundin sich darüber freute, dass sich die Reise für Sophie schon jetzt gelohnt hatte.

29

Samstag, 2. Dezember 1865

Henriette Obwohl Sophie krank aus Dresden zurückkehrte, war Henriette froh, dass die Freundin wieder da war, doch natürlich würde sie diese Tatsache nie laut aussprechen. In den Tagen nach ihrer Rückkehr hatte Sophie ausschließlich geschlafen und auf Nachfrage lediglich mitgeteilt, dass die lange Fahrt anstrengend gewesen wäre und sie sich eine hartnäckige Erkältung zugezogen hätte.

Natürlich hatte Henriette nicht vor, sich anzustecken, weswegen sie dem Dienstmädchen Isabella auftrug, Sophie zu versorgen.

Es vergingen fast zwei Wochen, ehe Sophie wieder am gemeinsamen Frühstück teilnahm. Ausgerechnet an diesem Samstag waren allerdings auch ihr Vater und ihre Mutter anwesend. Henriette blieb nichts anderes übrig, als sich mit Fragen zum Verlauf der Reise zurückzuhalten, obwohl sie darauf brannte zu erfahren, ob und wie gut sich Sophie und Hanna wohl verstanden hatten.

Es schien niemandem wirklich aufzufallen, dass Sophie bisher kaum etwas zur Unterhaltung beigetragen hatte. Die Eltern sprachen über die bevorstehenden Weihnachtsfeiertage und die Vorbereitungen, die noch für das

Hotel Traube zu treffen waren. Theodor hatte sich wie so oft hinter seiner Zeitung verschanzt, und Henriette stocherte appetitlos in ihrem Rührei.

»Es gibt etwas, das ich Ihnen mitteilen muss«, ergriff Sophie plötzlich das Wort, dabei sah sie zwischen Henriettes Eltern Christian und Elisabeth hin und her. Theo ließ die Zeitung zwar sinken, seine Miene war jedoch verschlossen.

»Das hören wir uns gern an, Sophie«, antwortete Elisabeth. »Aber leider müssen wir das Gespräch auf später verschieben. Wir sind etwas in Eile.«

Sophie seufzte und nickte. Henriettes Eltern verließen den Speisesaal, und kurz darauf kam Isabella mit der Tagespost herein. Henriette erhielt einen dicken Umschlag und lächelte, als sie die Handschrift erkannte. Ganz nach Plan hatte Carl anstelle eines Absenders nur ein C. auf der Rückseite des Briefumschlags vermerkt. Henriette musste ihre Post nicht öffnen. Sie wusste, dass Carl den Brief von Louis an Hanna in den Umschlag gelegt hatte. Natürlich konnte sie ihn hier nicht öffnen, das würde warten müssen, bis sie allein in ihrem Zimmer war.

»Diesmal ist auch etwas für Sie dabei, Fräulein Sophie«, sagte Isabella und reichte den Brief weiter.

Henriette erschrak. War das möglicherweise ein Brief von Louis, den er nun an Sophie richtete, weil Hanna bisher nicht geantwortet hatte?

Mit klopfendem Herzen riss Henriette der Freundin das Schreiben aus der Hand. Sophie wollte danach schnappen, doch sie war zu langsam. Henriette sprang auf und lief um den Tisch.

»Seit wann erhält unsere Sophie denn Post?«, feixte sie

und wedelte mit dem Umschlag in der Luft herum. »Wollen doch mal sehen, von wem der wohl ist.«

Aus dem Augenwinkel sah Henriette, dass Sophie sich erhob und auf sie zulief. Ihr Gesicht war gerötet und ihre Augen vor Zorn zu Schlitzen verengt.

»Was fällt dir ein, Henriette? Gib mir sofort meine Post!«

Henriette nickte und grinste gehässig. »Nur Geduld.« Dann drehte sie den Umschlag herum und las laut vor: »Karl Richard Jordan aus Dresden.«

Erleichtert ließ sie ihre Schultern sinken, dann warf sie das Schreiben ungeöffnet auf den Frühstückstisch und wandte sich an ihren Bruder. »Nun, Theo, sieht ganz danach aus, als hättest du Konkurrenz und Sophie einen zweiten Verehrer bekommen. Ganz anders als unsere liebe Hanna«, ergänzte sie. »Ich habe gestern mit dem Wundarzt gesprochen. Die Eheleute Schmieger haben inzwischen schon zweimal Post von ihrem Sohn erhalten. Wenn ich den Worten des Postbeamten Glauben schenken darf, war bisher allerdings noch kein Brief für Hanna dabei. Das arme Ding. Sie wird sich wohl vom Traum ihrer wahren …«

»Halt deinen Mund!«, rief Sophie plötzlich. Sie griff nach ihrem Brief, baute sich vor Henriette auf und funkelte sie wutentbrannt an.

»Was ist nur in dich gefahren?«, fauchte Henriette.

»Das fragst du noch?« Sophie schnappte nach Luft und presste ihre Fäuste gegen die Brust. Dann wandte sie sich wortlos ab und verließ den Raum.

»Wie kann sie es wagen, mir in unserem Haus den Mund zu verbieten?« Henriette wandte sich beifallheischend zu ihrem Bruder um, doch der schüttelte nur erbost den Kopf.

»Wie kannst du es wagen, dich so aufzuführen?«, fragte er stattdessen. »Seit wann stellst du Sophie derart bloß und steckst deine Nase in ihre Angelegenheiten?«

»Tu nicht so, als wärst du nicht daran interessiert, wer deiner Herzdame wohl geschrieben hat.«

»Mein Interesse tut hier nichts zur Sache. Ich würde sie nie derart vorführen, wie du es gerade getan hast. Das, was ich dir jetzt sage, spreche ich nicht aus, um dich zu verletzen, liebe Schwester, sondern um dich zu warnen: Du wirst Sophie verlieren und schon bald ganz allein dastehen.«

»Pah«, rief Henriette und lachte laut auf. »Wie sollte ich? Sie hat niemanden außer uns.«

»Und das gibt dir das Recht, ihre Gefühle mit Füßen zu treten?«

»Welche Gefühle denn? Ich war lediglich neugierig, von wem der Brief wohl sein könnte. Es ist ja schließlich nicht so, als hätte ich laut daraus vorgelesen.«

Theo ging nicht auf ihre halbherzige Erklärung ein. Angewidert schüttelte er den Kopf und wiederholte, was er bereits gesagt hatte: »Du wirst allein zurückbleiben.«

Henriette verkroch sich an diesem letzten Novembertag im Haus. Ihre euphorische Laune, immerhin war das Frühstück doch unterhaltsamer gewesen als sonst, verflog. Die Worte ihres Bruders nagten mehr an ihr, als sie gedacht hätte. Das graue Wetter verstärkte ihre Schwermut noch. Ruhelos lief sie durchs Haus, zu einem Spaziergang konnte sie sich bei dieser Kälte nicht durchringen, und dachte darüber nach, was Theos Worte wohl bedeuten könnten. Vielleicht sollte sie wirklich diskreter sein und Sophie anständiger behandeln.

Andererseits: Was war unanständig daran, dass sie als beste Freundin neugierig war, wer ihr schrieb? Es hatte Zeiten gegeben, da hätte Sophie ihr mit Freuden von einem neuen Verehrer erzählt. Dass sie dies nicht getan hatte, konnte nur bedeuten, dass Hanna seit ihrer gemeinsamen Reise nach Dresden zu ihrer Vertrauten und sie selbst zur Außenseiterin geworden war.

Verärgert schüttelte sie den Kopf und murmelte: »Gut, dann werde ich mich eben beim Abendessen entschuldigen.«

Die Bitte um Verzeihung und der Hinweis darauf, dass es sie eben von Herzen interessierte, was im Leben ihrer besten Freundin vor sich ging, sollten genügen, um das störrische Mädchen wieder milde zu stimmen.

*

Als Isabella pünktlich um neunzehn Uhr mit dem Gong zum Essen rief, waren überraschenderweise nicht nur Sophie und Theo zugegen, sondern auch die Eheleute Hartmann.

»Wir hatten es dir versprochen«, erklärte Christian Hartmann an Sophie gewandt. »Heute Morgen mussten wir dich vertrösten. Doch nun sind wir ganz Ohr. Was wolltest du mit uns besprechen?«

Sophie legte ihren Suppenlöffel neben dem Teller ab und schluckte. Henriette atmete genervt aus. Sie konnte sich beim besten Willen nicht vorstellen, warum Sophie plötzlich so geheimnisvoll tat und warum ihre Eltern das überzogene Getue des Mädchens auch noch ernst nahmen. Es sah Sophie gar nicht ähnlich, sich so in den Vordergrund zu drängen.

»Bevor ich Ihnen von meinen Plänen erzähle, möchte ich Ihnen von Herzen danken. Herr und Frau Hartmann, ohne Sie wäre ich vor Jahren auf der Straße gelandet, und ich wüsste nicht, was aus mir geworden wäre.« Sophies Stimme brach, und Henriettes Mutter griff nach ihrer Hand.

»Na, na, Liebes. Das haben wir gern getan, das weißt du doch!«

Henriette sah zu ihrem Bruder. Der hielt die Augen gesenkt, als würde er in seiner Suppe nach einem Schatz suchen. Sie hatte plötzlich das Gefühl, als wüsste er genau, worum es gleich gehen würde.

»Sie sind auch der Grund für meine Pläne«, fuhr Sophie fort. »Ihre Güte hat mir gezeigt, was mir im Leben wichtig ist.«

Noch einmal machte sie eine, wie Henriette fand, äußerst theatralische Pause und verkündete dann feierlich: »Ich möchte mich um Kranke und Arme kümmern, so wie Sie es einst bei mir getan haben. Schon ab Dezember werde ich Pfarrer Bezold täglich im Siechhaus St. Leonhard zur Hand gehen. Er wird mich in der Pflege von Kranken unterrichten. Außerdem ist er gerade dabei, mir eine eigene Kammer herzurichten. Mit Beginn des neuen Jahres werde ich in die Pfarrei ziehen. So kann ich Tag und Nacht ganz in der Nähe der Bedürftigen sein und hoffentlich etwas von der Güte zurückgeben, die Sie einst auch für mich aufbrachten.«

Jetzt begriff Henriette, wovon ihr Bruder heute Morgen gesprochen hatte. Er musste von Sophies Plänen gewusst haben. Im ersten Moment wusste sie nicht, ob sie das Mädchen auslachen oder sie anbrüllen sollte. Wie konnte sie ihre Eltern nur derartig vor den Kopf stoßen? Sie hatten das Waisenmädchen aufgenommen, als hätte es zur Familie gehört, und das war nun der Dank dafür? Sie sah zu ihrem Vater und wartete darauf, dass er ein Machtwort sprach und der undankbaren Sophie den Kopf zurechtrückte.

»Wir haben uns so etwas schon gedacht«, sagte Christian Hartmann stattdessen, und die Erkenntnis, dass seine Stimme dabei Verständnis ausdrückte, trieb Henriette zur Weißglut.

»Richtig«, pflichtete Elisabeth ihrem Mann bei. »Schon eine Weile beobachten wir deine innere Unruhe. Außerdem wurde uns zugetragen, dass du in St. Leonhard warst. Wir mussten das und die Tatsache, dass du regelmäßig die Ärmsten der Stadt besuchst, um ihnen Geld und Lebensmittel zuzustecken, nur zusammenzählen.«

»Sie wissen davon und zürnen mir nicht?«

»Natürlich tun sie das«, fauchte Henriette dazwischen. »Sie sind nur zu anständig, dir das ins Gesicht zu sagen.«

»Nein«, widersprach Elisabeth Hartmann ihrer Tochter. »Da kennst du deinen Vater und mich aber schlecht. Unsere größte Sorge war immer, dass Sophie keinen Platz für sich finden würde. Nach allem, was sie durchmachen musste, erscheint es doch wie ein Wunder, dass sie, statt daran zu zerbrechen, solch hehre Ziele entwickelt hat. Und das Geld, was wir ihr zusteckten, war stets zur freien Verfügung. Es ist nur ein Beweis ihres großen Herzens, wenn sie es für die Ärmsten hergibt.«

Henriette kniff ihre Augen zusammen und presste unter dem Tisch ihre Fäuste gegen die Oberschenkel. Sophie schluchzte plötzlich auf und hielt sich dann eilig die Hand vor den Mund. Sie wollte etwas sagen, doch kein Laut kam über ihre Lippen. Nachdem sie ihre Sprache wiedergefunden hatte, entschuldigte sich mit den Worten, dass die Güte der Hartmanns sie zu Tränen rühren würde und sie einen Augenblick für sich bräuchte. Dann verließ sie hastig den Speisesaal.

Henriette hätte angesichts dieser theatralischen Vorstellung am liebsten laut aufgelacht, doch ihr Zorn nahm überhand. »Und was ist mit mir und Theo?«, rief sie.

»Bitte?«, fragte ihr Vater überrascht.

»Hat irgendjemand hier einmal an mich gedacht? Ich verliere meine Freundin. Was rede ich: meine Schwester. Und auch Theo ist Sophie ans Herz gewachsen. Wenn sie jetzt so einfach geht, bedeutet das ja wohl, dass ihr unsere Gefühle völlig gleichgültig sind! Sie kümmert sich also lieber um Aussätzige als um mich, ihre engste Freundin? Sie soll mir in den Tagen bis zu ihrem Auszug bloß aus den Augen gehen! Ich will sie weder sehen noch hören. Sie muss sich auch nicht von mir verabschieden, denn ganz offensichtlich sind ihr meine Gefühle ohnehin gleichgültig.«

»Henriette Hartmann«, rief Elisabeth empört. Sie tupfte mit der Serviette über ihren Mund und warf sie dann zornig neben ihren Teller. »Du vergisst dich. So haben wir dich nicht erzogen!«

Henriette erhob sich. Tränen stiegen ihr in die Augen, doch es war nicht Trauer, sondern rasende Wut, die sie erfasste. »Natürlich nicht. Aber nicht immer bekommt man, was man will, richtig? Sie wollten eine gütige Tochter? Nun, dann halten Sie sich doch einfach an Ihr Pflegekind! Oder an Theo. Der scheint mit seinem Amt im Armenpflegschaftsrat ja in die gleiche Kerbe zu schlagen wie die heilige Sophie!«

»Ich weiß nicht, was in dich gefahren ist, Henriette. Wir

haben dir nie etwas anderes als Nächstenliebe und Güte vorgelebt. Wir selbst mussten hart dafür arbeiten, heute ein gutes Auskommen zu haben. Ohne die vorteilhafte Hochzeit deiner Tante Emma und Vaters Anstellung im Hotel deines Onkels hätte die Armut uns genauso treffen können.«

Henriette hielt sich die Ohren zu und schloss die Augen, als könnte sie so Worte und Gesichter ausblenden. Jetzt zog die Mutter auch noch Parallelen zwischen ihrer Familie und den armen Halunken der Stadt! Als hätte dieser Abschaum das eigene Schicksal nicht vor allem Arbeitsscheu und Trunksucht zu verdanken.

Sie ertrug die Scheinheiligkeit ihrer Familie nicht mehr, wusste sie doch genau, dass ihre Eltern Sophie vor Jahren nur aufgenommen hatten, um in der Gemeinde jemand zu sein. Sie selbst hatte Sophie gegenüber daraus nie einen Hehl gemacht und ihr immer die Wahrheit gesagt: Natürlich waren sie froh darüber, sie bei sich zu haben, aber sie genossen durch ihre Wohltätigkeit doch vor allem auch das hohe Ansehen unter den Rothenburgern. Es war eben chic, sich mit guten Taten zu brüsten. Dass die Eltern ihr nun vor Sophie in den Rücken gefallen waren, fühlte sich an wie Verrat.

»Sie wollen Sophie also unterstützen, schlimmer noch, sie einfach ziehen lassen?«, fragte sie gefährlich leise.

»Ja«, sagte ihre Mutter schlicht, und als wäre das nicht schon demütigend genug, ergänzte ihr Vater: »Wenn ich dich so höre, beschleicht mich Sorge. Vielleicht solltest auch du dir eine gemeinnützige Aufgabe suchen und dein Herz so für diejenigen öffnen, die weniger vom Glück beschenkt wurden.«

Henriette konnte sich ein kurzes Auflachen nicht verkneifen. Dann erhob sie sich und rauschte aus dem Speisesaal. Auf der Treppe blieb sie stehen und lauschte noch einen Augenblick. Ausgerechnet ihr Bruder ergriff nun, da sie nicht mehr anwesend war, das Wort.

»Sie haben zu lange die Augen verschlossen«, sagte Theo, und sie musste sich konzentrieren, um die leise gesprochenen Worte zu verstehen. »Meine Schwester scheint inzwischen zu glauben, sie wäre etwas Besseres. Sosehr ich sie liebe, ich mache mir ernsthaft Sorgen um sie.«

Henriette hatte genug gehört. Sie eilte hinauf in ihr Zimmer und würde es so schnell nicht wieder verlassen. Es wurde Zeit, dass sich diese Familie nun auch einmal um sie grämte statt um fremde Kinder! Sie warf sich auf ihr Bett, zog Carls Umschlag aus ihrer Rocktasche und riss ihn auf. Louis' Zeilen für Hanna würden ihre Laune sicher schon bald bessern, wusste sie doch, dass seine liebevollen Worte nie bei der hinterhältigen Feindin ankommen würden.

30

Herbst 1865

Louis

New York
am 15. Oktober 1865

Meine liebste Hanna,
ich bin überrascht, dir schon heute schreiben zu können. Ich muss gestehen, dass ich gänzlich falsche Vorstellungen von der Dauer einer Ozeanüberquerung hatte. Was vor fünfzig Jahren noch eine Monatsreise gewesen wäre, geht heute dank modernster Dampfmaschinen in weniger als zwei Wochen.
Doch möchte ich dir nicht verschweigen, dass diese Tage auf hoher See die schlimmsten meines Lebens waren. Nun, da ich wieder festen Boden unter den Füßen habe, klingen meine eigenen Worte weinerlich, doch das Gefühl, auf See sterben zu müssen, beschlich mich auf der Überfahrt mehr als nur einmal. Du ahnst es sicher: Mich plagte die Seekrankheit. Ich werde nicht weiter ins Detail gehen, aber die Vorstellung, eine Reise wie diese noch einmal machen zu müssen, treibt mir schon heute die Schweißperlen auf die Stirn. Andererseits freue ich mich auf diese Tage, denn es werden die letzten sein, die zwischen dir und mir liegen.

Doch nun lass mich dir von New York erzählen, liebste Hanna. Wir liefen bei schönstem Herbstwetter in den Hafen ein, wo wir durch das Emigrant Landing Depot geschleust wurden, das sich in einem Gebäude mit dem zauberhaften Namen Castlegarden befindet. Stell es dir nur einmal bildhaft vor: eine ehemalige Artilleriestellung, erbaut, um die New Yorker vor Angriffen von der See aus zu schützen, später dann ein Theater und nun von der Stadt New York eigens gepachtet und dafür genutzt, Tausende und Abertausende Einwanderer zu registrieren. Da gab es Menschen, die nichts weiter besaßen als das Kleiderbündel auf dem eigenen Rücken, Eltern mit schreienden und hungrig dreinblickenden Kindern an den Händen, Burschen mit Abenteuerlust in den Augen und junge Mädchen, denen das Heimweh in den tränennassen Gesichtern geschrieben stand.
Und noch nie habe ich so viele verschiedene Sprachen gehört! Aus aller Herren Länder strömen die Glücksritter in dieses Land.
Ach, Hanna, wie sehr ich mir wünschte, ich könnte all diese Eindrücke mit dir teilen! Mir bleiben hier zwei Tage, bevor ich nach Chicago weiterreise. Dann folgt ein weiteres Abenteuer zu Wasser, denn ich werde den Großteil der Strecke auf Flüssen zurücklegen. Ein Stück auf dem Hudson River und von dort aus in den Erie-Kanal, eine von Menschenhand angelegte Wasserstraße von Albany nach Buffalo. Dann führt mich mein Weg am Eriesee entlang weiter über Cleveland und Toledo bis nach Chicago. Ein erfahrener Seemann, mit dem ich mich in den wenigen Stunden, in denen es mein Magen mir erlaubte, vortrefflich unterhielt, warnte mich. Zwar wäre der Krieg zwischen Nord- und Südstaaten endlich

vorbei, doch neben elendigen Niggern wären auch Rothäute noch immer überall auf dem Kontinent zu finden. Wilde, meinte er, die nicht davor zurückschreckten, die Unerfahrenheit der Reisenden auszunutzen. Fast hoffe ich, auf einen von ihnen zu treffen, denn meine Neugier auf ihre Sitten und Gebräuche ist groß. Jedenfalls werde ich die Warnung des Seefahrers ernst nehmen und besser auf der Hut sein.

Liebste Hanna, ich hoffe, dieser Brief erreicht dich bei guter Gesundheit. Schon bald steht das Weihnachtsfest vor der Tür, was der Seifensiederei deines Vaters hoffentlich großen Umsatz beschert. Wie gern würde ich das Fest und den Jahreswechsel mit dir verbringen! Sei dir gewiss, dass es keinen Tag gibt, an dem ich nicht an dich denke, und keine Nacht, in der ich nicht von dir träume.

In Liebe der Deine

Louis

31

Dienstag, 5. Dezember 1865

Sophie

Sophie schreckte aus dem Schlaf hoch und brauchte einen Augenblick, um zu begreifen, was sie geweckt hatte. Vor ihrer Zimmertür war ein Geräusch gewesen. Leise schob sie ihre Beine aus dem Bett, tastete nach der Petroleumlampe auf dem Beistelltisch und entzündete sie. Dabei achtete sie darauf, das Licht nicht zu sehr aufzudrehen, da es sonst unter dem Türschlitz hindurchscheinen könnte. Dann wartete sie mit klopfendem Herzen.

Es raschelte wieder, und sie griff zum Erstbesten, was ihr in den Sinn kam: ihrem Pantoffel. Auf Zehenspitzen schlich sie an die Tür. Ihr Herz raste, und sie fragte sich, ob es nicht sicherer wäre, die Tür einfach geschlossen zu halten.

Dann fiel etwas zu Boden, und es klang, als rollte dieses Etwas auch noch über die Diele. Ohne weiter darüber nachzudenken, riss sie ihre Zimmertür auf. »Ich schreie!«, rief sie, noch bevor sie sah, wen sie vor sich hatte.

Vor ihr kniete jemand, und es dauerte nur den Bruchteil einer Sekunde, bis sie erkannte, wer das war. »Theo?« Sie ließ den Pantoffel sinken.

Henriettes Bruder las eine Walnuss auf, die gerade über

den Boden gekullert war, erhob sich und presste verlegen die Lippen aufeinander. Dann bemerkte er den Hausschuh in Sophies Hand und lachte plötzlich.

»Was hattest du denn damit vor? Wolltest du mich übers Knie legen und damit verdreschen?«

»Hör auf, dich über mich lustig zu machen. Was würdest du wohl tun, wenn du nachts aufwachst, weil jemand vor deiner Tür herumschleicht? Ich brauchte etwas zur Verteidigung.«

Sophie schwieg und sah auf den Boden. Obwohl das Licht im Flur spärlich war, erkannte sie, dass ihre Schnürstiefel, die sie üblicherweise vor der Tür abstellte, damit es in ihrem Zimmer sauber blieb, gefüllt waren.

»Was soll das?«, fragte sie und konnte nicht verhindern, dass ihre Stimme ungehalten klang. Da er keine Antwort gab, ging sie selbst auf die Knie. Sie erkannte schnell, was er getan hatte, und ihr wurde schwer ums Herz. Sie würde diesen jungen Mann wohl nie verstehen.

»Ich begreife es nicht«, sagte sie matt. »Du hast seit dem Herbstball kein Wort mit mir gesprochen. Und nun füllst du meine Stiefel?«

»Es ist Nikolaus«, antwortete er, als würde das sein Verhalten erklären.

»Das weiß ich wohl.« Sie erhob sich wieder und sah ihn an. »Das war aber bisher noch nie ein Grund für dich, mir die Stiefel zu füllen. Schon vergessen: Du verabscheust mich und alles, was ich tue.«

Theo schüttelte den Kopf und sah sie traurig an. »O, Sophie«, sagte er leise. Dann griff er nach ihrer Hand, und ehe sie reagieren konnte, hatte er seine Arme um ihre Taille gelegt und sie an sich gezogen. Verzweifelt sah er sie an und dann – küsste er sie.

Sophies erster Impuls war, ihn von sich zu stoßen, doch er hielt sie umklammert, als wollte er sie nie wieder loslassen. Dann wurden seine Lippen weicher und der Kuss zärtlicher. Nur mit ihrem dünnen Nachthemd bekleidet, spürte sie jeden Muskel und jede Sehne seines Körpers. Ihre Knie drohten wegzusacken. Sie schlang ihre Arme um seinen Hals und erwiderte seinen Kuss. Ihr Körper zitterte, und sie wusste, dass das längst nicht nur an ihrem dünnen Nachthemd lag. Ihr eigenes Verlangen überwältigte sie, und zu spüren, dass Theo sie mit jeder Faser begehrte, verwirrte und erregte sie zugleich.

Abrupt löste er sich von ihr. »Geh nicht«, flehte er.

Sie lächelte ihn liebevoll an. »Ich bin doch nicht weit weg.« In diesem Moment war all ihr Kummer vergessen. Es gab eine Zukunft für sie und Theo, der Kuss hatte ihr seine wahren Gefühle verraten.

»Wir könnten doch …«

»Nichts könnten wir«, unterbrach Theo sie barsch. »Du bist in diesem Haus aufgewachsen, als meine Pflegeschwester. Was würden die Rothenburger denken, wenn ich dir nachstellte? Aber wenn du hierbleiben würdest …«

Jedes romantische Gefühl, das sein Kuss in ihr geweckt hatte, war auf einen Schlag verschwunden, und unbändige Wut machte sich in Sophie breit.

»Dann hattest du dir vorgestellt, dich des Nachts heimlich in mein Zimmer zu schleichen und an jedem neuen Tag so zu tun, als wären wir Pflegebruder und Pflegeschwester?« Sie spie ihm die Worte ins Gesicht und starrte ihn fassungslos an. Doch wie so oft, wenn das Thema ungemütlich wurde, gab ihr Theo keine Antwort.

»Kein Mensch denkt, wir seien Bruder und Schwester. Wir haben gerade einmal vier Jahre unter einem Dach gelebt. All das, was deiner Meinung nach gegen uns zwei sprechen würde, existiert nur in deinem Kopf. Und jetzt, Theodor Hartmann, verschwinde und nimm deine Gaben mit. Ich will sie nicht. Ich will nichts, was mich an diesen Moment hier erinnert, und auch nichts, was mich noch weiter an dich erinnert!«

Theo sagte noch immer kein Wort. Er leerte auch ihre Stiefel nicht. Er drehte sich einfach um und lief davon.

Sophie sah ihm schweigend hinterher. Was hätte sie auch noch sagen sollen? Sie wusste nun, was ihn zurückhielt, und er wusste, dass sie diesen Grund nicht gelten ließ. Trotzdem hatte er sie wortlos stehen lassen und damit eine endgültige Entscheidung getroffen. Trauer schnürte ihr die Kehle zu, und kurze Zeit später liefen ihr Tränen übers Gesicht. Einen Moment lang dachte sie daran, ihm hinterherzulaufen und ihre Stiefel vor seiner Tür auszuschütten. Doch das wäre kindisch, und außerdem würde sie so Gefahr laufen, von anderen Mitgliedern dieser Familie gesehen zu werden. Und wenn sie ganz ehrlich zu sich selbst war, musste sie sich eingestehen, dass sie wissen wollte, womit er ihre Stiefel gefüllt hatte. Also griff sie nach ihnen und trug sie in ihr Zimmer.

Auf dem Bett drehte sie den ersten Stiefel um, und zum Vorschein kamen Nüsse, Äpfel, Zuckerstangen und hübsch verpackter Tee. Der Inhalt des zweiten Stiefels rührte sie besonders: Theo hatte sich offenbar die Mühe gemacht, während ihrer Abwesenheit die Siederei der Familie Grieb aufzusuchen. Ein Stück Seife, eingeschlagen in ein mit Schneeflocken und Tannenzweigen besticktes Taschentuch, sorgte ein weiteres Mal dafür, dass Sophie einen dicken Kloß im Hals hatte.

Gedankenverloren roch sie an der Seife und schloss

dabei die Augen. Der Duft war süßlich und schwer, und sie wusste in diesem Moment, dass sie ihn für immer mit Theo verbinden würde. Vorsichtig schlug sie die Seife wieder in das Taschentuch ein und schob dann ihre Hände noch einmal in die Stiefel. Überrascht stellte sie fest, dass da noch eine weitere Sache auf sie wartete. Es dauerte einen Moment, ehe sie die kleine Schachtel, die sich verhakt hatte, aus ihrem Schuh hervorziehen konnte.

Obwohl sie noch nicht mehr sah als das Äußere der Verpackung, begann ihr Herz zu rasen. Sie wusste, dass der Inhalt kostbar sein würde. Sie drehte die Petroleumlampe ein wenig auf und öffnete das Päckchen. Auf einem schwarzen Samtkissen lag ein goldener Anhänger in Form eines Kleeblatts. Es war vierblättrig, und in seiner Mitte prangte ein kleiner, grüner Stein. Sophie presste die Hand vor den Mund und begann zu schluchzen. Sie hatte keine Ahnung von Edelsteinen und wusste nicht zu sagen, ob es sich um einen Jadestein, einen Smaragd oder einen Heilstein, etwa einen Turmalin, handelte. Um ihn näher zu betrachten, griff sie nach dem Anhänger und erkannte im nächsten Moment, dass er an einer Halskette hing, die hinter dem schwarzen Samtkissen lag.

Minutenlang war Sophie unfähig, sich zu rühren. Warum nur hatte Theodor ihr ein solch außergewöhnliches Geschenk gemacht? Kette und Anhänger hatte er ihr in den Stiefel geschoben, bevor er wusste, dass sie ihre Pläne nicht aufgeben würde. Sicher war er davon ausgegangen, dass sie seinem Wunsch nachkommen und im Haus der Hartmanns bleiben würde.

Sie sollte ihm diese wertvolle Kette zurückgeben! Doch das würde bedeuten, ihm erneut unter die Augen treten zu müssen. Sophie legte die Hand auf ihren Mund und hatte plötzlich das Gefühl, seine Lippen wieder auf ihren zu spüren. In diesem Kuss hatte so viel Verzweiflung gelegen, und sie wusste, dass seine Gefühle für sie stark sein mussten. Niemals sonst hätte sich der distanzierte Theodor dazu hinreißen lassen. Doch all das war nur passiert, weil er dem Irrglauben erlegen war, sie damit im Haus halten zu können.

Für den Bruchteil einer Sekunde hatte ein einzigartiges Glücksgefühl von ihr Besitz ergriffen, denn er hatte ihr gesagt und gezeigt, dass er sie nicht verlieren wollte. Doch das Wissen, dass er nie zu ihr stehen würde, machte jedes Gefühl von Glück wieder zunichte. Wie konnte er nur glauben, dass sie sich auf diese heimlichen Spielchen im Hause ihrer Pflegeeltern einlassen würde? Hatte er eine solch schlechte Meinung von ihr, dass er glaubte, sie würde sich mit so wenig zufriedengeben?

»Theodor Hartmann, du wirst erkennen, wie viel mehr als das ich wert bin!«, flüsterte sie in die Stille hinein. Dann drehte sie die Petroleumlampe herunter, legte sich ins Bett und zog die Decke bis zur Nasenspitze hoch. Sie zwang sich, an das freundliche Gesicht von Karl Jordan zu denken und daran, wie angetan er von all ihren Plänen gewesen war. Doch so recht wollte diese Ablenkung nicht gelingen. Immer wieder schlich sich das Gesicht von Theo in ihr Gedächtnis. Sie sah die Verzweiflung in seinen Augen, bevor er sie küsste, und die Gier, nachdem er von ihr abließ. Die Gewalt seiner Gefühle war auf sie eingeprasselt wie ein Gewitterregen. Und als hätten die Tropfen sie völlig durchnässt, hatte sich jede einzelne seiner Empfindungen auf sie übertragen.

Noch einmal stand Sophie in dieser Nacht auf. Trotz eisiger Temperaturen öffnete sie das Fenster ihrer Kammer und starrte hinaus. Die Kälte nahm ihr den Atem, doch nicht die Trauer. Sie sprach ein leises Gebet und krabbelte wieder zurück in ihr Bett.

Es war an der Zeit, diesen Ort zu verlassen. Nur so würde es ihr gelingen, Theo aus ihrem Herzen und ihren Träumen zu verbannen. Vor dem Einschlafen beschwor sie die Bilder von Karl und seinem Schokoladen-Kaffeehaus in Dresden herauf. Sie dachte daran, dass es an der Zeit war, seinen Brief zu beantworten und ihm die Adresse der Pfarrei in St. Leonhard mitzuteilen. Karl Jordan hatte sie schon einmal aus ihrer Trübsal herausgeholt. Wenn sie es nur zuließ, würde ihm das sicher auch ein zweites Mal gelingen.

32

Mittwoch, 22. Dezember 1865

Hanna Die Kälte hatte Rothenburg in diesem Jahr fest im Griff. Nachdem sie aus Dresden zurückgekehrt waren, hatte Friedrich noch lange krank darniedergelegen, und auch Sophie hatte eine schwere Erkältung erwischt. Hanna selbst war verschont geblieben, was sich als großes Glück herausstellte, denn so konnte sie ihrer Arbeit in der Siederei ungestört nachgehen. Sie war dankbar dafür, dass die Auftragslage so kurz vor Weihnachten wieder anzog, denn so fand sie zumindest tagsüber genug Ablenkung.

Louis war nun seit drei Monaten fort, und Hanna ging fest davon aus, dass er jedes Interesse an ihr verloren hatte. Nicht eine einzige Zeile hatte sie erreicht, dabei hatte er ihr versprochen, von jeder Station aus, an der er auf seinem Weg nach Chicago haltmachen musste, einen Brief an sie zu schreiben.

Der Wundarzt hatte in den letzten Wochen mehrfach nach ihrem Bruder gesehen, und Hanna hätte ihn nach dem Befinden seines Sohnes fragen können. Doch damit hätte sie zugegeben, dass sie noch immer an ihn dachte, und diese Blöße wollte sie sich nicht geben. Außerdem ertrug sie den Gedanken nicht, dass Louis seinen Eltern ganz sicher geschrieben, sie jedoch vergessen hatte. Aus diesem Grund hatte sie auch ihren Bruder gebeten, den Doktor nicht nach Louis zu fragen.

Für einen Moment schloss sie die Augen und presste die Lippen fest aufeinander. Sie mahnte sich innerlich, dass es an der Zeit war, Louis aus ihren Gedanken zu verbannen, denn es gab mehr als genug zu tun. Der vorletzte Verkaufstag vor dem Heiligen Abend war angebrochen und Hanna damit beschäftigt, die Bestellungen der Kunden vorzubereiten. Sie wickelte nach Tannennadeln duftende Toilettenseifen in Seidenpapier ein oder verpackte sie zusammen mit roten Weihnachtskerzen in hübsche Geschenkschachteln.

Als das Türglöckchen einen weiteren Kunden ankündigte, sagte sie ihren Begrüßungsspruch, ohne von ihrer Arbeit aufzusehen: »Guten Tag. Was kann ich für Sie tun, so kurz vor dem Fest? Darf es eine neue Seife sein? Oder vielleicht doch lieber eine Weihnachtskerze?«

»Ich möchte nur ein wenig Zeit mit dir verbringen, wenn es recht ist.«

Hanna lächelte und zog ein langes Stück Geschenkband von einer Rolle ab. »Hallo, Gustav«, sagte sie, denn natürlich hatte sie die Stimme des Malers erkannt. »Reich mir doch bitte einmal die Schere!«

Anstatt ihr das benötigte Werkzeug zu geben, griff Gustav danach und schnitt das Schleifenband selbst ab. Dann stützte er seine Ellbogen gegenüber von Hanna auf den Tisch und schaute ihr bei der Arbeit zu, als gäbe es nichts auf der Welt, was interessanter sein könnte.

»Du bist mir keine Hilfe, wenn du mich nur anstarrst«, sagte sie tadelnd. Sie hatte sich daran gewöhnt, dass er immer wieder in der Siederei vorbeikam, um sie entweder in ein Gespräch zu verwickeln oder, so wie heute, einfach nur anzuschauen.

»Aber du bist mir eine Hilfe, wenn ich dich ansehen darf«, gab er zurück und lächelte geheimnisvoll.

»Du sprichst in Rätseln, Gustav.« Sie stellte das fertige Päckchen für Uhrmacher Pückhauer auf das Regal zu all den anderen bereits verpackten Geschenken.

»Ich weiß, aber ich kann dir versichern: Des Rätsels Lösung ist näher, als du denkst. Ich will dich gar nicht lange aufhalten …«

»Aber?«

»Aber ich hätte gern gewusst, ob ich dich heute Abend abholen dürfte.«

Sie überlegte einen Augenblick. Wenn sie ehrlich war, stand ihr im Moment nicht der Sinn nach Gesellschaft. Am liebsten hätte sie das bevorstehende Weihnachtsfest und den Jahreswechsel einfach verdrängt und sich in ihrem Zimmer oder unter ihrer Arbeit vergraben.

»Gut«, unterbrach Gustav ihre Gedanken. »Keine Einwände bedeutet Zustimmung. Ich werde um sechs wieder da sein. Du solltest vielleicht an einen warmen Mantel, eine Mütze und einen Schal denken.«

Mit einem fröhlichen Grinsen warf er ihr eine Kusshand zu und verschwand.

Hanna machte sich kopfschüttelnd wieder an ihre Arbeit. Sie verstand nicht so recht, warum er noch immer ihre Nähe suchte. Die meiste Zeit war sie unausstehlich, und es gab nichts, woran sie sich wirklich erfreuen konnte.

Natürlich war sie nicht ununterbrochen den Tränen nahe, das ließ allein ihr Arbeitspensum nicht zu. Wenn sie ihre momentane Stimmung mit einem Wort beschreiben sollte, würde ihre Wahl wohl auf *gleichgültig* fallen.

Sie hatte das Gefühl, irgendjemand hatte all ihre Gefühle einfach abgeschaltet. Es gab keine euphorische Freude, aber auch keine unbändige Traurigkeit mehr. Ihr war, als befände sie sich in einer Blase, die ihr Verstand um sie herum aufgebaut hatte, um sie vor weiterem Schmerz zu beschützen. Diese unsichtbare Blase half gegen die Trauer, verhinderte jedoch auch, dass sich Freude in ihrem Herzen ausbreiten konnte.

Gerade als Hanna sich fragte, ob diese Gefühllosigkeit nun für immer Teil ihrer Seele bleiben würde, hörte sie ihren Vater lautstark fluchen. Es kam selten vor, dass Anton derart wüste Verwünschungen von sich gab. Hanna ließ das Geschenkband sinken, verließ den Verkaufsraum und lief nach nebenan in die Siederei.

»Was ist passiert?«

»Das kann ich dir sagen«, fauchte ihr Vater ungehalten. »Der hölzerne Kühlkasten ist soeben auseinandergefallen!«

Hanna schluckte. Zu dieser Zeit des Jahres war das in der Tat eine schlechte Nachricht. Viele Kunden hatten noch im Laufe der letzten zwei Wochen Seifenbestellungen aufgegeben, die Anton natürlich trotz aller Kurzfristigkeit angenommen hatte, bedeuteten diese Weihnachtsverkäufe doch eine enorme Steigerung des Umsatzes.

»Und nun?«

»Nun haben wir ein Problem.« Er ließ sich am Tisch nieder und blätterte das Auftragsbuch durch. »So, wie ich das sehe, fehlen uns noch gute zwei Dutzend von der diesjährigen Weihnachtsseife. Ohne unseren Kühlkasten dürfte die Masse wohl kaum rechtzeitig zum Fest durchgetrocknet sein.«

»Das lässt sich doch sicher irgendwie reparieren?«

Anstelle einer Antwort knurrte Anton unverständlich vor sich hin. Hanna wartete einen Augenblick, doch da ihr Vater keine Anstalten machte, sich zu erheben, lief sie selbst in die Vorratskammer und besah sich das Malheur. Ein kurzer Blick reichte, um zu erkennen, dass der alte Holzkasten nicht mehr zu retten war. Der Kalkbrei, der dafür sorgte, dass die Seifenmasse leichter herauszulösen war, hatte das Holz so stark angegriffen und porös werden lassen, dass die Schrauben es nicht mehr zusammenhalten konnten. Hanna griff nach den Seitenplatten und überlegte, ob wohl Schrauben an anderer Stelle eingedreht vorübergehend Abhilfe schaffen konnten, doch schon beim ersten Versuch splitterte das Holz.

Resigniert schüttelte sie den Kopf. Am liebsten hätte sie ihrem Vater vorgehalten, dass so etwas doch absehbar gewesen war. Wäre er in Dresden nur nicht so zögerlich gewesen! Er hätte schon längst auf Eisen umsteigen können. Vielleicht erkannte er ja jetzt, dass es an der Zeit war, in eine moderne Kühlapparatur zu investieren. Natürlich behielt sie diese Gedanken für sich. Es half nicht weiter, ihrem Vater nun Vorhaltungen zu machen. Sie mussten eine Lösung für das Weihnachtsgeschäft finden, wenn sie ihre Kunden nicht enttäuschen wollten.

Grübelnd stand sie vor dem kaputten Kühlkasten. Dann kam ihr ein Gedanke, der so absurd war, dass sie ihn für sich behielt. Sie würde erst einmal erfragen, ob und wie schnell ihre Idee umzusetzen wäre.

»Ich muss noch einmal los«, rief sie ihrem Vater zu und griff nach ihrem Mantel.

»Jetzt?«, rief Anton entsetzt. »Und was ist mit den Bestellungen, die noch einzupacken sind?«

»Erledige ich später. Das hier hat jetzt Vorrang. Im

Übrigen kann auch Friedrich die Päckchen schnüren. Was bei meiner Rückkehr noch nicht geschafft ist, erledige ich dann.«

Das Schimpfen ihres Vaters ignorierte sie. Wenn sie mit ihrer Idee Erfolg hatte, würde er sich schnell beruhigen.

Als sie auf die Straße trat, nahm ihr die kalte Luft den Atem. Inzwischen lag eine geschlossene Schneedecke in den Straßen, und auch jetzt schneite es noch. Mit jedem Schritt, den sie die Georgengasse hinunterlief, wurden die Flocken dicker und undurchsichtiger.

Hanna bog in den Milchmarkt und lief von dort aus weiter in den Alten Keller und dann in den Alten Stadtgraben. Das Haus mit der Nummer 26 war schon seit Jahrhunderten ein echtes Handwerkshaus. Aus Erzählungen ihres Vaters wusste sie von Webern, Schuhmachern, Kesselflickern, Töpfern, Pflasterern, Zinngießern und Maurern. Sie alle hatten das Haus seit über zweihundert Jahren als Wohn- und Arbeitsstätte genutzt, bevor dort die Uhrmacherwerkstatt eröffnet worden war.

Hanna hatte Glück, denn der Vater der Zwillinge stand in diesem Moment vor seiner Werkstatt und zog hektisch an einer Pfeife.

»Brr, bei dieser Kälte könnte mir glatt in den Sinn kommen, mein liebstes Laster aufzugeben«, sagte er anstelle einer Begrüßung zu Hanna. »Was führt Sie denn hierher, Fräulein Grieb?«

Uhrmacher Pückhauer klopfte seine Pfeife an der Hauswand aus und bat Hanna hinein.

»Mein Anliegen ist sicher etwas ungewöhnlich«, begann sie und berichtete in kurzen Worten vom »tragischen Ableben« des alten Kühlkastens.

»Und da kommen Sie ausgerechnet zu mir?«, fragte

der Uhrmacher erstaunt. »Ich wüsste nicht, wie meine Uhren helfen könnten.«

»Die natürlich nicht«, lachte Hanna. »Aber Sie bauen doch auch Standuhren, richtig?«

August Pückhauer zog die Augenbrauen in die Höhe, und sein verschmitztes Lächeln zeigte ihr, dass er verstanden hatte, worauf sie hinauswollte.

»Nicht schlecht, Fräulein Grieb, gar nicht schlecht. Dann folgen Sie mir doch nach hinten.«

Er ging voraus in ein angrenzendes Zimmer, das er als Lager nutzte. »Welch glückliche Fügung. Ich habe noch das halb fertige Gehäuse einer Standuhr. Ich wollte daraus eigentlich ein Ausstellungsstück für den Laden fertigen. Wenn ich nun die vordere Glasscheibe entferne und durch eine weitere Wand ersetze, könnte das als hölzerner Kühlkasten durchgehen und hätte sicher auch eine Größe, die Ihrem Herrn Vater von Nutzen sein dürfte.«

Hanna klatschte begeistert in die Hände. Am liebsten wäre sie dem Uhrmacher um den Hals gefallen, so erleichtert war sie. »Und wie schnell könnte das Glas wohl durch Holz ersetzt werden?«

»Da ich sicher bin, dass der gute Anton sehr verzweifelt ist, würde ich mich sofort daranmachen. Dann könnte er den Kasten schon heute Abend abholen.«

Hanna versuchte, sich zurückzuhalten, doch es misslang. Sie lief auf den Uhrmacher zu, griff nach seinen Händen und drückte sie fest. »Sie haben etwas gut bei uns, werter Herr Pückhauer. Damit retten Sie unserer Siederei das so dringend nötige Weihnachtsgeschäft.«

»Das tut man doch gern! Jetzt aber husch hinaus mit Ihnen, damit ich an die Arbeit gehen kann!«

Als Hanna die Seifensiederei kurze Zeit später wieder betrat, war ihr Vater noch immer derart in Rage, dass er ihr Lächeln augenblicklich falsch auffasste. »Dein Bruder und ich zerbrechen uns hier die Köpfe, wie wir unsere Aufträge retten können, und du ziehst sorglos durch die Stadt, um dir die Beine zu vertreten? Unpassender hätte der Zeitpunkt wohl kaum sein können!«

Hanna legte ihrem aufgeregten Vater die Hand auf den Arm. »Ihr könnt damit aufhören, euch die Köpfe zu zerbrechen. Sie, Vater, sollten allerdings Kalkbrei vorbereiten.«

Sie genoss den verwirrten Ausdruck im Gesicht ihres Vaters. Da seine Aufregung allerdings noch immer groß war, ließ sie ihn nicht länger im Unklaren. »Ich war beim Uhrmacher. Er wird uns das Gehäuse einer mannshohen Standuhr überlassen und das Frontglas gegen eine vierte Holzwand austauschen, die sich öffnen und schließen lässt. Heute Abend können Sie den Kasten abholen und mit Kalk auskleiden. Es ist nur eine Behelfslösung, aber in der Not wird es wohl gehen.«

Der Vater strich sich übers Kinn. Dann schüttelte er den Kopf und strahlte schließlich übers ganze Gesicht. »Da schau sich einer unsere vorwitzige Hanna an. Eine ausgezeichnete Idee! Nun, dann nehme ich zuerst einmal meine grässliche Schimpftirade zurück und sage von Herzen Danke schön!«

Noch vor weniger als zwei Stunden hatte Hanna trübsinnig darüber nachgedacht, ob sie wohl je wieder etwas fühlen würde. Jetzt den Stolz im Gesicht ihres Vaters zu sehen beantwortete diese Frage. Sie spürte die Wärme, die sich in ihrem Innern ausbreitete, und hatte plötzlich so etwas wie Hoffnung. Es mochte ja sein, dass Louis sie längst nicht mehr wertschätzte – doch ihr Vater tat es in dieser Sekunde. Und genau das war ihr Hoffnungsschimmer. Vielleicht würde er ja doch noch erkennen, wie wertvoll sie mit all ihren Ideen für die Siederei sein konnte.

»Vater«, mischte sich nun auch Friedrich in das Gespräch ein, »ich finde, dieses kleine Malheur sollten Sie zum Anlass nehmen …«

»Ich weiß schon, Junge«, unterbrach Anton ihn. »Ich werde noch heute Abend ein Schreiben an C. E. Rost & Co. aufsetzen. Hannas Behelfslösung wird vorerst funktionieren, ist aber kein Dauerzustand. Wir werden einen ihrer Kühlkästen kaufen und eine Schneidemaschine gleich dazu!«

Hanna zwinkerte ihrem Bruder unauffällig zu und formte ihre Lippen zu einem tonlosen »Danke«. Friedrich grinste und nickte, dann ging jeder von ihnen wieder seiner Arbeit nach.

Während Hanna weiter Geschenke verpackte, besprachen ihr Vater und Friedrich, dass sie gegen sechs mit dem Einspänner aufbrechen würden, um den Holzkasten beim Uhrmacher abzuholen.

»Wenn ihr zurückkommt, werde ich vermutlich nicht da sein«, rief sie ihnen aus dem Verkaufsraum zu. »Gustav wird mich zu einem Abendspaziergang abholen.«

»Ach nein«, hörte sie die Stimme ihres Vaters, und als auch ihr Bruder in das Geplänkel einstieg und sich darüber ausließ, was wohl ein Maler und ein hübsches Mädchen so alles bei einem winterlichen Spaziergang zu besprechen hätten, gab Hanna der Tür zwischen Werkstatt und Laden wortlos einen Schubs. Durch die geschlossene Tür hörte sie die Männer lachen, und auch sie konnte sich ein Schmunzeln nicht verkneifen.

33

Mittwoch, 22. Dezember 1865

Hanna Gustav Cloppenburg war überaus pünktlich, doch anders, als Hanna erwartet hatte, kam er nicht zu Fuß. Der Maler wartete mit einem ganz besonderen Gefährt vor der Siederei, und als sie vor die Tür trat, lief er ihr freudestrahlend entgegen.

»Du bist warm eingepackt, sehr schön«, sagte er mit Blick auf ihren dicken Mantel und den Muff, in den sie ihre Finger geschoben hatte. »Dann bitte ich darum, auf dem Schlitten Platz zu nehmen.«

Hanna brauchte einen Moment, um dieses besondere Fuhrwerk genauer zu betrachten. Den Anblick eines Einspänners war sie gewohnt, doch es kam eher selten vor, dass jemand das Pferd vor einen Schlitten spannte. Natürlich hatte so mancher Händler in schneereichen Wintern keine andere Wahl, doch diese besondere Art von Kutsche für eine Ausfahrt zu nutzen war ihr neu.

Gustav half ihr auf den Schlitten. Nachdem auch er sich hingesetzt hatte, zog er ein warmes Fell unter dem Sitz hervor und legte es über ihre und seine Beine. »Bereit?«

Hanna nickte nur, denn Rührung schnürte ihr die Kehle zu. Der Maler hatte sich solche Mühe gemacht! Er war kein Einheimischer, also hatte er jemanden finden müssen, der ihm genug vertraute, um ihm Pferd und Schlitten zu leihen.

»Woher hast du das nur?«, fragte sie, zog das Fell noch ein wenig zurecht und schob ihre Hände wieder zurück in ihren Muff.

»Wie du weißt, bin ich im *Goldenen Greifen* abgestiegen. Der Wirt kennt mich inzwischen, und als ich ihm erklärte, dass ich das schönste Mädchen Rothenburgs ausführen werde, hat er mir mit einem diskreten Lächeln und ohne irgendwelche Fragen mit Schlitten und Pferd ausgeholfen. Er ist sogar der Meinung, dass man dererlei Ausfahrten zukünftig auch als Attraktion für Reisende anbieten könnte.«

Hanna schluckte und schwieg. Die Erwähnung des *Goldenen Greifen* ließ ihre Erinnerungen an Louis und den gemeinsamen Sommernachmittag im schattigen Innenhof wieder zurückkehren. Was wohl Klara und Hubertus Rößler darüber denken würden, wenn sie wüssten, dass ausgerechnet sie mit Gustav in diesem Schlitten saß? Immerhin hatte Wirtin Klara sie im Sommer bedient und sicher bemerkt, wie angetan sie vom Sohn des Arztes gewesen war.

»Alles in Ordnung?«, fragte Gustav, der ihr Schweigen wie so häufig bemerkt hatte.

»Aber ja. Ich bin nur sprachlos. Die Idee, auf diese Weise durch meine Heimatstadt zu fahren, ist mir bisher noch nie gekommen. Das ist wirklich etwas Besonderes. Danke!«

»Oh, wart's nur ab. Das war noch nicht alles.«

Er lächelte geheimnisvoll, wollte ihr jedoch nicht sagen, was er noch geplant hatte. Sie fuhren durch Rothenburg, das nun, da es über und über im Schnee versank, jede

Hässlichkeit verloren hatte. Die Misthaufen der Stadt waren schneebedeckt und gaben den sonst schmutzigen Straßenzügen fast schon etwas Märchenhaftes, sah es doch nun so aus, als würden sich kleine Bergketten durch die Stadt ziehen.

Gustav erzählte von seiner Ausbildung in Karlsruhe und seinem Lehrmeister, der zugleich als einer der größten Landschaftsmaler seiner Zeit galt. Er war es auch gewesen, der ihn dazu angehalten hatte, durch die Welt zu reisen und nach Motiven für seine Bilder zu suchen. »Nur wer die Schönheit in der Natur selbst erkennt, wird auch in der Lage sein, sie auf Leinwand zu bringen«, beendete er seinen Vortrag, und wieder einmal bemerkte Hanna, dass der Maler neben seiner Kunstfertigkeit auch eine poetische Seite hatte.

»Da wären wir«, sagte Gustav plötzlich und deutete auf das Haus zu seiner Rechten.

Hannas Herz begann zu rasen. Aufgrund ihrer Unterhaltung hatte sie es nicht bemerkt, doch nun standen sie vor dem *Goldenen Greifen*. Wie erstarrt saß sie auf dem Schlitten und war unfähig, abzusteigen.

»Na komm schon, Hanna«, sagte er ungeduldig, doch sie rührte sich nicht. »Was hast du denn?«

»Ich möchte nicht hineingehen«, erwiderte sie leise.

Gustav zog seine Augenbrauen zusammen und sah sie fragend an. »Warum denn nicht? Dort wartet meine Überraschung auf dich.«

Hanna seufzte. »Ich war hier schon einmal. Im Sommer.« Sie brach ab und schwieg. Gustav brauchte nur Sekunden, um zu begreifen, worum es ging. »Du warst mit dem Sohn des Wundarztes hier?«

Sie nickte.

»Also gut. Es wird einen Moment dauern, denn das, was ich vorbereitet habe, werde ich zu dir nach draußen schaffen müssen. Aber ich respektiere, dass du nicht hineingehen möchtest. Alte Wunden reißen ja schon von selbst in den unmöglichsten Momenten auf. Das muss nicht noch mit Absicht herbeigeführt werden, richtig?«

Ohne ihre Antwort abzuwarten, lief er ins Haus. Hanna sah ihm nach und versuchte zu ergründen, was in ihr vorging. Das Herzklopfen und die unbeschreibliche Enge in ihrer Brust konnten nur bedeuten, dass sie sich etwas vormachte. Die Erinnerung an diesen Ort und an all das, was sie hier oder anderswo mit Louis erlebt hatte, schmerzte noch immer sehr. Es war eine Sache, diese Plätze und damit jede Erinnerung zu meiden. Doch nun hier zu stehen holte jede noch so winzige Empfindung wieder hervor.

Hanna begann zu zittern. Sie zog sich das Fell bis an die Schultern, doch es half nichts. Ihr ganzer Körper bebte, und sie spürte Tränen in sich aufsteigen. Und dann waren sie plötzlich wieder da – all die nagenden Fragen, die sie so lange verdrängt hatte: Warum schrieb er nicht? Hatte sie etwas getan oder gesagt, das ihn nun davon abhielt, sein Versprechen zu halten? Hatte er womöglich eine andere Frau kennengelernt und sie ganz einfach vergessen?

»Da bin ich wieder.«

Gustavs unbekümmerte Stimme holte sie zurück ins Hier und Jetzt. Verstohlen wischte sie sich die Tränen aus dem Gesicht und zwang sich zu einem Lächeln. Der Maler kam mit einem riesigen, unhandlichen Paket unter dem Arm auf sie zu. Bei genauerem Hinsehen erkannte Hanna, dass es sich um eine Leinwand handeln musste, die er in Papier eingeschlagen und mit Bindfaden zugeschnürt hatte.

»Was schleppst du denn da mit dir herum?«

»Ich hätte es dir ja in meiner Stube übergeben. Aber es wird wohl auch so gehen.«

Er klemmte das eingepackte Bild, das etwa eine Größe von achtzig auf sechzig Zentimetern haben durfte, hinter den Sitz und stieg wieder auf den Schlitten.

»Darf ich es denn nicht auspacken?«, fragte Hanna.

»Natürlich nicht! Erst am Heiligen Abend.«

Er lächelte still vor sich hin und machte sie so noch neugieriger.

»Willst du mir nicht wenigstens verraten, welcher der malerische Winkel, von denen du immer so schwärmtest, darauf zu sehen ist? Bitte!«

»Nein, auch das nicht. Du wirst dich gedulden müssen.«

Hanna nickte und schwieg. Und zum ersten Mal war ihr das Schweigen zwischen ihnen unangenehm, was nicht etwa an ihm lag, sondern einzig und allein an der Tatsache, dass er sie bedacht hatte, während sie noch nicht einmal auf den Gedanken gekommen war, ihm eine Freude zu machen.

»Ich habe nichts für dich«, sagte sie leise und starrte auf ihren Muff, in dem sie ihre Hände vergraben hatte.

»Das macht doch nichts. Dafür kannst du mir jetzt einen winzigen Gefallen tun. Was meinst du?«

Er sah sie abwartend von der Seite an. Hannas Herzschlag beschleunigte sich. Sie hoffte inständig, dass er nichts von ihr verlangen würde, was sie nicht zu geben bereit war.

»Frau Klara rief mir gerade zu, dass ich das schönste Mädchen Rothenburgs doch am Silvesterabend in den *Goldenen Greifen* einladen könnte. Sie hätten eine kleine

Musikkapelle organisiert, und es würden viele junge Rothenburger Burschen und Mädchen kommen, um gemeinsam das neue Jahr zu begrüßen. Was meinst du, Hanna?«

Erleichtert atmete sie aus, gleichzeitig schämte sie sich, dass sie überhaupt auf die Idee gekommen war, Gustav würde für sein Geschenk eine Gegenleistung von ihr, etwa einen Kuss, erwarten. Er hatte ihr nie Anlass gegeben, an seinem Anstand zu zweifeln. Und auch jetzt sprach nichts in seiner Mimik dafür, dass er sie jemals zu irgendetwas drängen würde.

»Ich nehme deine Einladung gern an«, sagte sie, dann griff sie doch nach seiner Hand und drückte sie kurz und kräftig. »Danke für dieses wunderschöne Geschenk.«

»Abwarten. Noch hast du es nicht gesehen. Am Ende gefällt es dir gar nicht«, gab er sich bescheiden.

»Ich bin sicher, das wird es. Allein die Tatsache, dass du an mich gedacht hast, ist ein Dankeschön wert.«

34

Sonntag, 31. Dezember 1865

Hanna Als Hanna am letzten Tag des Jahres erwachte, fiel ihr Blick als Erstes auf den Bilderrahmen, der gegen die Wand gelehnt neben dem Fenster stand.

Sie hatte das Bild nicht im Beisein der Familie enthüllt, da sie nicht gewusst hatte, was genau sie erwartete. Nach einem üppigen Essen und einer Bescherung im Kreise der Familie hatte sie sich am Heiligen Abend gegen elf in ihre Kammer zurückgezogen.

Ihr heimlicher Wunsch, möglicherweise doch noch einen Brief von Louis auf dem Gabentisch zu finden, hatte sich nicht erfüllt, und obwohl das vergebliche Hoffen inzwischen schon drei Monate andauerte und damit nichts Neues mehr war, schmerzte es sie auch diesmal wieder.

Den Abend über hatte Hanna tapfer gelächelt und sich an jeder Unterhaltung, jedem Spiel, Scherz oder Lied beteiligt. Doch dann war es ruhiger und die Gespräche weniger geworden, und sie hatte beschlossen, sich zurückzuziehen, damit niemand etwas von ihrem Kummer mitbekam. Im Zimmer drehte sie die Petroleumlampe auf und packte Gustavs Geschenk aus.

Der Anblick des Bildes hatte ihr die Sprache verschlagen, denn der Maler hatte mitnichten einen Flecken Rothenburgs auf die Leinwand gebracht. Nun verstand sie auch, warum er immer wieder angedeutet hatte, dass es ihm half, wenn er sie nur anschauen konnte.

Er hatte sie gemalt.

Dabei hatte er sie nicht nur einfach porträtiert, sondern sie dort gemalt, wo er sie beobachtet hatte: in der Siederei. Sie erkannte die eigenen vier Wände, die Regale mit all den Werkzeugen und Zutaten, ja selbst die Bilder an der gemalten Wand entsprachen in etwa dem, was tatsächlich die Mauern der Siederei zierte. Gustav hatte die Feuerstelle mit dem Kupferkessel ebenso verewigt wie den großen Arbeitstisch in der Mitte des Raums. Und am vorderen rechten Bildrand stand sie – Hanna.

Auch an diesem Morgen starrte sie wieder auf das Gemälde und schüttelte ungläubig den Kopf. Hätte sie es nicht ohnehin schon geahnt, hätte ihr spätestens dieses Bild seine Gefühle verraten, denn sie sah darauf bezaubernd aus. Zerbrechlich und gleichzeitig auf die Arbeit konzentriert, mit Haaren, die ihr, wie so oft nach einem langen Arbeitstag in der heißen Küche, aus dem Haarband gerutscht waren. Eine Strähne klebte ihr auf der Wange, doch gerade das unperfekte Äußere machte die Magie des Bildes aus.

Hanna erkannte sich in dieser Person wieder, sah aber gleichzeitig eine völlig Fremde. Sah sie wirklich so aus, wenn sie bei der Arbeit war? Oder hatte der Maler nicht vielmehr ein völlig verklärtes Bild von ihr? Das Lächeln, das auf ihrem Gesicht lag, hatte etwas Erhabenes, und ihre Augen wirkten auf geheimnisvolle Art traurig.

Hanna seufzte, setzte sich auf und schlüpfte in ihre Pantoffeln. Seit der Schlittenfahrt hatte sie Gustav nicht mehr gesehen, und in diesem Moment spürte sie so etwas wie Vorfreude. Heute Abend würden sie im *Goldenen Greifen* aufeinandertreffen. Sie wollte ihm für dieses wertvolle Geschenk danken, und sollte sich die Gelegenheit ergeben, würde sie ihm auch einen Tanz schenken. Das war wohl das Mindeste, was sie tun konnte.

Ihre Eltern hatten das Bild bis zum heutigen Tage noch nicht gesehen, und sie hoffte, dass das auch noch eine Weile so blieb. Die Art, wie er sie sah, schmeichelte ihr zwar, gleichzeitig war ihr der Gedanke, dass andere sie so sahen, aber auch unangenehm. Es war, als würde sie sich selbst durch seine Augen sehen, mit all den Gefühlen, die er dabei für sie empfand. Doch sie wusste, dass sie ebendiese nicht teilen konnte. Sosehr sie sich auch selbst dafür schalt: Ihr Herz gehörte Louis, und sie konnte sich nicht vorstellen, dass sich das je ändern würde.

Sie atmete durch und schob die aufkommenden Erinnerungen an den Sohn des Wundarztes beiseite. Sie hatte sich etwas vorgenommen, das durfte sie nicht aus den Augen verlieren. Heute Nacht wurde das neue Jahr eingeläutet! Diese Gelegenheit musste und wollte sie nutzen. Es sollte der Anfang von etwas Neuem und Großem werden, ohne Kummer, ohne Sehnsucht nach einem Menschen, der ihre Freundschaft nicht zu schätzen wusste.

*

Hanna war überrascht, als die Eltern ihr mitteilten, dass sie zum Neujahrsfest in die *Traube* eingeladen worden waren. In den vergangenen Jahren waren sie stets zu Hause geblieben, und die Tatsache, dass dies schon die zweite große Feierlichkeit war, der sie beiwohnen würden, gefiel vor allem der Mutter. Sie war deswegen offenbar so gut gelaunt, dass die Frage, ob Hanna Silvester im *Goldenen Greifen* feiern durfte, nicht einmal diskutiert werden musste. Sie stellte lediglich die Bedingung, dass sie Friedrich mitnahm und nach Mitternacht wieder nach Hause brachte.

Die Geschwister betraten den *Goldenen Greifen* um kurz nach acht. Die Wirtsstube war bereits gut gefüllt, und soweit Hanna sehen konnte, waren es vor allem Rothenburger Söhne und Töchter, die hier miteinander feiern würden. Sie sah die Zwillinge Luise und Greta, die sich fröhlich mit weiteren Mädchen unterhielten. Da waren die Töchter des Glasers, des Hufmachers und des Schneiders. Letztere war mit ihrem älteren Bruder gekommen, der sich gerade mit Theo unterhielt.

Friedrich wusste zunächst nichts mit sich anzufangen, weswegen er sich zu Wirtin Klara hinter die Theke stellte und ihr zur Hand ging.

»Bist du sicher, dass du beim Ausschank helfen willst? Du bist heute unser Gast, das ist wirklich nicht nötig.«

»Das macht mir nichts«, antwortete Friedrich.

»Ich fürchte, Sie werden ihn nun nicht mehr los, Frau Rößler.«

Wirtin Klara fuhr Hannas Bruder lachend durch die Haare. »Das macht nichts. Ich kann heute Abend jede Hilfe brauchen. Aber dann wirst du mir auch erlauben, dir dafür am Ende ein kleines Handgeld auszuzahlen.«

Friedrich strahlte übers ganze Gesicht. Schon als kleiner Bub hatte er das wenige Geld, das die Eltern ihnen hier und da zugesteckt hatten, stets beisammengehalten, während Hanna es für Kuchenränder beim Bäcker verschwendet hatte. Das Gesicht ihres Bruders verriet ihr, dass er mit dem Verlauf des noch jungen Abends überaus zufrieden war. Er würde zwar auch dieses Geld nicht ausgeben, aber es bereitete ihm offensichtlich großes Vergnügen, seinen gut versteckten Sparstrumpf weiter zu füllen.

»Und es stört dich nicht, wenn ich mich zu meinen Freunden geselle?«, fragte sie.

»Geh nur. Ich habe von hier aus doch alles bestens im Blick.«

Sie zuckte mit den Schultern und suchte den Raum nach Sophie ab. Da die nirgends zu sehen war, lief sie in den Innenhof. Im Sommer hatte sie hier noch mit Louis im Schatten der alten Obstbäume gesessen. Nun lagen Hof und Bäume unter frischem Schnee, der im Licht von Fackeln und Laternen magisch glitzerte.

»Hanna!« Sophie hatte sich offenbar im Innenhof umgesehen und kam nun auf sie zugestürmt. »Ich dachte schon, du kommst nicht mehr.«

Die jungen Frauen umarmten sich, und Hanna bemerkte einmal mehr, wie sehr ihr die Freundin gefehlt hatte. In den Wochen nach ihrer Reise hatten sie sich kaum noch zu Gesicht bekommen. Hanna war in der Siederei eingespannt gewesen, und Sophie hatte ihre Arbeit im Siechhaus aufgenommen.

»Du musst mir alles erzählen.«

Hanna musste fast brüllen, denn die Tanzkapelle im Saal und das laute Stimmengewirr erschwerten jede Unterhaltung.

»Aber erst ein Glas Bowle«, bat Sophie.

»Gern. Hier draußen holen wir uns nur den Tod.« Sie lächelte und sah erst in diesem Moment etwas Goldenes am Hals der Freundin schimmern. Überrascht riss sie die Augen auf und griff nach dem hübschen Kleeblatt.

»Was ist das denn?«

»Das hat mir Theodor in der Nikolausnacht in meinen Stiefel gesteckt.«

Für einen kurzen Moment vergaß Hanna, ihren Mund wieder zu schließen. Dann hakte sie ein weiteres Mal nach, nur um sicherzugehen. »Theo Hartmann? Und das ist ein Geschenk?«

»Frag nicht«, bat Sophie. »Das war, bevor er wusste, dass ich sein Elternhaus verlasse. Bevor er beschlossen hat, nicht mehr mit mir zu sprechen.«

»Gut, kein Wort davon!«

Sie hakte sich bei Sophie unter, und gemeinsam liefen sie in den Saal zurück. Mit einer großen Schöpfkelle füllte Friedrich ihnen zwei Gläser. Die Mädchen stießen an, und während Sophie angewidert das Gesicht verzog, war Hanna durchaus angetan von dem süßlich herben Geschmack. Sie würde aufpassen müssen, dass ihr das Gebräu nicht die Sinne vernebelte, immerhin war sie für Friedrich verantwortlich und musste ihn heil wieder nach Hause bringen.

Die Mädchen suchten sich zwei Stühle und setzten sich. Die Tanzkapelle entschied in diesem Moment, dass es Zeit für eine Essenspause war, sodass sie sich zumindest kurzzeitig unterhalten konnten, ohne sich anschreien zu müssen.

»Wie war euer Weihnachtsfest?«, wollte Sophie wissen.

Hanna berichtete von dem üppigen Essen, den Spielen und schließlich auch von Gustavs außergewöhnlichem Geschenk.

»Ich werde ihm einen Tanz schenken. Es ist an der Zeit, Louis endgültig zu vergessen. Gustav ist ein großartiger Mann, einfühlsam, humorvoll und gut aussehend. Und das monatelange Schweigen von Louis ist ja wohl deutlich genug.«

Sophie presste ihre Lippen aufeinander und starrte gedankenverloren auf Friedrich, der soeben die Gläser von Theo, Carl und dem Sohn des Schneiders auffüllte.

»Was hast du?«, fragte Hanna und zupfte sie am Kleid.

»Ich weiß ja«, begann die Freundin behutsam, »dass du noch immer darauf gehofft hast, dass dich ein Brief von ihm erreicht.«

»Und?« Hannas Muskeln waren zum Zerreißen angespannt.

Sophie griff nach ihren Händen und drückte sie, bevor sie antwortete. »Es tut mir so leid, Hanna. Aber dir ist doch hoffentlich bewusst, dass Louis' Eltern inzwischen mehrfach Post von ihm erhalten haben. Ich fürchte, dass es einen Grund für sein Schweigen geben muss.«

Hanna presste ihre Lippen aufeinander. Sie spürte, wie sich ihr Puls beschleunigte und die Wut durch ihre Glieder kroch. In einem Zug kippte sie den Inhalt ihres Glases hinunter. Jetzt, so beschloss sie, war es genug. Endgültig. Viel zu lange hatte sie das Offensichtliche verdrängt. Nun aus Sophies Mund zu hören, was sie eigentlich längst wusste, war genau der Weckruf, den sie gebraucht hatte.

»Heute ist eine wunderbare Nacht, um diesen Mann aus meinem Herzen zu verbannen«, sagte sie eher zu sich selbst.

Sie sah zur Theke. Friedrich verschwand gerade durch eine Tür, die vermutlich in die Küche führte. Das war ihre Gelegenheit, sich das Glas aufzufüllen, ohne dass ihr Bruder es bemerkte. Es war Neujahrsfest. Sie würde tanzen und sich amüsieren und jeden Schmerz mit Bowle und Wein betäuben.

Mit der Hand gab sie Sophie, die sich inzwischen zu den Zwillingen gesellt hatte, ein Zeichen, dass sie sich ein wenig umsehen würde. Dann schlenderte sie durch den Raum und stolperte fast in Gustav hinein.

»Da bist du ja endlich«, rief sie lächelnd. Der Alkohol hatte ihre Zunge gelockert. »Ich dachte schon, ich muss allein ins neue Jahr feiern.«

Sie fühlte, dass ihr Lächeln zu breit war, und auch ihre Stimme klang in ihren Ohren säuselnd. Doch Gustav schien das entweder nicht zu bemerken, oder es störte ihn einfach nicht. Er griff nach ihrer freien Hand und zog sie für einen galanten Handkuss an seine Lippen.

»Wie könnte ich? Du bist für mich der Grund, überhaupt hier zu sein.«

In diesem Moment beschloss sie, das Wichtigste sofort loszuwerden. Wer wusste schon, wie lange sie dazu noch den Mut haben würde? Hektisch trank sie auch dieses Glas leer, hakte sich dann bei Gustav unter und zog ihn in den Innenhof.

»Soll ich in mein Zimmer eilen und dir einen Mantel holen?«, fragte er, doch Hanna schüttelte den Kopf.

»Danke, aber einen kurzen Moment wird es so gehen.« Neckisch zog sie ihre linke Augenbraue in die Höhe. »Wenn ich doch frieren sollte, kannst du mich ja wärmen.«

Sie sah den überraschten Blick des Malers und schmunzelte leise vor sich hin. Es war seltsam befreiend, Dinge einfach unüberlegt auszusprechen. Die Warnung, die leise irgendwo in ihrem Hinterkopf anklopfte, schob sie beiseite. Sie würde morgen wieder die anständige Seifensiedertochter sein. Heute wollte sie die Nähe und Bewunderung ihres adretten Verehrers in vollen Zügen genießen.

»Was ist so wichtig, dass wir dafür in die Kälte gehen müssen?«

Hanna sah Gustav schweigend an. Im Laufe des Tages hatte sie sich ihre Dankesworte für das außergewöhnliche Gemälde zurechtgelegt, doch nun stand ihr nach etwas ganz anderem der Sinn. Ohne seine Frage zu beantworten, trat sie einen Schritt auf ihn zu, sah zu ihm auf und flüsterte: »Das hier.« Und dann küsste sie den Maler ohne jede Vorwarnung auf die Lippen. Gustav versteifte sich für einen kurzen Moment, doch dann legte er seine Arme um ihre Hüften, zog sie eng an sich und erwiderte ihren Kuss. Seine Lippen waren fest und sinnlich zugleich, und was er tat, wirkte auf besondere Weise wissend – so, als hätte er eine Ahnung davon, wie er sie berühren oder halten müsste, um ihr den Verstand zu rauben.

Die unerfahrene Verspieltheit, die zwischen ihr und Louis geherrscht hatte, gab es hier nicht. Ganz sicher hatte der Maler bereits einige Erfahrungen mit Frauen gesammelt. Sein Kuss war kein Herantasten an das, was vielleicht unter der Oberfläche schlummern könnte. Sie spürte seine Lippen und fühlte seine Zunge, die sich in ihren Mund schob und mit der ihren zu spielen begann. Gleichzeitig hielten seine Arme sie fest umfangen, und sein angespannter Körper wärmte und erregte sie zugleich. Oder hatte die Bowle das Prickeln in ihrem Innern ausgelöst? Vermutlich war es von beidem etwas.

Als seine Lippen sich von ihren lösten, war Hanna froh darüber, dass er sie noch immer im Arm hielt, denn der Boden schien sich unter ihren Füßen zu drehen, und sie befürchtete, das Gleichgewicht zu verlieren.

Sie hatte einen Schwips. Ganz sicher war das der Grund für ihre weichen Knie und das sehnsüchtige Ziehen in ihrem Unterleib. Das schlechte Gewissen, das plötzlich aufkommen wollte, ließ sie nicht zu.

»Danke«, sagte sie und versuchte, zu Atem zu kommen.

»Für den Kuss?«, fragte Gustav lachend. »Da habe ich zu danken, immerhin warst du diejenige, die den Anfang gemacht hat.«

Lächelnd schob er ihr eine Haarsträhne aus dem Gesicht und fragte dann: »Und wofür war der?«

»Dein Bild«, begann sie zögernd. »Ich glaube nicht, dass ich schon jemals etwas so Schönes gesehen habe.« Ihr ging auf, dass sie gerade dabei war, sich selbst zu loben, denn immerhin war sie diejenige, die auf dem Gemälde zu sehen war. Sie schüttelte ungehalten den Kopf.

»Ich meine natürlich nicht …«, wieder brach sie ab. »Was ich eigentlich sagen wollte: Für mich bist du ein Zauberer. Jedes noch so winzige Detail unserer Siederei hast du dir eingeprägt, und obwohl ich erkenne, dass die Person darauf ich sein soll, ist sie doch so ganz anders als das, was ich selbst im Spiegel sehe. Die Art, wie du mich siehst …« Sie beendete ihren Satz nicht, doch das war auch nicht nötig.

»Du solltest anfangen, dich so zu sehen, denn alle anderen tun es auch. Du bist eine wunderschöne Frau, Hanna. Und wenn ein gemaltes Bild von mir bedeutet, dass du mich mit solch einem Kuss belohnst, werden wir von nun an keine Zeit für Spaziergänge und Unterhaltungen mehr haben. Ich werde Tag und Nacht malen, um wieder so von dir geküsst zu werden.«

Hannas Puls beschleunigte sich. Sie wandte den Blick ab und erkannte im schummrigen Licht der Fackeln den Baum, unter dem sie im Sommer noch mit Louis gesessen hatte. Die Erinnerung daran versetzte ihr einen Stich, und sie schluckte den Kloß im Hals hinunter.

»Du musst nicht jedes Mal etwas malen«, sagte sie dann. »Du könntest mit mir tanzen. Anschließend brauchen wir sicher wieder frische Luft.«

Gustav zog verschwörerisch seine Augenbrauen in die Höhe und zog Hanna mit sich hinein und auf die Tanzfläche. Die Kapelle spielte einen langsamen Walzer, und sie bemerkte schnell, dass ihr Begleiter nicht nur Künstler und Poet, sondern auch ein sehr guter Tänzer war. Alles an Gustav Cloppenburg war außergewöhnlich – äußerlich wie innerlich.

35

Sonntag, 31. Dezember 1865

Sophie Sophie genoss die Nacht in vollen Zügen. Zwar gingen ihr Henriette und Theo aus dem Weg, doch das störte sie nicht, hatte sie doch Hanna, Luise und Greta, mit denen sie sich bestens unterhielt. Und anders als die Hartmann-Geschwister zeigten die anderen Mädchen größtes Interesse an ihrem neuen Leben. Es war vor allem die lebendige Greta, die sie mit allen möglichen Fragen löcherte, während die ruhigere Luise immer wieder staunend ihre Augen aufriss.

»Und du lebst da ganz allein unter dem Dach des Pfarrers?«, fragte Greta.

»Ja. Und stell dir vor, er hat mir nicht einfach nur eine kleine Kammer hergerichtet. Das ganze Dachgeschoss hat er mir überlassen. Neben meiner Schlafkammer gibt es eine mit einem Vorhang abgetrennte Nische, hinter der sich mein eigener Wasch- und Toilettenschrank befindet. Könnt ihr das glauben? Ich muss nachts nicht mehr hinaus in die Kälte, um auf den Abort zu kommen.«

»Wir sollten dich einmal besuchen«, schlug Luise vor, und Greta stimmte sofort zu.

»Das würde mich freuen, will aber gut abgesprochen sein. Es gibt viel zu tun, und freie Tage sind rar gesät.«

In diesem Augenblick stieß Hanna zu ihnen. Sie schien völlig außer Atem, denn sie hatte bis eben mit Gustav getanzt. »Was ist rar gesät?«, fragte sie neugierig.

»Freie Zeit«, sagte Sophie. »Mein Tag im Siechhaus beginnt bereits um sechs Uhr in der Früh mit dem Leeren der Nachttöpfe.«

»Und so etwas machst du aus freien Stücken?« Luise zog angewidert ihre sommersprossige Stupsnase kraus.

»Aber ja. Daran ist nichts Verwerfliches. Du kannst dir nicht vorstellen, wie dankbar und freundlich diese kranken Menschen sind. Nun, vielleicht nicht alle.«

Sophie schwieg einen Moment und dachte an Charlotte, die weder Wochentag oder Jahr noch ihren eigenen Namen wusste und deren Geschrei und Gezeter sie in den ersten Tagen zu Tode erschreckt hatte.

Inzwischen hatte Pfarrer Bezold ihr erklärt, wer welches Leiden hatte und wie jedem Einzelnen geholfen werden konnte. Und solange sie sich mit der Behandlung von Krankheiten noch nicht auskannte, bestand ihre Arbeit hauptsächlich darin, die bettlägerigen Kranken zu waschen und umzubetten und den einen oder anderen, der noch etwas beweglich war, bei kurzen Spaziergängen an der frischen Luft zu begleiten. Und natürlich waren die Schlafräume sauber zu halten, und es mussten Berge von Wäsche gewaschen werden.

»Es gibt also dort boshafte Menschen?«, fragte Greta zaghaft.

»Ja und nein. Die boshaften unter ihnen wissen es nicht besser, so wie die alte Charlotte. Sie hat nur wenige lichte Momente, in denen sie darüber spricht, dass ihr Liebster sie bald abholen wird. Dann gerät sie ins Schwärmen und lacht und kichert, als wäre sie gerade fünfzehn geworden. Doch die meiste Zeit über schreit sie und ist verärgert, weil sie niemanden erkennt, nicht weiß, wo sie ist und warum sie diesen Ort nicht einfach wieder verlassen darf.«

»Erschütternd!«, rief Luise aus tiefstem Herzen. »Ich könnte das nicht.«

»Das dachte ich in den ersten Tagen auch. Aber stell dir nur vor, alle würden so denken. Wer sollte sich dann um diese armen Seelen kümmern?« Sophie sah die ehrfürchtig aufgerissenen Augen der Zwillinge und das anerkennende Lächeln in Hannas Gesicht und verspürte so etwas wie Stolz. Sie tat etwas von Bedeutung, lebte nicht mehr nur einfach in den Tag hinein oder verrichtete kleine Botengänge für die Familie Hartmann.

Stattdessen hatte sie ihre Bestimmung gefunden. Und nun, da sie wusste, wie ihr alltägliches Leben aussah, wollte sie Pfarrer Bezold endlich auch darum bitten, ihr ihren größten Wunsch zu erfüllen.

»Warum lächelst du denn so geheimnisvoll?«, fragte Hanna.

»Erinnerst du dich an den kleinen Jacob?«

Hanna nickte, und sie fuhr fort: »In meiner Dachkammer ist genug Platz für zwei, und der große Kleiderschrank, den der Pfarrer mir überlassen hat, könnte als Raumteiler herhalten. So hätte jeder von uns etwas Privatsphäre. Es war der Wunsch meines Vaters, dem Jungen zu helfen. Ich werde Jacob zu mir holen, so, wie die Hartmanns einst mich zu sich holten.«

»Habe ich da meinen Namen gehört?«

Sophie seufzte. Natürlich musste Theo ausgerechnet in dem Augenblick an ihnen vorübergehen, in dem sie seinen Familiennamen aussprach. Sie sah Hanna an und verdrehte die Augen. Die Freundin schien zu verstehen, was in ihr vorging, und kam ihr zu Hilfe.

»Nun, es gibt vier von euch, also musst du dich nicht gleich angesprochen fühlen«, erklärte sie kühl. Dabei lächelte sie ihn allerdings so zuckersüß an, dass er ihr diese freche Bemerkung nicht einmal übel nehmen konnte.

Sophie musste sich zusammenreißen, um nicht zu kichern. Hanna war ganz offensichtlich beschwipst. Sie machte einen Schritt auf Theo zu und stand nun viel zu dicht vor ihm, was ihn sichtlich irritierte. Mit dem ausgestreckten Zeigefinger fuchtelte sie dabei vor seiner Nase herum, als wäre sie eine Mutter, die ihr Gör zurechtwies.

»Kein Grund, unhöflich zu werden, Fräulein Grieb«, sagte Theo, und Sophie glaubte, ein winziges Lächeln in seinem Gesicht zu erkennen. Er hatte bemerkt, dass die Freundin etwas zu viel Bowle getrunken hatte, und schien sich nun über sie zu amüsieren.

»Darf ich bitten?«

Theos Aufforderung zum Tanz kam völlig überraschend, und anstelle einer Antwort starrte Sophie ihn mit offenem Mund an. Erst als Hanna ihr den Ellbogen in die Seite rammte, fasste sie sich wieder.

»Bist du sicher?«, fragte sie und merkte im nächsten Moment, wie töricht sie klang. Er hätte wohl nicht gefragt, wenn er nicht sicher wäre.

»Ja«, sagte Theo schlicht und hielt ihr höflich seinen Arm hin.

»Ein hervorragender Einfall«, kommentierte Hanna. »Ich werde nach Gustav Ausschau halten. Er ist ein sehr guter Tänzer.«

Da auch Luise und Greta auf die Tanzfläche liefen, um

miteinander zu tanzen, blieb Sophie keine andere Wahl, wollte sie nicht allein zurückbleiben.

Jetzt mit Theo zu tanzen war etwas vollkommen anderes als auf dem Herbstball. Damals hatte sie sich an ihn geschmiegt und seine Nähe genossen. Heute war sie verkrampft und steif und darauf bedacht, Distanz zwischen ihre Körper zu bringen, zu schmerzhaft war die Erinnerung daran, wie oft er sie inzwischen stehen gelassen oder zurückgewiesen hatte.

»Wie gefällt es dir in St. Leonhard?«

»Sehr gut«, sagte sie knapp und schwieg wieder. Er sollte sich ruhig etwas bemühen, wenn er sie zum Reden bringen wollte. Sie wandte den Blick nach rechts und bemerkte, dass auch Henriette inzwischen auf der Tanzfläche war. Laut lachend warf sie ihre roten Locken in den Nacken, und nach einer Drehung erkannte Sophie, dass sie auch heute wieder mit Carl tanzte. Vielleicht hatte sie ja doch ernsthaft Gefallen am Sohn des Postbeamten gefunden?

»Und die Arbeit ist dir nicht zu schwer?«

Sophie sah Theo überrascht an. »Nun, es gibt wesentlich mehr zu tun, so viel ist sicher.« Sie lächelte vorsichtig. »Aber das, was ich tue, erfüllt mich, und es hilft denjenigen, die Hilfe brauchen.«

Theo nickte zwar mit einem verkniffenen Lächeln, doch sie wusste seine Miene beim besten Willen nicht zu deuten.

»Was ist mit diesem Karl?«

Überrascht zog sie die Augenbrauen hoch, blieb mitten auf der Tanzfläche stehen und sah Theo an. »Bitte?«, fragte sie empört. »Ich wüsste nicht, was dich das angeht.«

»Ich versuche nur, Konversation zu machen.« Theos

Augen blieben an ihrer Kette hängen, und seine Lider flatterten, als wäre er irritiert. »Du trägst sie?«

»Das tue ich.«

Obwohl er sich zu einem Lächeln zwang, erreichte es seine Augen nicht, und Sophie wusste, dass es ihm mitnichten um Konversation ging, sondern darum, sie auszuhorchen. »Schreibt ihr euch denn nun regelmäßig?«, bohrte er weiter.

Sophie reckte das Kinn in die Höhe und sah ihn fest an. Er sollte ruhig wissen, dass sie einen Verehrer hatte und nicht auf die Freundlichkeit oder Zuneigung eines Theodor Hartmann angewiesen war.

»Ja, das tun wir. Karl Jordan ist ein ausgesprochen höflicher Mann. Er hat Interesse an dem, was ich tue, und verurteilt mich nicht dafür.«

An der Art und Weise, wie Theo seine Lippen verzog, erkannte sie, dass er ihre Spitze verstanden hatte.

»Natürlich tut er das nicht«, gab er gehässig zurück. »Aber kann er dir denn überhaupt etwas bieten?«

Sophie schüttelte ärgerlich den Kopf. Warum wollte Theo wissen, ob Karl ihr etwas zu bieten hatte? Es ging ihn nichts an! Er hatte sie von sich gestoßen, obwohl er sie auf eine wunderliche Art und Weise gernzuhaben schien. Und nun wurde er garstig, wenn ein anderer Mann sich für sie interessierte? Sie beschloss in diesem Moment, ihn von dem hohen Ross, auf dem er saß, herunterzuholen. Er sollte nicht glauben, dass sie auf ihn und seine undurchsichtige Zuneigung wartete.

»Er ist der Sohn des Schokoladenfabrikanten Gottfried Jordan. Du hast vielleicht schon einmal von Jordan & Timaeus gehört?«

Theos Miene verfinsterte sich. Es war nicht zu übersehen, dass er innerlich vor Eifersucht kochte. Einerseits freute sie sich darüber. Andererseits ärgerte es sie, dass er tatsächlich davon ausgegangen war, dass ihr, wenn überhaupt, nur ein armer Schlucker seine Aufwartung machen würde.

Obwohl die Musik in diesem Moment endete, hielt Theodor sie weiter im Arm. »Wie ich sehe, habe ich mich ganz umsonst gesorgt. Es geht dir ganz offensichtlich bestens ohne uns. Das ist doch sehr erfreulich.«

Sophie wollte etwas sagen, doch wieder einmal ließ er sie stehen. Kopfschüttelnd sah sie ihm nach. Sein Verhalten machte sie traurig und wütend zugleich, doch nichts, was sie sagte oder tat, würde ihn ändern. Er mochte sie, das zeigte die Tatsache, dass er auch heute wieder ihre Nähe gesucht hatte. Trotzdem schaffte er es nicht, über ihre Herkunft und ihren Lebenswandel hinwegzusehen.

Sophie ihrerseits dachte allerdings nicht daran, sich damit zufriedenzugeben, sein wohlgehütetes Geheimnis zu bleiben. Wie sie es auch drehte und wendete: Es gab keine Zukunft für sie und ihn, und genau das war der Grund, warum sie in ihrem letzten Brief an Karl zugestimmt hatte, dass er sie in Rothenburg besuchte.

»Er kann einfach nicht von dir lassen.«

Sophie wandte sich um und sah in Henriettes Gesicht. Ihre Haare wirkten zerzaust, und ihre Wangen waren gerötet. Da Sophie nicht wusste, was sie dazu sagen sollte, schwieg sie.

»Du solltest nicht auch noch mit ihm tanzen, nachdem du ihm schon das Herz gebrochen hast.« Henriettes Tonlage war ungewöhnlich hoch, und sie zog die Silben in die Länge. Offenbar hatte auch sie inzwischen ein oder zwei Gläser Bowle zu viel getrunken.

Sophie krallte ihre Hände rechts und links in ihren Rock und mahnte sich zur Ruhe. Von einer angetrunkenen Henriette sollte sie sich nicht provozieren lassen.

»Amüsierst du dich?«, lenkte sie das Gespräch auf ein anderes Thema und deutete mit dem Kopf in Richtung Carl. »Ich sehe dich öfter mit ihm, kann das sein?« Sie lächelte vertrauensselig und tat so, als hätte es den Streit zwischen ihnen nie gegeben.

»Noch vor einem Monat hätte ich es dir erzählt«, gab Henriette lallend zurück. »Aber wir sind keine Freundinnen mehr. Schon vergessen? Du hast dich entschieden, mir deine Geheimnisse nicht mehr anzuvertrauen. Und dann hast du dich entschieden, mich allein zu lassen. Hanna mag mich auch nicht mehr, also habe ich mir einen neuen Freund gesucht.«

Sie zog ihre Augenbrauen theatralisch in die Höhe und nickte dabei betont langsam, als wollte sie Sophie »Das hast du nun davon« an den Kopf werfen.

»Du hast zu viel getrunken, Henriette. Und du wirst wohl niemals in der Lage sein, andere Wünsche und Interessen vor deine eigenen zu stellen. Aber das macht nichts. Ich bin glücklich mit meiner Entscheidung.«

»Das«, sagte Henriette und zeigte mit dem Zeigefinger direkt auf Sophies Nasenspitze, »ist gelogen! Ich habe dich beim Tanzen mit meinem Bruder beobachtet. Ein kleinstes Signal von ihm, und du würdest ihm um den Hals fallen.«

Sophie schluckte. Sie hatte nicht ganz unrecht, denn noch überwog tatsächlich die Trauer über die vertane Gelegenheit zwischen ihr und Theo.

»Und ich schäme mich nicht dafür. Ich hatte deinen Bruder sehr gern. Ich werde mich damit abfinden, wie es jetzt ist. Und ich werde trotzdem ein glückliches Leben führen.«

Sie sah Henriette fest an. Die schwankte nun leicht nach hinten und gab nichts weiter als ein lautes und unecht klingendes Lachen von sich. »Das werden wir ja sehen«, fauchte sie. Dann stürmte sie auf Carl zu und ließ sich von ihm nach draußen geleiten.

Erst in diesem Augenblick bemerkte Sophie, dass auch die anderen Gäste dabei waren, den Raum zu verlassen. Offenbar war es gleich Mitternacht und Zeit, das Feuerwerk zu bewundern, das der Gastwirt Hubertus Rößler vorbereitet hatte.

Sophie sah sich nach Hanna um, doch ihre Freundin stand vor Gustav und bemerkte sie gar nicht. Der Maler hatte seine Arme fest um sie gelegt und wühlte mit seiner Nase liebevoll in ihren Haaren. Sie konnte sehen, wie verliebt der junge Mann in ihre Freundin war. Ob die allerdings ebenso fühlte, vermochte sie nicht zu sagen. Zwar schmiegte sie sich eng an ihn und lächelte ihm immer wieder verführerisch über die Schulter zu, trotzdem konnte Sophie sich nicht vorstellen, dass Hannas Gefühle für Louis einfach so vergangen waren.

Wieder einmal stand Sophie allein in einer Menschenmenge. Doch es fühlte sich nicht mehr so scheußlich an wie noch vor Monaten auf dem Herbstball. Sie war einfach nicht für oberflächliche Feierlichkeiten gemacht. Sobald das Feuerwerk vorüber war, würde sie sich verabschieden, nach St. Leonhard zurückkehren und noch einmal einen Blick in den Schlafsaal werfen. Vielleicht war die alte Charlotte ja guter Dinge, dann wollte sie sich ein wenig zu ihr ans Bett setzen und ihren wirren Geschichten lauschen.

Die Gäste des *Goldenen Greifen* begannen in dieser

Sekunde, von zehn rückwärts zu zählen. Die Menschen um sie herum strahlten, und um nicht aufzufallen, setzte auch Sophie ein Lächeln auf und starrte hinauf. Als das Feuerwerk losging und alle Augen gebannt zum Himmel blickten, spürte sie plötzlich eine Hand an ihrer Schulter, die sie sanft herumdrehte. Sie wusste, wer es war, bevor sie ihn ansah.

»Glückliches neues Jahr, Sophie. Ich wünsche dir von Herzen, dass deine Träume wahr werden.«

Ohne ihre Antwort abzuwarten, riss er sie an sich und küsste sie. Wieder lagen Verzweiflung und Verlangen in diesem Kuss, und wieder ließ sie es geschehen. Niemand der Umstehenden interessierte sich für sie, und Sophie beschloss, diesen letzten Kuss zu genießen. Sie umschlang seine Taille, legte ihre Hände auf sein Gesäß und zog ihn fest an sich. Sie spürte seine Erregung, und das Ziehen in ihrem Unterleib drohte ihr die Luft zu nehmen. Wie von selbst wühlten sich ihre Hände unter sein Hemd, und sie spürte seine angespannten Bauchmuskeln unter ihren Fingerspitzen. Entlang des Hosenbundes strich sie über seinen Bauch. Theo stand da wie versteinert und hielt die Luft an.

Wie durch einen Nebelschleier bemerkte Sophie, dass die Neujahrsrufe und das Krachen des Feuerwerks weniger wurden. Eilig zog sie ihre Hände zurück und legte sie ein letztes Mal um Theos Kopf.

»Das alles könnte dir gehören, Theo. Aber du wirfst es weg, ohne wirklich zu wissen, warum. Ich warte, aber ich warte nicht ewig.«

Dann presste sie ein letztes Mal ihre Lippen auf seine und ließ ihn stehen.

36

Sonntag, 31. Dezember 1865

Henriette

Henriette ärgerte sich maßlos darüber, dass Sophie so einfach über ihre Bemerkungen hinweggegangen war. Dabei hatte sie doch schon einen Schritt auf sie zugemacht und sie nach wochenlangem Schweigen angesprochen. Und was war dabei herausgekommen? Nichts als die Gewissheit, dass Sophie offenbar wunderbar ohne sie zurechtkam.

Sie hatte sie und ihren Bruder beim Tanzen beobachtet. Theo versuchte, seine Gefühle zu verbergen, doch sie kannte ihn gut genug und wusste seine Mimik ebenso zu deuten wie seine Körpersprache. Doch wo sollte das enden? Seit Sophie in ihr Haus gekommen war, hatte sie nach Kräften daran gearbeitet, ihrem Bruder einzureden, dass eine Beziehung zwischen ihm und dem Pflegekind eine Schande und gänzlich undenkbar war.

Anfangs hatte er geleugnet, überhaupt etwas für die arme Waise zu empfinden, später hatte er Henriettes Kommentare ignoriert. Sein Verhalten jetzt ließ aber keinen Zweifel zu: Er war vollkommen vernarrt in das Mädchen, ein Umstand, den sie als Schwester auf keinen Fall dulden konnte. Was sollten die Rothenburger von ihr denken, wenn ihr Bruder am Ende eine Waise heiratete? Das würde nicht nur auf ihn, sondern auch auf sie ein schlechtes Licht werfen.

Theodor war gut aussehend und sehr gebildet. Er hatte die Lateinschule mit Bravour beendet, in Heidelberg die Fakultät für Jurisprudenz besucht und würde schon bald ein sehr angesehener Advokat sein. Noch war die Klientendatei seiner Kanzlei überschaubar, doch er hatte ja auch gerade erst mit seiner Arbeit angefangen. Für einen Dreiundzwanzigjährigen hatte er einen beispiellosen Werdegang hinter sich. Eine Verbindung zu dem Waisenmädchen, ehemals Tochter eines Mannes, der schon zu Lebzeiten in Konkurs gegangen war, konnte Theodors Karriere zerstören, bevor sie begonnen hatte, vor allem jetzt, da er sich anschickte, in der Politik Fuß zu fassen.

Nach außen hin teilte er ihre Ansicht, dass Sophie nicht die richtige Partie für ihn war. Doch man musste kein Hellseher sein, um seine wahren Gefühle zu erraten. Er liebte dieses Mädchen, und sollte sie sich tatsächlich für diesen ominösen Verehrer aus Dresden entscheiden, hätte Theo daran sicher lange zu knabbern. Aber er würde es überleben, und dann läge die Karriere vor ihm, die er verdient hatte und die immer auch dafür sorgen würde, dass Henriette hohes Ansehen genoss.

»Wo bist du nur mit deinen Gedanken?«

Henriette zuckte zusammen. Sie hatte reglos in den Himmel gestarrt und weder Stimmen gehört noch Gesichter gesehen.

»Entschuldige, was hast du gesagt?«

»Ich habe dir ein glückliches neues Jahr gewünscht und gesagt, dass ich hoffe, auch weiterhin Zeit mit dir verbringen zu dürfen.«

Carl kam ihrem Gesicht näher, doch Henriette wich zurück.

»Doch nicht zwischen all den Menschen«, sagte sie mit gespielter Empörung, schenkte ihm jedoch gleichzeitig einen verführerischen Augenaufschlag und erklärte: »Du wirst dich gedulden müssen.«

Gierig leckte sich der Sohn des Postboten über die Lippen und zog sie dann wieder hinein in den Saal.

»Möchtest du noch ein Glas?«, fragte er.

Sie schüttelte den Kopf. Sie hatte inzwischen mehr als genug getrunken und war jetzt schon äußerst anhänglich und liebebedürftig. Wenn sie nicht aufpasste, würde sie Carl etwas gestatten, das später Konsequenzen für sie haben könnte.

»Ich hatte genug, fürchte ich. Am allerliebsten wäre es mir, wenn du mich nach Hause bringen würdest.«

Carls Enttäuschung war nicht zu übersehen. Er verzog den Mund, hatte sich jedoch schnell wieder unter Kontrolle.

»Selbstverständlich«, sagte er eilig.

Im Flur vor dem Festsaal reichte er Henriette den Mantel und half ihr dabei, ihren Hut vernünftig aufzusetzen. Ihre Hände waren fahrig, und vermutlich hätte sie ein erbärmliches Bild abgegeben, wenn er sie einfach hätte laufen lassen. So aber machte er einen Schritt auf sie zu, zog die linke Seite des Huts zurecht und nickte dann zufrieden.

»So wird es gehen.«

Henriette schnappte nach Luft. »Es wird gehen? Nun, wenn ich dir nicht ansehnlich genug bin, kann ich mir auch eine andere Begleitung suchen.«

Carl griff nach ihrem Arm und zog sie an sich. »Kommt nicht infrage«, flüsterte er.

Henriette beruhigte sich. Er war offenbar darauf aus, ihre Reaktionen zu testen, und sie musste zugeben, dass die Vorstellung, sie könnte nicht mehr das schönste Mädchen in den Augen von Carl Ludwig sein, ihren Puls auf unangenehme Weise in die Höhe trieb. Trotz des Alkohols waren ihre Sinne seltsam klar. Carl war Mittel zum Zweck, doch sie gestand sich inzwischen ein, dass er auch Sehnsucht und Verlangen in ihr weckte. Die Art, wie er sie ansah, der Klang seiner Stimme, selbst das wilde Herumfuchteln mit den Händen, wenn er sprach, gefielen ihr. Natürlich war er nicht der Richtige für sie. Doch anders als bei ihrem Bruder Theo war ihr diese Tatsache selbstverständlich bewusst. Sie würde die Zuneigung dieses Mannes und das aufregende Spiel mit ihm genießen. War Louis erst aus Amerika zurück, würde er natürlich keine Rolle mehr in ihrem Leben spielen. Was wollte sie mit dem Sohn eines Postbeamten, wenn sie den eines angesehenen Arztes haben konnte, der noch dazu im weit entfernten Amerika zu Ruhm und Ehre gekommen war?

Doch diese Entscheidung hatte noch Zeit. Jetzt war etwas ganz anderes wichtig. Ihre Beobachtungen am heutigen Abend hatten sie auch auf Hanna wütend werden lassen, und es war an der Zeit, der Tochter des Seifensieders einen Dämpfer zu verpassen. Vertraulich hakte sie sich bei Carl unter. Eine Weile liefen sie schweigend durch die verschneiten Straßen. Immer wieder seufzte sie, und natürlich erreichte sie schnell ihr Ziel.

»Geht es dir gut?«, fragte Carl besorgt.

»Es war ein sehr schöner Abend, und das verdanke ich nur dir, Carl.« Sie schenkte ihm ein verklärtes Lächeln und fuhr fort: »Ich fürchte, meine Freundinnen wollen nichts mehr von mir wissen, dabei tue ich alles für das Glück von Hanna und Sophie.«

»Du darfst dir die heutige Nacht nicht zu Herzen nehmen. Sie waren ebenso mit anderen Dingen beschäftigt, wie du mit mir beschäftigt warst.«

»Hannas Verhalten war trotzdem beschämend. Hast du bemerkt, wie sie sich dem Künstler an den Hals geworfen hat? Fast schien es, als wäre ihr gleichgültig gewesen, dass ganz Rothenburg sie dabei beobachtet.«

»Aber du und ich ...«

»Nein«, unterbrach Henriette ihn barsch. »Wir haben getanzt. Das war den Feierlichkeiten angemessen. Hanna aber hat zugelassen, dass dieser fremde Mann sie auf ziemlich eindeutige Weise in den Arm nimmt.«

»Sie hatte möglicherweise ein Glas zu viel. Sei nicht zu streng mit ihr.«

»Ich sollte Louis schreiben«, murmelte sie und tat dabei so, als fiele ihr diese Entscheidung schwer. »Wenn er weiß, dass Hanna einen Verehrer gefunden hat, wird zumindest er von ihr ablassen. Sicher würde er keine Briefe mehr schreiben, und wir hätten eine Sorge weniger.« Henriette hob ihre Hand und strich Carl behutsam über die Wange. »Was sagst du dazu?«

Carl blieb stehen, hielt Henriette am Arm und zwang sie, ihn anzusehen. »Das solltest du auf gar keinen Fall tun!«, rief er fast schon empört.

Henriette kniff ihre Augen zusammen und starrte ihn an. Die Wut, die in ihr hochkam, trieb ihr die Tränen in die Augen. Wie konnte er, statt auf ihrer Seite zu sein, zu Hanna halten? Das Rothenburger Bier, das er den ganzen Abend über in sich hineingeschüttet hatte, musste ihm zu Kopf gestiegen sein.

»Ach, und warum sollte ich das deiner Meinung nach nicht tun?«, giftete sie und riss sich los.

»Wir sind auf Hannas Seite, schon vergessen? Wenn du Louis schreibst, zerstört das den Ruf deiner Freundin.«

»Freundin? Du hast mir nicht richtig zugehört. Weder sie noch Sophie wollen noch etwas mit mir zu tun haben.«

»Das ist doch nur eine Phase. Ihr seid jahrelang gute Freundinnen gewesen, das kannst du nicht in den Wind schreiben. Auf diese Weise gibst du Louis das Gefühl, auf seiner Seite zu sein, statt Hanna vor ihm zu beschützen. Glaub mir, meine Liebe, das wäre ein großer Fehler.«

Missmutig stapfte Henriette los, ohne darauf Rücksicht zu nehmen, ob Carl ihr folgte. Was war er nur für ein Tölpel! Am liebsten hätte sie ihm ins Gesicht geschrien, dass genau das ihre Absicht war. Sie wollte Louis für sich, und Hannas Ruf scherte sie herzlich wenig. Doch natürlich durfte sie das nicht zugeben.

Wenn sie nicht wollte, dass er stutzig wurde und ihre kleine Abmachung womöglich aufflog, musste sie wohl oder übel einlenken und sich die erste echte Gelegenheit, Louis auf ihre Seite zu ziehen, entgehen lassen.

Schweigend erreichten sie ihr Elternhaus. Die Fenster waren dunkel, was bedeutete, dass ihr Vater und ihre Mutter noch in der *Traube* waren. Nun war der Moment gekommen, in dem sie entscheiden musste, wie böse sie mit Carl sein wollte. Sie konnte ihn auf der Stelle wegschicken und ihn so wissen lassen, dass sie beleidigt war. Damit liefe sie aber Gefahr, dass er erkannte, dass es ihr nicht wirklich um Hannas Wohl gehen konnte. Hinzu kam, dass sie noch immer gierig nach seinen Küssen und Berührungen war. Ihn jetzt fortzuschicken würde bedeuten, sich ein prickelndes Abenteuer entgehen zu lassen.

Im zarten Alter von zwölf Jahren, als Henriette zum ersten Mal bemerkt hatte, welche Anziehung sie auf das andere Geschlecht ausübte, hatte ihre Tante Emma all die Fragen beantwortet, die sie ihrer eigenen Mutter nie hätte stellen können. Es hatte sie einige Überredungskunst gekostet, doch die Tante hatte schließlich eingesehen, dass es auch dem Ansehen des *Hotels Traube* schaden könnte, wenn die Nichte der Besitzerin irgendwann aus Unwissenheit ein Kind erwartete. Henriette wusste also um den eigentlichen Akt, der zur Schwangerschaft führte, und um die Dinge, die Liebende miteinander genießen konnten, ohne Konsequenzen fürchten zu müssen.

Sie sah Carl von der Seite an und spürte Verlangen in sich aufsteigen. Wo genau es herkam, verstand sie selbst nicht so recht, denn der junge Mann war ganz sicher niemand für die Ehe. Er war nicht adlig und gehörte auch nicht zum aufstrebenden Bürgertum. Er war ansehnlich, sicher, aber kaum zu vergleichen mit dem atemberaubenden Äußeren eines Louis Schmieger. Und doch gierte Henriette danach, von ihm begehrt und berührt und geküsst zu werden. Dieser Abend würde auf keinen Fall vorübergehen, ohne dass sie zu ihrem Vergnügen kam!

»Du hast recht«, sagte sie mit sanfter Stimme. »Das habe ich so nicht bedacht. Überhaupt fällt mir das Denken sehr schwer, wenn du in meiner Nähe bist.« Sie schloss die Tür auf und rief laut ins Haus hinein: »Hallo?«

Wie zu erwarten erhielt sie keine Antwort, denn die Hartmanns hatten auch Isabella in der Neujahrsnacht freigegeben. Mit weit aufgerissenen Augen wandte sie sich zu Carl um.

»Ein seltsames Gefühl, des Nachts das Haus zu betreten und allein zu sein«, murmelte sie und bemühte sich um ein Zittern in der Stimme. Dann lief sie zum Treppenaufgang und drehte die Petroleumlampe auf, die auf kleinster Stufe flackerte.

»Ich könnte bleiben, bis dein Bruder oder deine Eltern kommen. Dann kannst du dich mit dem sicheren Gefühl ins Bett legen, dass ich hier unten Wache halte.«

In diesem Moment verlor Henriette die Geduld mit Carl. Seine guten Manieren mochten in allen anderen Situationen angebracht sein, doch jetzt waren sie mehr als hinderlich. Niemand außer ihnen war im Haus, und sie hatte ihm zu verstehen gegeben, dass sie nicht allein sein wollte. Jeder andere Bursche Rothenburgs hätte ihren Wink wohl verstanden!

Ohne sein Angebot zu kommentieren, drehte sie sich zu ihm um und schob ihn gegen die geschlossene Tür. »Das willst du doch nicht wirklich«, flüsterte sie, presste sich an ihn und sah ihn abwartend an. Die Gier in seinen Augen war nicht zu übersehen, doch er machte noch immer keine Anstalten, sie zu küssen. Er ließ ihr keine Wahl: Sie musste ihm sagen, was sie von ihm wollte, oder selbst das Ruder in die Hand nehmen.

»Bitte komm mit nach oben. Wir lassen nur hier unten diese eine Lampe an, oben wird alles dunkel sein. Du hast bewiesen, dass du Anstand hast, und ich vertraue dir. Du darfst mich bis an meine Zimmertür begleiten.«

Sie bemerkte das Flattern seiner Augenlider und sah das Zittern seiner Hand, als er sie auf das Treppengeländer legte. Er ließ ihr den Vortritt, und Henriette schritt langsam Stufe für Stufe vor ihm hinauf. Sie hatte das Gefühl, als würden sich seine Augen in ihren Rücken bohren, und sie wusste, dass Carl, waren sie erst in ihrem Zimmer allein, Wachs in ihren Händen sein würde.

Sie würde ihm gestatten, sie nackt zu sehen, denn auch sie wollte nichts mehr, als seinen Körper im schummrigen Licht der Petroleumlampe zu berühren und zu küssen. Sie würde ihm gestatten, sie in Ekstase zu versetzen, und es verstand sich von selbst, dass auch sie ihm Befriedigung verschaffte. In dieser Nacht, das stand fest, würde sie dafür sorgen, dass Carl Ludwig ihr endgültig verfiel.

Lächelnd stieg Henriette weiter die Treppe hinauf. Ihr fiel ein, dass das Abenteuer mit Carl ja längst noch nicht alles war, was sie erwartete.

Zu Beginn dieser letzten Dezemberwoche hatte sie ein weiterer Brief erreicht. Natürlich nicht sie direkt. Es war wieder ein Umschlag, der in einem anderen Umschlag steckte. Noch hatte sie diesen Brief nicht gelesen, doch die heutige Nacht war wie gemacht dafür.

Louis hatte seine Hoffnung auf ein glückliches Ende mit Hanna noch immer nicht aufgegeben. Einerseits war das natürlich ärgerlich, vor allem, wenn sie bedachte, dass sie ihm nicht einfach von Hannas unehrenhaftem Verhalten auf dem Neujahrsfest erzählen konnte. Andererseits liebte sie seine Briefe und freute sich über jeden einzelnen davon. Ihr war klar, dass sie an Hanna gerichtet waren, sie hatte ja schließlich nicht den Verstand verloren. Trotzdem gab sie sich jedes Mal dem Wunschtraum hin, sie wären an sie selbst gerichtet. Sie las seine Worte und dachte daran, dass er eines Tages erkennen würde, dass nicht Hanna, sondern sie – Henriette – die Richtige für ihn war. Spätestens dann würde er solche Worte auch an sie richten, und darum sprach nichts dagegen, sich heute schon vorzustellen, er hätte sie ihr geschrieben.

37

Winter 1865

Louis

Chicago
im Dezember 1865

Liebste Hanna,
ich habe die Sorge, dass sich meine schlimmsten Befürchtungen bewahrheitet haben könnten und du dich von mir abgewendet hast. Ich werde trotzdem nicht aufhören, an uns zu glauben und daran, dass dein Schweigen einen anderen Grund haben muss als den, dass du mich nicht mehr in deinem Herzen trägst.
Der Postweg ist lang, es lauern unzählige Gefahren auf der Strecke und damit auch unzählige Gelegenheiten, bei denen ein Brief verloren gehen könnte.
Vielleicht ist meine Nachricht in den Regen gekommen, und du konntest die Anschrift nicht mehr lesen? Oder vielleicht ist auch ein Postsack über Bord gegangen, ohne dass dieses Missgeschick gemeldet wurde? Wer weiß das schon? Ich halte mich daran fest, dass du meine Zeilen noch immer liest und dass mich deine erklärenden Worte irgendwann erreichen und beruhigen werden.
Liebste Hanna, wenn du diese Zeilen bekommst, wurde

zu Hause sicher schon das neue Jahr eingeläutet. Hast du es mit deiner Familie verbracht? Oder mit Sophie? Ich habe um Mitternacht in den Himmel gesehen, und das Wissen, dass du den gleichen Mond siehst wie ich, hat mich glücklich gemacht.
Wie sehr ich doch wünschte, mit dir sprechen zu können! Dann könnte ich dir erzählen, wie aufregend die letzten Wochen gewesen sind.
Du wirst es nicht glauben – ich glaube es ja selbst kaum! Bei einem meiner Streifzüge durch Chicago bin ich auf eine kleine, aber feine Seifensiederei gestoßen. Ich denke, es war die Sehnsucht nach dir, die mich in das Geschäft trieb. Ich habe mich dort umgesehen, und als der Inhaber Mr Andrews nach meinem Begehr fragte, erklärte ich ohne Zögern, dass ich auf der Suche nach einer Arbeit wäre und mich für das Siedereihandwerk interessierte. Und was soll ich sagen? Ich habe eine Anstellung bekommen, und Mr Andrews scheint es sich zur Aufgabe gemacht zu haben, mir jedes noch so winzige Detail seines Handwerks beizubringen. Anfangs war ich davon überzeugt, dass mich diese Arbeit nur deshalb erfüllt, weil es das ist, was du liebst. Aber inzwischen weiß ich, dass das nicht der einzige Grund sein kann. Es ist vielmehr die Tatsache, etwas zu erschaffen, was die Menschen wirklich brauchen und was sie auf Dauer nicht nur sauber, sondern auch gesund hält, die mich über alle Maßen begeistert.
Neben der Seifensiederei zieht Mr Andrews auch Kerzen.
Ich hoffe, du verzeihst mir meine Indiskretion, aber ich musste dem guten Mann von dir erzählen. Seine Begeisterung hat mich so sehr an dich erinnert, dass ich

ihm erklärte, dass in der Heimat ein Mädchen auf mich wartet, das seine Leidenschaft teilt. In unseren Gesprächen fiel irgendwann auch der Name Procter & Gamble. Du erinnerst dich sicher, dass du diese Firma in der Jagdhütte erwähnt hast.
Und jetzt, liebe Hanna, solltest du dich besser setzen, denn meine Neuigkeiten könnten dich dein Gleichgewicht kosten: Mr Andrews bot mir an, ein Schreiben an James Gamble aufzusetzen (sie kennen sich noch von ihrer Überfahrt von Irland nach Amerika) und ein gutes Wort für mich einzulegen. Gestern nun erreichte mich das Antwortschreiben des Herrn Gamble. Wie gern hätte ich dich bei mir gehabt, als ich den Brief öffnete!
Der Seifenfabrikant hat mich nach Cincinnati eingeladen, kannst du das glauben, Hanna? Er erklärte sich bereit, mich ganz persönlich in seiner Fabrik herumzuführen, mir Maschinen und Arbeitsabläufe zu erklären und mir zu zeigen, wie sehr das Fließband jegliche Art von Massenproduktion vorantreibt.
Sei also nicht erstaunt, wenn mein nächster Brief ein wenig auf sich warten lässt. Ich werde meine Zelte in Chicago ab- und nach Cincinnati aufbrechen.
Hanna, ich sehe endlich klar! Bei Procter & Gamble werde ich alles lernen, was für eine Seifenfabrikation nötig ist. Und dann werde ich zu dir zurückkehren, meine Liebste.
Ich möchte nicht zu viel verraten, weiß ich doch nicht, was dich so plötzlich zum Schweigen gebracht hat. Aber ich habe inzwischen ein klares Bild meiner Zukunft vor Augen, und diese Zukunft funktioniert nur mit dir! In meiner Vision stehen wir Seite an Seite und leben einen

Traum, der einst nur der deine war und der nun auch mich befallen hat wie eine Krankheit, die sich nicht besiegen lässt.
Ich bin so aufgeregt! Ich freue mich wie ein Kind darauf, den Geheimnissen dieser Seifenfabrik auf den Grund zu gehen, um sie anschließend mit dir zu teilen. Ich schicke dir auch gleich die Anschrift meiner neuen Unterkunft in Cincinnati. Deinen Brief, den ich mit Sehnsucht erwarte, musst du also nicht mehr nach Chicago senden.
Hanna, ich habe das Versprechen, das wir uns vor meiner Abreise gaben, nicht vergessen. Und selbst wenn ich bis zu meiner Rückkehr keinen einzigen Brief von dir erhalten sollte, so werde ich doch weiter darauf vertrauen, dass unsere Gefühle füreinander keine Illusion waren.
Wie sehr du mir fehlst! In meinem liebsten Tagtraum sehe ich dich mit Matsch auf Wangen und Händen vor mir sitzen, sehe dein verschmitztes Lächeln und höre deine Stimme, die mir erklärt, ich wäre dreckig – nachdem du mich doch selbst mit diesem Morast beschmiert hast. Wenn ich an deine Art, mich zu necken, denke, stellen sich mir auch jetzt noch die Nackenhaare auf.
Ich möchte dich in meine Arme reißen, deine weichen Lippen küssen und dir all die wunderbaren Dinge zuflüstern, die ich mit dir erleben will.
Trotz aller Aufregung und Freude ist da aber auch ein Funke Angst, der von Woche zu Woche größer zu werden droht: Was, wenn Henriette ihre Drohung wahr gemacht hat? Was, wenn sie und eine ihrer Intrigen hinter deinem Schweigen stecken?
Mein Herz wird schwer, wenn ich diesen Gedanken weiterspinne. Ich verdränge ihn, als wäre er ein böser

Geist, den ich mit jedem neuen Tagesanbruch vertreiben muss. Noch habe ich die Kraft dazu. Noch vertraue ich darauf, dass alles gut wird und wir schon bald wieder vereint sein werden. Und selbst wenn ich diese Zuversicht eines Tages verlieren werde, so verspreche ich dir doch, nichts zu tun, was unser Glück gefährden könnte. Solange ich nicht vor dir gestanden und aus deinem eigenen Mund gehört habe, dass deine Gefühle für mich der Vergangenheit angehören, so lange werde ich an uns glauben.
In Liebe der Deine
Louis

38

Montag, 1. Januar 1866

Hanna Der erste Weg, den Hanna am Neujahrsmorgen nahm, führte sie in die Küche. Eilig bereitete sie sich einen Kamillentee zu und schlich mit der Tasse in der Hand zurück in ihr Zimmer. Ihr war entsetzlich übel, ihr Kopf schien kurz vor dem Zerspringen zu sein, und das schlechte Gewissen zerfraß sie innerlich. Mit jedem Schluck Tee, den sie schlürfte, kehrte die Erinnerung an die letzte Nacht zu ihr zurück und mit ihr das blanke Entsetzen über ihr Verhalten.

Wie mit den Eltern vereinbart, hatte Hanna sich gegen halb eins am Morgen mit Friedrich auf den Heimweg gemacht, und Gustav hatte es sich nicht nehmen lassen, sie durch die Nacht zu begleiten.

Glücklicherweise plapperte ihr Bruder auf dem Heimweg ununterbrochen, sodass weder sie noch der Maler nach Worten suchen mussten. Die ersten Minuten an der frischen Luft waren Hanna gar nicht gut bekommen, da sie offenbar die Wirkung des Alkohols in ihrem Körper verstärkten. Gustav war jedoch sehr aufmerksam gewesen. Er hatte ihr Schwanken bemerkt und ihr Halt gegeben.

Sie erinnerte sich daran, dass Friedrich mit einem stolzen Grinsen im Gesicht – immerhin hatte die Wirtin Klara ihm für seine Hilfe einen stattlichen Geldbetrag übergeben – in seine Kammer verschwunden war.

Gustav und sie waren allein zurückgeblieben, und sie hatte plötzlich ein großes Mitteilungsbedürfnis gehabt. Ohne jede Scheu hatte sie seine Hand ergriffen und ihm Stube, Küche und Vorratskammer gezeigt. Gemeinsam hatten sie dann die Werkstatt betreten, und der Gedanke an das Gemälde, seine offene Zuneigung und das Wissen um die Tatsache, dass sie nun allein mit ihm war, hatten ihren Verstand ausgeschaltet. Sie hatte sich auf den großen Arbeitstisch gesetzt und ihn zu sich gebeten.

Sie wollte geküsst werden, und sie hatte diese Worte laut ausgesprochen. Gustav hatte ihren Wunsch nur zu gern erfüllt, und dann war sie in eine Art Rausch verfallen. Gustavs Küsse und Berührungen brannten noch jetzt auf ihrer Haut, und obwohl ihr das schlechte Gewissen fast den Atem nahm, spürte sie gleichzeitig eine unerklärliche Sehnsucht, diese Gefühlsstürme noch einmal zu durchleben.

Hanna stellte die Teetasse auf den Nachtschrank und schlüpfte wieder unter die Bettdecke. Fassungslos und fasziniert zugleich dachte sie daran, wie er sie liebkoste und verwöhnte und wie sehr sie die aufflammende Leidenschaft genossen hatte. Mit Händen und Lippen hatte er jeden Zentimeter ihres Körpers erforscht und ihre Sorgen mit dem Hinweis zerstreut, dass sie keine Angst haben müsste, denn er würde aufpassen.

Ohne wirklich zu wissen, was dieses Aufpassen bedeuten sollte, vertraute sie ihm und ließ sich fallen. Als wäre ihr Urteilsvermögen in einen tiefen Schlaf gesunken, schob sie alle Bedenken beiseite und flehte ihn an, bloß nicht aufzuhören.

Wenn ihre Erinnerung sie nicht täuschte, hatte er sie wieder und wieder gefragt, ob sie wirklich sicher wäre. Irgendwann zog sie ihn an sich und flüsterte ihm ins Ohr, dass er aufhören sollte, so verdammt besorgt zu sein. Sie wollte mehr von all dem. Sie wollte alles. Und dann hatte er sich endlich behutsam zwischen ihre Beine geschoben und sie von dieser unbändigen Gier erlöst.

Anders als mit Louis in der Jagdhütte hatte sich Hanna dem Maler ganz und gar hingegeben, und diese Tatsache war nun nicht mehr rückgängig zu machen.

Am heutigen Morgen, bei klarem Verstand, schämte sie sich dafür. Doch gleichzeitig waren die Erinnerungen an dieses Erlebnis von einer solchen Intensität, dass sie nicht sagen konnte, ob sie widerstehen könnte, wenn er sie noch einmal auf diese Art küssen und berühren würde.

Hanna seufzte, und Tränen stiegen ihr in die Augen. Sie hatte Gustav gegeben, was sie sich für Louis hatte aufheben wollen. Doch was machte das schon? Der Sohn des Arztes hatte sie längst aus seinem Leben verbannt und sich inzwischen sicher in eigene Abenteuer gestürzt. Es war nur gerecht, dass sie nicht in dumpfe Trauer verfiel, nachdem er ihr Herz gebrochen hatte.

Für eine Nacht hatte sie sich der Leidenschaft hingegeben und vergessen, was Anstand und Moral von einer jungen Frau verlangten. Ihr Kummer und ihre Sehnsucht nach Louis waren wenigstens für ein paar Stunden vergessen – weggespült in dieser Woge aus Empfindungen, die Gustav in ihr ausgelöst hatte.

Jetzt darüber zu grübeln, was richtig oder falsch war, änderte nichts mehr daran, dass sie nun kein Mädchen mehr war. In dieser Neujahrsnacht war sie zur Frau geworden.

39

Donnerstag, 22. Februar 1866

Hanna Die vergangenen Wochen waren ein Auf und Ab an Gefühlen gewesen, und obwohl die Nacht mit Gustav von Tag zu Tag mehr verblasste, ließ Hannas Gewissen ihr keine Ruhe.

Der Maler und sie trafen sich noch immer, und wenn niemand es sah, gestattete sie ihm auch, sie zu küssen. Doch der Sturm der Gefühle, der sie in der Neujahrsnacht überkommen hatte, war vorüber. Inzwischen war sie davon überzeugt, dass Bowle und Wein dazu geführt haben mussten, dass sie derartig enthemmt gewesen war.

Gustav hatte ihren Rückzug mit Verständnis und Geduld hingenommen. War er nicht mit seiner Kunst beschäftigt, begnügte er sich damit, in ihrer Nähe zu sein, sich mit ihr zu unterhalten und ihr hier und da einen Kuss zu stehlen.

Nur ein einziges Mal hatte er sie auf die Silvesternacht angesprochen und gefragt, ob sie etwas bereute.

»Nein«, hatte sie geantwortet, um ihn nicht zu kränken. »Aber ich fürchte, dass ich noch nicht so weit bin, um einen Augenblick wie diesen zu wiederholen.«

Gustav lächelte. »Ich kann warten.« Er griff nach ihrer

Hand und drückte sie. »Lass uns in den *Goldenen Greifen* gehen. Ich würde dir nur zu gern meine Bilder zeigen.«

Sie war dankbar, dass er den Stand ihrer Beziehung nicht weiter vertiefte. Gemeinsam spazierten sie zum Gasthaus, und da sie dem Maler vertraute, hatte sie keinerlei Scheu, seine Kammer zu betreten.

Gustav zeigte ihr ein Bild nach dem anderen, und sie kam aus dem Staunen nicht mehr heraus. Das Gemälde, das er ihr zu Weihnachten geschenkt hatte, war in ihren Augen schon ein wahres Kunstwerk gewesen. Doch das, was sie nun von ihm gezeigt bekam, verschlug ihr endgültig die Sprache.

»Stell dir nur vor: Ich habe zwei Miniaturbildskizzen an meinen Lehrmeister nach Karlsruhe geschickt und ihm erklärt, dass ich nunmehr ein gutes Dutzend neuer Bilder gezeichnet oder gemalt habe.«

»Hast du eine Antwort darauf erhalten?«

»Ja.« Er griff nach ihren Händen und drückte sie voller Aufregung. »Er hat mich gebeten, meine Bilder neben den seinen auf seiner Vernissage Ende März auszustellen. Das ist eine solche Ehre, Hanna. Und eine großartige Gelegenheit noch dazu. Wenn ich die Menschen für meine Werke begeistern kann, werden sie mir vielleicht das eine oder andere davon abkaufen oder weitere Arbeiten in Auftrag geben. Dann könnte ich mit meiner Leidenschaft endlich auch Geld verdienen.«

Natürlich freute sie sich für ihn. Gleichzeitig war ihr jedoch bewusst, dass dies einen Abschied bedeuten würde.

»Dann verlässt du uns also bald?«, fragte sie und spürte, dass sie Bedauern und Erleichterung zugleich empfand.

»Nur vorübergehend. Nach der Ausstellung kehre ich zurück, denn noch habe ich längst nicht alles gezeichnet, was ich mir vorgenommen hatte.«

*

Der große Tag der Anlieferung fiel auf einen Donnerstag. Viel schneller als erwartet hatte Hannas Vater Post aus Dresden erhalten, in der die bestellten Maschinen für Ende Februar angekündigt worden waren.

Heute war es also so weit, und Hanna war ausgesprochen dankbar für diese Abwechslung. Die letzten zwei Wochen hatte die gesamte Familie damit zugebracht, die Werkstatt umzuräumen. Mit Zollstock und den Maßangaben der Maschinenbaufirma ausgerüstet, hatten Hanna, Friedrich und ihr Vater Stunde um Stunde damit zugebracht, Schränke zu verrücken oder Regale abzuschrauben. Selbst das Ladenlokal musste umgeräumt werden, denn Anton Grieb hatte neben der Kühlapparatur und der Schneidemaschine auch noch eine Hobelmaschine gekauft, mit der die Grundseife zerspant werden konnte, was den Vorgang des Pilierens um ein Vielfaches erleichtern sollte. Außerdem würden sie die Grundseife zukünftig statt in ihren alten Kupferkesseln in großen neuen Eisenkesseln sieden.

Während Hanna frische Unterkleider anzog, lauschte sie auf die Geräusche im Haus, und als sie Friedrichs Schritte vernahm und sicher war, dass er auf dem Weg nach unten war, schlich sie sich in sein Zimmer.

Ihr Bruder war inzwischen ein, zwei Zentimeter größer als sie und ähnlich schlank wie Hanna. Sie öffnete seinen Kleiderschrank, zog eine seiner Hosen hervor und schlüpfte hinein. Die Taille war etwas zu weit, doch mit einem Stück Kordel, das sie als Gürtel verwendete, ließ sich dieses Problem lösen.

Hanna ahnte, dass ihr Auftritt für Gesprächsstoff beim Frühstück sorgen würde, doch das war ihr einerlei. Es kam überhaupt nicht infrage, dass sie adrett in Rock und Bluse daneben stand, während ihr Vater und Friedrich Maschinenteile schleppten und sie unter der Anleitung eines Mitarbeiters von C. E. Rost zusammenbauten. Sie wollte und würde mit anpacken, schon allein, um jedes Detail zu durchschauen. Ein Rock wäre dabei nur hinderlich.

Noch einmal drehte sie sich vor dem Spiegel. Sie presste sich die Hand vor den Mund, um ein Kichern zu unterdrücken. Wenn sie jetzt noch ihre Haare zurückband und einen Hut aufsetzte, könnte sie glatt als Knabe durchgehen – wären da nicht ihre Brüste. Hanna legte ihren Kopf schief und starrte auf die Bluse. Sie war kein Mädchen, das viel Zeit vor dem Spiegel verbrachte, sicher war ihr deshalb bisher noch nicht aufgefallen, dass sie an Oberweite zugelegt hatte. Möglich wäre natürlich auch, dass sie die Kordel zu fest zugezogen hatte. Dies und die zu weiten Hosenbeine ließen ihre Taille besonders schmal, Brüste und Hintern dadurch jedoch umso üppiger erscheinen.

Hanna wusste nicht recht, ob ihr diese Tatsache gefiel oder nicht. Dann zuckte sie mit den Schultern. Grübeln würde nichts daran ändern. Neuerdings hatte sie Rundungen, die noch vor einem halben Jahr nicht da gewesen waren, und sie musste sich damit abfinden.

Als sie die Küche betrat, riss ihre Mutter stumm Augen und Mund auf und starrte auf ihre Beine. Im Gegensatz dazu schienen weder der Vater noch Friedrich ihren sonderbaren Aufzug zu bemerken. Anton Grieb lief in der Küche auf und ab und murmelte vor sich hin. Offenbar ging er in Gedanken eine Liste an Tätigkeiten durch, die vor der heutigen Lieferung abzuarbeiten waren, und bestätigte sich dann selbst, dass er dieses und jenes längst erledigt und vorbereitet hatte.

In diese ungewohnte Aufregung hinein ließ Christina Grieb ihrem Erstaunen freien Lauf.

»Hanna, das kann wohl kaum dein Ernst sein!«

Ihr Vater und ihr Bruder sahen erschrocken auf, dann redeten alle drei wild durcheinander. Soweit Hanna heraushören konnte, gefiel Friedrich der Anblick seiner Schwester in einer Hose, während bei ihren Eltern der Schrecken überwog. Neben ihren Beinen, die immer wieder von allen dreien angestarrt wurden, blieb der Blick der Mutter aber auch an Hannas Oberkörper hängen.

»Wäre es Ihnen lieber, wenn ich mich während der Arbeit in meinem Rock verfange, Mutter?«, fragte sie schließlich laut, um das Stimmengewirr ihrer Familie zu übertönen. »So bequem diese Hosen auch sind, ich habe nicht vor, dauerhaft auf meine Röcke zu verzichten. Seien Sie unbesorgt. Aber für heute ist dieses Kleidungsstück die bessere Wahl.«

Christina ließ erleichtert die Schultern fallen und atmete hörbar aus. Die Eltern wechselten einen Blick, der irgendwo zwischen Belustigung und Entsetzen lag. Dann endlich zuckte der Vater mit den Schultern, und das Thema war erledigt – gerade rechtzeitig, denn in diesem Moment ertönte der Türklopfer.

Hanna sprang auf, ohne ihr Frühstück überhaupt angerührt zu haben. Über den Tisch hinweg strahlte sie ihren Vater an, und auch seine Wangen waren nun leicht gerötet. Obwohl er sich so lange gegen sämtliche Neuerungen gesperrt hatte, schien er nun ebenso erpicht auf die Maschinen wie Hanna.

Sie erkannte den Herrn, der zwischen dem Kutscher und einem ihr unbekannten zweiten Mann auf dem Bock saß, sofort.

»Herr Grieb, Fräulein Grieb, es ist mir eine Freude, Sie wiederzusehen. Und das müssen Ihre wunderschöne Gattin und Ihr Sohn sein.«

»Die Freude ist ganz meinerseits, Herr Knauer«, antwortete Hannas Vater.

»Und hier haben wir Herrn Ebertin. Er wird mir zur Hand gehen.«

Anton nickte, deutete mit dem ausgestreckten Arm ins Innere der Werkstatt und ging voraus. Die Herren sprangen vom Kutschbock und folgten ihm zügig.

»Es ist eine große Erleichterung, dass Sie da sind, Herr Knauer«, sagte Hanna und klatschte übermütig in die Hände. Der strafende Blick ihres Vaters sollte sie sicher zum Schweigen bringen, doch sie war viel zu aufgeregt, um sich jetzt noch zurückzuhalten.

»Mit Ihrer Anleitung kann nichts mehr schiefgehen. Sehen Sie hier.« Sie lief eiligen Schrittes durch das Ladenlokal und weiter in die Werkstatt, wo sie auf die linke Ecke deutete. »Dies ist der Platz für unsere Kühlapparatur. Schneidemaschine und …«

»Danke, Hanna!«, unterbrach Anton sie barsch. »Bitte verzeihen Sie das ungestüme Verhalten meiner Tochter. Sie ist sehr aufgeregt.«

»Verzeihen Sie, Vater«, murmelte Hanna. Sie spürte, wie ihr die Röte ins Gesicht schoss, und wendete sich ab.

»Das macht doch nichts«, gab Tim Knauer zurück. »Ich verstehe die Aufregung sehr gut. Und wenn ich mich recht entsinne, war Ihr Fräulein Tochter ja auch in Dresden schon an jedem noch so kleinen Detail interessiert. Nun, wir haben viel Arbeit vor uns und sollten zügig mit dem Abladen beginnen. Trotz all Ihres Eifers, Fräulein Grieb, das sollten Sie vielleicht besser uns Männern überlassen.«

Hanna nickte und zwang sich zu einem Lächeln, während ihr das Gegenteil durch den Kopf ging: Das würde den Herren so passen! Selbstverständlich würde sie ihnen nicht das Feld überlassen, aber das musste ja nicht laut ausgesprochen werden. Es würde reichen, wenn sie bei erstbester Gelegenheit selbst mit anpackte, sie würden sich ihr wohl kaum in den Weg stellen.

Vielleicht hätte Hanna auf den Mann hören sollen. Schon das erste Teil, nach dem sie griff, war schwerer, als sie erwartet hatte. Tim Knauer schüttelte lachend den Kopf.

»Eine dickköpfige Tochter haben Sie da, Herr Grieb.«

Hanna riss entsetzt die Augen auf und wollte etwas erwidern, doch das fröhliche Zwinkern des jungen Mannes ließ sie erkennen, dass seine Worte sie keineswegs maßregeln sollten. Sie grinste schief und zuckte mit den Schultern. Da Aufgeben keine Option war, griff sie erneut nach einer der kürzeren Seitenwände. Doch noch bevor sie das Teil von der Kutsche heben konnte, ertönte ein gellender Schrei.

Erschrocken wandte Hanna sich um und sah in das besorgte Gesicht ihrer Mutter.

»Hanna, zu mir, sofort!«

Es störte Christina nicht im Geringsten, dass sie ihre Tochter damit bloßstellte, und am liebsten hätte Hanna die Worte ihrer Mutter ignoriert. Doch ihr schien die Sache sehr ernst zu sein. Christina eilte auf sie zu und hielt ihren Arm, sodass an ein Abladen des Seitenteils nicht mehr zu denken war. »Ins Haus, ohne Widerrede!«

Der eindringliche Befehl und der sorgenvolle Blick ihrer Mutter ließen sie stutzig werden, trotzdem wagte sie einen letzten Versuch. »Mutter, bitte lassen Sie mich doch helfen. Sie sehen selbst, wie viel Arbeit allein das Abladen macht. Hier wird jede Hand gebraucht.«

»Nicht deine. Ich möchte, dass du mir in die Wohnstube folgst.«

Christina wartete die Antwort ihrer Tochter nicht ab, sondern zerrte sie am Arm hinter sich her ins Haus. In der guten Stube schob sie Hanna auf einen Sessel und rückte sich einen zweiten so zurecht, dass er direkt vor ihr stand. Sie hätte sich gern eingeredet, dass die Mutter völlig überzogen reagierte, doch sie kannte sie zu gut. Eine Christina Grieb war kein Mensch, der in kopflose Panik verfiel, was wiederum bedeutete, dass es sehr wohl einen Grund für das seltsame Verhalten ihrer Mutter geben musste. Die sprach zunächst kein Wort. Stattdessen lief sie zur Kommode, auf der stets Cognac und dazu passende Schwenker für den Vater und Gläser und eine Karaffe frische Limonade für Mutter und Kinder standen, und schenkte ihrer Tochter und sich ein.

Hannas Herz raste, und ihr Mund war vor lauter Anspannung so trocken, dass sie dankbar einige Schlucke trank.

»Wann hattest du deine letzte Blutung?«, fragte Christina ohne jede Vorwarnung.

Hanna schnappte nach Luft und verschluckte sich an ihrem Getränk. Es dauerte eine Weile, ehe sie sich beruhigt hatte, doch mehr als »Wie bitte?« brachte sie nicht hervor.

»Das war doch eine einfache Frage. Beantworte sie!«

Tausend Gedanken wirbelten plötzlich durch Hannas Kopf. Wie kam die Mutter darauf, ihr eine solch indiskrete Frage zu stellen? Und was hatte ihre Blutung mit der Arbeit in der Werkstatt zu tun? Und warum um alles in der Welt mussten diese Dinge gerade jetzt geklärt werden, wo es in der Siederei so hoch herging?

»Ich höre?«, unterbrach Christina die Gedanken ihrer Tochter.

Hanna seufzte. »Vor dreieinhalb Wochen, denke ich.« Sie rechnete im Stillen nach und nickte. Ihre letzte Blutung war von erstaunlich kurzer Dauer gewesen, aber der Zeitpunkt stimmte.

»Und du hast dich sicher nicht verrechnet?«

»Worauf wollen Sie hinaus?« Hanna rutschte auf ihrem Stuhl hin und her und schaffte es nicht, dem durchdringenden Blick ihrer Mutter standzuhalten. Das Gespräch ging in eine Richtung, die ihr Angst machte, ahnte sie doch, worauf es hinauslaufen würde.

»Das erkläre ich dir, sobald du mir eine weitere Frage beantwortet hast. Hast du mit Gustav das Bett geteilt?«

Hanna schluckte, schwieg und suchte verzweifelt nach Worten.

»Liebes.« Die Mutter griff nach ihren Händen und streichelte ihr behutsam über den Handrücken. »Mir wäre das vermutlich nicht aufgefallen, hättest du wie sonst auch Rock und Bluse getragen und ein kurzes Jäckchen darüber. Doch so war für mich nicht zu übersehen, dass du runder geworden bist.«

Hannas Fingerspitzen waren eiskalt, sie trank ihr Glas in einem Zug leer und hielt es krampfhaft zwischen den Händen. Noch immer wusste sie nichts zu erwidern. Sie konnte ihrer Mutter wohl kaum gestehen, dass sie in der Silvesternacht jeden Anstand über Bord geworfen und sich einem Mann hingegeben hatte, mit dem sie nicht verlobt und schon gar nicht verheiratet war.

»Du wirst diesen Raum nicht verlassen, bevor ich ein Ja oder ein Nein gehört habe!«

»Ja.« Ihre Stimme war kaum zu hören, doch Christina hatte sie verstanden. Sie legte ihre Hände sorgfältig auf den eigenen Knien ab und lehnte sich zurück in den Sessel.

»Du könntest also schwanger sein.«

Obwohl Hanna geahnt hatte, worum es hier ging, trafen sie die Worte wie ein Schlag. Sie war seit der Neujahrsnacht nicht noch einmal mit Gustav intim geworden. Ihre monatliche Blutung kam zwar nie auf den Tag genau, aber sie hatte vier Wochen nach der Neujahrsnacht eingesetzt.

»Er sagte, er würde aufpassen«, sagte sie, als wäre dies der fehlende Beweis dafür, dass sie auf keinen Fall in anderen Umständen sein konnte.

»Nun«, hob die Mutter an, »wir werden schon sehr bald erfahren, wie sorgfältig der junge Mann aufgepasst hat.«

Hanna trat ans Fenster und sah schweigend dabei zu, wie ihr Vater und Friedrich sich mit den schweren Eisenteilen abmühten. Vergeblich versuchte sie, gegen die aufsteigenden Tränen anzukämpfen. Am liebsten hätte sie sich genau jetzt in die Arme ihrer Mutter geworfen, doch sie schämte sich so sehr, dass sie sie nicht einmal ansehen konnte.

Christina seufzte. »Ich hatte trotz der Zeit, die du mit dem Maler verbracht hast, noch immer das Gefühl, dein Herz hinge an Louis.«

Hanna schluchzte laut auf und presste erschrocken

die Hand vor den Mund. In der nächsten Sekunde spürte sie die Arme ihrer Mutter, die sich um ihren zitternden Körper legten. Hanna konnte ihre Tränen nun nicht mehr zurückhalten und stammelte kaum verständlich:

»Das tut es. Aber er ist fort. Gustav war für mich da, aber er hat mich einfach vergessen. Ich meine Louis. Keine einzige Zeile. Und Sophie sagte, er hätte schon längst geschrieben.«

»Was? Wer hat wem geschrieben?«, fragte ihre Mutter und strich ihr beruhigend über den Rücken.

»Louis seinen Eltern.«

»Verstehe. Du hast also erfahren, dass seine Briefe sehr wohl ihre Empfänger erreichen.«

Hanna schniefte und nickte.

»Nun, lass mich raten: Da war das Neujahrsfest, womöglich hattest du sogar ein oder zwei Gläser wovon auch immer. Und dann hast du getan, was du eben getan hast.«

Hanna konnte kaum glauben, wie ruhig sie die Ereignisse zusammenfasste, die sie doch sicher von Herzen verabscheuen musste. Die Stimmlage der Mutter hatte sich kaum verändert, und man hätte meinen können, sie unterhielten sich über ein neues Seifenrezept.

»Aber da war eine Blutung, wenn auch kürzer als gewöhnlich«, gab Hanna zu bedenken.

»Das ist ein kleiner Hoffnungsschimmer.« Christina griff nach dem Gesicht ihrer Tochter und zwang sie so, ihr in die Augen zu sehen. Hanna erkannte Mitgefühl und tiefe Liebe, doch keinerlei Groll oder Ärger.

»Wie kommt es, dass Sie nicht wütend sind?«

»Was würde es nützen? Wir Erwachsenen sind selbst schuld. Anstatt euch vernünftig auf dererlei Dinge vorzubereiten, tun wir so, als würde es Zwischenfälle dieser Art nicht geben und als wärt ihr jungen Leute dieser ständigen Gefahr nicht ausgesetzt. Dabei sollte gerade ich es doch am besten wissen.«

Hanna schluckte den Kloß in ihrem Hals hinunter. Selbst jetzt, wo sie so offen miteinander sprachen, umschiffte die Mutter jede genaue Benennung der Dinge, die zwischen Gustav und ihr passiert waren.

»Wie meinen Sie das?«

Christina lächelte plötzlich. Verlegen schob sie sich eine Haarsträhne aus dem Gesicht, dann erklärte sie: »Ich hatte Glück. Dein Vater hat mich auf der Stelle geheiratet, als er erfuhr, dass du unterwegs warst.«

»Sie meinen, Sie waren noch gar nicht verheiratet?«

Christina legte ihren Zeigefinger auf die Lippen und schüttelte den Kopf. Dann straffte sie die Schultern und sah Hanna ruhig an. »Herumrätseln führt zu nichts. Wir werden den Doktor aufsuchen, um Gewissheit zu erlangen. Dann sehen wir weiter.«

Hanna zuckte zusammen und begann, in der Stube auf und ab zu laufen. Die Vorstellung, diese heikle Angelegenheit ausgerechnet mit Konstantin Schmieger zu besprechen, ließ sie panisch nach Luft schnappen.

»Tun Sie mir das nicht an. Ich bitte Sie!«

Die Mutter schlug sich mit der flachen Hand gegen die Stirn. »Natürlich. Wir werden nach Ansbach fahren. Dort kennt uns niemand, und wir laufen auch nicht Gefahr, von irgendeinem geschwätzigen Waschweib gesehen zu werden.«

»Ich danke Ihnen, Mutter.«

»Ach, Kind«, seufzte Christina leise. »Ich wünschte, es wäre anders, aber ich möchte, dass du darauf vorbereitet bist.« Sie machte eine kurze Pause und fuhr dann fort: »Solltest du schwanger sein, wirst du den Maler heiraten müssen, das ist dir doch klar?«

Die Tränen, die Hanna in der vergangenen Stunde immer wieder unterdrückt hatte, liefen ihr nun erneut über die Wangen. Trotzdem nickte sie tapfer.

Nur wenige Tage nach dem Gespräch mit ihrer Mutter setzte bei Hanna eine starke Morgenübelkeit ein, und es lag auf der Hand, dass ein Besuch beim Doktor nun eigentlich nicht mehr nötig war. Trotzdem fuhren die Frauen kurz darauf mit der Postkutsche nach Ansbach und suchten dort einen Arzt auf, der sich auf Frauenheilkunde spezialisiert hatte.

Der Mann bestätigte, was ihnen längst klar war: Hanna erwartete ein Kind.

40

Donnerstag, 8. März 1866

Hanna

Hannas 18. Geburtstag fiel auf einen Donnerstag, und er begann mit der ihr inzwischen vertrauten Übelkeit. Weder Vater noch Friedrich wussten Bescheid, und beide hatten bisher auch noch keinen Verdacht geschöpft.

Ihr Bruder schob ihre Appetitlosigkeit am Morgen noch immer auf ihre Sehnsucht nach Louis, und das, obwohl sie längst regelmäßig mit Gustav Zeit verbrachte. Ihr Vater schien dagegen in Gedanken vertieft. Ihm war ihr sonderbares Essverhalten vermutlich nicht einmal aufgefallen.

Am heutigen Morgen war Hannas Stimmung so schlecht, dass sie sich nicht vorstellen konnte, auch nur eine Stunde ihres Ehrentages zu genießen. Vielleicht wäre stattdessen ja der richtige Moment, um den Vater davon in Kenntnis zu setzen, dass er Großvater werden würde. An ihrem Geburtstag und vor Gästen, auch wenn es sich bei ihnen nur um Sophie und Gustav handeln dürfte, würde er sie sicher nicht zurechtweisen, und bis die Gäste fort waren, hatte er sich im günstigsten Falle schon wieder beruhigt.

Als sie die Wohnküche betrat, waren Friedrich und ihr Vater bereits in der Siederei bei der Arbeit, ihre Mutter hatte ihr einen Tee zubereitet.

»Guten Morgen, Liebes«, sagte Christina und nahm ihre Tochter in den Arm. »Meine allerherzlichsten Glückwünsche zu deinem Geburtstag. Dein Geschenk gibt es erst am Nachmittag im Beisein deiner Gäste.«

»Ich danke Ihnen, Mutter.«

»Wie geht es euch beiden denn heute Morgen?« Die Mutter hatte sich, wenn niemand sonst zugegen war, angewöhnt, sie und ihr ungeborenes Kind gemeinsam anzusprechen. Dann strich sie ihr verschmitzt über den Bauch und schien sich diebisch zu freuen, dass ausgerechnet sie diejenige gewesen war, die den Zustand ihrer Tochter als Erste durchschaut hatte. Es war nicht zu übersehen, dass sie sich, nachdem der Schreck verdaut war, auf den Familienzuwachs freute.

»Abgesehen von den ersten Stunden des Tages, in denen mich Übelkeit plagt, geht es mir gut.«

»Das ist schön. Die Unpässlichkeiten am Morgen lassen sicher bald wieder nach.«

Hanna nickte abwesend. In Gedanken saß sie bereits an der nachmittäglichen Kaffeetafel und verkündete ihr Geheimnis.

»Ich werde Ihre Unterstützung brauchen, Mutter«, begann sie schließlich zögerlich.

Christina unterbrach das Abräumen des Frühstücksgeschirrs. »Du glaubst, heute ist der richtige Tag?«

»Für eine solche Nachricht ist kein Tag der richtige Tag. Ich bin unverheiratet und auch niemandem versprochen. Aber bevor am Ende Außenstehende Verdacht schöpfen und Vater davon berichten, beichte ich doch lieber selbst.«

»Guter Einwand, Liebes. Alles andere würde ihn vermutlich sehr kränken.«

Hanna hätte die Zeit bis zum Eintreffen ihrer Gäste gern in der Seifensiederei verbracht, doch ihr Vater verbat ihr den Zutritt mit der Begründung, dass dies an ihrem großen Tag überhaupt nicht infrage käme. Da sie ihn trotz mehrerer Versuche nicht umstimmen konnte, stahl sie sich unbemerkt in seine Schreibstube, während er und Friedrich sich daranmachten, getrocknete Grundseife zu pilieren. Hanna öffnete die Schublade und griff nach den Büchern. Sie wusste, dass der Vater es nicht gern sah, wenn sie sich mit dererlei Dingen befasste, doch sie blätterte trotzdem durch die ersten Monate des neuen Jahres.

Die Investition in die neuen Maschinen hatte ein großes Loch in ihre Finanzen gerissen. Sie legte das Kassenbuch beiseite und nahm sich die Produktionszahlen vor. Überrascht stellte sie fest, dass die Seifensiederei noch immer exakt die gleichen Stückzahlen herstellte wie zuvor. Ihr Vater schien weder die neue Kesselgröße ausnutzen zu wollen noch das volle Volumen des Kühlapparats. Dabei war es doch gerade jetzt vonnöten, die Produktionsmengen zu steigern, um die Maschinenkosten wieder hereinzuholen.

»Ich werde das ansprechen«, murmelte Hanna, war sich jedoch auch darüber im Klaren, dass sie dieses Gespräch auf einen anderen Tag verschieben sollte. Eine Hiobsbotschaft war mehr als genug, da musste sie nicht auch noch einen Streit über geschäftliche Belange vom Zaun brechen. Vielleicht hatte der Vater ja auch gute Gründe und einen genauen Plan, in welchen Schritten er die Produktion steigern wollte.

Pünktlich mit dem dritten Glockenschlag der Standuhr wurde der Türklopfer betätigt, und natürlich war es

Sophie, die Hanna noch auf der Schwelle an sich riss, um ihr ihre Glückwünsche auszusprechen.

»Ich habe nur eine Kleinigkeit für dich.«.

Hanna schüttelte missbilligend den Kopf. »Du sollst mir doch nichts schenken.«

Neugierig war sie trotzdem. Noch im Flur wickelte sie vorsichtig das Seidenpapier ab, faltete es zusammen und legte es beiseite. Schon die Farben der Verpackung verrieten ihr, was sie da in Händen hielt.

»Schokoladentafeln aus Dresden!«, rief Hanna überrascht. »Wie bist du da denn herangekommen? Unsere Reise liegt inzwischen ein halbes Jahr zurück.«

Sophie lächelte geheimnisvoll und legte ihren Zeigefinger auf die Lippen.

»Vergiss das ganz schnell!«, rief Hanna mit gespielter Empörung. »Du wirst mir auf der Stelle verraten, wo du die hergezaubert hast!«

»Ich habe die Lieferung bei einem gewissen Herrn Jordan in Auftrag gegeben. Er verweilt derzeit in der *Traube*, ist das nicht ein fantastischer Zufall?«

Hanna legte ihrer Freundin eine Hand auf die Schulter und grinste. »Und wann wolltest du mir davon erzählen?«

»Na heute«, gab Sophie unbekümmert zurück. »Das reicht doch.«

»Du hättest ihn doch mitbringen können, Sophie.«

»Er ist gestern erst eingetroffen. Wenn du nichts dagegen hast, würde ich gern erst einmal selbst Zeit mit ihm verbringen, bevor du deine Nase in meine Angelegenheiten steckst.«

Hanna hakte sich lachend bei ihrer Freundin unter und zog sie in die Küche. Ihre Mutter hatte den großen Esstisch festlich gedeckt. Kerzen standen auf einem leuchtend orangefarbenen Tischläufer, und sie hatte das gute Porzellan aus dem Schrank geholt. Neben einem Schokoladenkuchen, den sie grundsätzlich zu jedem Anlass buk, weil der Vater ihn so sehr liebte, gab es auch gedeckten Apfelkuchen mit Zuckerglasur und Rosinen. Seit der Kindheit war dies ihr Lieblingskuchen. Sie hoffte, dass die Mutter auch an geschlagene Sahne denken würde, denn ohne war diese Köstlichkeit nur der halbe Genuss.

Noch ehe sie sich zu ihrer Familie setzen konnten, klopfte es erneut an der Tür. Hanna erwartete Gustav, doch er war nicht der Einzige, der nun vor ihr stand.

»Henriette?«

»Überraschung!«, rief sie, verzog dann aber beschämt die Lippen. »Ich weiß ja, ich bin nicht eingeladen. Aber Sophie und du fehlt mir. Ich dachte, dein Geburtstag wäre eine gute Gelegenheit, um unsere Schwierigkeiten aus dem Weg zu räumen.« Sie setzte eine flehende Leidensmiene auf und schob ein bettelndes »Bitte« hinterher.

Hanna seufzte. Der Versöhnungsversuch hätte unpassender nicht sein können, wollte sie doch heute ein ganz besonderes Thema ansprechen. Andererseits würde bald ganz Rothenburg ihr Geheimnis kennen. Es machte wohl keinen Unterschied mehr, ob Henriette es heute oder erst in ein paar Wochen erfuhr.

»Die anderen sitzen in der Küche«, erklärte Hanna und trat beiseite, um sie einzulassen. Gustav wollte Henriette folgen, doch sie hielt ihn am Arm zurück. »Warte noch.«

Sie hatte in dieser Sekunde beschlossen, dass sie ihn vor allen anderen informieren wollte, immerhin war er der Vater des Kindes.

Noch bevor sie etwas sagen konnte, nahm Gustav sie

in den Arm und gratulierte ihr. Dann küsste er sie auf die Lippen. Hanna zuckte zurück und warf einen Blick über seine Schulter. Da niemand zu sehen war, entspannte sie sich wieder. »Ich muss dir etwas sagen«, flüsterte sie.

Gustav sah sie aufmerksam an und schwieg. Er musste ahnen, dass ihr etwas Schwerwiegendes auf dem Herzen lag.

»Ich werde es gleich vor allen verkünden, doch da es dich und mich betrifft …« Sie brach ab und suchte nach den richtigen Worten. Gustav ergriff ihre Hände und hielt sie ruhig fest.

»Du wirst sicher schockiert sein, und ich entschuldige mich dafür.«

»Mach es nicht so spannend.«

Hanna schluckte und bog ihr Kreuz durch. »Ich erwarte unser Kind.«

Sie rechnete damit, dass er ihre Hände loslassen und möglicherweise sogar sofort wieder gehen würde, doch das genaue Gegenteil trat ein.

»Gott sei Dank!«, rief er. Er begann zu lachen, packte sie und wirbelte sie herum.

»Du bist gar nicht entsetzt?«, fragte sie, nachdem sie wieder Boden unter den Füßen hatte.

»Entsetzt? Nein! Als du mich gerade so ernst angesehen hast, befürchtete ich schon, dass du mich nicht mehr sehen willst. Der Name Louis spukte in meinem Kopf herum und mit ihm die Angst, dass er womöglich zurückgekehrt sein könnte.«

»Du findest diese Nachricht also weniger beängstigend als einen möglichen Konkurrenten?«

»So ist es«, sagte er schlicht. »Schon bald werde ich nach Karlsruhe aufbrechen und hoffentlich einige meiner Bilder verkaufen und neue Kunden gewinnen können. Nun, da ich weiß, dass ich eine Familie zu ernähren habe, werde ich mich darum bemühen, eigene Kunststudenten zu unterrichten. Ich werde meinen Lehrmeister um Rat fragen. Sicher, ich kann nun nicht mehr so einfach und sorglos in den Tag hinein leben und mich ausschließlich meiner Kunst widmen. Aber ich komme aus einer wohlhabenden Händlerfamilie, Hanna. Meine Eltern haben mich immer unterstützt und werden das auch weiter tun.«

Während Gustav von einer gemeinsamen Zukunft in einem Haus sprach, in dem sie eine kleine Seifensiederei betreiben könnte, während er Studenten unterrichtete und natürlich auch selbst malte, wurden ihr Erstaunen immer größer.

Sie hatten bisher nie über seine Eltern gesprochen, doch es war nur schlüssig, dass er aus gutem Hause kommen musste. Immerhin konnte er es sich leisten, in einem Gasthof zu wohnen, ohne selbst Geld zu verdienen.

Die Selbstverständlichkeit, mit der er ihre Träume in seine eigenen Zukunftspläne einbezog, rührte sie zu Tränen.

»Warum weinst du denn?«, fragte er erschrocken.

»Entschuldige. Ich hatte nicht mit einer solchen Reaktion gerechnet. Du erstaunst mich immer wieder aufs Neue.«

Gustav legte seine Hände behutsam auf ihre Wangen und wischte ihr die Tränen fort. »Du weißt doch längst, was ich für dich empfinde, Hanna. Wie könnte mich diese Nachricht nicht freuen?«

Sie schluckte einige Male und strich sich verlegen Rock und Bluse glatt. Dann lächelte sie tapfer. »Also gut. Sehen wir doch mal, ob mein Vater diese Nachricht genauso freudig aufnimmt.«

»Ich stehe dir bei, meine Liebste. Da fällt mir ein: Du weißt noch gar nicht, welches Geschenk ich mir für dich überlegt habe. Wenn es recht ist, würde ich dir dies gern im Beisein deiner Eltern mitteilen, denn es geht auch sie etwas an.« Verschmitzt zog er seine Augenbrauen hoch. Hanna lachte und strich ihm eine Haarlocke hinters Ohr. Sofort griff er nach ihrer Hand und küsste die Innenfläche.

»Was für ein Tag!«, murmelte er, dann gesellten sie sich zu den anderen.

Nachdem Hanna bisher noch keinen Bissen zu sich genommen hatte, verspürte sie nun, beim Anblick der Kuchentafel, regelrechten Heißhunger. Unter den erstaunten Augen ihres Vaters schaufelte sie zwei große Stücke Apfelkuchen und ein schmales Stück Schokoladenkuchen in sich hinein.

Ihre Eltern und Friedrich unterhielten sich rege über die neuen Maschinen, während das Gespräch zwischen Henriette und Sophie immer wieder ins Stocken geriet.

Hanna nutzte eine kurze Ruhepause, um sich zu erheben. Ihre Mutter hörte augenblicklich auf zu reden. Sie deutete auf Hanna und gab damit auch allen anderen am Tisch zu verstehen, dass sie schweigen sollten.

»Ich danke euch für diese gelungene Geburtstagsfeier. Nun habe ich etwas Wichtiges zu sagen. Vater«, sie wandte sich ihm direkt zu, »ich habe Ihr ungläubiges Gesicht gesehen, als ich mir das dritte Stück Kuchen auf meinen Teller lud.«

Anton lachte auf. »In der Vergangenheit bist du eher

durch Appetitlosigkeit aufgefallen, da nimmt mich das schon wunder.«

Hanna nickte fest und sah dann jeden Einzelnen der Reihe nach an. »Lange wird es sich nicht mehr verheimlichen lassen, aus diesem Grund sage ich es euch allen hier und heute.«

Gustav sprang von seinem Stuhl auf, ergriff ihre Hand und fiel ihr ins Wort: »Mit Ihrer Erlaubnis möchte ich um die Hand Ihrer Tochter anhalten.«

Hanna sah ihn überrascht an. Erst herrschte kurzes Schweigen, dann redeten plötzlich alle durcheinander.

Gustav beugte sich zu Hanna und flüsterte: »Wenn du nicht möchtest, muss dein Vater noch nichts erfahren. Er scheint deine Andeutung hinsichtlich des Essens nicht verstanden zu haben.« Er lächelte und fuhr dann fort: »Vielleicht ist die Neuigkeit in einer oder zwei Wochen leichter zu verkraften, denn dann bist du verlobt. Wenn du mich denn willst.«

Hanna schüttelte ungläubig den Kopf. Dann schlang sie ihre Arme um seinen Hals und verbarg ihr Gesicht an seiner Brust. »Danke«, flüsterte sie. Zu weiteren Worten war sie nicht imstande, zu sehr bemühte sie sich darum, die Fassung zu bewahren.

Gustav Cloppenburg war ein Heiliger, schoss es ihr durch den Kopf. Nun, vielleicht kein Heiliger, aber doch ein durch und durch herzensguter Mensch. Sein Einwurf hatte sie davor bewahrt, ihrem Vater Kummer zu bereiten, denn das Wissen, dass ausgerechnet seine geliebte Hanna Anstand und Moral in den Wind geschrieben und sich ungebunden einer amourösen Nacht hingegeben hatte, hätte ihm sicher das Herz gebrochen.

Anton Grieb griff nach der Kuchengabel und klopfte

in Ermangelung eines Glases gegen seine Kaffeetasse. Er atmete einige Male ein und aus, nur um dann kurz und knapp zu sagen: »Gustav, unter vier Augen, bitte.«

Hanna erschrak, doch das leichte Kopfschütteln des Vaters gab ihr zu verstehen, dass sie sich keine Sorgen machen sollte. Die beiden Männer verschwanden nach draußen, und ihre Mutter griff nach der leeren Kanne, um Kaffee aufzufüllen.

»Was für ein gewitzter Bursche«, murmelte sie zufrieden.

Hanna wandte sich an Sophie und Henriette, die ihr nun zum zweiten Mal an diesem Tag gratulierten.

»Abwarten«, meinte sie. »Noch hat mein Vater seinen Segen nicht gegeben.«

»Das wird er«, sagte Henriette vorlaut wie immer. »Hast du denn sein Gesicht nicht bemerkt? Er hätte doch wohl viel grimmiger dreingeschaut, wenn er etwas gegen eine Hochzeit hätte.«

Hanna ließ Henriettes Vermutung unkommentiert. Nicht weil sie nicht der gleichen Meinung war, sondern weil sie vielmehr nicht zu sagen wusste, ob nicht auch Schadenfreude aus ihren Worten sprach. Immerhin war eingetreten, was Henriette Louis vor Monaten so drohend angekündigt hatte: Sie hatte einen anderen Mann gefunden und würde nicht nur heiraten, sondern auch gleich eine Familie gründen.

Nichts von all dem war geplant gewesen. Vielmehr hatten die Ereignisse sie überrollt, und wenn sie es recht bedachte, war der Grund hinter all dem ihr eigener Kummer gewesen. Sie schüttelte den Kopf und presste ihre Augenlider so lange zu, bis Louis' Bild in ihrem Kopf wieder verblasste. Noch immer schlich er sich in ihre Gedanken, und noch immer schmerzte die Erinnerung. Doch ganz gleich, wie sehr sie auf eine wundersame Fügung des Schicksals gehofft hatte: Sie erwartete ein Kind von einem anderen Mann. Damit hatte sie sich jeder Chance auf eine Zukunft mit ihm beraubt. Zum jetzigen Zeitpunkt war sie nicht einmal sicher, ob er überhaupt je wieder zurückkehren würde. Wenn er es tat, würde bestimmt eine andere Frau an seiner Seite sein. Was sonst sollte sein Schweigen schon zu bedeuten haben?

Hanna wandte sich Sophie zu, die sie undurchdringlich ansah, zuckte kaum merklich mit den Schultern und strich sich nur für Sophie sichtbar über den Bauch. Die Freundin verstand sofort und riss die Augen auf. »Wie das Leben so spielt«, sagte sie gedankenverloren, stand auf und umarmte Hanna.

»Also ist es endgültig«, fragte sie leise, damit Henriette sie nicht hörte.

»Habe ich eine Wahl?«, gab Hanna ebenso leise zurück.

»Vermutlich nicht.«

Damit war für den Moment alles gesagt. Natürlich hätte sie gern noch erfahren, warum Karl Jordan in Rothenburg war. Doch ihre Fragen würde sie auf einen anderen Zeitpunkt verschieben müssen, wusste sie doch, dass Sophie diese privaten Dinge nicht vor Henriette ausbreiten wollte.

Was ihr Vater und Gustav zu besprechen hatten, dauerte keine Viertelstunde. Als sie den Raum wieder betraten, lächelte Anton Grieb sein breitestes Lächeln.

»Ihr habt meinen Segen«, sagte er.

Hanna fiel ihm um den Hals und bedankte sich. Dann wandte sie sich Gustav zu und sah ihn fragend an. Er brauchte einen Augenblick, ehe er begriff, worauf sie wartete. Dann schlug er sich lachend mit der flachen Hand gegen die Stirn, griff in seine Hosentasche und zog ein Schmuckkästchen hervor.

Hanna hatte plötzlich das Gefühl, dass sich der Boden unter ihren Füßen drehte. Gustav Cloppenburg trug einen Ring bei sich, dessen war sie sich sicher, noch bevor er die Schachtel öffnete. Das musste bedeuten, dass er, auch ohne von ihrer Schwangerschaft zu wissen, um ihre Hand hatte anhalten wollen.

Sie presste ihre Hand vor den Mund und schluchzte. Doch es war nicht Liebe für diesen Mann, die sie überkam. Es war das Wissen, dass Gustav viel zu gut für sie war. Er hatte etwas Besseres verdient! Sie wusste, dass ihre Gefühle für ihn nie an die seinen für sie heranreichen würden. Was sie mit ihm verband, war eine tiefe Freundschaft und eine verhängnisvolle Nacht, in der sie sich vergessen hatte. Louis hingegen war der Mann, den sie liebte, und obwohl sein Schweigen ihr das Herz gebrochen hatte, spürte sie, dass diese Liebe noch tief in ihrem Innern schlummerte.

Ihre Gedanken waren seltsam klar. Sie wusste in diesem Augenblick genau, wo sie in ihrem Leben stand und wo in ihrer Gefühlswelt. Beides war nicht in Einklang zu bringen, sosehr sie es sich auch wünschte. Sie würde damit leben müssen, Louis für immer verloren zu haben, nichts war in diesem Moment offensichtlicher.

»Hanna?«, unterbrach Gustav ihre Gedanken.

Sie zuckte zusammen. Er war inzwischen auf die Knie gegangen und hatte das Kästchen in seiner Hand geöffnet. Darin lag ein schmaler Goldreif, den er nun herausnahm.

»Meine liebste Hanna«, sagte er und griff nach ihrer Hand. »Willst du meine Frau werden?«

Sie sah zu ihm hinab und nickte. Gustav schob ihr den Ring an den Finger, und im nächsten Augenblick spürte sie seine starken und beschützenden Arme um sich. Wie aus weiter Ferne hörte sie das Klatschen der Anwesenden. Über die Schulter ihres Verlobten hinweg traf ihr Blick den ihres Bruders. Während der letzten halben Stunde hatte er kein Wort gesagt, und in der Aufregung hatte sie auch nicht weiter auf ihn geachtet. Doch nun sah er ihr direkt in die Augen. Er hatte seine Lippen zusammengekniffen, doch dann formte sein Mund tonlos Worte, die Hanna nur zu gut ablesen konnte: »Was machst du denn nur?«

Friedrich lachte nicht mit all den anderen. Er klatschte auch nicht. Stattdessen schüttelte er verständnislos den Kopf. Ihr Bruder wusste, wie es tatsächlich in ihr aussah.

»Vor diesem Hintergrund dürfte mein Geburtstagsgeschenk verblassen«, sagte Gustav unvermittelt.

»Warum?« Sie riss sich vom Anblick ihres Bruders los. »Was ist es denn?«

»Ich möchte euch malen. Euch alle, wenn ihr erlaubt. Ein Familienporträt würde euren Laden ganz wunderbar zieren und die Kunden hoffentlich beeindrucken.«

41

Donnerstag, 8. März 1866

Henriette

Henriette war bester Laune, als sie die Feier im Hause des Seifensieders verließ. Sie hatte ihr Ziel erreicht, und das, obwohl dafür nicht mehr nötig gewesen war, als einige Briefe abzufangen. Nun war Hanna verlobt und Louis Schmieger längst vergessen.

Sie konnte nicht anders: Unter all den flanierenden Menschen, die die ersten Sonnenstrahlen dieses Frühlings genießen wollten, begann sie laut zu lachen. Ihr war gleichgültig, dass sie erstaunt angestarrt wurde, denn sie spürte ein unbändiges Glücksgefühl. Die Ereignisse waren der letzte Beweis dafür, dass sie von Anfang an recht gehabt hatte: Louis war viel zu gut für jemanden wie Hanna! Dabei ging es längst nicht mehr um die gesellschaftlichen Kreise, in denen sie verkehrten, sondern auch darum, wie sich die einstige Freundin verändert hatte.

Was sich in der Neujahrsnacht angedeutet hatte, war nun Gewissheit: Hannas Gefühle für Louis waren niemals so tief und wahrhaft gewesen wie die ihrigen. Sie hatte den Arztsohn gegen einen anderen ausgetauscht, als wäre er ein Wäschestück, das es zu wechseln galt. Sie selbst hätte sich niemals so hinters Licht führen lassen, sondern gekämpft. Trotz des vermeintlichen Schweigens ihres Liebsten hätte sie auf dessen Rückkehr gewartet, ihren Stolz vergessen und den Wundarzt nach der Adresse seines Sohnes gefragt. Auf einen solchen Gedanken war Hanna überhaupt nicht gekommen. Wie konnte ihre Liebe zu Louis da echt sein?

Henriette lief nicht sofort nach Hause, sondern nahm erst noch einen Umweg über das Postamt. Sicher hatte der Arztsohn inzwischen wieder geschrieben. Sie wollte den Brief abholen und bei der Gelegenheit auch gleich noch ein ernstes Gespräch mit Carl führen. Immerhin war es nun an der Zeit, das vergnügliche Abenteuer mit ihm zu beenden und sich voll und ganz auf Louis zu konzentrieren.

Ein Blick durch die Scheibe des Postamtes reichte, um zu erkennen, dass sie diesmal kein Glück haben würde. Ganz Rothenburg schien ausgerechnet an diesem frühen Abend Post versenden zu wollen, und wenn Henriette bei ihrem Vorhaben eines nicht gebrauchen konnte, dann waren es Zeugen.

Unverrichteter Dinge kehrte sie um und lief nach Hause. Kurz vor dem Röderturm hörte sie, dass jemand ihren Namen rief. Sie wandte sich um und bemerkte zunächst Friedrich, der sie jedoch gar nicht zu sehen schien, da er die Auslagen im Anglergeschäft begutachtete. Offenbar hatte Hannas Bruder nach den sich überschlagenden Neuigkeiten auch erst einmal genug von der eigenen Familie und brauchte frische Luft.

»Hier!«, erklang es erneut. Es war Carl. »Wo bist du denn mit deinen Gedanken?«, fragte er lachend und wischte sich den Schweiß von der Stirn. »Ich laufe schon eine ganze Weile hinter dir her und rufe nach dir.«

»Entschuldige bitte. Ich dachte an Hanna.«

»Was ist mit ihr?«, fragte er und überreichte ihr einen weiteren Brief. Henriette steckte ihn in ihre Rocktasche und bedeutete ihm, sie ein Stück zu begleiten.

»Es gibt außerordentlich gute Nachrichten«, begann sie. »Kannst du denn etwas Zeit entbehren? Meine Eltern sind noch in der *Traube*, und Theo dürfte, wie jeden Donnerstag, bei der Zusammenkunft des Armenpflegschaftsrates sein.«

Henriette sah stur geradeaus und konnte sich ein Grinsen nicht verkneifen. Sie dachte an das letzte Mal, als er sie nach Hause begleitet hatte, und daran, dass er, nachdem er endlich begriffen hatte, dass er sie berühren und küssen durfte, kaum noch seine Finger von ihr hatte lassen können.

Heute deutete er ihre Einladung sofort als das, was es war. Sehnsüchtig sah er sie an und nickte.

»Unser Hausmädchen Isabella wird zugegen sein. Meinst du, du schaffst es, unentdeckt in mein Zimmer zu gelangen?«

»Und wenn ich an der Hauswand hochklettern muss.«

In ihrem Zimmer half Carl ihr aus dem Cape, das sie sorgsam in ihren Kleiderschrank hängte. Dann wandte sie sich zu ihm um und streifte ihre Handschuhe ab. Sein Blick verriet ihr, dass er mit seinen Gedanken schon längst ganz woanders war, doch heute würde er sich gedulden müssen.

Sie lief zur Tür und drehte den Schlüssel herum. Sollten ihre Eltern oder ihr Bruder früher als erwartet zurückkehren, blieb so immerhin genug Zeit, um ihren männlichen Besucher zu verstecken.

»Nimm Platz, dann erzähle ich dir die Neuigkeiten.«

Er setzte sich aufs Bett und lehnte sich mit hinter dem Kopf verschränkten Armen gegen die Rückwand. Sie hätte empört reagieren sollen, immerhin tat er so, als gehörte er genau dort hin. Doch es gefiel ihr viel zu gut, mit welcher Selbstverständlichkeit er es sich in ihrem Zimmer gemütlich machte. Sie selbst blieb am Fußende des Betts stehen, denn sie wollte seinen Anblick genießen, während sie sprach.

»Wir haben Hanna gerettet«, begann sie. »Ich komme gerade von ihrer Geburtstagsfeier, denn sie ist heute achtzehn geworden.«

Carl richtete sich auf, setzte sich in den Schneidersitz und klopfte vor sich auf die Matratze, damit sie sich zu ihm gesellte. Sie tat ihm den Gefallen.

»Also versteht ihr euch wieder. Das freut mich.«

Henriette seufzte. »Nun ja, ganz so war es nicht. Ich habe mich selbst eingeladen und sie überrumpelt. Und sie war zu höflich, um mir die Tür zu weisen. Aber nun, so denke ich zumindest, nähern wir uns wieder an.« Sie schob die Zweifel beiseite, die ihr in diesem Moment selbst kamen. Immerhin hatte sie bemerkt, dass Sophie und Hanna sich immer wieder heimlich etwas zugeflüstert hatten. Doch sie war überzeugt, dass sie schon bald wieder dazugehören würde, denn am Ende der Geburtstagsfeier hatte sie ihren Stolz überwunden und sich bei Sophie entschuldigt, obwohl dies sicher nicht nötig gewesen wäre. Danach waren die Gespräche unter den Mädchen nicht mehr ganz so verkrampft gewesen, was sie als gutes Zeichen deutete.

»Das freut mich«, sagte Carl und griff nach ihrer Hand.

»Nicht!«, befahl Henriette. »Das war noch nicht alles.«

Carl lehnte sich wieder gegen die Rückwand des Betts und wartete darauf, dass sie fortfuhr.

»Ich sagte, wir haben Hanna gerettet. Damit meinte ich nicht die Freundschaft, sondern die Geschichte mit Louis.«

»Du meinst, sie hat ihn endlich vergessen?«

»Das möchte ich meinen. Der Maler hat während der Geburtstagsfeier um ihre Hand angehalten, und sie hat Ja gesagt.«

Carl riss überrascht die Augenbrauen hoch. »Das ging aber schnell«, sagte er, und sie bemühte sich darum, ein schadenfrohes Grinsen zu unterdrücken.

»Ein Beweis dafür, dass es richtig war, sie vor Louis zu beschützen. Hätte sie all seine Briefe erhalten, hätte sie sich möglicherweise von Gustav Cloppenburg ferngehalten und damit die Liebe ihres Lebens verpasst.«

»Du meinst also, der Maler ist die Liebe ihres Lebens?«

»Hätte sie sonst Ja gesagt?«

Einen Moment lang sahen sie sich schweigend an, dann hielt Henriette die Anspannung zwischen ihnen nicht mehr aus. Auf den Knien schob sie sich auf Carls Schoß und begann ihn zu küssen.

Er griff in ihre Haare, zog ihren Kopf zurück und sah ihr tief in die Augen. »Das hier ist noch immer unwirklich. Nie hätte ich gedacht, dass du und ich …«

»Hör auf zu reden«, unterbrach sie ihn, denn ganz sicher wollte sie jetzt keine Liebesbekundungen von ihm hören. Er war der Mann, den sie begehrte, aber sicher nicht derjenige, dem sie ihre Zukunft schenken würde. »Ich will deine Lippen und deine Hände, Carl. Jetzt sofort und überall!«

Als hätte er nur auf ein Signal gewartet, streifte er mit

einer schnellen Bewegung seine Kleider ab und machte sich daran, die Schnüre ihres Kleids zu lösen. Henriette genoss seine ungestüme Leidenschaft und die Tatsache, dass er ihr vollkommen verfallen war. Sie liebte es, sich unter seinen Berührungen zu winden und seinen Atem zu hören, während er ihr mit zärtlichen Händen unbeschreibliche Freuden bereitete. Mit jeder Minute wuchs ihre eigene Gier danach, ihn zu berühren und zu küssen. Sie atmete tief ein und schloss die Augen. Sie liebte den Geruch seines Körpers.

Völlig ungeniert und ohne sich zu bedecken, sah Henriette ihm wenig später dabei zu, wie er sich wieder anzog.

»Lass mir dein Hemd da«, bat sie.

Wortlos warf er ihr das Kleidungsstück zu, zog dann das Wams über den nackten Oberkörper und schloss es sorgfältig. Mit seinem Mantel verfuhr er ebenso. Niemand würde das fehlende Kleidungsstück bemerken.

Er beugte sich noch einmal über Henriette und küsste sie.

»Pass auf, dass dich niemand sieht, und schließ die Tür.« Sie dachte nicht daran, ihn jetzt nach unten zu begleiten. Es lag in seiner Verantwortung, dafür zu sorgen, dass er nicht gesehen wurde und, falls doch, eine gute Ausrede parat hatte. Sie hatte nun Wichtigeres zu erledigen!

Nachdem Carl fort war, zog sie ihren Morgenrock über und setzte sich an den Schreibtisch. Sie brauchte einige Anläufe, um die richtigen Worte zu finden, doch am Ende war sie zufrieden mit ihrem Werk:

Rothenburg ob der Tauber,
8. März des Jahres 1866

Louis,
du wunderst dich über meine Zeilen, dessen bin ich mir bewusst, denn wir haben uns nicht im Guten getrennt. Lange habe ich gebraucht, um mich zu diesem Schritt durchzuringen, zu tief war meine Trauer darüber, von dir so missverstanden worden zu sein.
Doch nun, lieber Louis, muss ich über meinen Schatten springen. Sosehr mich dein Verhalten mir gegenüber auch geärgert hat, wollte ich doch stets nur dein Bestes, so sehr bin ich jetzt um dein Seelenheil besorgt.
Da ich nicht davon ausgehe, dass dich irgendjemand über die Entwicklungen hier zu Hause in Kenntnis setzt, werde ich das tun, denn ich möchte, dass du auf das vorbereitet bist, was dich in der Heimat erwartet. Es gibt leider keinen Weg, dir diese Nachricht schonend beizubringen, also schreibe ich es freiheraus: Hanna Grieb ist verlobt.
Du kennst ihren Bräutigam nicht, denn er ist ein Fremder. Ein Künstler, der schon im vergangenen Herbst in Rothenburg auftauchte und seit dieser Zeit nicht mehr von ihrer Seite wich. Heute, an Hannas achtzehntem Geburtstag, hat er um ihre Hand angehalten, und sie hat eingewilligt.
Louis, sei dir gewiss, dass ich nichts mit dieser Sache zu tun hatte. Ganz im Gegenteil: Es überraschte mich selbst, dass sie dich schon beim Herbstball in der Traube *vergessen hatte. Du warst gerade erst fort, und schon hatte sie Ersatz für dich gefunden. Ich schreibe dir diese Zeilen ohne jede Schadenfreude, das musst du mir glauben. Mir geht es einzig und allein um dein Glück,*

und du sollst wissen, dass ich immer auf deiner Seite stehen und für dich da sein werde, wenn du Trost oder Unterstützung brauchst. Es ist noch eine Weile hin, bis du zurückkommen wirst. Vielleicht hilft dir die Zeit bis dahin ja über Hannas treuloses Verhalten hinweg. Und vielleicht können wir den Groll, der wegen ihr zwischen uns herrschte, nach deiner Rückkehr vergessen und neu beginnen. Sei dir meiner aufrichtigen Freundschaft zu jeder Zeit gewiss!
Henriette

Sie faltete den Brief sorgfältig und steckte ihn in ein Kuvert. Morgen würde sie ihn aufgeben, und damit sollte das Thema Hanna und Louis ein für alle Mal vom Tisch sein.

Nun, da ihre aufgeregte Anspannung nachließ, fiel ihr auf, dass sie noch nicht zu Abend gegessen hatte. Das würde sie nachholen.

Theodor saß bereits am Tisch, und als wäre es abgesprochen gewesen, betraten in diesem Moment auch die Eltern das Haus. Sie waren in ein Gespräch über einen neuen Gast vertieft.

Während Isabella die Vorspeise auftrug, erkundigte sich Henriette danach, warum ihre Eltern an diesem Abend so besonders gut aufgelegt waren.

»Das erkläre ich dir gern, Henriette«, antwortete der Vater. »Das *Hotel Traube* beherbergt hohen Besuch.«

»Verraten Sie, wer das ist?«, fragte sie eher aus Höflichkeit denn aus Interesse.

»Es ist ein sehr angesehener Herr aus Dresden«, kam Elisabeth ihrem Gatten zuvor.

Henriette bemerkte die Veränderung in der Körperhaltung ihres Bruders sofort. Sie wusste, dass er zu höflich sein würde, um nachzuhaken, also übernahm sie das für ihn.

»Und was ist an diesem Herrn nun so besonders?«

»Er ist ausgesprochen höflich und galant, gleichzeitig aber sehr zurückhaltend in seinen Auskünften darüber, was er in unserem wunderschönen Rothenburg zu tun gedenkt. Was wir allerdings erfahren haben, ist, dass er der Spross einer Schokoladenmanufaktur ist. Ich selbst habe noch nie davon probiert, aber die Schokoladen- und Zichorienfabrik Jordan & Timaeus ist inzwischen sehr berühmt.«

»Bis weit über die Tore Dresdens hinaus«, pflichtete Christian seiner Gattin bei.

Henriette wechselte einen Blick mit ihrem Bruder und sah, dass er sofort verstanden hatte, was diese Nachricht bedeutete: Der Mann, dessen Brief sie vor Sophies Auszug in Händen gehalten hatte, war noch immer an dem Waisenmädchen interessiert, und sein Besuch war Beweis genug, dass sein Interesse an ihr als ernsthaft einzustufen war.

Herr und Frau Hartmann unterhielten sich während des Essens so angeregt, dass ihnen das Schweigen ihrer Kinder nicht auffiel. Kurz darauf zogen sie sich mit ihrem Nachtisch in den kleinen Salon zurück, ein Raum, der eigentlich nichts weiter war als die Schreibstube des Vaters und nur so bezeichnet wurde, um vor Gästen den Anschein eines herrschaftlichen Hauses zu erwecken.

»Geht es dir gut?«, fragte Henriette ohne Umschweife.

»Selbstverständlich«, gab Theo verstockt zurück.

Sie seufzte. Er reagierte wie stets, wenn ihm etwas auf der Seele lag. »Ich bin deine Schwester, du musst mir nichts vormachen. Karl Jordan, der Verehrer der Frau, die du nicht aus Kopf und Herz verbannen kannst, ist in der Stadt. Also erzähle mir nicht, dass es dir gut geht!«

»Wenn du doch ohnehin schon alles weißt, brauchst du mich auch nicht mit deinen Fragen zu quälen. Ich möchte über dieses Thema nicht sprechen. Nicht mit dir und auch nicht mit sonst irgendjemandem.«

»Aber du liebst …«

»Sei still!«, zischte er. »Was das einstige Pflegekind unserer Eltern tut oder lässt, geht uns nichts an. Es gibt nichts mehr zu besprechen.« Er warf seine Serviette achtlos auf den Tisch und verließ mit eiligen Schritten den Raum. Henriette lächelte. Er brachte es nicht einmal fertig, ihren Namen auszusprechen – ein gutes Zeichen. Natürlich bedauerte sie, dass ihr Bruder litt. Doch wenigstens hatte er sich Sophie und den Traum von einer gemeinsamen Zukunft endgültig aus dem Kopf geschlagen. Dieser Tag war einer der schönsten seit Langem, was dazu führte, dass sie sogar einige Worte mit Isabella wechselte. Bevor sie an diesem Abend endgültig zu Bett ging, bat sie das Hausmädchen noch um einen Tee, den sie trinken wollte, während sie Louis' Brief an Hanna las.

42

Winter 1866

Louis

Cincinnati
im Februar 1866

Liebste Hanna,
der heutige Brief fällt mir unendlich schwer. Ich schwor dir, die Hoffnung auf ein freudiges Wiedersehen und ein gemeinsames Glück nicht aufzugeben, doch nun muss ich dir sagen, dass ich nicht mehr weiß, ob ich dieses Versprechen halten kann.
Ich habe Dinge erlebt, die zwar vorüber sind, jedoch noch immer an mir zehren. Mehr als einmal in den vergangenen zwei Monaten glaubte ich, nicht mehr lebend nach Rothenburg zurückkehren zu können.
Meine Reise von Chicago nach Cincinnati hätte nicht mehr als einige Tage beanspruchen sollen. Doch es kam anders. Wie schon bei der Anreise führte mich mein Weg über Toledo. Dort bestieg ich einen Flussdampfer, der mich auf dem Ohio River bis nach Cincinnati bringen sollte.
Mir kamen die Geschichten des Seemanns von Rothäuten und deren Hinterhalten in den Sinn, und ich muss zu-

geben, dass ich während der gesamten Reise nervös war. Eine geschwätzige Dame, die Tochter und Enkelkind in Cincinnati besuchen wollte, versicherte mir jedoch, dass von ihnen längst keine Gefahr mehr ausginge. Das neuerliche Problem wären die Sklaven, nicht die Indianer. Letztere wären längst vertrieben oder umgesiedelt worden. Auf meine Frage, ob sich auch irgendwer den Maßnahmen der Weißen widersetzt hätte, lachte die Frau empört auf und erklärte, dass es sicherlich Unverbesserliche unter ihnen gegeben hätte, diese aber heute nicht mehr leben würden. Wie gern hätte ich dieser herzlosen Frau die Meinung gesagt, doch dazu kam ich nicht mehr, denn in diesem Moment brach auf dem Schiff ein fürchterliches Feuer aus.
Ich weiß noch, dass ich mich selbst schalt, weil ich Indianer am Flussufer zu sehen glaubte, die scheinbar dabei zusahen, wie der Dampfer in Flammen aufging. Doch dann war ich mir nicht mehr sicher, ob ich meiner Wahrnehmung noch trauen konnte oder ob meine Angst mir nicht einen Streich gespielt hatte.
Mir blieb keine Zeit, um mich zu vergewissern, denn nun ging es nur noch darum, mich in Sicherheit zu bringen. Das Feuer war im hinteren Teil des Schiffs ausgebrochen. (Du musst verzeihen, ich bringe die korrekten Bezeichnungen von Heck und Bug und Backbord und Steuerbord noch immer durcheinander.) Ich eilte unter Deck und hatte Glück: Der Rauch hatte den Weg zu meiner Kajüte noch nicht versperrt. Ich griff nach meinem Koffer, stopfte hastig alles hinein und stürzte die Treppe wieder hinauf. Das Bild, das sich mir oben bot, war grauenvoll. Details werde ich dir ersparen, nur so viel: Es gab Menschen, die in den Flam-

men umkamen, und solche, die versuchten, sich mit einem Sprung ins Wasser zu retten. Sie erfroren oder ertranken, weil sie des Schwimmens nicht mächtig waren.
Warum ausgerechnet ich verschont blieb, weiß ich nicht zu sagen. Auch mich rettete nur ein Sprung ins eisige Wasser vor dem sicheren Tod in den Flammen. Meinen Koffer verlor ich natürlich aus den Augen, also rettete ich mich mit letzter Kraft ans Ufer.
Ich hatte nichts als die Kleider am Leib, und ich war davon überzeugt, innerhalb weniger Stunden zu erfrieren. Müdigkeit breitete sich aus und hüllte mich ein wie eine Decke. Und dann verlor ich das Bewusstsein.
Hanna, sei unbesorgt. Dass ich dir schreibe, bedeutet, dass alles gut ausgegangen ist. Ich bin wohlbehalten in Cincinnati angekommen. Allerdings habe ich das eben den Rothäuten zu verdanken, vor denen ich von allen Seiten gewarnt wurde. Sie versorgten mich, zogen mir warme Kleider an und zeigten mir nach meiner Genesung sogar den Weg nach Cincinnati.
Im Nachhinein bin ich sicher, dass mich meine Sinne nicht getäuscht haben und die Indianer wirklich am Flussufer gestanden hatten, als unser Schiff in Brand geriet.
Die Zeitungen schrieben später von einem Überfall einiger weniger Indianer vom Volk der Waiatanwa, von denen sich noch immer einige Dutzend in den Wäldern versteckt hielten. Es hieß, sie hätten den Flussdampfer mit brennenden Pfeilen beschossen und dann dabei zugesehen, wie die Menschen elendig verbrannten, ertranken oder erfroren.
Doch ich weiß, dass das nicht der Wahrheit entspricht.

Wir hätten diese Pfeile doch sehen müssen, oder nicht? Und warum sollten sie uns retten, wenn sie uns doch eigentlich umbringen wollten? Nein. Die Zeitungen lügen. Neben mir retteten die Indianer noch vier weitere Passagiere. Sie haben sogar die umhertreibenden Koffer aus dem Wasser gezogen, Kleider und Papiere getrocknet und sorgfältig aufbewahrt. Ohne irgendetwas dafür zu verlangen, übergaben sie mir meine Habseligkeiten, bevor sie mich bis vor die Stadttore Cincinnatis begleiteten. Tut jemand so etwas für einen Menschen, der eigentlich umgebracht werden sollte?
Irgendwann werde ich dir hoffentlich ausführlich von diesem unglaublichen Abenteuer berichten können. Inzwischen bin ich wieder vollständig genesen und habe meine Unterkunft in Cincinnati bezogen. Nach der Aufregung freue ich mich auf ruhigere Tage und darauf, endlich die größte Seifenfabrik Amerikas begutachten zu können.
Wie gern würde ich dir sagen, dass ich unser Wiedersehen kaum erwarten kann, kommt es doch mit jedem Brief, den ich dir schreibe, näher. Doch ich weiß nicht mehr, woran ich bin, also werde ich mich mit meinen Gefühlsbekundungen zurückhalten.
Aber ich gebe die Hoffnung nicht auf, Hanna.
In Liebe der Deine
Louis

43

Donnerstag, 8. März 1866

Sophie

Sophie hatte es tatsächlich geschafft, ihre Pläne für die nächsten Tage vor Hanna geheim zu halten. Die Ereignisse hatten sich während der Geburtstagsfeier überschlagen, nun war die Freundin nicht nur verlobt, sondern hatte ihr auch durch eine winzige Geste zu verstehen gegeben, dass sie ein Kind erwartete.

Bei all der Aufregung hatte Hanna nicht mehr weiter nach Karl gefragt, wofür sie sehr dankbar war. Zwischen ihr und dem Sohn des Schokoladenfabrikanten hatte sich in den letzten Monaten ein reger Briefwechsel entwickelt, und in dieser Zeit hatte sie den ernsthaften, freundlichen Mann sehr ins Herz geschlossen. Karl war nicht nur an ihrer Arbeit interessiert, sondern auch an ihren Wünschen und Träumen. Er schien ein unerschütterliches Vertrauen in sie zu haben, denn er gab mit jedem Brief mehr von sich und seiner Familie preis.

Sie wusste nun, dass Karl zu einer großen und äußerst gebildeten Familie gehörte, in der es neben den Brüdern Ernst und Max auch noch die drei Schwestern Doris, Helene und Maria gab. Sie alle waren in Dresden hoch angesehen, eine Tatsache, die Sophie in erster Linie einschüchterte, war sie doch niemand, der in diese Kreise passte. Sie hatte in einem Brief ihre Bedenken diesbezüglich zum Ausdruck gebracht. Seine Reaktion darauf war erstaunlicherweise die Bitte gewesen, sie in Rothenburg besuchen zu dürfen.

Sophie verließ die Seifensiederei kurz nach Henriette und Friedrich. Kaum hatte sie die Tür hinter sich geschlossen, trat Karl auf sie zu und begrüßte sie mit einem Handkuss.

Sie konnte ihre Überraschung nicht verbergen, waren sie doch eigentlich erst für den nächsten Tag verabredet.

»Was tust du denn hier?«

»Bitte verzeih mir diesen Überfall, Sophie. Ich bin kein geduldiger Mann. Ich würde ja behaupten, mein Spaziergang führte mich ganz zufällig hierher, aber das wäre gelogen. Ich laufe schon eine ganze Weile die Georgengasse auf und ab, in der Hoffnung, dich nach der Geburtstagsfeier abzupassen. Wenn du erlaubst, würde ich dich gern nach Hause begleiten.« Er neigte ein weiteres Mal den Kopf und bot ihr den Arm an.

»Bist du sicher?«, fragte sie. »Schon die einfache Strecke bedeutet eine gute halbe Stunde Fußweg. Du musst danach allerdings wieder zurück.«

Karl wandte sich ihr zu und küsste sie überschwänglich auf die Wange. »Deine Besorgnis ist rührend. Das werde ich gerade noch so schaffen. Falls nicht, nehme ich mir eine Droschke für den Rückweg.«

Sophie gab einen schnaubenden Lacher von sich. »Du bist ahnungslos und voller Hoffnung. Herrlich.«

»Also gibt es dort, wohin wir gehen, keine Droschken?«

Sophie schüttelte den Kopf, was ihren Begleiter mehr amüsierte als besorgte.

Der Abend war kühl, und ein leichter Wind trieb sie aus der Stadt und ins Tal hinunter. Eine Weile unterhielten sie sich über Alltägliches. Sophie erzählte von ihrer Arbeit im Siechhaus und den damit verbundenen Schwierigkeiten. Auf seine Nachfrage hin erklärte sie ihm, dass ihr die körperliche Arbeit nichts ausmachte und auch ihr Ekel vor bestimmten Tätigkeiten verflogen war.

»Was mich allerdings noch immer umtreibt, ist das Leid der Menschen. Viele bemerken meine Anwesenheit kaum, doch von denjenigen, die es tun, sind mir einige ans Herz gewachsen.« Sie schwieg und dachte an die alte Charlotte, die vor wenigen Tagen das Zeitliche gesegnet hatte.

»Es ist sicher schwer, diese Menschen gehen zu lassen.«

Sie nickte und schluckte ihre Rührung hinunter. Noch immer hatte sie es nicht geschafft, Pfarrer Bezolds Rat, sie solle die Kranken nicht zu lieb gewinnen, zu befolgen.

»Ja, das ist es. Zu Beginn habe ich mich Abend für Abend in den Schlaf geweint. Da waren zum einen die ungewohnte Umgebung, die Einsamkeit und die allabendliche Erschöpfung. Aber zum anderen eben immer auch das Mitgefühl für die armen Seelen. So manches Schicksal, von dem der Pfarrer mir erzählt hat, war kaum zu ertragen.«

»Dabei hast du selbst doch schon so viel durchgemacht!«, rief Karl bestürzt und umfasste Sophie eng. Es schien fast so, als wollte er jedes Unheil von ihr abwenden, und die Tatsache, dass er sich ihr gegenüber so besorgt zeigte, erwärmte ihr Herz auf der Stelle.

»Glaube mir, das ist nichts im Vergleich zu den Menschen im Siechhaus. Einige hatten Familien, die sie verstießen, nachdem sie krank wurden. Kannst du dir diese

Herzlosigkeit vorstellen? Andere scheinen seit ihrer Geburt völlig allein auf der Welt zu sein. Da ging es mir doch um einiges besser. Ich hatte Eltern, die mich liebten, und als ich die verlor, Pflegeeltern, die sich rührend um mich kümmerten. Ich habe keinen Grund zur Klage. Außerdem …«, sie löste sich behutsam aus dem festen Griff ihres Begleiters, »habe ich Grund zur Freude. Ich habe dir noch nichts davon erzählt, da ich nicht wusste, ob es mir gestattet sein würde.«

Mit hochgezogenen Augenbrauen sah Karl sie von der Seite an und wartete darauf, dass sie weitersprach.

»Ich lebe nicht mehr allein in meiner Kammer«, sagte sie und lächelte geheimnisvoll.

Karls Miene verfinsterte sich, und er presste seine Lippen fest aufeinander. »Das bedeutet was?«, fragte er hörbar erschüttert. Erst in diesem Moment ging Sophie auf, was er in ihre Aussage hineininterpretiert haben dürfte.

»O nein«, sagte sie eilig. »Sei unbesorgt.«

Karl ließ die angespannten Schultern sinken und atmete erleichtert aus. »Also?«

»Es gibt einen Waisenjungen, den meine Eltern noch zu Lebzeiten in unserer Familie aufnehmen wollten. Inzwischen ist Jacob zehn, und Pfarrer Bezold hat gestattet, dass er bei mir lebt.«

»Verstehe«, sagte Karl. Zum ersten Mal, seit er sie vor der Siederei abgeholt hatte, konnte Sophie seine Mimik nicht deuten. Er wirkte verschlossen und abwesend. Aber was hatte sie auch erwartet? Er war die weite Strecke von Dresden nach Rothenburg gereist, um sie zu sehen und ihr den Hof zu machen. Nun stellte sie ihn vor vollendete Tatsachen: In ihrem Leben gab es nun einen kleinen Jungen, um den sie sich zu kümmern gedachte.

»Es tut mir leid. Ich hätte es erzählen sollen, bevor du den weiten Weg auf dich genommen hast.«

Karl nickte, schwieg aber noch immer. Sophies Herz schlug ihr plötzlich bis zum Hals. Einerseits war sie ängstlich, ihn damit womöglich aus ihrem Leben vertrieben zu haben. Auf der anderen Seite dachte sie aber auch nicht daran, sich wegen ihres Mitgefühls für Jacob schlecht zu fühlen. Sie hatte noch immer das Gesicht des kleinen Kerls vor Augen, als sie ihm vor nicht einmal zehn Tagen erklärte, dass er bei ihr leben dürfe und sie, wenn er denn einverstanden wäre, so etwas wie seine große Schwester sein könnte. Jacob waren die Tränen gekommen, gleichzeitig hatte er aus vollem Herzen gelacht. Er hatte die anderen Kinder, mit denen er sich gerade herumgetrieben hatte, mit der großspurigen Erklärung stehen gelassen, dass er ab jetzt ein Zuhause und eine große Schwester hätte. Dann hatte er seine viel zu dünne Hand in ihre geschoben und war noch am selben Tag mit ihr nach Sankt Leonhard gegangen.

Pfarrer Bezold hatte sich seiner ebenfalls angenommen und ihn schnell ins Herz geschlossen. Derzeit dachten Sophie und er darüber nach, dass es wohl an der Zeit wäre, ihn an den Vormittagen in die Volksschule zu schicken, damit er lesen und schreiben lernte. Anschließend konnte er sich im Siechhaus nützlich machen, soweit das einem Zehnjährigen eben möglich war.

Sie sah Karl an, und da er noch immer beharrlich schwieg, blieb sie stehen. Sie beschloss in dieser Sekunde, dass sie seine Zeit nicht länger vergeuden durfte.

»Ich bedaure, dich damit derart vor den Kopf gestoßen zu haben. Aber ich möchte es gleich offen und ehrlich sagen: Ich werde Jacob nicht wieder wegschicken. Ich würde es verstehen, wenn du auf der Stelle nach Dresden zurückkehrst und wir unsere Freundschaft beenden. Die Entscheidung, den Jungen zu mir zu holen, ist unabänderlich. Es tut mir von Herzen leid, wenn ich dich damit verletzt habe. Aber es tut mir nicht eine Sekunde lang leid, dass ich diesem Jungen ein Zuhause gegeben habe. Wenn ich könnte, würde ich das für all die anderen Waisenkinder Rothenburgs auch tun, aber das steht auf einem anderen Blatt.«

Karl schluckte hörbar und begann zu husten. Sophie stand vor ihm und wusste nicht, was sie tun oder sagen sollte, also wartete sie ab, bis er sich beruhigt hatte. Was sie dann sah, erstaunte sie einmal mehr: Karl Jordan lächelte!

»Ich muss mich entschuldigen, Sophie. Mein Schweigen hat dich sicher verunsichert. Nun, ich gebe zu, die plötzliche Existenz eines Pflegebruders, oder wie immer dieser Jacob nun auch zu dir stehen mag, hat mich aus dem Konzept gebracht. Ich gestehe ebenfalls, dass ich hoffe, nicht bei jedem weiteren Besuch ein weiteres Waisenkind in deiner Obhut vorzufinden. Nicht, weil ich dein großes Herz nicht zu schätzen wüsste, liebste Sophie. Es ist vielmehr die Tatsache, dass mir irgendwann der Platz ausgehen könnte, wenn du möglicherweise alle Waisen Rothenburgs nach Dresden holst.«

Sophie wollte etwas erwidern, doch dann drang Stück für Stück in ihren Verstand vor, was Karl soeben gesagt hatte. Am liebsten hätte sie nachgefragt, ob sie ihn richtig verstanden hatte, doch das erschien ihr lächerlich. Es war offensichtlich, was seine Worte bedeuteten, auch wenn er nichts eindeutig ausgesprochen hatte.

»Möchtest du nichts dazu sagen?«, fragte er noch immer lächelnd.

»Im Augenblick nicht«, sagte sie ehrlich, und als sie seine enttäuscht nach unten sinkenden Mundwinkel bemerkte, griff sie nach seiner Hand und drückte sie. »Das kommt sehr überraschend.«

»Tut es das wirklich?« Er bot ihr seinen Arm. Sie waren nur noch wenige Schritte vom Siechhaus entfernt.

»Wenn dem so ist, waren die Worte in meinen Briefen wohl noch nicht deutlich genug. Ich wünsche mir nichts mehr, als eines Tages mit dir gemeinsam nach Dresden zurückkehren zu können.«

Sie standen nun vor dem Eingang der Pfarrei. Karl blickte nach oben und deutete auf das Dachfenster.

»Ist das deine Kammer?«

»Ja.«

»Ich glaube, ich habe gerade einen Schatten im Innern des Raums verschwinden sehen. Dein Jacob wird dich sicher mit neugierigen Fragen erwarten.«

Sophie lachte kurz auf. »Damit dürftest du recht haben.«

»Ich weiß, es ist noch zu früh«, griff Karl das vorherige Thema noch einmal auf. »Du hast hier gerade erst ein neues Leben begonnen, und wenn ich dich richtig verstanden habe, ist dir die Ausbildung, die du durch den Pfarrer erhältst, wichtig. Aber ich kann dir versichern, dass es auch in Dresden Kranke und Waisen gibt.«

Sophie hörte ihren eigenen Herzschlag, als säße das Organ in ihrem Kopf. Verlegen schob sie sich eine Haarsträhne hinters Ohr und versteckte ihre zitternden Hände dann hinter ihrem Körper.

»Du musst nichts sagen, meine Liebe. Ich habe keine Eile. Aber wenn du gestattest, werde ich dir am Samstag bei einem Abendessen von meinen Eltern erzählen. Sie sind ganz erpicht darauf, dich endlich kennenzulernen, denn ich scheine bei jeder Gelegenheit von dir zu schwärmen.« Karl lächelte verschmitzt. »Es wäre ihnen eine Freude, wenn du an den Osterfeiertagen unser Gast sein würdest.« Ohne ihre Antwort abzuwarten, verabschiedete er sich und dankte ihr für den Spaziergang. Behutsam legte er die Hände auf ihre Arme, zog sie an sich und küsste sie auf die Wange.

»Eine Droschke wird dich am Samstagabend um sechs abholen, wenn es dir recht ist?« Lächelnd fügte er hinzu: »Ich werde doch wohl einen Kutscher finden, der sich bis hier hinaus traut.«

Sophie wusste, dass die Uhrzeit einige Diskussionen mit Pfarrer Bezold zur Folge haben würde, musste er doch in diesem Fall allein das Abendessen an die Kranken ausgeben. Trotzdem nahm sie Karls Einladung an. »Ich freue mich darauf, mehr über deine Eltern zu erfahren. Und ich freue mich auch auf dich.«

Die Tatsache, dass sich Karl nach dieser Verabschiedung pfeifend auf den Rückweg machte, ließ Sophie schmunzelnd zurück. Langsam lief sie die Stiege zu ihrer Kammer hinauf. Vermutlich würde sie in dieser Nacht lange wach liegen und über sein Angebot nachgrübeln, war es doch überaus verlockend.

Trotz des trüben Novemberwetters hatte ihr gefallen, was sie vor Monaten von Dresden gesehen hatte. Welches Bild hätte sie dann wohl erst, wenn sie im Frühling dorthin reiste? Natürlich war ein kurzer Besuch etwas ganz anderes, als sich dort an der Seite eines Ehemannes ein neues Leben aufzubauen. Aber könnte sie das überhaupt? Rothenburg zu verlassen würde bedeuten, auch all die Erinnerungen an ihre Familie für immer zurückzulassen.

Und Hanna. Der Gedanke daran, die Freundin nicht mehr in ihrer Nähe zu wissen, schmerzte bereits, obwohl noch gar nichts beschlossen war.

Nun, beruhigte Sophie sich selbst, der Ostersonntag würde in diesem Jahr auf den 1. April fallen. Es war also noch etwas Zeit, um ihre Gedanken zu sortieren und herauszufinden, ob der Pfarrer sie ausgerechnet während dieser Zeit entbehren konnte. Über eine endgültige Entscheidung konnte und wollte sie in diesem Augenblick nicht nachdenken.

Völlig in Gedanken versunken betrat Sophie ihre Kammer. Sie legte Hut und Cape ab, löste die Klammern aus der Frisur und schüttelte ihre Haare auf. Beim Blick in den Spiegel drohte ihr Herzschlag auszusetzen. Sie gab einen spitzen Schrei von sich und presste ihre Hände vor die Brust.

Hinter ihr stand nicht nur Jacob, sondern auch Theo.

Sie sah zwischen beiden hin und her und versuchte, ihren Puls wieder unter Kontrolle zu bringen. An Jacob gewandt sagte sie: »Du lässt einen Fremden in unser Zimmer, ohne mich um Erlaubnis zu bitten?«

Sie ahnte, dass der Junge nichts dafür konnte. Wie hätte er sich auch ausgerechnet gegen den Erwachsenen zur Wehr setzen sollen, der ihn schon bei ihrer ersten Begegnung so eingeschüchtert hatte, dass er davongerannt war?

»Du darfst ihm keine Vorwürfe machen, Sophie. Ich habe ihm keine Wahl gelassen und ihm außerdem erklärt, dass du dich sicher über den Besuch deines Pflegebruders freuen würdest.«

»Genau«, unterbrach ihn Jacob und strahlte sie arglos an. »Er sagte, du wärst bei ihm aufgewachsen wie eine

Schwester. Jetzt wachse ich bei dir auf. Damit sind er und ich ja auch fast miteinander verwandt.«

Sophie konnte sich ein kurzes Lachen nicht verkneifen. Sie strich dem Jungen zärtlich über den Kopf. Es war erstaunlich, wie einfach sich manche Dinge erklären ließen, wenn man sie mit den Augen eines Kindes betrachtete.

»Wärst du so lieb und würdest Pfarrer Bezold zur Hand gehen? Ich komme gleich nach.«

Jacob sah sie aus zusammengekniffenen Augen an und rührte sich nicht.

»Gibt es noch was?«

»Du musst mir erst schwören, dass du mir nicht böse bist!«, verlangte er und verschränkte trotzig die Arme vor der Brust.

»Wie könnte ich dir böse sein, du kleiner Schlingel?«

»Du musst es schwören«, sagte er und hielt ihr seinen kleinen Finger vor die Nase.

Sophie verhakte ihren kleinen Finger mit seinem und sagte dann feierlich: »Ich schwöre!« Dann schloss sie die Tür hinter ihm und lehnte sich dagegen.

»Jetzt ist er also dein Bruder. Wie praktisch für dich.« Sie hörte selbst, wie ungehalten ihre Worte klangen, doch es war ihr gleichgültig. Wie konnte Theo es wagen, Jacob auf diese Art zu benutzen, um sich in ihr Leben zu drängen? Und das gerade jetzt, wo sie endlich dabei war, ihn zu vergessen und sich einem anderen gegenüber zu öffnen.

Sie verschränkte die Arme vor der Brust und funkelte ihn an. Statt zu antworten, verschlug es Theo angesichts ihrer offensichtlichen Wut wieder einmal die Sprache.

»Sag, was du willst, Theodor. Ich habe zu tun.«

»Ich weiß es selbst nicht so genau.« Er fuhr sich verlegen durch die Haare. »Unsere Eltern haben von einem Gast aus Dresden erzählt, da habe ich befürchtet …«

Er brach ab und starrte auf den Boden. Dann gab er sich einen Ruck. »Und ich lag ja richtig mit meiner Vermutung. Jetzt erlaubst du diesem wildfremden Mann also schon, dich zu besuchen und nach Hause zu begleiten.«

Theodor Hartmann war eifersüchtig! Die Erkenntnis traf Sophie wie ein Schlag. Sie befürchtete, dass ihre Knie schon bald wegsackten, wenn sie ihn noch weiter unentwegt ansehen musste. Sie setzte sich auf den Hocker vor ihrem Waschtisch, griff nach der Bürste und begann damit, sich ihre von der Hochsteckfrisur völlig zerzausten Haare auszukämmen.

»Von wem ich mich wann und warum nach Hause begleiten lasse, geht dich nichts an. Wäre das dann alles?« Sie unterbrach das Haarekämmen und starrte ihn über den Spiegel an. Das und die Tatsache, dass sie saß, ließ sie seinem Blick standhalten.

»Nein!«, rief Theodor aufgebracht. »Du darfst dich mit diesem Mann nicht treffen.«

Sophie wandte sich zu ihm um, zog ihre Augenbrauen hoch und schwieg. Jedes Wort wäre zu viel gewesen, das wusste sie, und das wusste auch er. Sein Benehmen war übergriffig und lächerlich, und doch stand der sonst so verstockte Theo nun vor ihr und wollte ihr sagen, was sie zu tun oder zu lassen hatte.

»Ich verbiete es, hörst du?« Er stürmte auf sie zu, zog sie vom Hocker und riss sie an sich. »Bitte, Sophie! Tu mir das nicht an. Du empfindest etwas für mich. Du wolltest warten, erinnerst du dich? Du hast es versprochen.«

Sie riss sich von ihm los. Diesmal würde sie nicht zulassen, dass er sie wieder küsste und in tiefer Verwirrung zurückließ. Es war an der Zeit, ihn endgültig in seine Schranken zu weisen. »Wenn du dich so genau an meine Worte erinnerst, weißt du sicher auch, was ich außerdem noch gesagt habe?« Abwartend sah sie ihn an, doch er antwortete nicht. Sein gesenkter Blick verriet ihr allerdings, dass er genau wusste, worauf sie hinauswollte. »Ich helfe dir gern auf die Sprünge …«

»Nicht nötig. Ich weiß sehr gut, was du noch gesagt hast.«

»Schön. Dann ist ja alles geklärt.« Sie deutete mit dem Kopf in Richtung Tür und setzte sich wieder vor den Spiegel. Theo machte allerdings keine Anstalten, ihre Kammer zu verlassen. Sophie seufzte. Ihre Wut verschwand, und übrig blieb nichts als Hilflosigkeit. »Wenn du mich magst, wovon ich ausgehe«, begann sie leise, »dann stehst du meinem Glück nicht weiter im Weg. Du kannst dich noch immer nicht zu mir bekennen, und das muss ich akzeptieren. Doch dann akzeptiere bitte auch du, dass ich wieder nach vorn schauen muss und werde. Ich habe nicht vor, bis ans Ende meiner Tage auf einen Mann zu hoffen, der nicht den Mut aufbringt, zu seinen Gefühlen zu stehen.« Sie erhob sich und öffnete die Tür ihrer Kammer selbst. »Bitte geh.« Es tat weh, dass er auch diesmal wortlos verschwand, doch sie wusste, es war der einzige Weg, wenn sie irgendwann glücklich werden wollte.

44

Freitag, 13. April 1866

Hanna Mit einer Mischung aus Trauer und Erleichterung hatte sich Hanna ausgerechnet an einem Freitag den Dreizehnten von ihrem Verlobten verabschiedet. Da sie nicht abergläubisch war, maß sie diesem Datum allerdings keinerlei Bedeutung bei.

Gustav war nun auf dem Weg nach Karlsruhe, um bei der Eröffnung seiner Ausstellung dabei zu sein, und würde erst in einem Monat nach Rothenburg zurückkehren. Wenn alles nach dem Plan ihrer Mutter verlief, würde er seine Eltern mitbringen, gemeinsam würden die Familien die Verlobung der Kinder feiern, und dann würde Hanna den Cloppenburgs nach Karlsruhe folgen, wo sie einige Wochen verbringen würde, um die restliche Familie ihres Bräutigams kennenzulernen.

Seit ihrem Geburtstag war Gustav ihr nicht mehr von der Seite gewichen. Mit Staffelei, Pinseln und Farben hatte er sie schon in den Morgenstunden aufgesucht und seine Arbeit, wenn das Wetter es denn zuließ, vor die Siederei verlegt. Ihr Vater freute sich über diese Entwicklung, denn Gustav lockte so neugierige Passanten an, die ihn erst beobachteten und anschließend das eine oder andere Stück Seife kauften.

Hanna hatte allerdings das Gefühl, unter seiner Fürsorge zu ersticken. Kurz nach ihrem Geburtstag hatten bei ihr leichte Magenkrämpfe eingesetzt, die augenblicklich dazu geführt hatten, dass er sie zum Nichtstun verdammt hatte, und natürlich erhielt er dabei auch noch Unterstützung von ihrem Vater, den Hanna in Gegenwart ihres Bruders nur wenige Tage nach ihrer Verlobung über die Schwangerschaft in Kenntnis gesetzt hatte. Seit dem Tag schwankte Anton Grieb immer wieder zwischen großer Freude und übertriebener Fürsorge.

Sie ging davon aus, dass das Ziehen im Unterleib nichts zu bedeuten hatte, immerhin wuchs da ein Kind in ihr heran, was zwangsläufig zu körperlichen Veränderungen führen musste.

Doch weder ihre Eltern noch Gustav hatten davon etwas hören wollen. Sie hatten ihr jeden Zutritt zur Werkstatt untersagt und ihr lediglich gestattet, die Vormittagsstunden im Laden zu verbringen, um hier und da die Auslage zu sortieren. So hatte Gustav von der Straße aus jederzeit ein Auge auf sie.

Sie hatte ihn an der Poststation verabschiedet und der Kutsche noch einen Augenblick hinterhergewunken. Nun saß sie wieder in der heimischen Küche und ließ das aufgeregte Geplapper ihrer Mutter über sich ergehen, die bereits die Verlobungsfeier plante, die zügig nach Gustavs Rückkehr stattfinden sollte. Sie erklärte ihrer Mutter, dass sie nicht zu viel Aufwand betreiben sollte, immerhin war es nur eine Feier in kleinem Kreise. Doch diese ließ sich nicht von ihrem Vorhaben abbringen, sich schon heute einen ersten Überblick über passende Blumen zu verschaffen.

Nachdem Christina das Haus verlassen hatte, atmete Hanna auf. Zum ersten Mal seit einer Woche hatte sie das Gefühl, nicht mehr auf Schritt und Tritt beobachtet zu werden. Sie nutzte diese Tatsache sofort, um ihren Vater in der Siederei aufzusuchen.

»Hast du deine Verfolger endlich abschütteln können?«, begrüßte er sie. Friedrich, der an diesem Nachmittag im Laden stand, warf nur einen kurzen Blick in die Werkstatt und widmete sich dann wieder der Kundschaft.

Hanna verdrehte die Augen und seufzte. Ihr Vater hatte schon immer ein Gespür für ihre Gefühle gehabt und den einen oder anderen hilfesuchenden Blick, den sie ihm in der vergangenen Woche zugeworfen hatte, offenbar als das gedeutet, was es war: der Wunsch nach Ruhe und Normalität.

»Gustav habe ich heute Morgen zur Postkutsche begleitet, und Mutter lässt sich nicht davon abhalten, jetzt schon mit den Vorbereitungen für die Verlobungsfeier zu beginnen.«

»Blumen oder Kuchen?«, fragte er.

»Blumen«, gab Hanna lachend zurück. Sie beobachtete ihren Vater, der gerade dabei war, den Duft für die aktuelle Charge bereitzustellen.

»Dürfte ich die Hobelmaschine ausprobieren?«, fragte sie.

»Von mir aus.« Er deutete auf die getrocknete Grundseife, die er bereits aus der Kastenform herausgelöst hatte.

»So wenig?«, fragte sie, und ihr fiel ein, dass sie ihn noch nicht auf die Stückzahlen angesprochen hatte. »Sie haben in Maschinen und Kessel investiert, Vater. Sollten Sie dann nicht auch die Produktionsmenge steigern?«

»Geduld war noch nie deine Stärke.«

Hanna schüttelte ungehalten den Kopf und atmete ein und aus, um sich zu beruhigen. Während sie sich ihre Worte zurechtlegte, griff sie nach dem Seifenrohling, spannte ihn in eine verstellbare Halterung und begann damit, das Stück zu zerspanen. Sie bemerkte sofort, dass die Arbeit an der Maschine um vieles leichter war als das Hobeln von Hand. Die Konstruktion der Apparatur war denkbar einfach: In der Mitte eines dicken Holzbretts befand sich eine breite, scharfe Messerklinge. Schob man nun die eingespannte Seife auf dem Brett hin und her, hobelte das Messer die feste Masse in feine Späne. Es war nicht viel anders, als wenn man einen Apfel rieb, und der benötigte Kraftaufwand war minimal.

»Das hat nichts mit Geduld zu tun, werter Vater«, widersprach Hanna. »Es geht doch vielmehr darum, die hohen Investitionskosten schnellstens wieder zu erwirtschaften. Haben Sie denn nicht vor, wenigstens die neue Kesselgröße auszunutzen? Ich meine, selbst diese Menge ist noch gering, verglichen mit den Mengen, die in der Kühlanlage getrocknet werden könnten.«

Anton unterbrach seine Arbeit und schaute sie tadelnd an. »Du tust es schon wieder, Fräulein! Du redest mir in meine Entscheidungen hinein, als hätte nicht ich, sondern du hier das Sagen.«

Vermutlich sollte sie sich besser zurücknehmen, doch das war noch nie ihre Art gewesen, wenn es um die Belange der Siederei ging. »Bei allem Respekt, Vater. Aber dafür haben Sie die Maschinen doch sicher nicht gekauft!« Hitze schoss ihr in die Wangen, und da ihr Puls sich ebenfalls spürbar beschleunigte, setzte sie sich ihrem Vater gegenüber und verschnaufte einen Augenblick. Es überraschte sie, wir kurzatmig sie seit Neuestem war, doch darüber konnte sie sich jetzt nicht auch noch den Kopf zerbrechen.

Ihr Bruder musste ihre Worte gehört haben, denn er betrat die Werkstatt und ergriff Partei für Hanna.

»Sie sind doch sicher daran interessiert, mehr …«

»Schon gut!«, fiel Anton seinem Sohn ins Wort. »Ihr habt ja recht. Natürlich werden wir die Seifenmenge erhöhen.«

»Und wann?«, hakte Hanna sofort nach, doch Friedrich schüttelte hinter dem Rücken des Vaters den Kopf und legte seinen Zeigefinger auf die Lippen.

»Ich schlage vor«, sagte er dann, »Sie beginnen damit zur neuen Woche. Dann haben wir noch etwas Vorlauf, um die Rohstoffmengen anzupassen.«

»Mein kluger Junge.« Anton lächelte stolz. »So werden wir es angehen. Wenn du gerade keine Kundschaft hast, mach dich doch bitte daran, die Rohstoffmengen passend zur Kesselgröße zu berechnen.«

»Ich werde ihm zur Hand gehen«, warf Hanna ein. Sie kochte vor Wut und brauchte dringend einen Moment Abstand zu ihrem Vater. Der schien ihre Worte gar nicht mehr gehört zu haben. Er griff nach der zerspanten Seife, gab sie in ein sauberes Gefäß und begann damit, die ausgewählten Düfte beizumischen. Er hatte sich für Rosenseife entschieden, was Hanna daran erkannte, dass er neben Lavendelöl, Zitronenöl und Moschustinktur auch Rosenrot hinzufügte.

Hanna folgte ihrem Bruder in die Schreibstube des Vaters, die eigentlich nicht mehr war als eine kleine Nische, die zu seinem Schlafgemach gehörte. Vermutlich war sie irgendwann einmal als begehbare Kleiderkammer gedacht gewesen, doch die Garderobe des Vaters war kaum groß genug, um solch eine Platzverschwendung zu rechtfertigen. Stattdessen hatte er die Nische mit einem aufklappbaren Sekretär nebst Stuhl möbliert und erledigte dort die Buchhaltung der Siederei und seine geschäftliche Korrespondenz. Seine sorgsam geführten Bücher bewahrte er in einem Regal daneben auf.

»Setz dich besser«, sagte Friedrich. Sein besorgter Blick ließ erahnen, dass auch er von ihren Beschwerden wusste.

»Du hast doch nur keine Lust, die Rohstoffmengen zu berechnen«, neckte sie ihn. Er zuckte mit den Schultern und verschränkte die Arme, während sie Papierbogen und Bleistift aus der Schublade des Sekretärs hervorzog.

»Gib mir mal das rote«, sagte sie und deutete auf das Regal. Friedrich nahm ein Buch mit rotem Einband heraus und reichte es seiner Schwester.

»Dann wollen wir mal.« Sie schlug die bisherigen Mengen an Fett, Lauge und Salz für den alten Kupferkessel nach und rechnete sie auf die Größe der neuen Eisenbehälter um. Friedrich machte es sich derweil auf dem Bett des Vaters gemütlich. Er verschränkte die Arme hinter dem Kopf und starrte an die Decke.

Eine Weile war Hanna völlig in den Zahlen versunken, doch Friedrich hielt das Schweigen nicht lange aus.

»Ich werde nie verstehen, dass du selbst diese Rechnerei gern erledigst.«

Hanna kontrollierte ihre Berechnungen, bevor sie den Stift aus der Hand legte und sich zu ihrem Bruder umwandte.

»Es gehört dazu, und diesmal ist es mir eine wahre Freude. Ich hatte nämlich schon befürchtet, Vater würde trotz all der Anschaffungen alles beim Alten belassen. Nun weiß ich, dass es endlich vorangeht.«

»Bisher sind wir doch gut zurechtgekommen«, wandte Friedrich ein. »Warum ist es dir so überaus wichtig, mehr aus dieser Siederei herauszuholen?«

Hanna atmete tief ein. Sie musste sich zusammenreißen, um jetzt nicht auch noch mit ihm die Geduld zu verlieren, hatte er sie doch immerhin dem Vater gegenüber unterstützt.

»Wir müssen mit der Zeit gehen. Überall kommen moderne Maschinen zum Einsatz, während wir noch immer alles von Hand erledigen. Es reicht eine Siederei in der näheren Umgebung, die schneller größere Mengen herstellen und die Produktionskosten drücken kann. Dann senkt die Konkurrenz die Preise, und wir verlieren unsere Kunden!«

»Das kann ich mir nicht vorstellen«, murmelte Friedrich mit halb geschlossenen Augen. »Die Rothenburger kennen und schätzen Vaters Seifen. Warum sollten sie uns das antun?«

Hanna lachte ungeduldig auf. »Weil sie sich nicht darum scheren, was sie uns antun. Gibt es das gleiche Stück Seife für weniger Geld, werden sie das billigere kaufen.«

»Darüber habe ich noch nie nachgedacht«, gab Friedrich zu. »Ein weiterer Beweis dafür, dass ich der Falsche für dieses Handwerk bin.«

»Da ist nichts, was sich nicht erlernen lässt.«

»Wenn das nur schon alles wäre.«

»Was denn noch?«

»Das kann ich dir sagen.« Er drehte sich auf die Seite und stützte seinen Kopf in die Hand. »Selbst wenn ich das Sieden irgendwann im Schlaf beherrschen sollte, wird doch meine schwächelnde Gesundheit immer eine Gefahr für den Familienbetrieb sein.«

Erschrocken sah sie ihren Bruder an. Ihr war bisher nie bewusst gewesen, dass auch er sich um seine körperliche Verfassung sorgte. »Du wirst kräftiger werden!«, sagte sie mit Nachdruck, doch er zuckte mit den Schultern, als wäre er sich in dieser Sache längst nicht so sicher wie seine Schwester.

»Wir werden sehen«, sagte er niedergeschlagen.

Hanna beschlich das Gefühl, dass er noch etwas auf dem Herzen hatte, doch als sie ihn danach fragte, winkte er ab. Da sie befürchtete, dass es ihm um die gescheiterte Beziehung zu Louis gehen könnte, fragte sie nicht weiter nach.

Sie sah ihren Bruder verstohlen von der Seite an, während er sich erhob, durch den Raum lief und aus dem Fenster des väterlichen Schlafzimmers blickte. So, wie er dort stand, wirkte er völlig verloren. Er war noch immer zu klein für sein Alter, und alles an ihm war schmal und zierlich. Seine Haut war von einer fast durchsichtig scheinenden Blässe, und seit ihrer Reise nach Dresden, die jetzt ein halbes Jahr zurücklag, war er nicht mehr wieder vollständig genesen. Es gab Tage, die besser waren. Doch wann immer sie hoffte, dass es endlich überstanden war, schien sich sein anfallartiger Husten wieder zu verschlimmern. Nächtelang hörte sie ihn im Schlaf röcheln und keuchen. Auch der herbeigerufene Doktor Schmieger wusste sich keinen Rat, außer Kräuter, Tees und eine Salbe zu verschreiben und darauf zu drängen, dass der Junge genug Ruhe bekam.

In diesem Augenblick, im Schlafzimmer des Vaters,

betete Hanna. Die Tatsache, dass Friedrich seinen Zustand selbst so realistisch einzuschätzen wusste, machte ihn noch bedrohlicher für sie, und sie musste sich eingestehen, dass sie nicht mehr nur einfach besorgt war. Hanna hatte Angst um ihren kleinen Bruder.

45

Samstag, 14. April 1866

Hanna

Hanna befürchtete bereits seit einer Weile, dass die Sorgen ihrer Mutter und von Gustav nicht unberechtigt waren. Ihre krampfartigen Bauchschmerzen wurden nicht nur von Woche zu Woche häufiger, sondern auch intensiver.

Um ihre Familie nicht unnötig aufzuregen, sprach sie jedoch nicht darüber. Wenn die Schmerzen einsetzten, zog sie sich unter einem Vorwand zurück, nur um anschließend ihre Eltern und ihren Bruder damit zu beruhigen, dass sie offenbar eine sehr müde Schwangere war. Da sie ihre Schmerzen nicht erwähnte und auch nicht mehr über Morgenübelkeit klagte, entspannte sich die Haltung ihrer Mutter, und sie durfte wieder in der Siederei mithelfen.

Allerdings war es zu Problemen gekommen, nachdem sie die Stückzahlen erhöht hatten. Die getrocknete und gekühlte Seife hatte plötzlich braune Flecken, gefärbte Produkte verloren ihre Farbe, und zu allem Überfluss wurden sie auch noch ranzig. Niemand hatte damit gerechnet, doch nun plagte sie das schlechte Gewissen, schließlich war sie diejenige gewesen, die auf den Einsatz der neuen Kühlapparatur gedrängt hatte.

Da weder sie noch ihr Vater wussten, warum die Qualität so nachgelassen hatte, blieb ihnen zunächst nichts weiter übrig, als wieder auf herkömmliche Art und Weise zu sieden und die teure Maschine ungenutzt zu lassen.

Hanna empfand diesen Zustand als unerträglich. Sie hatte sich in die Schreibstube des Vaters geschlichen und war die Zahlen durchgegangen: Für die Investition hatte Anton einen Kredit aufgenommen. Diesen würde er schon bald nicht mehr bedienen können. Ohne den Einsatz der Maschinen und einer höheren Stückzahl bekamen sie nicht nur Probleme mit der Rückzahlung der geliehenen Summe, sondern wären auch schon in kurzer Zeit nicht mehr in der Lage, Rohstoffe einzukaufen.

Hanna schlug die Bücher zu und legte ihre Hände vors Gesicht. Wenn ihr nicht bald eine Lösung einfiel, würde der väterliche Betrieb pleitegehen, und daran wäre sie schuld!

Wie hatte sie nur denken können, sie würde wissen, was das Beste für die Siederei wäre? Sie hätte auf das Wissen und die Erfahrung ihres Vaters vertrauen müssen, statt sich mit ihren Forderungen nach Modernität in den Vordergrund zu drängen.

Hanna wollte aufstehen, um die Maschinen noch einmal in Ruhe zu begutachten und nach einem Ausweg zu suchen. Doch als sie sich erhob, ließ ein unerträglicher Schmerz sie zusammensinken und nach Luft schnappen. Sie versuchte, dagegen anzuatmen, wie sie es schon so viele Male davor getan hatte, doch diesmal wollte der Schmerz einfach nicht nachlassen. Die Krämpfe überrollten sie in wiederkehrenden Wellen, und immer, wenn sie glaubte, es wäre vorbei, begann es erneut. Sie wusste nicht zu sagen, wie viel Zeit vergangen war, bis sie endlich die Kraft fand, um sich zu erheben. Bevor sie das Zimmer des Vaters verließ, wandte sie sich noch einmal um. Was sie sah, nahm ihr den Atem. Das Fell, das vor Vaters Bett lag, damit er beim Aus-dem-Bett-Steigen nicht den kalten Boden berühren musste, war blutgetränkt. Hanna sank auf die Knie und weinte lautlos. Dann schrie sie um Hilfe.

*

Was danach mit ihr passierte, lag wie unter einer dichten Nebelwand verborgen, die sich immer wieder lichtete und einzelne Momente freigab. Hanna erinnerte sich daran, dass ihre Mutter sie gefunden und mit dem herbeigerufenen Vater in ihre Kammer gebracht hatte.

Obwohl die Zeit drängte, hatte sie ihre Eltern angefleht, nicht nach dem Doktor, sondern nach einer Hebamme schicken zu lassen. Die Vorstellung, dass ausgerechnet Louis' Vater sie in diesem Zustand sehen könnte, versetzte sie in eine solche Panik, dass die Mutter ihrer Bitte nachkam.

Die Hebamme bestätigte, was Hanna längst wusste: Sie hatte ihr Kind verloren.

Friedrich wurde mit einer Liste zur Apotheke geschickt. Während sie auf Medikamente und Kräuter warteten, erklärte die Wehfrau an Christina Grieb gewandt, was in den nächsten Tagen oder gar Wochen auf sie zukommen könnte.

»Ihre Tochter wird weiterhin bluten, und die wehenartigen Schmerzen können noch eine ganze Weile auftreten. Das sollten Sie als gutes Zeichen sehen, denn auf diese Weise wird sie geweitet und stößt hoffentlich das restliche Gewebe aus.«

»Das klingt ja schrecklich.« Christina schlug ihre Hand vor den Mund, und Tränen traten ihr in die Augen. Hanna musste den Blick abwenden. Sie ertrug die Trauer und das Entsetzen der Mutter nicht, stand sie doch selbst noch unter schwerem Schock.

»Es wäre auch möglich, dass sie aufgrund der ...« Die Hebamme senkte ihre Stimme und flüsterte etwas, das Hanna nicht mehr verstand. Vermutlich verwendete sie gerade einen klinischen Fachausdruck für das, was sie noch in ihrem Leib trug. »... Fieber bekommt.« Diese letzten Worte waren wieder lauter gesprochen worden. Hanna war es gleichgültig. Noch nie hatte sie sich so seltsam betäubt gefühlt wie in diesem Augenblick. Natürlich war die Schwangerschaft zunächst ein Schreck gewesen, und die Tatsache, Louis damit für immer von sich zu stoßen, hätte sie fast in eine lang anhaltende Schwermut gestürzt. Doch die Freude ihrer Mutter hatte sich irgendwann auf sie übertragen, und sie hatte damit begonnen, sich auf das Kind zu freuen, ganz gleich, was das für ihre Beziehung zu Louis bedeutete.

Nun hatte das Schicksal noch einmal zugeschlagen, doch sie fühlte nichts als eine dunkle Leere in ihrer Seele. Hätte sie nicht traurig werden müssen? Oder zornig angesichts der Tatsache, dass ausgerechnet sie dieses Schicksal ereilt hatte? Bevor weitere Fragen sie quälen konnten, kam ihr Bruder mit der Arznei zurück. Die Hebamme flößte ihr einen Saft ein, der sie die körperlichen Schmerzen nicht mehr spüren und schläfrig werden ließ.

Als Hanna wieder zu sich kam, war es düster in ihrem Zimmer. Auf dem Fenstersims hatte jemand eine Petroleumlampe abgestellt, die nun auf kleinster Flamme leuchtete und ein schummriges Licht gegen die Wände warf.

»Ist jemand da?«, fragte Hanna leise.

Das ruckartige Rascheln neben ihr erschreckte sie, doch Friedrich beruhigte sie sogleich. »Tut mir leid, ich muss eingenickt sein. Wie geht es dir?«

»Ich weiß es nicht«, sagte sie wahrheitsgetreu, denn sie fühlte gar nichts.

»Die Hebamme hat dir etwas zur Beruhigung und später noch etwas gegen die krampfartigen Schmerzen eingeflößt«, sagte er, als würde dies auch ihre innerliche Leere erklären.

Friedrich trat ans Fenster und drehte das Licht heller, dann setzte er sich zu ihr ans Bett und griff nach ihrer Hand. »Es tut mir ganz schrecklich leid für dich. Und um dieses kleine Wesen.«

Und dann war die Trauer schlagartig da.

Die Worte ihres Bruders klangen zärtlich und liebevoll, und sie wusste in der Sekunde, dass jeder in ihrer Familie das Kind von Herzen geliebt hätte. Hanna schluchzte und versuchte, ihre Tränen hinter der Hand zu verbergen, die ihr Bruder nicht hielt, doch es misslang. Es schien fast, als hätte sie nur darauf gewartet, ihren Gefühlen freien Lauf lassen zu können.

»Du brauchst deine Traurigkeit nicht zu verstecken«, sagte Friedrich. »Weine, so viel du willst. Ich schaffe es ja selbst kaum, mich zurückzuhalten. Wie soll es dir da erst gehen?«

Er griff nach dem Stofftaschentuch, das sorgfältig gefaltet auf seinen Knien gelegen hatte, und reichte es ihr.

»Die Schwangerschaft kam überraschend«, begann sie, nachdem sie sich die Nase geputzt hatte. »Nicht erwartet und dann doch willkommen. Aber vielleicht ist genau das die gerechte Strafe für meine Taten.«

»Du stehst unter Schock. Andernfalls würdest du wohl niemals so etwas Dummes sagen. Keine deiner Taten war so schlimm, dass du dieses Schicksal verdient hättest.«

Hanna lachte müde auf. »Ach, findest du? Das sehe ich ganz anders. Ich habe Dinge getan, die ich als unverheiratetes Mädchen niemals hätte tun dürfen.«

»Du und unzählige andere Frauen, wenn man sich die Anzahl vaterloser Kinder in dieser Stadt ansieht. Du hast schon bald einen Ehemann, also zählt diese Sünde nicht mehr viel.«

Sie drückte die Hand ihres Bruders und malte mit ihrer Fingerspitze kleine Kreise auf seinen Handrücken. Sie wusste, dass er es gut meinte, doch keines seiner Worte beruhigte sie.

»Anstatt mich auf mein Kind zu freuen, erging ich mich in Selbstmitleid darüber, dass ich mir damit endgültig jede Zukunft mit Louis vereitelt habe.«

Es kam überraschend und unpassend, doch in diesem Moment lachte Friedrich schallend. »Das nennst du eine Sünde? Ja glaubst du denn, all die Rothenburger, die sich selbst kaum ernähren können, freuen sich über das fünfte und sechste Kind? Sich von Beginn an über Nachwuchs zu freuen muss man sich auch leisten können, und dabei rede ich nicht nur vom Geld! Vielleicht gibt es kaum jemand zu, aber ich bin davon überzeugt, dass die meisten Menschen erst einmal die Hosen gestrichen voll haben, wie man so schön sagt. Ich jedenfalls hätte Angst.«

Sie wusste, dass er recht hatte. Es war kein Geheimnis, dass die Mägde und Burschen Rothenburgs als vergnügungs- und verschwendungssüchtig galten. Die unziemliche Kleiderpracht der Mädchen und die zunehmende Disziplinlosigkeit und Unkeuschheit wurden inzwischen selbst von der Kanzel herunter angeprangert.

»Ich erinnere mich noch an eine der vielen Schimpftiraden von Henriette, in der es darum ging, dass sich Junggesellen inzwischen erdreisten, unverheiratet einen eigenen Hausstand zu gründen, sodass deren Liebschaften ein und aus gehen konnten, wie es ihnen zupass kam.«

Hanna lächelte müde. Sie erinnerte sich ebenfalls an dieses Gespräch, bei dem die einstige Freundin einmal mehr bewiesen hatte, was für ein großes Vergnügen ihr die Fehltritte anderer bereiteten.

»Weißt du, was das Schlimmste war?«, fragte Hanna leise.

Friedrich zog seine Augenbrauen hoch und sah sie an.

»Meine größte Angst war, als frischgebackene Mutter nicht mehr arbeiten zu können. Mir war die väterliche Seife wichtiger als das Kind.«

Friedrich schüttelte aufgebracht den Kopf. »Das ist doch Unsinn. Diese Angst ist nur natürlich, denn du hattest und hast keine Vorstellung davon, wie sich dein Leben wohl verändert hätte. Aber ich versichere dir, dass du Vaters Siederei weder vor dieses noch vor ein anderes Kind, das du irgendwann einmal bekommen wirst, gestellt hättest.«

Hanna schwieg, denn es war sinnlos, jetzt noch darüber nachzudenken, wie ihre Zukunft mit Kind wohl ausgesehen hätte.

»Du warst wütend auf Vater«, lenkte er plötzlich vom Thema ab. »Als du ihn auf die Seifenmenge angesprochen hast, meine ich.«

Hanna brauchte einen Moment, um seinem Gedankengang zu folgen. Dann fiel ihr ein, wovon er sprach. »Wie könnte ich auch nicht? Du wolltest von ihm nichts anderes als ich. Aber am Ende war ich das Fräulein, das ermahnt wurde, und du der kluge Junge. Wie lange soll das noch so weitergehen?«

»Wenn es nach ihm ginge, bis ans Ende seiner Tage – mehr noch: bis ans Ende dieses Familienbetriebs. Du bist eine Frau, Hanna. Und wenn ich ehrlich bin ...« Er machte eine Pause, winkte dann ab und sagte: »Lassen wir das.«

»Was? Heraus damit!«

Ihr Bruder sah sie lange an. »Ich möchte dich nicht noch mehr aufregen.«

»Keine Sorge. Da ist nichts mehr, was mir noch zustoßen könnte.«

Friedrich strich sich übers Kinn und grübelte – ein Gesichtsausdruck, den Hanna nur zu gut kannte. Wie stets war er besorgt um sie, obwohl er doch der Jüngere von ihnen war und sie eigentlich für ihn Sorge tragen sollte. Sie wurde von einer warmen Woge durchflutet und musste sich zusammennehmen, um ihren Bruder nicht an sich zu reißen und zu herzen. In zwei Monaten würde er vierzehn werden, doch seine ruhige Ernsthaftigkeit ließ sie sein junges Alter immer wieder vergessen.

»Ich will dich nicht kränken, Hanna. Aber ich komme einfach nicht dahinter. Was ist nur zwischen dir und Louis vorgefallen? Ich war mir sicher, kein anderer würde je seinen Platz einnehmen können. Und nun ist da dieser Maler.«

Hanna schluckte und schwieg. Sie hatte also seine Miene an ihrem Geburtstag richtig gedeutet. Er hatte zwar kein Wort darüber verloren, doch es war offensichtlich gewesen, dass er nicht verstand, warum sie in eine Hochzeit eingewilligt hatte. »Ich war schwanger und Gustav der Vater. Was blieb mir da übrig, als seinen Antrag anzunehmen?«

»Mag ja sein. Aber wie kam es überhaupt so weit?«

Sie hatte plötzlich wieder einen dicken Kloß im Hals und brauchte einen Moment, bevor sie antworten konnte. »Louis hat sein Versprechen nicht gehalten«, sagte sie leise. Friedrich sagte nichts, und sie wusste, dass er mit ihren kryptischen Sätzen nichts anzufangen wusste, also fuhr sie fort: »Er wollte schreiben und hat es nicht getan.«

Ihr Bruder riss die Augen weit auf und sprang vom Bett auf. Mit schlaksigen Schritten lief er im Zimmer auf und ab, schüttelte dann den Kopf und blieb direkt vor Hanna stehen.

»Das war Henriette«, sagte er ohne jeden Zusammenhang. »Ich sage dir, sie steckt dahinter.«

»Wie kommst du denn auf diesen Unsinn?«

»Das ist kein Unsinn«, widersprach er. »Ist dir am Neujahrsfest nicht aufgefallen, dass Carl Ludwig nicht von ihrer Seite gewichen ist?«

Hannas Herz raste, und sie richtete sich vorsichtig auf. Friedrich eilte sofort herbei, schüttelte ihr Kissen auf und schob es ihr zurecht.

»Darfst du denn sitzen?«, fragte er. Sie konnte ihm diese Frage selbst nicht beantworten und zuckte deshalb mit den Schultern.

»Das beweist noch gar nichts«, widersprach sie.

Ihr Bruder war kein Mensch, der häufig Körperkontakt suchte, da kam er ganz nach dem Vater. Doch in diesem Moment legte er ihr die Hände auf die Schultern und zwang sie so, ihn anzusehen. »Wach auf! Er ist der Sohn des Postbeamten. Warum sollte sich jemand wie Henriette mit ihm abgeben?«

»Weil sie ihn mag?«

»Pah«, rief er. »Du hast es in der Aufregung sicher nicht bemerkt, aber ich habe am Abend deines Geburtstags noch einmal das Haus verlassen. In der Stadt traf ich auf Henriette.«

»Das ist nichts Ungewöhnliches. So wie du wollte auch sie vielleicht nur etwas Luft schnappen nach den aufregenden Neuigkeiten.«

Friedrich verschränkte seine Arme vor der Brust und sah Hanna an, als würde er sogleich das größte Geheimnis aller Zeiten lüften wollen. »Dann verrate mir doch einmal«, sagte er betont langsam, »warum Carl ihr hinterherrannte und dabei mit einem Brief herumwedelte!«

Hanna begriff sofort, worauf er hinauswollte. Schweigend starrte sie ihren Bruder an. Sie ballte ihre Hände zu Fäusten, bis die Fingernägel in der Handfläche zu schmerzen begannen. »Henriette hat sich mit Carl eingelassen, damit er Louis' Briefe für sie abfängt«, sagte sie tonlos. Dann schlug sie die Hände vors Gesicht und brach in Tränen aus.

Friedrich strich ihr behutsam über den Rücken. »Nicht«, murmelte er immer wieder, »du darfst dich nicht aufregen. Du hast so viel durchgemacht, hast vermutlich das Schlimmste erleben müssen, was einer Frau überhaupt passieren kann. Ich hätte nicht davon anfangen sollen, es tut mir unendlich leid! Du musst jetzt gesund werden, alles andere ist nebensächlich.«

Sie wusste, dass er es nur gut meinte. Doch die Erwähnung ihres momentanen Zustands in einem Atemzug mit dem Verdacht gegen Henriette ließen sie verzweifeln.

Sie schluchzte laut und wurde von einem Weinkrampf geschüttelt. Sie konnte nur noch eines denken: Henriette hatte gewonnen!

Louis hatte sie vor möglichen Intrigen gewarnt, doch sie hatte all die Monate geglaubt, vorsichtig genug zu sein. Dabei hätte sie gerade die Tatsache, dass Henriette Louis mit keinem Wort mehr erwähnt hatte, stutzig machen müssen. Zu keiner Zeit war sie auf die Idee gekommen, dass die einstige Freundin längst alle Fäden in der Hand hielt.

Hanna rollte sich auf ihrem Bett zusammen. Neuerliche Bauchkrämpfe setzten ein, doch sie waren nichts im Vergleich zu der Ausweglosigkeit und Trauer, die sie fühlte und die ihr in diesem Moment das Herz zerrissen.

46

Montag, 30. April 1866

Hanna

Hanna hatte es der Mutter überlassen, ihrem Verlobten die schreckliche Nachricht beizubringen. Obwohl sich ihr Zustand schnell verbesserte und keine weiteren Komplikationen zu erwarten waren, hatte sie es nicht geschafft, die Ereignisse in Worte zu fassen, weswegen es Christina übernahm, einen Brief nach Karlsruhe zu senden.

Nach zehn Tagen verließ Hanna zum ersten Mal ihr Bett wieder, und nachdem sie ihren Eltern eindringlich erklärt hatte, dass sie die Ablenkung in der Siederei bräuchte, um nicht in noch tiefere Schwermut zu verfallen, stimmte ihr Vater zu, dass sie ihm an den Vormittagen zur Hand ging.

Während Hanna mit ihrer Mutter über die Fehlgeburt sprechen und das verlorene Kind gemeinsam mit ihr betrauern konnte, brachte es ihr Vater nicht übers Herz, auch nur ein Wort darüber zu verlieren. Stattdessen führten sie intensive Gespräche über die augenblicklichen Schwierigkeiten, in denen die Siederei steckte.

Hanna brauchte einige Tage, um zu begreifen, warum er ihre Meinung nun zuließ: Es war seine Art, den eigenen Kummer um das verlorene Enkelkind und die Sorgen um sie zu verarbeiten. Die Unterhaltungen zeigten ihm vermutlich, dass sie noch immer ihren Lebenswillen hatte, denn ihr Interesse galt nach wie vor dem Fortbestand der Siederei. Und während Anton früher noch jede versuchte Einflussnahme von Hanna unterbunden hätte, ließ er heute zu, dass sie mit ihm darüber nachdachte, woran es liegen konnte, dass sich die Qualität der Seife derart verschlechtert hatte.

Am letzten Montag im April beschloss ihr Vater, die neue Kühlapparatur noch einmal einzusetzen. Auch er dachte offenbar nicht daran, jetzt schon aufzugeben. Hanna stand dabei, als er den großen Kasten schließlich öffnete und hineinsah. »Und?«, fragte sie überflüssigerweise, denn das Gesicht des Vaters sprach Bände.

Anton schüttelte erst den Kopf, dann begann er lautstark zu fluchen. Hanna griff nach dem Seifenstück, das er vom Rest des Blocks abgeschnitten hatte, und besah es sich von allen Seiten. »Mit diesen hässlichen Flecken werden wir unsere Seife nicht verkauft kriegen.«

»Natürlich nicht«, pflichtete der Vater ihr bei. »Warum sollten die Kunden auch glauben, dass etwas, das derart schmutzig und unappetitlich aussieht, reinigen könnte?«

»Hatten Sie in den Anfangsjahren oder irgendwann sonst einmal ähnliche Probleme?«

Anton setzte sich auf einen der Stühle am Arbeitstisch und dachte einen Augenblick nach. »Wenn du mich so fragst«, begann er, »ja. Als ich mit dem Sieden anfing, war es Winter. Damals stellte ich die Kühlbehälter nach draußen in den Hof. Die Seife trocknete schnell, doch auch da war die Qualität so schlecht, dass ich die Charge entsorgen musste.«

»Und weiter?«

»Nach dem nächsten Siedevorgang hatte ich die Kühlformen wieder in der Vorratskammer aufbewahrt. Es dauerte zwar fast vierzehn Tage, bis die Masse durchgetrocknet war, doch dafür war sie einwandfrei.«

Hannas Puls beschleunigte sich. Sie waren kurz davor, das Problem zu lösen. »Dann liegt es an der Temperatur, oder nicht?«, fragte sie, ohne eine Antwort zu erwarten. »Vielleicht muss die Kühlung ja doch langsamer erfolgen. In unseren althergebrachten Formen sinken die Fremdkörper, die wir in der Seife nicht wollen, langsam zu Boden, sodass wir die verunreinigte Masse einfach abtragen können. Doch in der großen Kühlapparatur wird die Masse viel schneller fest.«

Antons Augenbrauen schnellten in die Höhe. »Darum sind die Schmutzpartikel überall. Sie hatten keine Zeit, nach unten zu sinken. Hanna!« Er legte seiner Tochter die Hand auf die Schulter. »Damit könntest du richtigliegen.«

Ihre Wangen wurden heiß. In diesem Augenblick war sie stolz auf sich, und sie sah ihrem Vater an, dass es ihm ebenso ging. Doch dann seufzte er plötzlich, und das Lächeln verschwand aus seinem Gesicht.

»Was haben Sie?«

»Wir kennen jetzt die Ursache des Problems. Damit haben wir es aber noch nicht gelöst.«

Auch ihre Zuversicht schwand wieder, denn natürlich hatte der Vater recht mit diesem Einwand. Was nützte es ihnen, dass sie nun wussten, dass die Grundseife langsamer kühlen musste, wenn sie doch eine Apparatur hatten, die ebendas nicht leisten konnte? Sie waren keinen Schritt weiter, würden weiterhin in kleinen Mengen sieden müssen und damit die Schulden des Vaters, die er für die Investition auf sich genommen hatte, nicht abbezahlen können.

»Ich werde für heute schließen.«

Hanna sah erschrocken auf. Es war noch früher Nachmittag, und noch nie, so lange sie sich zurückerinnern konnte, hatte ihr Vater um diese Uhrzeit seine Arbeit beendet.

»Sind Sie sicher?«, fragte sie vorsichtig.

»Wenn es so weitergeht, werden wir uns daran gewöhnen müssen«, murmelte er. Dann straffte er die Schultern und lächelte bemüht. »Außerdem muss ich nach deinem Bruder sehen.«

»Was ist mit ihm?«

»Sein Husten ist schlimmer geworden, und er fiebert wieder. Wenn es nicht besser wird, werde ich diesmal mit ihm nach Ansbach zu einem Spezialisten fahren.«

Hanna riss ihre Augen auf und musste sich zusammenreißen, um nicht auf der Stelle in Tränen auszubrechen. Wie gern hätte sie ihrem Bruder diese Last von den Schultern genommen. Sie war bei Kräften und würde Fieber und hartnäckigen Husten sicher um einiges besser verkraften, als er es tat.

»Hanna!« Die Stimme der Mutter unterbrach ihre Grübelei, sie entschuldigte sich bei ihrem Vater und lief in die Wohnstube.

Noch bevor Christina ihn ankündigen konnte, hatte sie den Gast, der noch mit dem Rücken zu ihr stand, erkannt. Hannas Puls raste, und ihr wurde speiübel. Am liebsten hätte sie auf der Stelle kehrtgemacht und sich in ihrer Kammer versteckt. Doch natürlich war das lächerlich. Sie hatte gewusst, dass dieses Gespräch auf sie zukommen würde, ihr Entschluss stand längst fest, und in den vergangenen Tagen hatte sie sich ihre Worte sorgfältig zurechtgelegt.

Nun war es also so weit. Gustav war zurückgekehrt, und Hanna stand ein schwieriges Gespräch bevor. Noch bevor sie ein Wort der Begrüßung sagen konnte, stürmte er auf sie zu und riss sie in seine Arme. Er hielt sie so fest, dass sie einen Moment lang das Gefühl hatte, keine Luft mehr zu bekommen.

»Ich weiß nicht, was ich sagen soll, meine Liebste. Es tut mir so unendlich leid, dass ich in dieser schrecklichen Zeit nicht bei dir sein konnte. Bitte sei dir auch des Mitgefühls meiner Eltern gewiss.«

Hanna schluckte und bedankte sich leise. Schweigend sah sie zu ihrer Mutter, die ihren Blick zu verstehen schien und den Raum verließ. Als sie allein waren, bat sie ihn darum, sich zu setzen.

»Was kann ich tun? Wie kann ich dir helfen?«, fragte er und griff nach ihrer Hand. Sie starrte still vor sich hin und zog ihre Hand aus der seinen, bevor sie antwortete.

»Danke, aber du musst dir keine Sorgen machen. Körperlich habe ich die …« Sie schluckte und brachte es nicht übers Herz, das Wort Fehlgeburt in den Mund zu nehmen. »… habe ich alles unversehrt überstanden.«

»Körperlich, ja, das mag stimmen. Aber wie geht es deiner Seele?«

Unendliche Traurigkeit übermannte sie. Gustav war durch und durch ein anständiger und gutherziger Mann, und gerade deshalb fielen ihr ihre nächsten Worte so unendlich schwer.

»Meine Seele wird länger brauchen, um zu heilen«, gab sie zu, rutschte auf die Vorderkante des Sessels, auf dem sie saß, und richtete sich kerzengerade auf. »Ich danke dir dafür, dass du sofort gekommen bist. Das, was ich dir jetzt sage, fällt mir nicht leicht, aber es muss sein.«

Gustav sah sie undurchdringlich an, dann senkte er den Blick zu Boden, als wüsste er ganz genau, was nun passieren würde.

»Ich entbinde dich von deinem Eheversprechen, denn der Grund unserer übereilten Verlobung existiert nicht mehr.« Sie zog ihren Verlobungsring vom Finger und legte ihn vor ihm auf den Tisch. Obwohl der Maler ruhig nickte, erkannte sie den Schmerz in seinem Gesicht. Er kniff die Lippen zusammen und sah sie so lange schweigend an, bis sie seinem Blick auswich.

»Und was wäre«, begann er, »wenn die Schwangerschaft für mich gar keine Rolle gespielt hätte? Was, wenn es schon lange davor mein Wunsch gewesen wäre, dich zur Frau zu nehmen?«

Hannas Schläfen begannen zu pochen, und sie wusste, dass sie in den nächsten Minuten rasende Kopfschmerzen bekommen würde. Natürlich hatte er nicht nur wegen des Kindes um ihre Hand angehalten, der Ring existierte schließlich schon vorher. Doch das änderte nichts an der Entscheidung, die sie getroffen hatte. Der Verlobung zuzustimmen war vernünftig gewesen, doch zu keinem Zeitpunkt hatte sie wirklich mit dem Herzen hinter dieser Verbindung gestanden.

»Es tut mir leid«, sagte Hanna. »Ich weiß, dass du mir vermutlich auch ohne die besonderen Umstände einen Antrag gemacht hättest.«

»Das hätte ich in der Tat.«

»Aber ich …« Sie machte eine kurze Pause und atmete tief ein und aus. »… hätte ohne diese Umstände nicht eingewilligt«, sagte sie mit fester Stimme. Das einsetzende Schweigen war unerträglich. Sie wusste nur zu gut, wie sehr ihn ihre Worte verletzten. Gleichzeitig spürte sie unendliche Erleichterung. Nach dem ersten Schrecken hatte sie das Kind gewollt, und sie hätte sich auch in diese Ehe gefügt. Möglicherweise wären sie im Laufe der Jahre sogar glücklich geworden. Doch das Schicksal hatte es anders gewollt, und nun, da sie die Verlobung gelöst hatte, konnte sie ihre Zukunft neu überdenken. Diese Zukunft würde damit beginnen, Henriettes Intrige zu beweisen und, sobald das geschehen war, Louis die ganze Wahrheit zu sagen. Und zu dieser Wahrheit würde auch ihre Beziehung zu Gustav gehören.

»Dann gibt es wohl nichts mehr zu sagen«, unterbrach Gustav ihre Gedanken.

»Ich hoffe, du kannst mir irgendwann vergeben«, sagte sie leise, während sie den in sich zusammengesunkenen Mann zur Tür begleitete.

»Leb wohl, Hanna«, sagte er, ohne sie noch einmal anzusehen. Dann war Gustav Cloppenburg fort.

*

Hanna hatte nicht vor, weiter wertvolle Zeit verstreichen zu lassen. Da es nach Regen aussah, griff sie nach ihrem Cape und verließ das Haus. Sie hetzte durch die Straßen und war völlig außer Atem, als sie das Postamt erreichte. Sie stellte sich in die Reihe der Kunden und nutzte die Zeit, um ihren Puls wieder unter Kontrolle zu bringen. Als sie aufgerufen wurde, bat sie darum, mit Carl sprechen zu dürfen. Der Postbeamte zog zwar verwundert seine Brauen zusammen, kommentierte ihren Wunsch allerdings nicht weiter und rief nach seinem Sohn.

Ein Blick in Carls entsetztes Gesicht reichte aus. Ihr Bruder hatte mit seinen Vermutungen richtiggelegen.

Carls sonst so helle Gesichtsfarbe war einem tiefen Dunkelrot gewichen, und als er ihr mit ausgestrecktem Arm bedeutete, vor die Tür zu gehen, zitterte seine Hand.

»Möchtest du mir vielleicht etwas sagen?«, fragte Hanna.

Carl senkte den Kopf und stieß ein kleines Steinchen mit dem Fuß fort. »Nicht dass ich wüsste«, erwiderte er und schob seine Hände in die Hosentaschen.

»Verstehe«, sagte sie leise und starrte ihn an. Da der Sohn des Postbeamten nicht daran dachte, etwas zu sagen, fuhr sie fort: »Gut, dann werde ich wohl besser gleich mit deinem Vater sprechen und ihn darauf hinweisen, dass du das Postgeheimnis brichst und Briefe, die eigentlich für mich sind, an jemand anderen übergibst. Oder vielleicht sollte ich mich direkt an den Vorgesetzten deines Vaters wenden? Die Aufklärung der Sachlage dürfte allerdings dazu führen, dass dein werter Vater seine Anstellung für immer verliert und infolgedessen nicht mehr weiß, wie er seine Familie ernähren soll.«

Carl riss die Augen auf und presste seine Handflächen gegeneinander, als würde er beten. »Ich bitte dich, Hanna! Das kannst du mir nicht antun. Das alles haben wir doch nur getan, um dich zu schützen.«

Sie lachte empört auf und schüttelte dann den Kopf. »*Das* hat dir Henriette erzählt?«

»Ja.« Seine Stimme klang verzweifelt. »Sie hat mir erklärt, Louis hätte ihrem Bruder gesagt, er würde dir zwar weiterhin schreiben, um dich bei Laune zu halten, bis er zurückkäme, doch er dächte nicht daran, auf sein Vergnügen zu verzichten, während er im fernen Amerika weilt.«

Sie konnte kaum glauben, was sie da hörte. So also

hatte Henriette es geschafft, den eigentlich rechtschaffenen Carl zu diesem Postbetrug zu überreden. Sie hatte sich als gute Seele ausgegeben, die nichts weiter tun wollte, als ihre Freundin zu beschützen. Sie sah Carl direkt in die Augen.

»Nun, dann werde ich dich einmal über die gute Henriette aufklären. Bevor Louis gegangen ist, hat sie ihm gesagt, sie würde alles daransetzen, dass ich mich in dem Jahr seiner Abwesenheit von ihm abwende. Henriette hat mir gegenüber behauptet, Louis hätte sie küssen wollen und sie hätte das natürlich abgelehnt, um mich zu schützen.«

»Da siehst du es!«, rief Carl aufgebracht. »Er ist ein Schuft.«

»Das ist er nicht. Vielleicht ist es dir neu, aber sie hat schon vor sehr langer Zeit ein Auge auf Louis geworfen. Hätte er sie küssen wollen, hätte er schon Monate vor seiner Abreise die Gelegenheit dazu gehabt. Wenn du mir nicht glaubst, frage ihren Bruder oder irgendeinen anderen jungen Mann aus seinem Freundeskreis. Es war ein offenes Geheimnis, dass sie Louis nachgestellt hat.«

Carl kratzte sich am Kinn. »Da brauche ich niemanden zu fragen. Ich habe selbst Augen im Kopf und weiß, dass Henriette ihm schöne Augen gemacht hat. Aber ich dachte …«

»Du dachtest, sie hätte echtes Interesse an dir entwickelt. Nun, das dachten wir alle. Doch ihr einziges Ziel war es, einen Keil zwischen Louis und mich zu treiben. Wenn du mir nicht glaubst, suche Theodor auf. Er wird dir sicher bestätigen, dass Louis niemals darüber gesprochen hat, sich fern der Heimat mit anderen Frauen zu vergnügen.«

Carl ließ sich schwerfällig auf dem Fenstervorsprung des Anglergeschäfts nieder. »O Gott, was habe ich nur getan?«, murmelte er und legte die Hände vors Gesicht.

Hanna war viel zu wütend, um den bedrückten jungen Mann zu schonen. »Das beantworte ich dir gern. Henriette hat erreicht, was sie wollte. Das zwischen mir und Louis ist dank deiner Hilfe unwiederbringlich zerstört.«

»Aber könntest du ihm nicht schreiben und ihm alles erklären?«

Sie lachte müde auf. »Das werde ich tun. Es ändert nur nichts mehr an den Tatsachen. In dem Glauben, er hätte kein Interesse mehr an mir, habe ich mich auf einen anderen Mann eingelassen.«

»Dann hast du einer Verlobung zugestimmt, obwohl du noch immer etwas für Louis empfunden hast?«

»In meinem Zustand hatte ich wohl kaum eine andere Wahl«, sagte Hanna leise. Dann schlug sie sich die Hand vor den Mund und starrte Carl entsetzt an. Wie konnte sie nur so geschwätzig sein? Nun war es zu spät. Henriette hatte nichts von ihrer Schwangerschaft gewusst, doch nun hatte sie dieses Geheimnis ausgerechnet Carl gegenüber preisgegeben.

»Du meinst …« Carl brach ab. Dann erhob er sich und sah sie an. »Keine Sorge, ich werde darüber mit niemandem sprechen. Nun, da ich weiß, welches Spiel Henriette auch mit mir getrieben hat, werde ich meine Konsequenzen ziehen, dessen sei dir gewiss.« Er biss sich auf die Unterlippe und schwieg einen Moment. Dann zog er entschlossen seine Schultern zurück. »Ich stehe zu meiner unverzeihlichen Tat. Wenn du möchtest, gehen wir jetzt sofort gemeinsam zu meinem Vater, und ich werde ihm alles beichten.«

Hanna überlegte kurz und schüttelte dann den Kopf. Sie wusste, dass Henriette ihn ebenso hintergangen hatte wie auch sie. Ihn traf, abgesehen von den abgefangenen Briefen, keine Schuld, und auch das hatte er nur getan, weil er glaubte, dass Hanna seinen Schutz bräuchte.

»Das ist nicht nötig. Aber ich weiß zu schätzen, dass du es mir angeboten hast.«

Carl sah sie plötzlich aus unendlich traurigen Augen an. »Ich glaube, ich weiß ungefähr, wie du dich fühlen musst. So, wie deine Gefühle für Louis echt waren, waren es auch meine für dieses hinterhältige Biest. Nun werde ich mich an den Gedanken gewöhnen müssen, dass ich ein unendlich großer Narr bin, der auf die Ränkespiele dieser garstigen Frau hereingefallen ist.«

»Das sind wir wohl beide«, sagte Hanna. Dann bat sie Carl darum, Henriette nichts zu sagen. Sie wollte diejenige sein, die sie zur Rede stellte.

»Sei unbesorgt. Ich habe nicht vor, dieser Frau auch nur noch eine Sekunde meiner Zeit zu schenken.«

Zurück nahm Hanna einen Umweg über die Herrngasse. Es kostete sie einige Überwindung, an der Tür des Wundarztes zu klopfen und ihn um die Adresse von Louis zu bitten. Doktor Schmieger war allerdings diskret genug, nicht nachzufragen, warum sie sie nicht selbst hatte. Stattdessen reichte er ihr einen Zettel mit einer Anschrift in Cincinnati und sagte dann, dass sein Sohn sich sicher sehr über ihre Nachricht freuen würde.

Seine Worte hallten noch lange in ihrem Kopf nach. Wenn der Doktor wusste, dass Louis auf ihren Brief wartete, konnte das nur bedeuten, dass er sich den Eltern anvertraut hatte. Sie wussten also, dass Hanna, trotz gegenteiliger Abmachung, ihr Wort nicht gehalten hatte.

Ihr Herz raste. Sie fühlte sich verraten und schuldig zugleich, doch sie zwang sich, das aufkommende Selbstmitleid zu unterdrücken. Nun war es an ihr, für ihre Fehler einzustehen und ihm zumindest einen Teil der schmerzhaften Wahrheit zu gestehen: dass sie sich auf einen anderen Mann eingelassen hatte und verlobt gewesen war. Louis auch noch von der Schwangerschaft zu erzählen brachte sie nicht über sich. Mit diesem Kummer würde sie ganz allein fertigwerden müssen.

Als sie am frühen Abend wieder in ihrer Kammer war, griff sie nach Papier, Feder und Tinte.

Rothenburg ob der Tauber,
April des Jahres 1866

Lieber Louis,
ich schreibe dir, ohne zu wissen, ob du diese Zeilen je lesen wirst. Ich an deiner Stelle würde den Brief womöglich ungelesen zerreißen, und falls du das tust, kann ich es dir nicht verübeln. Solltest du aber bis hierhin gelesen haben, so bitte ich dich von Herzen, auch den Rest zu lesen, denn es ist mir ein tiefes Bedürfnis, dich für mein monatelanges Schweigen und noch so einiges mehr um Verzeihung zu bitten.
Wie gern würde ich dir sagen, dass Henriette an den Dingen schuld ist, die passiert sind. Doch das wäre gelogen. Ich allein habe zerstört, was zwischen uns begonnen hat, und ganz gleich, wie sehr ich dies heute bedaure, es lässt sich nicht mehr rückgängig machen.
Zur Erklärung sei nur so viel gesagt: Henriette hat dafür gesorgt, dass ich keinen deiner Briefe jemals erhalten

habe. Doch das ist mitnichten eine Entschuldigung für mein Handeln. Mein Kummer und meine Enttäuschung darüber, dass du – so glaubte ich ja – mich und dein Versprechen, mir zu schreiben, einfach vergessen hattest, ließen mich Dinge tun, die ich aus tiefstem Herzen bereue. Nachdem du fort warst und ich nichts mehr von dir hörte, ging ich davon aus, dass du jedes Interesse an mir verloren hattest. In meinem Kummer ließ ich mich auf Gustav ein, einen Künstler. Ich erkannte schnell, dass dieses Abenteuer nicht dabei half, dich zu vergessen, und doch stimmte ich zu, als er fragte, ob ich ihn heiraten würde. Die Verlobung ist inzwischen wieder gelöst, doch das macht keinen meiner Fehler ungeschehen.

Ich habe in den vergangenen Monaten Dinge getan, die ich niemals hätte tun dürfen und die mich nun dazu bringen, dir diese Worte zu schreiben, obwohl es mir das Herz bricht: Ich gebe dich frei, sofern ich dazu überhaupt das Recht habe. Du musst dich im fernen Amerika nicht mehr an dein Versprechen, zu mir zurückzukehren, gebunden fühlen, denn ich habe dich nicht verdient.

Louis, ich wünsche mir mehr als alles andere, dass du glücklich wirst, denn wenn jemand Glück verdient hat, dann du.

Ich bitte dich aus tiefstem Herzen um Vergebung!

Immer die Deine,

Hanna

47

Dienstag, 1. Mai 1866

Henriette

Henriette langweilte sich. Fast zwei volle Monate waren vergangen, seit sie Hanna und Sophie das letzte Mal gesehen und Louis den alles entscheidenden Brief geschrieben hatte. Sie verstand selbst nicht recht, warum das Hochgefühl nach ihrem Sieg nicht länger angehalten hatte.

Sie hatte erwartet, dass sie ihre Freundinnen nach Hannas Geburtstag wieder öfter zu Gesicht bekommen würde, doch nichts dergleichen geschah. Hanna ging ihrer Arbeit in der Siederei nach, und Sophie hatte im Siechhaus augenscheinlich ebenfalls mehr als genug zu tun. Hinzu kam, dass sich ausgerechnet das Leben des Waisenmädchens in ein aufregendes Abenteuer zu verwandeln schien. Als Henriette das Siechhaus nach den Osterfeiertagen im April aufgesucht und nach Sophie gefragt hatte, war ihr erklärt worden, dass sie nach Dresden gereist sei. Und obwohl sie hätte zufrieden sein müssen, immerhin hatte Sophie ihren Bruder endgültig vergessen, fraß eine nagende Eifersucht an ihr. Jeder um sie herum schien ein eigenes Leben zu haben, das in der einen oder anderen Weise vorwärtsging: Hanna würde einen adretten Künstler heiraten, Sophie einen wohlhabenden Fabrikantensohn. Selbst ihr Bruder schien in seiner Arbeit als Advokat aufzugehen. Er genoss einen hervorragenden Ruf in Rothenburg und war zusätzlich angesehenes Mitglied des Armenpflegschaftsrats.

Doch wo blieb sie? Noch vor einem halben Jahr war sie der Mittelpunkt jedes gesellschaftlichen Ereignisses gewesen. Nun schien sie nicht mehr existent zu sein.

Ihr fielen die Worte ihres Bruders ein, der sie einst davor gewarnt hatte, dass sie allein zurückbleiben würde. Aber Theo wusste natürlich nicht, dass sie dies verhindert hatte. Sie hatte all die Reibereien mit ihren Freundinnen und ihrem Bruder nur deswegen auf sich genommen, damit Louis sich, sobald er zurückkam, ihr zuwenden würde. War dieser Tag erst gekommen, würde sie wieder das Ansehen der Rothenburger genießen, wie es sich gehörte.

Seufzend setzte sie sich an ihren Waschtisch und frisierte sich ein zweites Mal an diesem Tag. Sie beschloss, dass sie Carl aufsuchen und um einen Spaziergang bitten würde. Immerhin war er ihr treu geblieben und, das war nicht zu übersehen, genoss ihre Gesellschaft.

»Seine Bewunderung ist mir gewiss«, flüsterte sie ihrem Spiegelbild zu. Sie griff unters Kopfkissen und zog sein Hemd hervor. Der Duft war inzwischen längst verflogen, doch sobald sie ihr Gesicht in den Stoff drückte, bildete sie sich ein, den Geruch seiner Haut wahrzunehmen.

Sie würde ihm das Kleidungsstück heute wiederbringen und ihn um ein neues bitten, und wenn er schlau war, würde er daran ihr Verlangen nach ihm erkennen und einen Weg finden, ungestört mit ihr zu sein.

Die Aussicht auf lustvolle Stunden mit Carl besserten ihre Laune augenblicklich. Sie tupfte glänzende Pomade auf ihre Lippen und legte Parfüm auf. Leichtfüßig lief sie anschließend die Treppe hinunter, und da es genau in dem Moment klopfte, als sie das Haus verlassen wollte, riss sie ohne jeden Argwohn die Tür auf.

»Hanna!«, rief sie überrascht.

»Darf ich reinkommen?«

Henriette überlegte und entschied, dass ihr Anliegen sicher wichtig wäre, wenn sie sie extra aufsuchte. Carl würde also noch etwas warten müssen. »Natürlich, tritt ein.« Henriette lief voraus in den Salon und bot ihrem Gast etwas zu trinken an.

»Nein danke. Was ich zu sagen habe, dauert nicht lange.«

Henriette zog erstaunt ihre Augenbrauen zusammen. Hannas Ton war unhöflich, und auch ihre Mimik sah nicht danach aus, als wäre dies ein freundschaftlicher Besuch.

»Das klingt aber ernst«, versuchte sie zu scherzen.

»So ernst, wie es nur sein kann. Ich hatte gestern ein sehr aufschlussreiches Gespräch mit Carl Ludwig.«

Henriette schluckte, lief eilig zum Fenster und öffnete es, um ihre Nervosität zu überspielen. Ihr Herz raste, und weil sie spürte, dass ihr die Hitze in die Wangen kroch, und sie davon ausging, dass sie in dieser Sekunde dunkelrot anlief, blickte sie hinaus, als gäbe es auf der Straße etwas Interessantes zu sehen.

»Und?«, fragte sie betont beiläufig.

»Er hat alles gestanden. Es ist vorbei!« Hanna baute sich vor Henriette auf. Mit jedem Wort, das sie sprach, wurde sie lauter. »Was bist du nur für ein Scheusal? Wie konntest du mir und Louis so etwas antun? Um ein Haar hätte ich mich für immer an einen Mann gebunden, nur weil du deine Intrigen gesponnen hast!«

»Pah!«, rief Henriette nun ebenso laut zurück. »Es ist wohl kaum meine Schuld, dass du dich diesem dahergelaufenen Künstler an den Hals geworfen hast. Im Gegensatz zu dir habe ich Louis nicht schon nach wenigen Wochen aufgegeben und mich einem anderen zugewendet!«

»Ach, dann war das zwischen dir und Carl sicher nur meine Einbildung!«, giftete Hanna zurück. »Aber in einem hast du recht. Es war mein Fehler, mich auf einen anderen Mann einzulassen. Aber du weißt auch, dass ich das nie getan hätte, wenn ich Louis' Briefe erhalten hätte.«

»Hätte, hätte, hätte. Tja, Hanna, so spielt das Leben. Du hast nun einen Verlobten, und ich habe mir die Freiheit genommen, Louis davon in Kenntnis zu setzen. Es wäre besser, wenn du die alte Geschichte vergessen und dich auf deinen zukünftigen Gatten konzentrieren würdest.«

Bevor Hanna etwas erwidern konnte, stand plötzlich Theo im Raum und sah entsetzt zwischen den keifenden Frauen hin und her.

»Was geht hier vor sich?«

»Du bist schon zurück?«, fragte Henriette überrascht und fügte dann hinzu: »Das geht dich nichts an.«

»Mag schon sein, dass es ihn nichts angeht«, warf Hanna ein, »aber ich informiere dich gern. Deine liebreizende Schwester hat meine Post entwendet.«

»Was soll das heißen?«

»Gar nichts. Hanna reimt sich da nur etwas zusammen.«

»Wohl kaum«, widersprach Hanna. »Sie hat die Briefe, die Louis mir seit Monaten schreibt, abgefangen.«

»Wie hätte sie so etwas Schändliches bewerkstelligen

sollen?«, fragte Theodor, der ihr offensichtlich kein Wort glaubte.

»Oh, das war ganz leicht. Sie hat Carl Ludwig um den Finger gewickelt, sodass er das für sie erledigt hat. Der junge Mann glaubte in all den Wochen, dass deine Schwester ernsthaftes Interesse an ihm hat, und dürfte nun ebenso entsetzt sein.«

»Henriette?« Theodors Stimme war eine Mischung aus Ungläubigkeit und Fassungslosigkeit. »Das stimmt doch nicht! Sag, dass das nicht wahr ist.«

»Natürlich nicht«, antwortete sie und lächelte.

Theodor verließ ohne ein weiteres Wort den Raum. Zu spät kam ihr der Gedanke, dass er nicht einfach ging, um die Mädchen allein zu lassen, sondern dass seine Schritte nach oben führten. Gefolgt von Hanna hastete sie ihrem Bruder hinterher, doch sie war nicht schnell genug. Als sie ihr Zimmer erreichte, war Theodor schon dabei, Schubladen zu durchsuchen.

»Untersteh dich! Wie kannst du es wagen, meine Sachen zu durchwühlen?«

Theodor ignorierte sie und trat an den Waschtisch. Unter Bürste, Haarnadeln und Tüchern hatte sie die Briefe versteckt, die er nun entdeckte. Er schien regelrecht zu erstarren. Er griff in das Fach und holte den Briefstapel heraus, den sie sorgfältig zusammengebunden hatte. Sein Blick ähnelte dem eines gequälten Hundes. Kopfschüttelnd starrte er sie an, und seine Augen verrieten ihr, dass er in dieser Sekunde jeden Glauben an sie und ihre Redlichkeit verloren hatte.

Sie konnte nicht verhindern, dass ihr plötzlich Tränen über die Wangen liefen. Die Wut ihrer Freundinnen konnte sie ertragen, doch ihren Bruder wegen dieser

Lappalie zu verlieren würde ihr das Herz brechen, das wusste sie.

Wie aus weiter Ferne hörte sie eine enttäuschte Stimme. »Du hast sie nicht nur genommen, sondern auch noch gelesen. Was stimmt nur nicht mit dir? Ist es dir wirklich völlig egal, was du den Menschen um dich herum antust?«

Henriette hatte nicht mehr die Kraft, etwas zu erwidern. Theodor hatte geschafft, was sie nicht für möglich gehalten hatte: Sie schämte sich. Sie raffte ihre Röcke zusammen und stürmte aus dem Raum. Auf dem Weg hinaus hörte sie noch, wie Theodor sich bei Hanna entschuldigte, und vermutlich würde er ihr auch die Briefe übergeben. Doch das wollte sie nicht mehr mit ansehen. Sie lief auf die Straße und nahm den Weg zum Postamt. Tränen liefen ihr übers Gesicht, doch das war ihr gleichgültig. Noch nie zuvor war sie dermaßen bloßgestellt worden, und noch nie zuvor hatten sie solche Gewissensbisse geplagt.

Unaufhörlich hämmerte die Frage ihres Bruders in ihrem Kopf: Was stimmt nur nicht mit dir? Ihre eigene Antwort, dass sie eben bereit war, alles für ihr eigenes Glück zu tun, klang plötzlich schäbig und unanständig.

Henriette wischte sich die Tränen aus dem Gesicht und schalt sich selbst. Was wusste ihr Bruder schon! Er würde sie nie verstehen, denn er war rückgratlos und nicht in der Lage, für sein Glück einzustehen. Ihr würde das sicher nicht passieren, und schon in wenigen Monaten würden sie alle sehen, dass sich ihre Taten gelohnt hatten. Dann wäre Hanna eine verheiratete Frau, und Louis würde endlich erkennen, dass Hannas Gefühle für ihn niemals wahrhaftig gewesen sein konnten. Sicher würde er von den gestohlenen Briefen erfahren, diese Taten unterstrichen jedoch nur einmal mehr, wie sehr sie den Sohn des Wundarztes liebte. Louis würde das irgendwann erkennen, sie würde an seiner Seite glücklich werden, und dann fragte sich sicher niemand mehr, was mit ihr nicht stimmte!

Bis dahin würde sie sich allerdings noch eine ganze Weile gedulden müssen, und die Vorstellung, in den nächsten Wochen und Monaten von allen, die ihr je wichtig waren, gemieden zu werden, versetzte sie in Panik. Sie brauchte jetzt unbedingt Beistand, und es gab nur noch einen Menschen, der unter allen Umständen zu ihr hielt: Carl.

Sie erreichte das Postamt nur wenige Minuten später. Durch die Scheibe sah sie, dass er wie gewohnt seiner Arbeit nachging. Ihr Puls beruhigte sich langsam, während sie Rock und Bluse zurechtstrich und darauf wartete, dass er sie am Fenster bemerkte. Lächelnd beobachtete sie ihn dabei, wie er die Briefe eines Kunden entgegennahm und dem nächsten ein Päckchen überreichte. Er sah gut aus, wie üblich, und sie freute sich darauf, in seinen Armen Trost zu finden.

Dann endlich bemerkte er sie. Henriette winkte, doch er reagierte nicht. Sie schluckte. Hatte er sie etwa nicht gesehen? Sie klopfte gegen die Scheibe, und als er sie ansah, winkte sie ihn zu sich heraus.

Er zögerte, das erkannte sie. Aus ihrer anfänglichen Nervosität wurden nun echte Zweifel. Was stimmte hier nicht? Doch dann verließ er endlich den Schalter, um zu ihr zu kommen, und sie atmete beruhigt aus. »Carl«, rief sie erfreut und wollte seine Hände ergreifen.

Der Sohn des Postbeamten trat einen Schritt zurück, legte die Hände auf den Rücken und schüttelte den Kopf.

»Du bist sicher eine bessere Wortwahl gewöhnt«,

presste er hervor, »aber ich sage es in genau der Deutlichkeit, die du zu brauchen scheinst: Verschwinde!«

Henriette klappte den Mund auf und schnappte nach Luft. Dann ging ihr plötzlich auf, was passiert sein musste. Warum war sie da nicht gleich drauf gekommen? Woher hätte Hanna denn wissen sollen, dass sie Louis' Briefe abfing, wenn nicht von ihm?

»Du hast mich also verraten«, sagte sie leise.

»Ich dich verraten? Du hast mich für deine Ränkespiele benutzt wie einen alten Lumpen. Und bevor Louis zurückgekehrt wäre, hättest du mich auch genauso abgeschrieben, um dich ihm an den Hals zu werfen. Diesen Aufwand erspare ich dir, denn ich komme dir zuvor. Ich sage es dir ein letztes Mal: Verschwinde und komm mir nie wieder zu nahe, du hinterhältiges Weibsbild!«

Er drehte sich um und ging wieder ins Postamt. Henriette wollte etwas sagen, doch sie zitterte am ganzen Leib und brachte kein Wort heraus. Theodors Prophezeiung hatte sich erfüllt: Nun war sie völlig allein.

48

Donnerstag, 3. Mai 1866

Sophie Ihre Heimkehr aus Dresden lag bereits zwei Wochen zurück, und Sophie hatte sich noch immer nicht zu einer Entscheidung durchringen können. Karls Familie hatte sie mit offenen Armen empfangen. Aus vereinzelten Andeutungen hatte sie herausgelesen, dass sie schon befürchtet hatten, er könnte Junggeselle bleiben. Ihr Auftauchen hatte die Gemüter von Eltern und Geschwistern beruhigt, und nicht einer von ihnen schien sich daran zu stören, dass sie weder aus einer namhaften Familie stammte noch Vermögen besaß.

Es gab nur eine Sache, die sie während ihres Besuchs beunruhigt hatte: Ausnahmslos alle Familienmitglieder von Karl schienen zu glauben, dass ihre Arbeit im Siechhaus nichts weiter wäre als die gutmütige Laune einer jungen Frau, die mit ihrer Zeit nichts Besseres anzufangen wusste. Vor allem Karls Mutter hatte mehrfach erwähnt, dass sie ja, wenn sie erst verheiratet wäre, sicher ihr Hauptaugenmerk auf das Wohl der Familie und die eigenen Kinder richten und jede zusätzliche Arbeit aufgeben würde.

Sophie war in ihren Antworten höflich, aber vage geblieben und hatte lediglich zu bedenken gegeben, dass es noch nicht an der Zeit war, sich über dererlei Entscheidungen Gedanken zu machen.

Karl gegenüber hatte sie deutliche Worte gefunden, doch sie merkte schnell, dass diese nicht nötig waren.

»Sei unbesorgt, ich würde dich in deinem Tun niemals einschränken«, hatte er ihr versichert, und da sie ihm vertraute, war das fürs Erste Beruhigung genug.

Wenn Sophie heute an die Tage im Hause der Jordans zurückdachte, wurde ihr schwer ums Herz. Sie wusste, dass Karl sie wahrhaftig gernhatte und ihr sicher ein guter und großzügiger Ehemann sein würde. Doch mit jedem Tag, der verging, wurde die Distanz zwischen ihrem und seinem Leben größer. Außerdem hatte sie selbst in seiner Nähe eine kaum zu erklärende Traurigkeit verspürt.

Er hatte bemerkt, dass etwas mit ihr nicht stimmte, noch bevor sie sich dies selbst eingestanden hatte, und sich behutsam zurückgezogen. Am Ende ihrer Zeit in Dresden hatte er trotz allem um ihre Hand angehalten, doch sie hatte sich nicht zu einer Antwort durchringen können und um Bedenkzeit gebeten. Wenn sie an die Enttäuschung in seinem Gesicht dachte, schämte sie sich, denn inzwischen wusste sie genau, woher ihr Zögern rührte.

Sie stand in ihrem Zimmer und suchte in der Schublade des Nachtschranks nach der kleinen Schachtel. Aus Rücksicht auf Karls Gefühle hatte sie die Kette nicht mitgenommen. Nun griff sie danach und legte sie ohne zu zögern an. Dann warf sie einen Blick in den Spiegel und schüttelte den Kopf.

»Mach nicht den gleichen Fehler wie Hanna«, mahnte sie sich leise.

Natürlich wusste sie längst, dass Hanna die Verlobung gelöst und das Kind bedauerlicherweise verloren hatte.

Trotzdem war das, was über ihre Freundin hereingebrochen war, eine Warnung für sie. Sophie mochte arm und besitzlos sein. Doch das machte sie auch unabhängig. Sie musste niemandem Rechenschaft über ihre Entscheidungen ablegen und würde nur dann in eine Ehe einwilligen, wenn sie aus tiefstem Herzen davon überzeugt war, das Richtige zu tun.

»Fräulein Hübscher!«

Sophie zuckte zusammen, schob eilig die Kette unter ihr Kleid und lief hinunter zu Pfarrer Bezold, der in der Tür zum Krankenzimmer stand.

»Was gibt es?«

Anstelle einer Antwort drückte er ihr eine Liste in die Hand und bat sie, die notierten Arzneien aus der Apotheke zu holen.

Sophie kam diese Abwechslung sehr gelegen, hatte sie doch die Zeit nach dem kargen Frühstück erst damit zugebracht, bettlägerige Patienten zu waschen und anschließend die Berge von Schmutzwäsche. Seit Jacob zur Schule ging, fehlten seine helfenden Hände an allen Ecken und Enden, doch sie dachte nicht daran, ihn wieder aus dem Unterricht zu nehmen.

Sie genoss die warme Maisonne und war völlig in Gedanken versunken, als sie auf halber Strecke ausgerechnet auf Theo traf. Mit gesenktem Blick wollte sie grußlos an ihm vorübergehen, doch er hielt sie fest.

»Guten Tag, Sophie«, sagte er.

»Theodor«, erwiderte sie knapp und nickte.

»Ich war auf dem Weg zu dir. Wenn du ein wenig Zeit erübrigen könntest? Ich muss mit dir reden.«

»Pfarrer Bezold wartet auf Medikamente. Ein andermal.«

»Nein, es ist dringend.« Er klang so bestimmt, dass sie ihn überrascht ansah. Sein Blick ruhte liebevoll auf ihr, und sie musste zur Seite sehen, um ihre Nervosität nicht preiszugeben.

»Nun, dann begleite mich bis zur Apotheke.«

Schweigend lief er neben ihr her. Sie wurde schließlich ungeduldig. »Wir sind gleich da.« Sie deutete auf die Marien-Apotheke direkt vor ihnen.

»Geh nur hinein, ich warte und begleite dich dann wieder nach Hause.«

Sophie schluckte die ungehaltenen Worte hinunter, die ihr auf der Zunge lagen, denn sie wusste genau, dass die Theo nicht vertreiben würden. Außerdem war sie ehrlich zu sich selbst: Längst hatte sie wohlige Aufregung erfasst, und sie freute sich darauf, dass er sie zurückbegleiten würde. Es war wie verhext. Sie wusste, dass sie am Ende wieder nur im Streit auseinandergehen würden, da sich die Dinge zwischen ihnen nicht geändert hatten. Trotzdem genoss sie seine Gegenwart.

Sie betrat die Marien-Apotheke und übergab ihre Liste.

»Das wird ein wenig dauern. Vielleicht haben Sie ja noch Besorgungen zu machen? Dann stelle ich Ihnen alles zusammen, und Sie holen Ihre Bestellung in einer Stunde ab.«

Vor der Apotheke empfing Theo sie mit fragendem Gesicht. »Keine Tasche mit den Arzneien?«

»Die kann ich erst in einer Stunde abholen.« Ihr Herz raste, und sie befürchtete schon, dass Theodor es sich anders überlegen und sie allein lassen würde, doch das Gegenteil war der Fall.

»Darf ich dich dann zu Limonade und Gebäck einladen?«

Sie wusste nicht recht, was sie von seiner plötzlichen Freundlichkeit halten sollte, willigte aber mit einem Schulterzucken ein.

»Möchtest du mir nicht endlich sagen, warum du mit mir sprechen willst?«, sagte sie, nachdem sie einen Platz im Hof des *Goldenen Greifen* gefunden und ihre Bestellung bei der Wirtin aufgegeben hatten. Sie nippte an der Limonade, die Klara soeben gebracht hatte, und sah Theo abwartend an.

»Ich liebe dich, Sophie Hübscher, und ich will, dass du meine Frau wirst.«

Sophie war froh, dass sie ihre Limonade gerade heruntergeschluckt hatte, denn spätestens jetzt hätte sie vermutlich alles wieder ausgespuckt. Sie starrte Theodor an und wusste nicht, ob sie ärgerlich werden oder sich freuen sollte. Wie konnte er einfach dasitzen, sie ansehen und ihr sagen, dass er sie heiraten wollte? Die Situation zwischen ihnen war ungefähr so romantisch, als hätte er gerade ein Stück Kuchen bei ihr bestellt.

»Du nimmst mich auf den Arm«, presste sie hervor.

»Nichts liegt mir ferner.« Er griff über den Tisch und stieß dabei fast ihr Glas um. Nachdem er dank seiner schnellen Reaktion das Schlimmste verhindern konnte, grinste er schief und nahm erneut ihre Hand. »Du weißt sehr genau, was ich für dich empfinde, Sophie. Und alles, was je zwischen uns gestanden hat, gibt es nicht mehr.«

Sophie schüttelte den Kopf. »Selbst wenn ich einmal darüber hinwegsehe, auf welch unromantische Art und Weise du um meine Hand bittest, muss ich dir leider doch mitteilen, dass du falschliegst. All die unüberwindbaren Hürden stehen noch immer zwischen uns. Ich bin noch immer eine Waise und das Pflegekind deiner Eltern – eine

Tatsache, die dir bisher falsch erschien. Und du bist angesehener Jurist und Mitglied im Armenpflegschaftsrat. Meine Gesellschaft ist nicht gut für dich, schon vergessen?«

»Ich war so unfassbar dumm, Sophie. Ich kann es selbst kaum glauben, denn in jedem anderen Bereich des Lebens weiß ich sehr genau, was ich will und wie ich es erreiche. In Gefühlsdingen habe ich allerdings zugelassen, dass Henriette einen Stachel in mein verliebtes Herz gepflanzt hat. Ich weiß jetzt, dass ihr Zwang, andere zu manipulieren, immer schon auch mein Leben betraf. Ich liebe dich, seit du in unser Haus gekommen bist, und das wusste sie sofort. In kleinen Dosen hat sie mir jahrelang ins Gewissen geredet, und ich war zu dumm, um sie zu durchschauen.« Er schwieg einen Augenblick, strich ihr behutsam über die Wange und ergänzte: »Und zu feige, um mich gegen sie und auf deine Seite zu stellen.«

Sophie wäre am liebsten aufgesprungen und hätte sich in Theos Arme gestürzt. Doch noch fehlte ihr das Vertrauen, dass er seine Worte diesmal wirklich ernst meinte.

»Woher kommt dein plötzlicher Sinneswandel?«

»Dafür gibt es zwei Gründe«, sagte er fast schon so sachlich, dass Sophie sich das Lachen verkneifen musste. Das war wohl der Anwalt in Theo, der da zum Vorschein kam.

»Ich hatte schreckliche Angst, dass du als verheiratete Frau aus Dresden zurückkehren könntest oder, schlimmer noch, dass du gar nicht mehr zurückkehrst. Das Wissen, dass ich es selbst war, der dich in die Arme eines anderen getrieben hat, raubte mir nächtelang den Schlaf.«

»Und der zweite Grund?«

Theo führte sein Glas zum Mund und trank einen

Schluck, ehe er antwortete. Er zog seine Hand zurück und setzte sich aufrecht hin.

»Der ist Henriette«, erklärte er. »Ich habe gerade erst erfahren, wie grausam sie sich in das Leben von Hanna eingemischt hat.«

Und dann erzählte er ihr von den abgefangenen Briefen und der Art und Weise, wie sie zu diesem Zweck auch Carl den Kopf verdreht hatte.

Sophie konnte kaum fassen, was sie da zu hören bekam. Sie wusste, wie sehr Hanna unter Louis' Schweigen gelitten hatte. Nun zu erfahren, dass Henriette hinter all dem steckte, brach ihr fast das Herz.

»Hanna hat Louis verloren«, beendete Theodor seine Ausführungen. »Und das nur, weil sie nie auf den Gedanken gekommen wäre, dass ihre einstige Freundin zu solchen Intrigen fähig wäre. Das hat mir die Augen geöffnet. Es war für mich wie ein Beweis dafür, dass alles, was Henriette mir je über die Falschheit meiner eigenen Gefühle einreden wollte, nur ihrer Gemeinheit entsprungen war.«

Er legte seine Hände vors Gesicht und schüttelte den Kopf. »Ich war so dumm, Sophie. Ich habe dich nicht verdient und würde verstehen, wenn du mich nicht mehr willst, weil du einen besseren und ehrenhafteren Mann gefunden hast. Ich weiß aber auch, dass ich mit keiner anderen Frau glücklich sein werde. Ohne dich bin ich verloren.«

Obwohl sie längst wusste, welche Antwort sie ihm geben würde, musste sie ihm auch die nächste Frage noch stellen: »Und deine Eltern?«

Theodor lachte auf. »Waren entsetzt!«

Sophie erschrak und starrte ihn an, doch er beruhigte sie sofort. »Nicht so, wie du jetzt befürchtest. Sie waren entsetzt, als sie erfuhren, dass du in Dresden verweilst und dass dieser Karl Jordan offenbar zuvor nur aus einem Grund hier war, und zwar, um dir den Hof zu machen. Ich werde den bestürzten Blick meiner Mutter nie vergessen. Sie starrte mich an, und weil ich nicht reagierte, fragte sie mich schließlich, wann ich denn gedächte, aus meinem Tiefschlaf aufzuwachen, um diese Heirat zu verhindern.«

»Du meinst …«, begann Sophie mit klopfendem Herzen.

»Ich meine«, unterbrach er sie, »sie hatten immer damit gerechnet, dass du und ich irgendwann zusammenfinden würden. Sie hatten keine Ahnung davon, dass ich glaubte, sie könnten dich ablehnen. Mein Vater erklärte mir, wenn ich dich gehen ließe, hätte ich es verdient, bis ans Ende meiner Tage unglücklich zu sein.«

Sophie schluckte schwer, doch sie schaffte es nicht, die Tränen der Rührung zu unterdrücken. Voller Zärtlichkeit dachte sie an Elisabeth und Christian Hartmann und daran, dass sie offenbar ihren Sohn und auch sie schon immer durchschaut hatten. Die Gewissheit, dass sie sich doch nicht in der Gutherzigkeit dieser beiden Menschen getäuscht hatte, erschien ihr nun wie eine späte Genugtuung gegenüber Henriette.

»Also was sagst du?«, fragte Theo.

Sophie konnte nicht anders. Sie brach in Gelächter aus, und als sie Theos gekränktes Gesicht sah, entschuldigte sie sich sofort. »Du bist und bleibst seltsam«, sagte sie. »Nur du schaffst es, nach einer solchen Unterhaltung auf so abrupte Weise das Thema zu wechseln und eine Entscheidung zu fordern.«

Anders als sonst verfiel Theo in diesem Augenblick nicht in verstocktes Schweigen. Stattdessen zuckte er die

Achseln und grinste sie frech an. »Und wenn schon. Du kennst mich nur so, und ich fürchte, mich gibt's auch nicht anders.«

Sophie nickte. Dann erlöste sie ihn von seinen Qualen. »Ich kann damit leben, dass es dich nur so gibt. Ich fürchte sogar, dass es genau diese seltsame Verschrobenheit ist, die mich zu dir hinzieht. Wenn du auch damit leben kannst, dass es mich nur noch mit Anhang gibt, denn ich gedenke nicht, den kleinen Jacob wieder herzugeben, dann werde ich mit Freuden deine Ehefrau.«

Theo sprang so abrupt von seinem Stuhl auf, dass er umkippte. Er errötete, stellte den Stuhl wieder auf und sah sie dann geknickt an. »Ich bin und bleibe ein Sonderling.«

»Was ist denn nun schon wieder?«

»Der Ring. Ich habe ihn vergessen. Dabei war ich auf dem Weg zu dir, wollte dir meine Gefühle offenbaren und um deine Hand anhalten. Wie kann ich denn in diesem wichtigen Moment den Ring vergessen?«

Sie griff nach seinen Händen, zog ihn zu sich hinunter und küsste ihn auf die Nasenspitze. »Nun, Theodor Hartmann, dann wirst du mich wohl in das Haus deiner Eltern einladen und deinen Antrag wiederholen müssen.«

Er grinste. »Das werde ich tun müssen, du wunderschönes, verständnisvolles Geschöpf!«

49

Montag, 11. Juni 1866

Louis

Henriettes Brief hatte Louis das Herz gebrochen. Noch im April stand sein Entschluss fest, nicht mehr nach Rothenburg zurückzukehren, es sei denn, er würde seine Eltern besuchen. Das Wissen, dass Hanna dort mit einem anderen Mann glücklich war, machte ihm die Heimkehr unmöglich.

Stattdessen hatte er sich mit einigen Arbeitern, die er während seiner Tätigkeit bei Procter & Gamble kennengelernt hatte, ins Nachtleben gestürzt und dabei Dinge erlebt und getan, die ihn am Tag danach zwar beschämt, jedoch trotzdem nicht dazu geführt hatten, dass er sich von Vergnügungen dieser Art fernhielt. Seine Herkunft, sein ungewöhnlicher Dialekt und die Tatsache, dass ihm das Herz gebrochen worden war, führten dazu, dass ihm die Mädchen in Cincinnati zu Füßen lagen.

Sein Schmerz über Hannas Verlobung saß derart tief, dass er sich an den Wochenenden regelmäßig in Spelunken Mut antrank und anschließend mit Frauen vergnügte, die ihm eine Nacht lang das Gefühl gaben, etwas Besonderes zu sein. Dabei achtete er peinlich genau darauf, nicht zu weit zu gehen, denn er hatte nicht vor, ein nicht wiedergutzumachendes Unglück heraufzubeschwören, indem er eines der Mädchen schwängerte. Fast anderthalb Monate führte er dieses ausschweifende Leben, dann änderte Hannas Brief alles.

Ihre Nachricht erreichte ihn Mitte Mai. Ende Mai hatte er bereits eine Passage nach Hause gebucht, und soeben war er in Bremen von Bord gegangen.

Da er nicht zu sagen wusste, ob Carl seine Briefe noch immer abfing, hatte er seine Rückkehr nicht angekündigt – weder seinen Eltern noch Hanna gegenüber. Auf der Heimreise hatte er ununterbrochen versucht, seine Gefühle zu ergründen. So, wie das Schiff unter seinen Füßen wankte, hatte auch er zwischen Liebe, Wut und Trauer geschwankt. Am Ende konnte er selbst nicht mehr sagen, was davon überwog. Seine Sehnsucht nach ihr war unvermindert stark, doch da war auch Groll. Warum hatte Hanna nicht hartnäckiger an ihren Gefühlen, die sie doch nach eigener Aussage für ihn hegte, festgehalten? Warum hatte sie sich so leicht täuschen lassen? Aber hatte sie das überhaupt? Oder war Henriettes Intrige nicht vielmehr so geschickt gewesen, dass ihr keine andere Wahl geblieben war?

Er dachte an sein eigenes Verhalten in den vergangenen Wochen. Sein Kummer hatte dazu geführt, dass er sich zwar anderen Frauen in die Arme geworfen, Hanna jedoch keinen Moment lang vergessen hatte. Warum sollte das bei ihr anders gewesen sein? Auch sie hatte eine vermeintliche Enttäuschung erlitten und daraufhin einen Weg gesucht, ihn zu vergessen.

Louis gab die Grübelei schließlich auf. Die Wahrheit über seine Gefühle würde sich ihm ohnehin erst offenbaren, wenn er vor Hanna stand.

50

Dienstag, 12. Juni 1866

Hanna Es war ihrer Hartnäckigkeit geschuldet, dass auch Hanna schließlich die Diagnose erfuhr, denn in den vergangenen Wochen war die Sorge um den Fortbestand der Siederei derart allumfassend, dass daneben kaum Platz für andere Gedanken war. Immer wieder hatten die Eltern versucht, ihre Ängste zu zerstreuen, zuletzt mit dem Hinweis, dass die Ersparnis- und Anlehn-Cassa ihnen einen Zahlungsaufschub von zwei Monaten gewährt hatte. In dieser Zeit würde ihr Vater sich an den Hersteller der Kühlapparatur wenden, in der Hoffnung, dass dieser eine Lösung für ihr Problem wüsste.

In den Wochen, in denen sie angespannt auf Nachricht aus Dresden warteten, hatte sich Friedrichs Zustand dramatisch verschlechtert. Ihre Eltern sprachen vor ihr nicht darüber, doch Hanna erkannte selbst, wie schlecht es um ihn stand. Seine Nase war dank des dauerhaften Schnupfens aufgedunsen, die Augen ständig entzündet, und der Husten wollte ebenso wenig nachlassen wie das Fieber, das ihn vor allem in der Nacht immer wieder aufs Neue quälte.

Nachdem Doktor Schmieger an diesem verregneten Junitag das Haus mit sorgenvoller Miene verlassen hatte, fand Hanna ihre Mutter in Tränen aufgelöst in der Küche vor, während der Vater an Friedrichs Bett Wache hielt.

»Sie werden mir heute sagen, was unserem Friedrich fehlt. Andernfalls werde ich Doktor Schmieger selbst aufsuchen und auf einer Antwort bestehen.«

Ihre Mutter wischte sich die Tränen aus dem Gesicht und bedeutete Hanna, sich neben sie zu setzen. »Du hast recht, Liebes«, begann sie. »Wir hätten längst mit dir sprechen müssen. Doch du hattest selbst so vieles durchzustehen. Dazu noch die Sorge um die Siederei. In der Hoffnung, dass es Friedrich bald wieder besser gehen würde, haben dein Vater und ich dieses Gespräch immer wieder aufgeschoben.«

Hanna riss ihre Augen auf und presste die Hand vor den Mund. Nach den Worten ihrer Mutter zu urteilen konnte die heutige Unterredung nur bedeuten, dass es die Hoffnung auf Besserung nicht mehr gab.

»Was fehlt ihm denn?«, fragte sie, und ihre Stimme brach.

»Es ist die Schwindsucht. Er hustet bereits Blut, sein Nacken ist steif, und er hat Sehstörungen. Doktor Schmieger hat uns darauf vorbereitet, dass unser Junge den Sommer nicht mehr überstehen wird.«

Hanna legte ihre Hände ordentlich auf die Tischplatte und setzte sich aufrecht hin. Die Worte der Mutter hallten in ihrem Kopf nach, ohne wirklich in ihr Bewusstsein vorzudringen. »Welche Therapie schlägt der Doktor vor?«

Ihre Mutter zog überrascht die Augenbrauen hoch. Sie griff nach einem Taschentuch und schnäuzte sich die Nase, bevor sie antwortete.

»Es gibt keine Therapie mehr. Dein Bruder stirbt.«

Hanna schüttelte den Kopf. Das, was ihre Mutter da sagte, konnte nicht stimmen, weil es einfach nicht stimmen durfte. Es mochte ja sein, dass er ein kränklicher Junge war, der sein Leben lang geschont werden musste, aber sterben?

»Das erlaube ich nicht«, sagte sie laut und schlug mit den Händen so heftig auf die Tischplatte, dass ihre Mutter zusammenzuckte. »Ich weiß noch nicht, wie, aber das werden wir verhindern.«

Christina hob den Arm und strich ihr liebevoll übers Gesicht. »Es ist, wie es ist«, sagte sie unter Tränen.

Hanna ertrug den Anblick ihrer Mutter nicht. Zorn wallte in ihr auf. Sie konnte nicht begreifen, dass ausgerechnet sie diejenige war, die nun aufgab. Zwei Stufen auf einmal nehmend, stürmte sie die Treppe hinauf und in Friedrichs Zimmer. Sein Kopf war zur Seite geneigt, und Hanna sah das Blut auf dem Kissen. Er war blass, seine Haare hingen ihm nass und verklebt über dem Gesicht, sein Atem ging schwer.

»Ich komme, um Sie abzulösen, Vater«, erklärte sie.

Nachdem ihr Vater das Zimmer verlassen hatte, setzte sie sich zu ihrem Bruder ans Bett und strich ihm das Haar aus dem Gesicht. »Wie geht es dir?«

Er öffnete die Augen und lächelte müde. »Ich fürchte, es ging mir schon einmal besser.«

»Ich werde von nun an deine Pflege übernehmen. Du wirst wieder gesund, hörst du?«

Friedrich lachte kurz auf. »Ach, Schwesterchen. Ich hatte mir schon gedacht, dass es mit dir am schwersten wird.«

»Was soll das heißen?« Sie spürte Zorn in sich aufwallen. »Ich erlaube dir nicht, einfach aufzugeben. Glaubst du, ich habe dich aus dem Fluss gezogen, um dich jetzt dieser teuflischen Krankheit zu überlassen?«

Bevor Friedrich antworten konnte, wurde er von einem Hustenanfall gequält. Er zog ein rot getränktes Taschentuch unter dem Kopfkissen hervor und hielt es sich vor den Mund, und es war dieser erbärmliche Anblick, der sie die Wahrheit begreifen ließ: Es war zu spät. Friedrich würde diesen Kampf verlieren, und anders als sie hatte er sich längst mit dieser Tatsache abgefunden.

»Du hast Gevatter Tod ein Schnippchen geschlagen, aber das wird er kein zweites Mal zulassen.« Und dann lächelte er sie aus seinen fiebrigen Augen an und begann zu scherzen: »Ich werde diesem Mann mit Sense von dir erzählen, wenn er mich holen kommt, und ich werde eine Abmachung mit ihm treffen. Er kriegt mich nur, wenn er dafür auf dich achtgibt.«

Sie bemühte sich um Beherrschung, doch es war vergeblich. Tränen stiegen ihr in die Augen, und sie wimmerte leise. Das hier war völlig verkehrt, denn sie sollte ihn trösten und nicht umgekehrt. Er war derjenige, der den Tod vor Augen hatte, und trotzdem versuchte er, sie zum Lachen zu bringen.

»Und du glaubst, er lässt sich darauf ein?« Ihre Stimme drohte zu brechen, doch sie spielte mit.

»Ich lass dem keine Wahl!«, sagte er mit ernstem Gesicht. »Er kann nicht alles haben. Er hat sich dein Kleines geholt, und nun holt er mich. Das ist mehr als genug. Und weil ich weiß, wie sehr du um mich trauern wirst, werde ich von ihm verlangen, dass er dafür sorgt, dass du glücklich wirst. Mit Louis, so, wie es von Anfang an richtig gewesen wäre.«

Hanna beugte sich vor und lehnte ihren Kopf gegen

seinen Bauch. Sie umklammerte seinen viel zu schmächtigen Körper und weinte leise. Er bebte unter ihr, und das verriet ihr, dass auch er leise weinte. Minutenlang hielten sie sich fest, ohne ein Wort zu sagen.

Dann klopfte er ihr plötzlich gegen die Schulter, und sie richtete sich wieder auf.

»Jetzt ist es genug, du kannst noch endlose Stunden um mich trauern, wenn ich erst unter der Erde bin. Jetzt musst du mir etwas versprechen, geliebtes Schwesterherz!«

»Was immer du möchtest.«

»Du darfst nicht nachlassen, Hanna. Vater wird dich und dein Geschick mehr denn je brauchen. Finde einen Weg, um die Siederei aus den Schwierigkeiten herauszuholen, und dann zeige unserem sturköpfigen Vater, dass du in der Lage bist, etwas Großes aus unserem kleinen Betrieb zu machen. Du hattest so viele Ideen und Pläne. Du musst sie in die Tat umsetzen, hörst du?«

Hanna hätte gern eingewendet, dass es schwer wäre, ihm Dinge zu versprechen, die eigentlich ihr Vater in der Hand hatte, doch das brachte sie nicht übers Herz. Stattdessen nickte sie.

»Wenn jemand aus unserer winzigen Siederei eine echte Fabrik machen kann, dann du. Erinnerst du dich daran, was du mir über die Fabrik von C. E. Rost & Co. in Dresden erzählt hast? Rauchende Schornsteine, mehrere große Fabrikgebäude und sogar ein eigener Gleisanschluss. All das musst du auf die Beine stellen, Hanna. Versprich es mir!«

Sie nickte ein weiteres Mal, obwohl sie am liebsten das genaue Gegenteil getan hätte. Friedrich hatte keine Ahnung davon, wie schlimm es um den väterlichen Betrieb tatsächlich stand. Die Wahrscheinlichkeit, dass sie ihr Zuhause und ihre Werkstatt behalten konnten, war winzig. Die nächsten zwei Monate würden darüber entscheiden, ob sie überleben oder alles verlieren würden. Doch diese Sorgen behielt Hanna für sich. Stattdessen sah sie ihren Bruder an und sagte: »Ich werde alles daransetzen …«

»Nein«, unterbrach er sie. »Versprich mir, dass du es schaffen wirst.«

»Gut. Ich verspreche es.«

»Und dann wäre da noch Louis.«

Hanna seufzte und schüttelte den Kopf. Sie wusste, worauf ihr Bruder hinauswollte, doch sie ergriff das Wort, bevor er es aussprechen konnte. »Bei aller Liebe, Friedrich. Aber das kann ich dir nicht versprechen. Dank dir weiß ich, dass Louis mir sehr wohl geschrieben hat. Seine Briefe habe ich inzwischen gelesen, und im Gegensatz zu mir hat er sich zu jeder Zeit an unsere Abmachung gehalten, während ich es vorzog, mich mit gekränktem Stolz und gebrochenem Herzen in die Arme eines anderen zu werfen. Glaub mir, ich wünsche mir nichts mehr, als diesen Fehler wiedergutmachen zu können. Doch das habe ich nicht in der Hand.«

Überraschenderweise bestand ihr Bruder nicht darauf, dass sie ihm ein weiteres Versprechen gab. »Aber du wirst es weiter versuchen, ja?«, fragte er stattdessen.

»Das werde ich.«

Er lächelte zufrieden. »Du warst mir die allerbeste Schwester, Hanna.«

»Ich hab dich von Herzen lieb, Friedrich«, gab sie zur Antwort. Dann setzte sie sich in den Sessel am Fenster und wartete darauf, dass er einschlief.

51

Donnerstag, 14. Juni 1866

Louis

Louis nahm sich noch nicht einmal die Zeit, um seine Koffer auszupacken. Nachdem der erste Schock über seine verfrühte Rückkehr großer Wiedersehensfreude gewichen war, hatte sein Vater ihm erzählt, wie schlecht es um Friedrich stand. Im Anschluss daran hatte er seinen Eltern eröffnet, dass die Erzählungen seiner Abenteuer, auf die sie so gespannt waren, zu warten hätten, da er noch am gleichen Tag die Siederei aufsuchen wollte.

Seine Eltern reagierten mit Verständnis, was sicher auch daher rührte, dass seine Mutter seine Abwesenheit nutzen würde, um ein spontanes Fest zu Ehren seiner Rückkehr auszurichten. Sobald er das Haus verlassen hatte, schickte sie die Haushälterin Katja vermutlich zum Einkaufen, während sie sich selbst auf den Weg machte, um einige seiner Freunde einzuladen. »Übertreiben Sie nicht, Mutter«, bat er, als er sich verabschiedete.

»Ich weiß beim besten Willen nicht, wovon du sprichst«, gab sie zurück, doch die Röte, die ihr Gesicht überzog, verriet ihm, was ihn in den Abendstunden erwarten würde.

Da Louis' Mutter den Einspänner selbst benötigte,

machte er sich zu Fuß auf den Weg in die Georgengasse. Christina Grieb öffnete ihm die Tür und machte ein ebenso überraschtes Gesicht, wie er es in den Morgenstunden schon von seinen Eltern gesehen hatte.

»Louis, was für eine Überraschung!«

»Einen wunderschönen guten Tag. Ja, ich bin zurück.« Er dachte einen Moment lang daran, Frau Grieb seine Beweggründe zu erläutern, entschied sich jedoch dagegen. In diesem Augenblick ging es nur um Friedrich. »Ich würde gern Ihren Sohn besuchen.«

»Du möchtest nicht zu Hanna?«, fragte sie überrascht. Dann hielt sie sich erschrocken die Hand vor den Mund. »Verzeih die indiskrete Frage. Das geht mich natürlich überhaupt nichts an.«

Er lächelte zaghaft. Ihre selbstverständliche Annahme, dass er nur wegen ihrer Tochter da sein konnte, ließ ihn hoffen. »Nicht doch, Frau Grieb. Mit Hanna spreche ich später, wenn es Ihnen recht ist. Doch nun würde ich gern nach meinem Freund sehen.«

Christina nickte und deutete die Treppe hinauf. »Du kennst den Weg. Nur bitte bleib nicht zu lange. Friedrich ist sehr schwach.«

Hannas Bruder war wach, als Louis eintrat. Seine Augen schienen von Sekunde zu Sekunde größer zu werden, bis er sie schließlich mit seinen schmächtigen Fäusten rieb, als wollte er die Bilder eines Traums aus ihnen vertreiben.

»Guten Tag, Friedrich«, sagte Louis. Er schloss die Tür hinter sich und zog den Sessel vom Fenster näher ans Bett.

»Ich muss wohl halluzinieren.«

»Nein, ich bin ganz real. Ich habe meine Reise vorzeitig abgebrochen und bin nach Hause zurückgekehrt.«

»Und da führt dich dein erster Weg zu mir, nicht zu Hanna?«, fragte er ungläubig.

Louis seufzte. »Das mit Hanna und mir …«

»… wird sich wieder einrenken«, unterbrach Friedrich.

Louis sah den blassen jungen Mann erstaunt an und zuckte mit den Schultern. »Nun, wir werden sehen.«

»Jawohl, das werden wir sehen. Und wenn ich um etwas Eile bitten dürfte, mir bleibt nicht mehr viel Zeit. Oder willst du mir etwa weismachen, dass der Grund für deine Rückkehr ein anderer wäre als meine Schwester?«

»Lass uns nicht über Hanna sprechen«, bat Louis, denn es kam ihm falsch vor, seine Sorgen mit dem sterbenskranken Friedrich zu besprechen.

»Ich will aber über Hanna sprechen!«

Louis musste schmunzeln. Seit wann war Hannas Bruder so offen, ja fast schon vorlaut?

»Sieh mich nicht so schockiert an«, bat Friedrich etwas zurückhaltender. »Da spricht nur der sehnliche Wunsch aus mir, dass meine liebe Schwester nach diesen schlimmen Monaten doch noch glücklich wird.«

Louis' Kehle war plötzlich wie zugeschnürt, und er musste einige Male schlucken, um seine Enttäuschung unter Kontrolle zu bringen. »Dann setzt ihr die gelöste Verlobung also sehr zu?«

»Das? Nein!« Friedrich schüttelte energisch den Kopf. »Hast du denn überhaupt nichts mitbekommen von den Dingen, die passiert sind?«

»Nun, mich hat ein einziger Brief deiner Schwester erreicht, und der war der Grund, warum ich jetzt hier bin. Ich weiß, dass Hanna dank Henriette glaubte, ich hätte sie vergessen. Und dass sie verlobt war.«

»Mehr weißt du nicht?«

Als Louis verneinte, richtete Friedrich sich schwerfällig auf. »Ihr solltet euch schleunigst aussprechen. Ich bin erschöpft«, sagte er, »aber gleichzeitig sehr dankbar, dass du mich besucht hast.«

Der Fußweg nach Hause tat Louis gut. Er versuchte, seine Gedanken zu sortieren, denn der Anblick von Hannas Bruder war kaum zu ertragen gewesen. Sein Vater hatte ihn zwar gewarnt, doch den Jungen mit eigenen Augen in diesem Zustand zu sehen brach ihm das Herz. Gleichzeitig sorgte er sich um Hanna, denn er wusste, wie sehr sie ihren Bruder liebte. Sein Verlust würde sie sicher völlig aus der Bahn werfen.

Seine Mutter Alma empfing ihn mit einem geheimnisvollen Lächeln und der Aussage, dass er vielleicht doch richtiggelegen hatte mit seiner Vermutung, sie wolle eine kleine Begrüßungsfeier ausrichten.

»Es ist auch schändlich, dass du mir keine Nachricht hast zukommen lassen. Wir hatten uns für deine Rückkehr etwas Großes und Pompöses vorgestellt. Diese Möglichkeit hast du uns durch deine Geheimniskrämerei genommen.«

»Es tut mir leid, bitte verzeihen Sie, Mutter.«

»Wie könnte ich dir böse sein? Ich bin viel zu glücklich, dich wiederzusehen. Sie sind alle gekommen. Nur Hanna …« Sie machte eine kurze Pause und sah ihn zweifelnd an. »Nach allem, was ich gehört habe, war ich nicht sicher, ob du sie sehen willst.«

»Schon gut«, beruhigte er seine Mutter. Tatsächlich war er erleichtert, dass seine Aussprache mit ihr nicht im Beisein all seiner Freunde stattfinden würde.

Louis betrat das Speisezimmer, das nun völlig überfüllt war. Neben seinem besten Freund Theo, der verdächtig nahe bei Sophie stand und dabei auf verklärte Weise glücklich wirkte, hatten seine Eltern auch Henriette eingeladen. Sie wussten natürlich nicht, was zwischen ihm, ihr und Hanna vorgefallen war, deswegen schluckte er seine aufkommende Wut hinunter und setzte ein Lächeln auf. Neben den Geschwistern hatte Alma Schmieger auch noch Carl Ludwig und die Zwillinge Greta und Luise eingeladen. Sie alle begrüßten ihn überschwänglich, und nach ersten Anlaufschwierigkeiten redeten kurz darauf alle durcheinander.

Den einzelnen Wortfetzen entnahm Louis, dass Carl dabei war, dem Vater im Postamt mehr und mehr zur Hand zu gehen und daran dachte, irgendwann seinen Platz einzunehmen. Greta und Luise lebten nach wie vor in den Tag hinein und wurden von ihrer Mutter von einem gesellschaftlichen Ereignis zum nächsten geschleppt, in der Hoffnung, sie beide endlich zu verheiraten. Sophie hatte das Haus der Hartmanns inzwischen verlassen und wurde im Siechhaus zur Pflegerin ausgebildet.

Louis sah immer wieder zwischen ihr und seinem besten Freund hin und her. Sein Blick fiel schließlich auf ihre Hand. »Sehe ich richtig?«, fragte er Theo flüsternd, und das Grinsen des Freundes verriet ihm, was er wissen musste, noch bevor es offiziell verkündet wurde.

Henriette verhielt sich bei all den freudig vorgetragenen Neuigkeiten ungewöhnlich ruhig, was Louis nur entgegenkam, denn er hatte nicht vor, auch nur ein persönliches Wort mit ihr zu wechseln.

Nachdem auch er von seinen Erlebnissen berichtet und vor allem den Brand auf dem Boot und die Rettung durch die Rothäute in schillernden Farben ausgeschmückt hatte, lief er in die Küche, wo er die Haushälterin darum bat, die Karaffen mit Wein aufzufüllen.

»Ich kümmere mich sofort darum«, erwiderte Katja und eilte in die Vorratskammer. Louis wollte zu seinen Gästen zurückkehren, doch Henriette versperrte ihm den Weg.

»Brauchst du etwas?« Er kniff seine Augen zusammen und gab sich größte Mühe, seine Wut hinunterzuschlucken.

»Nein. Ich wollte nur sehen, wie es dir geht.«

»Bestens, danke.«

Louis wartete darauf, dass sie ihm aus dem Weg ging, doch sie hatte offenbar andere Pläne. »Sicher?«, fragte sie. Mit einem gekonnten Augenaufschlag trat sie auf ihn zu und legte behutsam ihre Hand auf seinen Arm. »Du musstest einiges verkraften, und ich habe dir ja bereits geschrieben, dass ich für dich da bin, wenn du Gesellschaft brauchst.«

Louis schlug ihre Hand grob weg und nahm Abstand. »Wenn ich etwas nicht brauche, dann ist es deine Gesellschaft. Du bist nur hier, weil meine Mutter nicht weiß, was du getan hast. Ich kann dir versichern, dass dies das letzte Mal sein wird, dass du unser Haus betrittst.«

Henriette riss ihre Augen auf, und Louis sah das Schimmern darin.

»Spar dir diese falschen Tränen. Ich weiß, was du angerichtet hast, und es lässt mich fassungslos zurück.«

Das Glitzern in Henriettes Augen verschwand sofort, stattdessen trat ein überhebliches Lächeln auf ihr Gesicht.

»Mag sein, dass du es nicht hören willst, aber ich war es nicht, die ihr den Künstler vorgestellt hat. Es ist auch nicht meine Schuld, dass sie sich anschließend versündigt und sich dann, weil ihre Schwangerschaft sicher bald zutage getreten wäre, mit ebendiesem Mann verlobt hat. Du tust gerade so, als hätte ich sie zu ihren Handlungen gezwungen, dabei war ich die Einzige, die immer zu dir hielt. Hätte sie das Balg nicht verloren, wäre sie jetzt noch verlobt. Du bist nur die zweite Wahl. Wie kann es sein, dass du trotz allem immer noch auf ihrer Seite stehst?«

Sie redete ohne Unterlass auf ihn ein, doch ihre Worte drangen nicht mehr zu ihm durch. Am liebsten hätte er auf der Stelle das Haus verlassen, um zu Hanna zu eilen, sie an sich zu reißen und ihr zu sagen, dass alles gut werden würde. In diesem Augenblick bedauerte er es unendlich, vor allem in den letzten Wochen nicht an ihrer Seite gewesen zu sein. Sie hatte nicht nur das Ende ihres Verlöbnisses zu verkraften, sondern auch den Verlust ihres ungeborenen Kindes. Nun würde schon bald auch noch der Tod ihres Bruders hinzukommen. Wie viel Leid konnte ein Mensch ertragen, bevor er daran zerbrach?

Doch dann fiel ihm ein, dass auch das nur wieder eine Lüge von Henriette sein konnte, wäre sie doch die letzte Person, der Hanna von diesem schweren Schicksalsschlag erzählt hätte.

»Ich glaube dir nicht«, sagte Louis schlicht.

Henriette unterbrach ihren Redeschwall und zog überrascht ihre Augenbrauen hoch. »Du glaubst, dass ich mir so etwas ausdenke? Nun, dann frag Theodor. Von ihm weiß ich von der Schwangerschaft, und er wird es wohl von Sophie haben.«

Louis schwieg, und genau dieses Schweigen schien Henriette zu ermutigen. »Verstehst du nun, dass sie die Falsche für dich ist? Sie ist nicht mehr das gute und anständige Mädchen, das sie noch vor einem Jahr war. Sie hat Schuld auf sich geladen, und sobald sich die Wahrheit herumgesprochen hat, wird ihr schändliches Benehmen deinen Ruf und den deiner Familie zerstören.« Sie holte Luft und nickte einmal kräftig, als würden ihre Worte so zu einer unumstößlichen Wahrheit.

»Du wirst dein Ziel nicht erreichen«, sagte Louis, und als sie nicht begriff, erklärte er: »Jetzt zu wissen, wie sehr Hanna gelitten hat, treibt mich nur noch stärker zu ihr. Mehr als je zuvor möchte ich sie vor Menschen wie dir beschützen. Also muss ich dir wohl danken. Danke, Henriette, dafür, dass du mir die Augen geöffnet hast!«

»Aber sie ist doch nichts weiter als ein liederliches Weibsbild!«, rief sie zornig.

»Untersteh dich!«, erwiderte Louis verärgert. Er hob an, sie endgültig des Hauses zu verweisen, doch Carl, der hinter Henriette in der Tür erschienen war, kam ihm zuvor.

»Damit kennst du dich ja aus, richtig?«, fragte er leise. »Jemand, der Gefühle vortäuscht und Intimität zulässt, um die eigenen Ziele zu erreichen, hat schließlich selbst die höchste Stufe der Liederlichkeit erreicht. Dort oben wird dir niemand mehr das Wasser reichen, Henriette.«

Louis schluckte seine eigenen Worte hinunter. Aus Carl sprach die Enttäuschung eines Mannes, der sich benutzt und hintergangen fühlte. Es blieb nichts mehr, was Louis noch hätte hinzufügen können, außer: »Ich möchte, dass du auf der Stelle dieses Haus verlässt.«

52

Freitag, 15. Juni 1866

Hanna

Hanna stand im Laden und war mit dem Auffüllen der Regale beschäftigt, als das Türglöckchen einen Kunden ankündigte. Sie sah von ihrer Arbeit auf und erstarrte.

Vor ihr stand Louis.

Sie legte das Seifenstück, das sie gerade erst hübsch verpackt hatte, in den Schaukasten, der gleichzeitig Theke war. Unter normalen Umständen hätte sie diesen nach dem Bestücken wieder verschlossen, doch ihre Hände zitterten so sehr, dass sie gar nicht erst versuchte, den winzigen Schlüssel in das Schloss zu schieben.

»Du bist zurück.« Sie merkte selbst, wie hölzern dieser Satz klang, doch etwas Besseres fiel ihr nicht ein.

»Hat dir Friedrich denn nichts erzählt?«

»Doch. Aber nach allem, was ich dir angetan habe, wagte ich es nicht, dich aufzusuchen.«

»Ich habe mich sofort auf die Heimreise gemacht, nachdem ich deinen Brief erhalten hatte«, erklärte er, ohne auf ihren Einwand einzugehen.

Sie sahen sich betreten an und schafften es beide nicht, dem Blick des anderen standzuhalten. Die Anspannung zwischen ihnen war greifbar und betrübte Hanna, die sich nur zu gut daran erinnerte, dass Momente des Schweigens zwischen ihnen früher nie unangenehm gewesen waren. Im Gegenteil. Sie hatte in seiner Mimik lesen können und stets erkannt, dass er sich in ihrer Gesellschaft wohlfühlte. Was nun in ihm vorging, vermochte sie nicht zu sagen.

»Wie ist es euch ergangen?«, fragte er und schnitt damit zunächst ein unverfänglicheres Thema an, wofür sie sehr dankbar war.

»Ich würde dir gern sagen, dass abgesehen von Friedrichs Krankheit alles wunderbar läuft, aber das wäre gelogen.«

In kurzen Worten erzählte sie Louis von ihrer Reise nach Dresden, der großen Investition in neue Maschinen und den Schwierigkeiten, mit denen sie nun kämpften. Und mit jeder Minute, die verging, verflog die anfängliche Scheu zwischen ihnen. Louis fragte ganz selbstverständlich, und sie hatte keinerlei Hemmungen, ihm gegenüber die Wahrheit zu sagen.

»Ohne meinen Dickkopf hätte Vater vermutlich nie diesen Kredit aufgenommen. Wenn wir es nicht schaffen, qualitativ hochwertige Seife in großen Mengen aus der Kühlapparatur herauszuholen, werden wir alles verlieren.«

Louis trat näher an den Tresen heran und griff über der Glasvitrine nach Hannas Hand. »Ich glaube, ich kann euch helfen.«

Ihr Herz raste, und sie wusste, dass es nicht nur daran lag, dass sie plötzlich wieder Hoffnung schöpfte. »Wie das?«

»Konntest du meine Briefe inzwischen lesen?«

»Ja.«

»Dann weißt du ja auch, dass ich bei Procter & Gamble

in Diensten gestanden habe. Ich konnte mir ein Bild von der gesamten Produktionsstrecke machen. Wie du bereits sagtest, läuft dort alles am Fließband, und die Mengen, die sie herstellen, sind schwindelerregend.«

»Gab es dort denn ähnliche Schwierigkeiten?«

»Nicht mehr. Aber lass uns doch gleich in die Siederei zu deinem Vater gehen. Ich werde ihm erklären, was helfen könnte, um das Problem zu beheben.«

Hanna nickte. Aufregung erfasste sie, denn wenn Louis wirklich Rat wusste, hätten sie womöglich schon bald eine Sorge weniger. Andererseits wusste sie natürlich, dass ihnen die eigentliche Aussprache noch bevorstand, denn mit keinem Wort hatten er oder sie bisher erwähnt, wie die Dinge zwischen ihnen standen.

»Vater«, begann Hanna ohne jede Einleitung, »Louis kann uns vielleicht helfen.«

»Wie das?«, fragte Anton, dem Hanna nicht einmal Zeit ließ, um den Gast vernünftig zu begrüßen.

»Die Kurzfassung: Er hat in Amerika in einer der größten Seifenmanufakturen gearbeitet.«

»Es freut mich, Sie wiederzusehen«, sagte Louis und reichte Hannas Vater die Hand, bevor er fortfuhr: »Da Hanna sagte, dass die Zeit drängt, komme ich gleich zur Sache. Die Minderwertigkeit der Seife liegt in der Dauer der Kühlung begründet. Bei Procter & Gamble waren die Kühlapparaturen für die Toilettenseifen von außen mit Matratzen verkleidet. Ich erinnere mich noch gut daran, wie verwundert ich über diese ungewöhnliche Konstruktion war. Bei einfachen Kern- und Scheuerseifen wurde so ein Aufwand natürlich nicht betrieben. Toilettenseifen aber müssen optisch perfekt sein, so erklärte es mir jedenfalls Mr Gamble bei einem Rundgang. Sie hatten nach anfänglichen Schwierigkeiten herausgefunden, dass der Metallkörper des Gehäuses die Seife zu schnell kühlt und aushärtet, sodass Schmutzpartikel nicht absinken können. Eine langsame Kühlung erreichten sie dort eben durch die Dämmung. Dabei wurden die Matratzen außen gegen das Gehäuse gelehnt und festgezurrt. Mehr war es nicht, das ist sicher auch hier zu bewerkstelligen.«

Hanna sah ihren Vater mit klopfendem Herzen an. Er strich sich nachdenklich übers Kinn. »Und du bist ganz sicher?«

Louis' Antwort wartete er gar nicht mehr ab, stattdessen grübelte er darüber nach, wo er schnellstmöglich Matratzen herbekäme. »Ich werde keine Zeit mehr verlieren«, sagte er fest entschlossen. »Ich bitte Uhrmacher Pückhauer um seinen Einspänner und werde gleich morgen in aller Frühe nach Ansbach fahren.«

»Wenn Sie erlauben, begleite ich Sie«, schlug Louis ohne zu zögern vor.

Anton Grieb bedankte sich, und zum ersten Mal seit Wochen sah Hanna Hoffnung in den Augen ihres Vaters. »Dein Angebot nehme ich gern an.«

»Danke, Louis«, flüsterte Hanna.

*

Am nächsten Tag machten sich Louis und ihr Vater auf den Weg nach Ansbach, um die zur Dämmung nötigen Matratzen zu besorgen. Hanna wollte erst darauf bestehen, die Männer zu begleiten, doch nach einem langen Gespräch, in dem Louis ihr davon berichtete, um wie vieles einfacher die Verwendung künstlicher Soda bei der Seifenherstellung wäre, überlegte sie es sich anders.

Sie nutzte die Abwesenheit des Vaters, setzte sich in dessen kleine Schreibstube und verfasste in seinem Namen eine Angebotsanfrage an die Chemische Fabrik Rhenania in Aachen. Wenn alles nach Plan verlief, würde sie in ein oder zwei Wochen deren Angebot für künstliche Soda in Händen halten. Sie war sich sicher, dass es ihr mit Louis' Hilfe gelingen würde, den Vater auch von diesem Schritt zu überzeugen. Natürlich war es ärgerlich, dass Anton Grieb sich noch immer damit schwertat, ihre Vorschläge in Betracht zu ziehen. Nun, da Friedrich sich aufgrund seiner schweren Krankheit aus allen geschäftlichen Belangen heraushielt, war Louis womöglich derjenige, der ihren Vater aufgrund der Erfahrungen, die er in Amerika gemacht hatte, von Innovationen überzeugen konnte.

Allerdings wurde es auch Zeit, dass Hanna die Zügel selbst in die Hand nahm. Sie hatte ihr Vorhaben für sich behalten und würde, sobald das Angebot eintraf, ihren Vater vor vollendete Tatsachen stellen: Weiterhin von Tür zu Tür zu gehen, um den Rothenburgern ihre Asche abzukaufen, war nicht nur zeitaufwendig, sondern auch antiquiert. Wenn Louis' Trick half, waren sie auf dem Weg, eine fortschrittliche Seifenmanufaktur zu werden. Dazu gehörte auch, sich dem modernen Salvay-Verfahren nicht mehr länger zu verschließen.

Hanna nahm die für die große Kühlapparatur berechneten Produktionsmengen zur Hand und verfasste das entsprechende Schreiben.

Die Männer kehrten bereits in den frühen Abendstunden des gleichen Tages zurück. Der Einspänner war voll beladen, und beide waren bester Dinge. Louis wollte sofort damit beginnen, die Kühlmaschine zu dämmen, doch

Anton lehnte ab. Nach diesem anstrengenden Tag, so seine Meinung, war der Arbeit genug getan, alles Weitere verschob er auf den kommenden Tag. »Nun aber raus mit euch«, wechselte Hannas Vater abrupt das Thema. »Ihr habt euch sicher einiges zu erzählen. Ein herrlicher Abend, findet ihr nicht?« Er nickte seiner Tochter zu und verließ eiligen Schrittes die Werkstatt.

»Ich glaube, dein Vater wollte uns zu verstehen geben, dass wir einen Spaziergang machen könnten. Was sagst du?«

Louis war einen Schritt näher gekommen und löste damit ein solches Beben in Hanna aus, dass sie befürchtete, ihre zittrige Stimme könnte sie sofort verraten. Allerdings konnte sie ihn wohl kaum unentwegt anschweigen. Sie schluckte und straffte ihre Schultern.

»Gern. Aber ich möchte zuvor noch einmal nach Friedrich sehen.«

Kurz darauf stand sie im Zimmer ihres Bruders und trat ans Bett. Er schlief, und da er auch durch leise Ansprache nicht aufwachte, starrte Hanna sekundenlang auf seinen Oberkörper. Sein Atem ging flach, doch regelmäßig. Sie strich ihm die Haare aus der Stirn und deckte ihn sorgfältig zu. »Gehen wir«, sagte sie dann.

Auf dem Weg hinunter fällte sie eine Entscheidung. Sie wusste nicht, ob es an ihrem Bruder lag – immerhin hatte er sich gewünscht, dass sie ihre Unstimmigkeiten mit Louis bereinigte – oder ob es einfach nur die Hoffnung darauf war, Louis wieder näherzukommen. Was es auch war, es führte dazu, dass sie endlich genug Mut aufbrachte.

»Louis«, begann sie, »meine Fehler sind unverzeihlich …«

»Das sind sie nicht«, unterbrach er sie sofort. Er blieb vor ihr stehen und legte beide Hände auf ihre Schultern.

»Ich hätte einen Weg finden können, um dir zu schreiben. Ein einziger Besuch bei deinen Eltern hätte ausgereicht. Doch mein gekränkter Stolz hielt mich davon ab. Stattdessen habe ich mein Versprechen auf die schlimmste nur erdenkliche Weise gebrochen.« Hanna atmete durch, denn die nächsten Worte würden sie noch mehr Kraft kosten. Louis wollte etwas sagen, doch sie fiel ihm ins Wort.

»Nicht, bitte lass mich ausreden. Wenn ich es jetzt nicht sage, finde ich vielleicht später nicht mehr den Mut dazu. Es gab diesen einen schwachen Moment beim Neujahrsfest. Ich habe mich auf Gustav eingelassen, und das hatte Konsequenzen. Er ist ein guter Mensch, Louis. Seine Gefühle für mich waren aufrichtig, und mein Handeln hat auch ihn verletzt. Nachdem er erfuhr, dass ich sein Kind erwartete, hielt er um meine Hand an, und ich willigte ein. Doch ich verlor das Kind und sah in diesem schrecklichen Unglück eine Gelegenheit, meine Entscheidung noch einmal zu überdenken.« Sie nahm all ihren Mut zusammen und griff nach seinen Händen. »Nichts von allem, was in den letzten Monaten vorgefallen ist, hat mich dich vergessen lassen. Und solange ich es nicht schaffe, dich aus meinem Kopf und aus meinem Herzen zu verbannen, werde ich mich auch nicht mehr auf irgendjemand anderen einlassen. Das bin ich mir selbst schuldig.«

»Und wenn ich das nicht möchte?«

Hanna schluckte. Natürlich. Er war ein guter Mensch und trotz allem nicht daran interessiert, dass sie einsam war. Doch in seiner Güte übersah er, dass er sie damit freigab und genau das tat, was sie im Grunde ihres Herzens nicht wollte. Enttäuscht ließ sie die Schultern hängen. Louis hob ihr Kinn und zwang sie so, ihn anzusehen.

»Ich will nicht aus deinem Kopf verbannt werden und schon gar nicht aus deinem Herzen. Und im Übrigen sind wir beide uns ähnlicher, als du vielleicht glaubst.«

»Wie meinst du das?«

»Ganz einfach: Nachdem ich von Henriette erfahren hatte, dass du verlobt warst, habe ich ähnlich reagiert wie du. Ich habe versucht, mich von meinem Schmerz abzulenken.«

»Es gibt also eine andere Frau?«, fragte Hanna leise.

»So ähnlich«, antwortete Louis, und sie ahnte, dass es, anders als bei ihr, möglicherweise nicht nur bei einem Abenteuer geblieben war. »Und nein, es gibt jetzt keine andere Frau mehr. All das gehört der Vergangenheit an.«

»Und nun?« Sie konnte ihre Ungeduld kaum noch verbergen. Er hatte ihr zu verstehen gegeben, dass er ihr ihre Fehler verzieh, weil er selbst nicht frei von ihnen war. Er hatte ihr gesagt, dass er nicht wollte, dass sie ihn vergaß. Am liebsten hätte sie ihn auf der Stelle geküsst, doch sie war noch immer zu verunsichert. Der bedrückte Ausdruck war indes aus Louis' Gesicht verschwunden und dem spitzbübischen Lächeln gewichen, das sie so sehr vermisst hatte.

»Du überlässt also mir die Entscheidung?«, fragte er, legte seinen Arm überschwänglich um ihre Taille und zog sie an sich. »Nun, in dem Fall entscheide ich mich dafür, von nun an an deiner Seite zu sein.«

Hanna atmete erleichtert auf und ließ sich auf das Geplänkel ein. »Und ich werde dazu wohl nicht befragt?«

Louis schüttelte langsam den Kopf, unterbrach die Bewegung kurz, als würde er nochmals sorgfältig nachdenken, und sagte dann: »Nein, leider nicht. Dein *und nun* hat mir deutlich gezeigt, dass du auf meine Entscheidung wartest.« Er zog sie an sich und drückte ihr einen Kuss auf die Lippen. Diese erste Berührung war schnell und ungestüm und glich eher einem Küsschen, das man einem Geschwisterkind zum Geburtstag aufdrücken würde. Als sich ihre Lippen voneinander gelöst hatten, blieb sein Gesicht jedoch so dicht vor ihrem, dass sich ihre Nasenspitzen berührten. Wortlos sahen sie sich an, und Louis strich ihr behutsam über die Wange.

»Ich will nie wieder auch nur einen Tag ohne dich sein, Hanna«, sagte er leise und küsste sie erneut. Seine Lippen legten sich sanft auf ihre, und als seine Zunge behutsam ihren Mund öffnete, waren all die Gefühlsregungen, die sie bereits verloren geglaubt hatte, plötzlich wieder da.

Wie die Fontäne eines Springbrunnens schoss ihr Puls in die Höhe. Und so, wie Springbrunnenwasser ins Becken floss, so durchfloss sie ein wohliges Beben. Es breitete sich über Hals, Rücken, Arme und Oberkörper aus und nahm ihr den Atem.

Epilog

Hannas Bruder hatte lange gekämpft, und sein Lebenswillen hatte selbst den Arzt überrascht. Nach Louis' Rückkehr hatte er sich noch einmal erholt, und es zogen weitere anderthalb Jahre ins Land, in denen er zwar sehr geschwächt, aber immerhin am Leben war.

Friedrich hatte sich wohl in den Kopf gesetzt, diese Welt erst zu verlassen, wenn aus seiner Schwester eine Schmieger geworden war.

Hanna und Louis hätten es mit ihrer Hochzeit nicht eilig gehabt, doch irgendwann schien auch das letzte Aufbäumen ihres Bruders nicht mehr genug zu sein. Im Frühjahr des Jahres 1868 wurde Friedrich zusehends schwächer, und es war schließlich Hanna, die ihrem Geliebten vorschlug zu heiraten, um dies im Beisein ihres Bruders tun zu können. Louis stimmte freudig zu. Sie gaben sich im engsten Familienkreis das Jawort und baten Sophie und Theodor darum, ihr Ehegelübde zu bezeugen.

Weder für Hanna noch für Louis wären andere Trauzeugen infrage gekommen. Theodor und Sophie waren nicht nur nach wie vor ihre besten Freunde, sondern auch selbst seit zwei Jahren glücklich verheiratet. Die Eheleute Hartmann genossen hohes Ansehen unter den Rothenburgern, was nicht nur Theos Arbeit als Advokat geschuldet war, sondern auch Sophies Fürsorge für die Ärmsten der Stadt. Jahrelang waren die Waisenkinder zwischen unfreundlichen und manchmal sogar gewalttätigen Pflegeeltern hin- und hergeschoben worden, welche die Kinder als billige Arbeitskraft missbrauchten und das Fürsorgegeld gierig einstrichen. Doch Sophie ließ nicht nach in ihrem Drängen auf eine neue institutionalisierte Waisenversorgung.

Dank ihrer Bemühungen und der Unterstützung ihres Mannes, der inzwischen dem Armenpflegschaftsrat vorstand, wurde das vormalige Siechhaus zu einer Waisenanstalt, in der fünfundzwanzig heimatlose Kinder ein Obdach fanden und von einem Hauslehrer unterrichtet wurden. Sophie ging voll und ganz in der Arbeit als Leiterin dieser Anstalt auf und wurde dabei tatkräftig von Jacob unterstützt.

Hanna war jahrelang davon überzeugt gewesen, dass Sophie, Henriette und sie nie etwas trennen würde und dass sie alle drei als junge Frauen bei den Hochzeiten der jeweils anderen zugegen sein würden. Doch das Zerwürfnis mit Henriette war unwiderruflich. Lange vor Hannas Hochzeit, in den Wirren des deutschen Krieges, der schließlich auch Rothenburg erreicht hatte, war sie zu einer Soldatenbraut geworden, nachdem Carl ihre neuerlichen Avancen abgelehnt und ihr erklärt hatte, dass er nie wieder etwas mit ihr zu tun haben wollte.

Nachdem die österreichischen Truppen im Zuge ihrer Niederlage im Gefecht von Tauberbischofsheim den Rückzug antraten, quartierten sich etwa zehntausend Mann in Rothenburg ein, und Henriette war immer wieder mit Soldaten gesehen worden.

Hanna konnte sich sehr gut vorstellen, wie sie in ihrer Sucht nach Aufmerksamkeit irgendwann zu weit ging, denn wenn man den Gerüchten Glauben schenken konnte, war sie von einem der Männer schwanger geworden und hatte, nachdem der weder sie noch das Kind wollte, Rothenburg mit unbekanntem Ziel verlassen. Nicht einmal Theodor vermochte zu sagen, wohin es seine Schwester verschlagen hatte.

Ihm und seinen Eltern blieb nur die Hoffnung, dass sie irgendwann zurückkehren würde, wenn ihre Not zu groß würde.

Hanna war sich dessen hingegen nicht so sicher. Henriette war niemand, der sich oder anderen gegenüber eine Niederlage eingestand. Eher würde sie im Armenhaus einer fremden Stadt enden, als vor ihren Eltern, ihrem Bruder und ehemaligen Freunden zuzugeben, dass ihr selbst nun die Fehler unterlaufen waren, für die sie andere stets verurteilt hatte.

Lange Jahre gab es nur einen Wermutstropfen in der sonst glücklichen Beziehung zwischen Hanna und Louis: Ihre Ehe blieb kinderlos, und es dauerte viele Jahre, ehe Hanna das Gefühl ablegen konnte, selbst schuld an ihrer Kinderlosigkeit zu sein. Sie war schon einmal schwanger geworden und hatte mit Angst, Sorge und Egoismus reagiert, statt ihre Schwangerschaft als Geschenk zu sehen. Es kam ihr lange wie eine gerechte Strafe vor, hatte sie doch ihr Glück zuvor nicht zu schätzen gewusst. In dieser schweren Zeit war es Louis, der sie aufrichtete und ihr immer wieder sagte, dass er *sie* geheiratet hätte und nicht die Aussicht auf ein perfektes Leben mit Kindern.

Nachdem sie die Gewissheit hatte, dass sie ihm auch

geschuldet war. Die erste Dampflokomotive erreichte erst 1873 den vor den Toren der Stadt errichteten Bahnhof. Vorausgegangen waren jahrelange Querelen und Gegeninitiativen. Hier sind vor allem Fuhrleute zu nennen, die den Anschluss Rothenburgs an das bayerische Staatsbahnsystem verhinderten. Erst das Dotationsgesetz der bayerischen Regierung, welches im April 1869 festlegte, dass auch kleinere Gemeinden in das Schienennetz eingebunden werden müssten, führte schließlich zum Bau der Eisenbahnlinie zwischen Rothenburg und Steinach, der 1870 begann und drei Jahre später beendet war.

Vor diesem Bau der Bahnstrecke war an Fortschritt kaum zu denken. Rothenburg o. T. blieb zwar eine romantisch wirkende, mittelalterliche Stadt, verarmte jedoch zusehends. So nahm die Bevölkerung seit 1830 stetig ab, zwanzig Jahre später verdienten ein Drittel aller Familienvorstände ihren Lebensunterhalt als Tagelöhner ohne Eigentum und ohne feste Beschäftigung.

Die im Roman geschilderten Zustände, etwa die Misthaufen inmitten der Stadt oder die hohe Zahl der an Rachitis erkrankten Kinder, entsprechen historischen Fakten, und auch den erwähnten Armenpflegschaftsrat gab es. Nachdem dessen Mitglieder erkennen mussten, dass die bisherige Versorgung elternloser oder unehelich geborener Kinder durch Pflegefamilien unzureichend war, fand man 1866 zurück zur institutionalisierten Waisenversorgung, bei der die Kinder in der »Waisen-, Erziehungs- und Rettungsanstalt« im spitälischen Siechheim zu St. Leonhard untergebracht wurden.

Überrascht hat mich während der Recherche die Tatsache, dass vor allem die Jugend dieser Zeit alles andere als fromm und brav war. Erwecken historische Bücher, Filme oder Serien doch gern den Eindruck, dass die Keuschheit der Frauen die wichtigste Tugend überhaupt war, so zeigt die Realität ein ganz anderes Bild. Mitte des 19. Jahrhunderts gab es in Rothenburg einen enormen Zuwachs unehelicher Geburten. In den 1850er- und 1860er-Jahren war fast jedes dritte Kind unehelich. Als Gründe hierfür galten überschwängliche Geselligkeit und sexuelle Sorglosigkeit.

Das rege Vereinswesen der Rothenburger begünstigte diese Entwicklung noch weiter. In den 1840er-Jahren gründeten sich erste Vereine, allen voran der Verein »Casino«. Um 1900 existierten bereits sechzig Vereine für die etwa siebentausend Einwohner. Bei den Vereinszusammenkünften waren an festgelegten Tagen auch Frauen und Kinder der Mitglieder willkommen, sodass sich hier eine Art Heiratsmarkt entwickelte.

Nach Feierabend bestand der vergnügliche Teil des Tages aus Vereinstreffen, Früh- oder Dämmerschoppen, Bürgerbällen oder, je nach Jahreszeit, auch Jahrmärkten. Alkohol floss reichlich, Mädchen trugen »unziemliche Kleider«, und Knechte und Mägde galten als besonders unkeusch, disziplinlos und vergnügungssüchtig.

Danksagung

Ein Großteil dieses Romans entstand in einer denkbar seltsamen Zeit – nämlich während des Corona-Lockdowns. Zwischen Schulschluss und Präsenzunterricht in meinem Hauptberuf sowie Homeoffice und Homeschooling hat meine Familie es geschafft, mir auch hier wieder Zeit, Raum und Ruhe für die Entstehung dieses Romans zu lassen. Laura und Jens, danke, dass ihr mir für jedes Buchprojekt aufs Neue den Rücken freihaltet!

Neben meiner Familie ist meine Agentin Anna Mechler mir die größte Stütze und Inspiration für meine Buchprojekte. Sie ist diejenige, die nicht nur eines, sondern beide Ohren am »Puls der Verlagswelt« hat und dadurch immer wieder realistisch einschätzt, welche meiner Buchideen erfolgreich umsetzbar sind. Danke, liebe Anna!

Mein Dank gilt auch Michaela Sappler, die sich als Lektorin bei Piper Taschenbuch für mein Manuskript starkgemacht und mit dafür gesorgt hat, dass die »Seifenfabrikantin« ein Verlagszuhause gefunden hat.

Außerdem geht ein großes Dankeschön an Sandra Lode, die als freie Lektorin die Redaktion des Romans übernommen hat. Mit deinem guten Gespür für Feinheiten hast du meinen Text aufgewertet, abgerundet und perfektioniert. Danke dafür!

Und schließlich sage ich herzlichen Dank, Dr. Florian Huggenberger vom Stadtarchiv Rothenburg ob der Tauber. Sie haben mir bereits vor meinem Besuch in Ihrem Haus passende Literatur empfohlen und mich auch vor Ort bei der Recherche unterstützt. Außerdem stehen Sie mir auch für die nächsten Teile mit fundiertem Rat zur Seite. Danke dafür!

Quellen

Brede, Christina. *Das Instrument der Sauberkeit – die Entwicklung der Massenproduktion von Feinseifen in Deutschland von 1850 bis 2000.* Münster/New York/München/Berlin 2005

J. M. Poppe. *Die Seifensiederey und Stärke – Fabrikation auf der höchsten Stufe der jetzigen Vollkommenheit oder die Kunst, alle Sorten von Seife und Stärke nach besten Grundsätzen und nach den neuesten Erfindungen und Entdeckungen zu bereiten.* Tübingen 1827

Dr. A. Willi. *Chemische Rezepte für die Fabrikation verschiedenster Artikel für den täglichen Gebrauch,* Chur 1953

Ertle, Heidemarie. *Die Aula Seifenfabrik in Rothenburg – eine Spurensuche.* In: *Die Linde.* Jahrgang 99–2017, Seite 57–72. Rothenburg ob der Tauber 2017

Kamp, Michael. *Die touristische Entdeckung Rothenburgs ob der Tauber im 19. Jahrhundert, Wunschbild und Wirklichkeit,* Schillingsfürst 1996

Moritz, Gabriele. *Rothenburg ob der Tauber im 19. Jahrhundert. Studien zur politischen, wirtschaftlichen, sozialen und kulturellen Entwicklung einer ehemaligen Reichsstadt am Rande des Königreichs Bayern.* Inaugural-Dissertation zur Erlangung des akademischen Grades Doktor der Philosophie an der kulturwissenschaftlichen Universität Bayreuth 1991